DE LA MÊME AUTRICE

Aux Éditions Gallimard

VIE AMOUREUSE, 2000 (Folio nº 4140)

MARI ET FEMME, 2002 (Folio nº 4034)

THÈRA, 2007 (Folio nº 4757)

CE QUI RESTE DE NOS VIES, 2014 (Folio nº 6158)

DOULEUR, 2017 (Folio nº 6527)

Du monde entier

ZERUYA SHALEV

STUPEUR

roman

Traduit de l'hébreu
par Laurence Sendrowicz

nrf

GALLIMARD

Titre original :

פליאה

PLIYA

À la mémoire de Reuven Katz

Ce livre est le fruit de l'imagination de l'autrice. Toute ressemblance avec une histoire ou des événements réels, ainsi qu'avec des personnes vivantes ou mortes et des noms existants, ne pourrait donc être que totalement fortuite.

CHAPITRE PREMIER

C'est moi, Rachel

Debout derrière la porte close, elle se tient immobile. À quoi bon appuyer sur la sonnette ou frapper, puisque, de toute façon, la maîtresse de maison a remarqué sa présence. Elle discerne l'esquisse d'un mouvement derrière la fenêtre ouverte de la cuisine, aussi discret qu'un cillement. Sur le fourneau bout une énorme marmite qui cache assurément la toute petite femme et sa cuillère en bois. À n'en pas douter, celle-ci prépare une soupe de lentilles. De quoi nourrir son fils adoré ? Est-il là ?

Les vapeurs qui s'échappent vers l'extérieur lui enflamment le visage, imprègnent ses cheveux, « Sonia, ouvrez-moi, lance-t-elle en direction de la marmite, puis elle ajoute, bien que ce soit inutile, c'est moi, Rachel. » Il lui semble saisir une hésitation chez sa belle-mère, deux ombres qui s'entrechoquent. Cette dernière oserait donc l'ignorer, alors qu'elle a mis sa vie en péril pour arriver jusqu'ici !

À cette époque, atteindre Jérusalem était une entreprise terrifiante. Embusquées tout le long de la route, des bandes d'Arabes tiraient sur les convois qui se dirigeaient vers la ville assiégée. Malgré les exhortations de ses compagnons de Tel-Aviv qui avaient tenté de la dissuader d'entreprendre ce voyage, elle avait tenu bon. C'est du suicide, n'avaient-ils cessé de lui répéter, mais avait-elle le choix ? Elle lui avait envoyé lettre sur lettre sans obtenir la moindre réponse.

« Sonia, je dois voir Mano ! insiste-t-elle. Je suis venue spécialement de Tel-Aviv. Je m'inquiète pour lui, je ne comprends pas ce qui se passe. Il est là, chez vous ? » Par une telle chaleur, l'air monte en volutes qui enveloppent son corps comme si elle était un génie sorti d'une bouteille ou qu'elle allait se liquéfier et laisser pour unique trace une petite flaque que sa belle-mère, à grands coups de balai, repousserait allègrement en bas des marches.

Elle avait oublié à quel point le soleil de Jérusalem était un défi dès les premières canicules de printemps, et là, il tapait précisément sur sa tête, « Sonia, j'ai soif, crie-t-elle tout en s'accrochant aux barreaux de la fenêtre, je peux avoir un verre d'eau ? »

Lors de sa première visite ici même, quatre ans auparavant, elle avait trouvé cette femme, petite et épaisse, en robe de chambre, debout sur le seuil de son appartement, exactement là où elle se tient à présent. Sans états d'âme, en vraie mégère, elle renversait une casserole d'eau bouillante sur les enfants du quartier qu'elle avait surpris en train de cueillir les fruits de son néflier. Quelques gouttes avaient mouillé la robe rouge à fleurs jaunes que portait Rachel en l'honneur de cette visite et elle s'était arrêtée au milieu de l'escalier, avait vu les gamins s'enfuir en poussant des cris de terreur, ainsi que le sourire mauvais affiché sur le visage qui la toisait du haut du perron. Non, cette créature ne pouvait pas être la mère de Mano… Elle s'apprêtait à battre en retraite, je me suis apparemment trompée d'entrée, les bâtiments se ressemblent tous dans ce coin, mais à cet instant il était sorti pour l'accueillir. Blême et honteux, il avait, à voix basse, sermonné la femme en robe de chambre, lui qui s'était toujours montré poli et attentionné envers elle, jusqu'à ce jour où il était parti, sans un au revoir, sans une lettre.

Cet après-midi-là, les fruits sont encore verts et n'attirent personne à part quelques guêpes. Bientôt ils mûriront et, dans la ville affamée, seront encore plus convoités que quatre ans auparavant, mais sa belle-mère n'osera pas, cette fois, gaspiller l'eau, si rare en ces temps agités. Comment chassera-t-elle, au printemps, les petits chapardeurs ? À coups de pierre ? Et elle, qui lui a pris son fruit le plus précieux, comment sera-t-elle chassée ?

Un bruissement en provenance de la terrasse lui fait tourner la tête vers le réservoir qui y a été récemment installé, une grande cuve en tôle. Sa belle-mère se cacherait-elle derrière ? Les Arabes ont coupé l'approvisionnement en eau de la ville, leur avait-elle raconté dans une de ses missives, et j'ai été obligée de faire installer un réservoir sur la terrasse, au cas où. J'éparpille dessus des miettes de pain, les oiseaux viennent les picorer et, d'après le son qu'émettent leurs becs, je peux mesurer le volume restant.

« Vous êtes là, Sonia ? tente-t-elle à nouveau. Ouvrez-moi juste un instant, je ne peux pas rester longtemps, je dois rentrer à Tel-Aviv. » Que dire de plus, qu'a-t-elle dit de plus pour arriver enfin à l'amadouer ? Car voilà que lui répondent des pas lourds en sabots, ils s'approchent de la porte, une clé tourne à contrecœur dans la serrure et apparaissent le visage bouffi, les cheveux gras, les yeux noirs et méfiants qu'elle connaît.

Sa belle-mère ne l'a jamais appréciée. Craignait-elle que, trop belle et trop courtisée, elle ne brise le cœur de son benjamin adoré ? Eh bien, elle se trompait. C'était lui qui était soudain parti, sans dire un mot.

Lui qui, maintenant, ne répond pas à ses lettres. Lui qui a planifié son départ en secret, tandis qu'elle, naïvement, ne se doutait de rien. Elle le savait désemparé, torturé, mais n'avait pas imaginé qu'il puisse totalement disparaître.

« Pourquoi es-tu venue, que veux-tu ? » lui demande la vieille femme avec un accent polonais toujours aussi appuyé malgré les dizaines d'années écoulées depuis son arrivée de Varsovie.

De son accent à elle aussi, Rachel, il avait honte, de toutes les fautes de prononciation dont elle n'arrivait pas à se débarrasser. Mano parlait un hébreu magnifique, d'une rare élégance. Un bref instant, elle craint de ne plus jamais l'entendre, « ce que je veux ? répète-t-elle. Le voir. C'est ce que je veux. Il est chez vous ? » Elle manque d'ajouter : je voudrais aussi manger un peu de soupe… Car cette odeur a ouvert une brèche affamée dans son ventre et elle risque de s'évanouir.

« Impossible, lui assène Sonia non sans satisfaction. Il est malade. Il a dit que si tu venais, il ne fallait surtout pas te laisser entrer. » Derrière le large dos se déploie la grande pièce, où il fait un noir d'encre. C'est là qu'ils ont placé le lit de Mano, sous la fenêtre dont les volets sont fermés, elle plisse les yeux, ne vient-elle pas de distinguer un mouvement sous la couverture ? Est-ce la tache de sa tête sur l'oreiller ? Elle s'agrippe au cadre de la porte, « il est malade ? Qu'est-ce qu'il a ? » demande-t-elle d'une voix vaincue, et sa belle-mère rétorque avec irritation, « Rachel, rentre à Tel-Aviv, et ne reviens plus, il ne peut plus te voir ! »

Avait-elle dit « il ne peut plus » ou « il ne veut plus » ? Car c'est maintenant qu'elle doit se souvenir de ce détail précis, justement maintenant qu'elle se prépare pour le rendez-vous qui l'attend. Il ne peut pas ou il ne veut pas ? Et une question bien plus dérangeante l'assaille soudain : pourquoi, à l'époque, n'avait-elle pas repoussé cette cerbère malveillante pour foncer dans la pièce ? Elle était la plus jeune et aurait eu le dessus sans aucun mal. Elle aurait pu courir et se jeter sur le lit où il reposait. Si elle avait réussi à l'approcher, à lui parler, peut-être aurait-il changé d'avis et surmonté le terrible anathème ?

Soixante-dix ans s'étaient écoulés depuis, elle ne l'avait pas revu, à part une petite heure, quelques mois plus tard, dans le bâtiment de la rabbanout. Il avait alors veillé à s'asseoir loin d'elle, n'avait pas regardé dans sa direction et, dès la fin de la cérémonie humiliante, quand elle s'était approchée pour échanger avec lui quelques mots d'adieu, il avait tourné les talons et était parti à pas rapides, la laissant pétrifiée à l'endroit même où ils s'étaient mariés. Alors seulement elle avait remarqué la date : le 17 août 1948, un an jour pour jour après la célébration de leur mariage.

Que de rêves brisés cette année-là, que de commencements restés sans suite, soupire-t-elle tandis qu'elle lave quelques prunes froides et lisses à l'intention de son invitée qui déjà tarde, heureusement qu'elle a appelé une heure plus tôt pour confirmer sa venue. En entendant sa voix, Rachel avait craint une annulation et, alors seulement, avait compris à quel point elle tenait à cet entretien, même s'il lui avait été quasiment imposé, même si elle l'avait repoussé autant que possible.

Non, ce n'est pas pour annuler qu'Atara, la fille de Mano, a appelé une heure plus tôt, mais pour l'informer qu'elle aurait un peu de retard à cause des embouteillages, et Rachel qui, assise sur son canapé, l'attendait toute crispée, s'est mise à manger les prunes les unes après les autres, si bien qu'elle se retrouve à présent en train d'en laver trois de plus pour remplir le plat qu'elle a elle-même vidé.

Aujourd'hui, on arrive en retard à cause des embouteillages, il fut un temps où on ne savait pas si on arriverait. Une rancœur soudaine la submerge au moment où elle se remémore son retour de Jérusalem en cette horrible journée lointaine. Les dizaines de passagers terrorisés rassemblés dans le bus restaient recroquevillés, tremblants à l'idée d'être la cible de tireurs arabes embusqués, elle seule avait gardé le dos bien droit dans l'espoir qu'une balle exploserait la vitre à côté d'elle et la toucherait à la tête. Une seule balle aurait suffi pour la débarrasser d'une vie qui lui paraissait bien plus désespérée que la mort : personne ne sait ce qui nous attend après la mort, mais sans Mano, elle en avait la certitude, plus rien ne l'attendait.

Or justement, les Arabes l'avaient épargnée. Aucun tir ne fut dirigé contre leur convoi ce jour-là. Lorsque le bus arriva sans encombre à Tel-Aviv, elle eut du mal à descendre tant elle voulait retourner à Jérusalem, frapper de nouveau à la porte jusqu'à ce qu'on lui ouvre et repousser violemment sa belle-mère. Comment avait-elle pu se résigner ? Elle était aussi bête que ce campagnard arrêté devant la porte de la loi dans le conte sinistre que Mano lui avait un jour lu à haute voix. Personne ne savait quand partirait un nouveau convoi, si bien qu'elle était encore là à hésiter lorsqu'un homme dont le visage ne lui était pas inconnu, sans doute l'avait-elle croisé dans un des appartements clandestins du réseau, s'approcha et lui demanda si elle avait besoin d'aide. Aussi timide que fière, elle secoua négativement la tête… avant de s'effondrer sur l'asphalte brûlant. Il la ramassa, la prit dans ses bras et ne la lâcha plus.

Ainsi en avait décidé le destin. Aucun moyen d'atteindre Jérusalem, la ville était encerclée, le cœur de Mano aussi. Il n'existait pas de voie de contournement pour elle et peut-être que cela avait été pour le mieux, jamais elle ne le saurait. À quoi bon se remémorer tout cela au bout de soixante-dix ans ? D'ailleurs, elle n'y aurait pas pensé sans l'insistance de cette Atara qui l'avait prise au dépourvu quelques mois auparavant, dans le hall du théâtre, et qui, à présent, se faisait désirer : pendant l'entracte, une inconnue l'avait abordée alors qu'elle attendait dans la longue file devant les toilettes, et s'était présentée avec tant d'émotion qu'on aurait dit que le spectacle avait migré hors de la scène pour évoluer de manière inattendue. Comment m'avez-vous reconnue ? faillit-elle lui demander, qui vous a parlé de moi ? À cet instant, elle était abasourdie et agacée – elle n'avait jamais mentionné ce premier mariage devant ses fils, cette union immature qui n'avait rien donné et avait tenu un an jour pour jour. « Vous êtes bien Rachel, n'est-ce pas ? fut la première question, posée sur un ton presque implorant. Je suis Atara Rubin, la fille de Mano. Quel bonheur de vous avoir trouvée ! »

Elle avait dit Mano, pas Menahem, pas professeur Rubin, comme si, d'emblée, elle l'avait incluse dans son cercle familial le plus restreint et, lorsque Rachel la détailla du regard, une pensée absurde la frappa de stupéfaction, cette femme que je ne connais pas aurait pu être ma fille.

Elle était grande et mince, comme lui, et paraissait bien plus jeune que ses propres fils. Mano avait dû l'avoir à un âge relativement avancé, à moins que cet aspect adolescent ne fût le résultat de ses vêtements et de sa coiffure, de longues boucles noires et anarchiques, un jean moulant, des bottes. En revanche, des pattes-d'oie marquaient le coin de ses grands yeux sombres. Aussi sombres que ceux de sa grand-mère, ceux-là mêmes qui, ce fameux matin, lui avaient lancé de si cruels éclairs. Aussi sombres, mais plus doux.

Ce soir-là, au théâtre, Rachel se hâta de dire, « toutes mes condoléances », puisqu'elle avait entendu l'annonce du décès du professeur Rubin à l'âge de quatre-vingt-onze ans aux informations, à moins qu'elle ne l'ait appris par le journal en lisant la petite nécrologie dédiée à ce célèbre chercheur en neurosciences. Atara la remercia trop chaleureusement, puis enchaîna, « accepteriez-vous de me parler de lui ? De ce qui s'est passé entre vous ? », comme si avec ce décès l'interdit était levé. Incapable de résister à tant d'émotion, Rachel dut répéter encore et encore son numéro de téléphone parce que le stylo de cette femme qu'elle n'avait jamais vue ne marchait pas, ensuite le portable qui avait été éteint pour la représentation n'arrivait pas à se réveiller, jusqu'à ce que, le troisième appel retentissait déjà, Atara tire de son sac un rouge à lèvres vif, remonte la manche de son pull et inscrive sur son long avant-bras les chiffres qui firent comme des entailles sur sa peau. Mal à l'aise, Rachel espéra que ce numéro, qui les reliait, s'effacerait progressivement sans laisser de trace, ce qui n'était pas arrivé, puisque le lendemain elle entendit dans le combiné la même voix fiévreuse et dut se hâter d'expliquer qu'elle entrait le jour même à l'hôpital – rien de grave, mais avec des risques de complications.

Comme elle ne lui avait donné que son numéro de fixe, elle ne réentendit cette voix – devenue immédiatement reconnaissable – qu'une fois rentrée à la maison au bout de quelques semaines, mais là aussi elle repoussa leur rencontre sous prétexte qu'elle était encore trop faible et espéra que l'importune jetterait l'éponge. Que lui voulait donc la fille de Mano, pourquoi cet intérêt soudain ? Rachel, elle, n'avait aucune envie de se souvenir de cette histoire ancienne. Plusieurs semaines passèrent avant qu'elle finisse par accepter un rendez-vous assez lointain, mais plus le moment approchait, plus elle se surprenait à l'attendre avec autant d'espoir que de crainte. Espoir de quoi ? Crainte de quoi ? Que lui racontera-t-elle : debout derrière la porte close, je me suis tenue immobile ?

CHAPITRE DEUX

C'est moi, Atara

Debout derrière la porte close, elle se tient immobile. À quoi bon appuyer de nouveau sur la sonnette. Il y a moins d'une heure, elle l'a prévenue de son retard, « aucun problème, je vous attends », lui a répondu Rachel, sans dissimuler sa contrariété, et maintenant, silence radio ? Est-elle énervée à cause de ce retard ou du rendez-vous en lui-même, puisqu'il lui a été quasiment imposé ? À moins qu'elle ait soudain changé d'avis, ou qu'elle soit étendue sur le sol, de l'autre côté de la porte, inanimée, appelant à l'aide de ses dernières forces… À cet âge, tout peut arriver.

« Rachel ! crie-t-elle avant de plaquer bêtement l'oreille contre l'œillère, c'est moi, Atara. Vous êtes là ? Tout va bien ? Je vous interdis de mourir maintenant que je vous ai retrouvée », ajoute-t-elle dans un murmure.

La sirène d'une ambulance ou d'une voiture de police retentit non loin de là, elle s'éloigne en toute hâte, traverse la rue et s'engouffre dans l'entrée de l'immeuble d'en face comme si elle avait commis quelque crime. N'a-t-elle pas harcelé une vieille dame de quatre-vingt-dix ans, provoquant ainsi la souffrance inutile qui aurait abrégé ses jours ? Certes, lors de leur rencontre prétendument fortuite au théâtre de Jérusalem, Rachel paraissait presque sans âge, autonome et tout à fait lucide, elle n'avait même pas de canne, pas non plus d'accompagnateur, mais des mois se sont écoulés depuis, qui sait si son état ne s'est pas détérioré. Ou alors si, ce matin précisément, juste après leur conversation, l'ange de la mort n'a pas eu l'idée de frapper à cette porte-là, la devançant, elle, Atara, d'une heure.

Par chance, la sirène s'éloigne. Elle ressort dans la rue, contemple le paysage d'une incroyable beauté puis le quartier d'une incroyable laideur, comme s'il avait été construit en une nuit par un architecte aveugle. Des bâtiments trop hauts, en pierre de taille, recouvrent les collines arides, coiffés de toits de tuiles sans goût ni justification, jamais il ne neigera dans ce coin, à quoi bon une telle inclinaison ? Et à quoi bon s'être déplacée jusqu'ici, deux heures et demie de route, une journée de travail gâchée, sans parler de l'immense effort qu'elle a fourni pour retrouver une femme qui n'a laissé presque aucune trace en ce monde à part dans sa vie à elle ?

Que faire ? Elle regagne sa voiture, allume la clim fatiguée et téléphone à nouveau, mais la Rachel de papa, c'est ainsi qu'elle l'a sauvegardée dans ses contacts, ne répond pas. Et si elle s'était simplement endormie ? Cela arrive souvent aux vieux, même à Alex ces derniers temps, bien qu'il refuse de l'admettre. Souvent, quand elle l'appelle durant la journée, elle entend de la somnolence dans sa voix, « je t'ai réveillé ? » lui demande-t-elle, mais il se hâte de nier, « moi ? N'importe quoi ! » Tiens, et si elle l'appelait, lui, en attendant. Dans ce genre de situation, il sait se montrer rassurant – même si, en l'occurrence, définir dans quel genre de situation elle se trouve est difficile, vu qu'elle est en train de vivre une grande première. Peu importe, il sait apaiser les tensions qui ne le concernent pas, les problèmes qu'il n'a pas causés et qu'il n'est pas censé résoudre. « Alex, c'est vraiment bizarre, je suis perplexe, je lui ai parlé il y a une heure à peine, et maintenant elle ne répond pas au téléphone et n'ouvre pas sa porte. Tu crois qu'il lui est arrivé quelque chose ou qu'elle a changé d'avis ? Tu crois que je dois attendre encore un peu ou abandonner ? » Sans hésiter, il y va aussitôt de ses reproches, « pourquoi me poses-tu des questions si tu ne m'écoutes jamais ? Ça fait un an que je te dis de laisser tomber, mais tu es complètement obsédée par cette Rachel, impossible de t'arrêter. Je n'ai d'ailleurs toujours pas réussi à comprendre pourquoi tu t'es tout à coup souvenue d'elle », et elle réplique, « qu'est-ce qui est si dur à comprendre ? Je n'imaginais pas à quel point cette relation avait été importante pour mon père. À quel point cette femme avait bousillé sa vie, et par ricochet, la mienne », mais il la provoque, « ah, je croyais que c'était moi qui t'avais bousillé la vie », fidèle à sa propension à ramener systématiquement la conversation dans un périmètre qui leur est familier. « Évidemment. Mon père d'abord, toi ensuite », ironise-t-elle, et bien sûr, il ne loupe pas l'occasion de lui lancer une pique, « le principal, c'est que, dans l'intervalle, tu aies eu suffisamment d'hommes qui t'ont fait du bien », et la voilà déjà sur la défensive, « pas tant que ça ! » Avec quelle facilité elle se laisse entraîner sur leur terrain de jeux habituel, semé de soupçons à moitié imaginaires, de besoins à moitié satisfaits, d'espoirs à moitié brisés, tant de jouets cassés. Mais c'est le seul endroit où le temps s'est arrêté, où leurs vies se fondent, lourdes de leurs désirs, de leurs reproches, de leurs conjoints trompés respectifs, de sa fille à elle, de son fils à lui. Comme ils étaient jeunes à l'époque ! Surtout elle, qui n'avait que vingt-cinq ans. En fait, lui n'était pas si jeune que ça, il a quatorze ans de plus qu'elle et que le mari qu'elle avait quitté pour lui, mais cela n'avait rien enlevé à son charme, au contraire. Ce n'est que depuis quelques années qu'elle commence à trouver cette différence pesante, il est de plus en plus colérique, de plus en plus mordant, de plus en plus sinistre, à moins que ce ne soit elle qui ait changé, difficile à dire.

« Tu en as eu suffisamment, tranche-t-il d'une voix acerbe, sauf que tous, à part moi, ont finalement renoncé. Je suis le seul à être resté. » Elle essaie à nouveau l'ironie, « mon pauvre chou, je compatis du fond du cœur. À propos, la clim marche très mal. Quand as-tu l'intention d'emmener la voiture au garage ? » Il lui renvoie aussi sec, « j'en ai ras le bol de passer mon temps au garage, elle a vingt ans, cette bagnole, Atara ! Si tu n'avais pas dépensé une fortune en détective privé, on l'aurait déjà remplacée », bien sûr, elle rétorque, « et moi, j'en ai ras le bol d'entendre ce refrain. Pour le moment, je vais rester, je n'ai pas l'intention de baisser si vite les bras. Eden s'est réveillé ? », il ricane, « tu crois vraiment ? Quand l'as-tu vu se réveiller avant quatre heures de l'après-midi pour la dernière fois ? », elle soupire, « je me demande ce qui lui arrive, ça dure depuis presque un mois. » Là, il ne la loupe pas, « je t'avais prévenue dès le début que ça finirait mal, cette aventure, je savais que ce n'était pas pour lui. Il n'a pas ce qu'on appelle l'instinct de tueur. De qui aurait-il pu le tenir, d'ailleurs ? Il est allé contre sa nature et maintenant il en paie le prix ! », il n'en faut pas moins pour qu'elle s'énerve et lui demande d'arrêter avec ses provocations, « quoi, servir dans les commandos, c'est une aventure ? Tu devrais être fier de lui ! » Il susurre, « évidemment que je suis fier de lui, c'est de moi que je ne suis pas fier parce que je n'ai pas réussi à l'en dissuader. Tu m'excuseras, mais je ne partage pas votre dévotion pour l'héroïsme et le dépassement de soi… » Agacée, elle le coupe, « c'est bon, tu radotes. Tu ne voudrais pas essayer de lui parler ? » mais il se rebiffe, « arrête de me dire quoi faire, je ne vais pas lui courir après comme tu le fais, toi. Quand il voudra parler, il saura où me trouver », elle n'a plus qu'à le remercier pour une telle marque de solidarité, d'ailleurs pourquoi l'avoir appelé, et que signifie cette indifférence envers leur fils, le seul enfant qu'ils ont en commun, Eden enfant-paradis, qui, dès sa naissance, leur a procuré tant de joie, tant de fierté, que lui est-il soudain arrivé, lui qui a réussi le parcours le plus difficile de l'armée, qui a montré une résistance inattendue et exceptionnelle, qui a surmonté les entraînements les plus épuisants, exigeant de lui-même chaque jour davantage, qui a pris part à des raids et des opérations militaires dont, bien sûr, il ne pouvait rien dire, il ne leur disait donc rien, ni avant, ni après, et seul son regard vide permettait, de temps en temps, d'imaginer d'où il revenait – un lieu où il n'y avait ni jour ni nuit, ni hésitations ni questions, où seule la mission comptait, plus sacrée encore que la vie humaine. Un lieu où le corps, ce corps chéri qui s'était formé dans son ventre entre espoir et angoisse, cellule après cellule, se muait en arme de guerre sophistiquée et surpuissante, mais gardait sa vulnérabilité de nouveau-né, et c'est ce qu'elle maudissait toutes les nuits. Dans ses cauchemars, elle le voyait, gisant au fond de la mer, criblé de balles ou en train de se débattre, piégé dans une nasse.

Quatre ans s'étaient ainsi écoulés, mais, alors que la fin approchait et que la tension se dissipait un peu – il avait déjà commencé à planifier son grand voyage d'après la quille et à penser à la suite –, voilà que, sans prévenir, il avait débarqué à la maison en milieu de semaine, avait refusé de leur expliquer quoi que ce soit, et depuis, il passait la plupart de son temps enfermé dans sa chambre, dormait pendant la journée et veillait la nuit, repoussait toutes ses tentatives de parler, d'écouter, de lui venir en aide.

Stop, si elle a fait tout le trajet jusqu'à cette ville artificielle, sujet de discorde au nord du désert de Judée, ce n'est pas pour penser à l'avenir, mais au passé, celui d'un homme qu'elle n'a pas vraiment connu bien qu'ils aient vécu sous le même toit et qu'elle soit née de sa semence. Il lui a dit certaines choses à la fin de sa vie, des choses qui, depuis, la perturbent et exigent des éclaircissements, or il n'y a qu'une femme au monde qui puisse les lui fournir, voilà des mois qu'elle essaie de la rencontrer et maintenant qu'enfin elle croyait y être arrivée, elle se heurte à une porte close.

« C'est toi, te voilà enfin ! » s'était exclamé son père d'une voix bouleversée au moment où elle s'approchait du lit du malade ce matin-là, à peu près un an auparavant, une des rares fois où elle avait accepté de remplacer sa sœur qui le veillait avec dévouement. Il avait tendu vers elle des bras émus, un sourire d'imbécile heureux avait envahi son visage, « tu viens de Tel-Aviv ? Je savais que tu arriverais à passer ! Je t'ai attendue toute ma vie ! » Atara s'était alors hâtée de rectifier, « je viens de Haïfa, papa », puis s'était assise, étonnée, sur la chaise à son chevet. Jamais il ne l'avait accueillie avec un aussi vif plaisir.

« Tu es si belle », avait-il chuchoté en lui effleurant la joue d'une main tremblante, « tu ne m'as jamais dit que j'étais belle », avait-elle lâché avec un petit rire embarrassé, bêtement amadouée par la chaleur qui émanait de lui, par ce flot de paroles surprenantes. « Que tu es belle, ma compagne, que tu es belle ! Tes yeux sont ceux d'une colombe derrière ton voile ; ta chevelure est comme un troupeau de chèvres dévalant du mont de Galaad[1], avait-il récité tendrement, je ne t'ai pas trahie, Rachel, je n'ai pas eu d'autres femmes, j'ai tenu ma promesse. » Alors seulement elle avait compris, s'était écartée de lui et de sa main qui resta en suspens, atterrée à l'idée que son père lui fît une déclaration d'amour,

1. Cantique des cantiques, IV, 1. (*Toutes les notes sont de la traductrice.*)

atterrée à la place de sa mère qui, sans le savoir, avait été trompée sa vie durant.

« Approche-toi, n'aie pas peur, il n'y a plus de raison d'avoir peur, avait-il aussitôt protesté d'une voix brisée tandis que son visage de faucon desséché virait au jaune, tout ce qui est mien est tien. Tout ce qui n'est pas mien est tien aussi. Puisses-tu me pardonner, Rachel, moi qui, de mes propres mains, ai creusé notre tombe », avait-il ajouté dans son hébreu pompeux, « papa, je ne suis pas Rachel, je suis Atara, ta fille », mais il avait secoué la tête, cinglant, et lancé d'un ton qui avait changé du tout au tout, « ne me mens pas ! » Furieux, il l'avait transpercée de son regard d'acier, à cet instant, elle n'avait plus su à qui était adressée cette injonction. Quand elle était petite, il l'avait tant de fois accusée de mentir, avait aussi accusé sa femme quand celle-ci essayait de le calmer en jurant toutes sortes de choses qui ne faisaient qu'attiser sa rage.

Elle s'était levée mais n'avait pas bougé, hésitante, à côté du lit. Son ancienne curiosité venait d'être rallumée. À quoi bon rectifier ? Mieux valait faire semblant d'être effectivement cette première épouse. Elle s'était approchée, lui avait pris la main, mais aussitôt il avait crié, « surtout ne me touche pas, Rachel, je suis maudit ! » et l'avait repoussée en agitant les bras, « pars au plus vite si tu veux vivre ! »

Effectivement, elle était partie, bien qu'elle fût venue spécialement de Haïfa à Jérusalem pour être avec lui le jour de congé de l'aide-soignant ; bien qu'elle eût promis à sa sœur de rester jusqu'au soir.

Elle avait claqué la porte et, bouleversée, était allée s'asseoir en bas de l'escalier, sous le néflier. Enfant, elle avait passé des heures assise là – chaque fois que son père la mettait dehors et lui interdisait de rentrer, ce qui arrivait si elle tardait à revenir de l'école, si elle n'avait pas eu une assez bonne note à un contrôle, si elle n'avait pas écouté une remarque qu'il lui faisait, si elle n'avait pas gardé un silence absolu pendant qu'il travaillait : elle devait alors attendre que sa colère se dissipe, parfois dans un froid de canard. Affamée et assoiffée, elle suivait jalousement les fourmis qui se hâtaient vers leur nid douillet, les escargots qui rampaient sur la façade à côté d'elle, portant sur le dos leur maison brinquebalante.

Cela avait été si étrange de se retrouver à nouveau ainsi, sur les marches du perron, comme si rien n'avait changé ! L'ombre des feuillages faisait trembloter les murs du jardin, la cime des cyprès noircissait entre les ballons d'eau chaude, les bribes de conversations, le crissement des cordes à linge, la froideur des immeubles gris en pierre, presque tous identiques. De ce coin de rue, elle connaissait chaque cour, chaque sentier, chaque fenêtre et chaque rideau. Elle avait attendu là pendant des heures entrecoupées de tentatives où elle montait pour frapper à la porte ou à la fenêtre de la cuisine. Un soir, c'est par là qu'elle les avait vus : ils mangeaient, assis autour de la table, mais ses parents n'avaient pas tourné la tête vers elle. En revanche, sa sœur, la bouche pleine, la regardait à la dérobée, retenant mal un sourire victorieux.

Embarrassée, elle dut l'appeler pour la prévenir qu'elle s'en allait. « Il ne m'a pas reconnue, je ne savais pas qu'il était à ce point confus », lui expliqua-t-elle, prête à entendre ses sempiternelles leçons de morale, « c'est bizarre, moi, il me reconnaît toujours, tu lui as donné ses médicaments ? » Elle avoua que non, « je n'ai pas eu le temps, il s'est tout de suite mis à me hurler dessus, je me suis enfuie », argument qui n'avait pas réussi à convaincre Ofra, « j'ai du mal à te croire, c'est un vieil homme maintenant, qu'est-ce qu'il pourrait bien te faire ? », alors elle avait soupiré, « je ne peux pas rester seule avec lui, c'est peine perdue. Je suis prête à t'attendre dehors, sur les marches, mais je ne rentre plus. » Sa sœur lui avait reproché un comportement de gamine, « ce n'est pas responsable de le laisser tout seul ! S'il meurt aujourd'hui, tu l'auras sur la conscience », mais elle avait répliqué, « ne t'inquiète pas, on ne meurt pas si vite que ça. Il a encore beaucoup de force dans les bras, il m'a vraiment poussée. » Étonnamment, Ofra avait cédé avec une relative facilité, « OK, je vais essayer de trouver quelqu'un pour te remplacer… » Atara l'avait aussitôt interrompue, « écoute, non seulement il ne m'a pas reconnue mais il m'a prise pour Rachel, sa première épouse. Tu savais qu'il l'avait attendue toute sa vie ? » D'abord sceptique, « mais non, tu déraillles », sa sœur lui avait tout de même demandé ce qu'il avait dit exactement et elle, toujours aussi perplexe, avait répété les paroles de leur père, « mais ce n'est pas uniquement ce qu'il a dit. C'est sa voix, jamais je ne l'ai entendu parler sur un ton aussi doux, aussi plein d'amour. Jamais je n'aurais pensé qu'il était capable d'aimer autant. » Ofra ne s'était pas gênée pour lui lancer, « évidemment qu'il en est capable, moi, je n'en ai jamais douté » et Atara avait ricané, « tant mieux pour toi », puis elle s'était levée et, avant de le regretter, avait rapidement regagné sa voiture.

Entre elles non plus, rien n'avait changé. Quand, la nuit, elles se couchaient face à face dans le petit réduit qu'elles partageaient, Atara se lamentait, sa sœur l'écoutait, faisait semblant de compatir et en profitait pour lui instiller son venin, « qui sait si tu n'es pas adoptée, lui chuchotait-elle de si près que son haleine chaude et les relents de dentifrice mentholé lui piquaient le nez. D'ailleurs, tu ne nous ressembles pas, ajoutait-elle, faussement désolée. Peut-être que si tu nous ressemblais, à moi ou à maman, il t'aimerait plus. » Effectivement, sa mère et sa sœur étaient un peu rondes, avec un teint clair et des cheveux raides, alors qu'elle, Atara, était brune et anguleuse, avec des cheveux noirs et bouclés. Peut-être là se trouvait l'explication, songeait-elle parfois, la preuve, c'était sur ses boucles qu'il s'acharnait avec rage quand elle l'énervait.

Une nuit, Ofra lui raconta, très excitée, qu'elle avait entendu leur mère parler tout bas dans la cuisine avec oncle Ruby d'une première femme qu'aurait épousée leur père. Elle lui fit jurer de n'en rien dire, mais Atara rompit son serment à la première occasion où elle fut seule avec leur mère à la maison. Elle demanda, de but en blanc, « comment s'appelait la première femme de papa ? », ce qui déclencha une réaction affolée, « qui t'en a parlé ? Tu n'as pas le droit de savoir. Ne prononce plus jamais ces mots ! » Mais elle insista, « qu'est-ce que toi, tu sais d'elle ? », passant outre à la détresse maternelle tout comme elle passait outre à sa propre détresse.

Elle avait à peine treize ans à l'époque, mais cette conversation se grava dans sa mémoire. Elles se trouvaient toutes les deux dans la chambre à coucher parentale, une grande pièce, aussi sombre qu'une grotte. « Je t'en parlerai quand tu seras plus grande, je te promets, mais jure-moi de ne pas en dire un mot à ton père », ce à quoi elle répondit sèchement, « je ne jurerai que si tu me dis maintenant tout ce que tu sais, sinon, j'irai lui raconter que c'est toi qui m'en as parlé, et cette fois, c'est toi qui morfleras. » Sa mère la regarda, effrayée, comme si elle découvrait qu'elle avait mis au monde un monstre, mais, à sa grande surprise, elle s'approcha de la bibliothèque, en tira un fascicule jaunissant, intitulé *Les Combattants pour la liberté d'Israël* ou quelque chose comme ça, en feuilleta rapidement les pages, sur chacune apparaissait une photo en noir et blanc, s'arrêta à un endroit précis, puis en silence, elle le lui tendit, ouvert. Atara découvrit le portrait d'une jeune femme à l'incroyable beauté et à l'expression sérieuse, le visage long et noble, les cheveux bruns et bouclés, les yeux en amande un peu bridés. La petite fille qu'elle était la contempla, fascinée, secouant la tête d'incompréhension. Elle lui était familière, lui ressemblait, cette femme, même si elle, Atara, n'avait pas, à son grand regret, sa beauté, car si elle l'avait eue, elle ne se serait pas retrouvée à faire tapisserie aux fêtes du collège, mais peut-être aussi était-ce une beauté qui convenait à des temps anciens et plus durs, une époque où les femmes se devaient d'être tristes et sérieuses, pas comme aujourd'hui, où tout ce qu'on attendait de toi, c'était d'être légère et joyeuse. « Pourquoi ont-ils divorcé ? » demanda-t-elle. « Je n'en ai aucune idée. Ton père refuse d'en parler et oncle Ruby ne sait pas grand-chose. Apparemment, c'est elle qui l'a quitté. Qu'est-ce que ça change ? » déclara sa mère qui haussa les épaules et ajouta, inquiète, « tu ne lui diras rien, n'est-ce pas ? » Mais Atara insista encore, « elle est où maintenant ? Elle fait quoi ? » Sa mère lança un regard effrayé vers la porte, « je n'en sais rien ! Elle s'est sûrement remariée et a eu des enfants. Tu ne lui révéleras pas que je te l'ai montrée, n'est-ce pas ? » répéta-t-elle. « Tu ne trouves pas qu'elle me ressemble un peu, dit encore Atara. Regarde, c'est peut-être à cause d'elle qu'il me déteste ? » L'adulte balaya ses paroles d'un revers de main, « n'importe quoi, tu ne lui ressembles pas du tout, et il ne te déteste pas du tout. Simplement, on dirait que tu fais exprès de l'énerver. Tu dois te montrer plus conciliante. » Elle s'insurgea, « c'est juste que, quoi que je fasse, ça l'énerve ! Même quand je respire. » Sa mère lui reprit le fascicule des mains et la houspilla, « arrête de dire des bêtises. Et arrête de lui tenir tête, tu as tout à y gagner. Bon, maintenant, va faire tes devoirs... D'ailleurs, si tu ramenais d'aussi bonnes notes qu'Ofra, il serait moins fâché contre toi. »

Atara attendit qu'elle sorte et ouvrit la porte de la grande armoire, à l'intérieur de laquelle était plaqué un long miroir.

Elle s'examina très attentivement, plissa les yeux, défit ses boucles et les répartit sur ses épaules exactement comme sur cette photo qu'elle ne reverrait jamais plus.

Le soir même, elle s'approcha du rayonnage de la bibliothèque et chercha parmi les livres, mais la brochure n'y était plus. Lorsqu'elle questionna sa mère, celle-ci fit l'étonnée, jura ne pas y avoir touché, et Atara songea à son père, qui, durant les crises de colère qu'il leur faisait subir, accusait toujours sa femme de mentir. Il devait avoir raison de temps en temps malgré les dénégations suppliantes de celle-ci, « qu'est-ce que tu me veux, je te jure, sur la tête de nos filles, que je ne mens pas », car, en l'occurrence, elle avait assurément détruit ce petit livre. D'ailleurs, bien des années plus tard, lorsque, après sa mort, Atara rassembla ses affaires, elle ne le trouva pas.

« Tu veux vraiment que j'aie des ennuis avec ton père ? lui chuchota-t-elle furieuse le jour où elle revint à la charge. Tu veux me faire regretter de t'en avoir parlé ? Oublie ça, laisse tomber cette histoire, elle ne te concerne pas ! »

Effectivement, elle avait laissé tomber, n'était plus revenue sur le sujet. Et cette conversation avait sans doute mis un terme définitif à son enfance, car ensuite elle s'était jetée à corps perdu dans l'adolescence, s'éloignant le plus possible de ses parents pour ne plus jamais essayer de se rapprocher d'eux. Après avoir épousé Doronn, elle s'était inscrite en maîtrise au Tekhnion et avait quitté Jérusalem avec soulagement. Ensuite, et malgré les divers rebondissements de sa vie, elle ne leur avait ménagé quasiment aucune place, de toute façon, ils n'en avaient pas particulièrement besoin. Son père était absorbé par les recherches qu'il menait et sa mère par les efforts qu'elle faisait pour survivre à côté de lui. Ce n'est que lorsque les maladies et la vieillesse les avaient rattrapés qu'Atara avait commencé à leur rendre visite occasionnellement, mais en veillant toujours à les maintenir à distance respectueuse, même en son for intérieur.

Elle avait attendu la mort de sa mère, à qui elle ne risquait plus de causer du tort, pour oser interroger son père sur le sujet. Elle le fit le dernier jour de la *shiva*[1], tandis qu'elle débarrassait les restes de vaisselle et de nourriture. Il braqua sur elle son regard glaçant et susurra avec rage, « qui t'en a parlé ? C'est de la diffamation ! Je refuse qu'on me questionne là-dessus, tu m'entends ! Jamais ! »

Oh oui, elle l'entendit ! Cette voix et ce regard la renvoyèrent immédiatement à la prison de son enfance, quand elle n'avait nulle part où fuir la colère paternelle. Étonnée, elle se rendit compte que la haine qu'elle ressentait à son égard ne s'était pas tarie avec les années, avait seulement été reléguée en marge de sa vie, à l'instar de cette première épouse, à qui, mystérieusement, elle avait la malchance de ressembler… mais peut-être n'était-ce que le fruit de son imagination.

J'aurais dû rester là-bas avec lui, continuer à faire semblant d'être Rachel, soupire-t-elle à présent. De quoi ai-je eu peur ? Il n'était plus capable de me faire le moindre mal, et voilà que lui revient la douleur cuisante de son cuir chevelu, une douleur ravivée par le souvenir de son plus terrible souhait d'enfant : qu'il meure. C'était le vœu qu'elle faisait systématiquement en voyant une étoile filante ou en soufflant les bougies de son gâteau d'anniversaire. Elle avait aussi une prière spéciale, qu'elle se répétait avant de dormir, ses petites mains plaquées l'une contre l'autre dans une supplique chuchotée.

« Mon Dieu, rappelle-le bientôt à toi ou alors apprends-lui à aimer », s'entend-elle réciter à haute voix dans l'habitacle

1. Semaine de deuil imposée par la religion juive aux parents proches d'un défunt.

de sa voiture. Elle se couvre aussitôt la bouche d'embarras, que t'arrive-t-il ? Tu as oublié qu'il est déjà mort, et non parce que, comme tu le craignais ce fameux jour, tu avais fui sans lui donner ses médicaments. Son père n'avait quitté le monde que quelques semaines plus tard, avec Ofra à son chevet, car elle, Atara, n'était pas revenue après cet épisode et il n'avait pas non plus reparlé de cette Rachel, comme si, vraiment, ces choses-là n'étaient destinées qu'à cette première épouse, celle qu'elle recherchait depuis qu'il était mort.

Elle va l'appeler une dernière fois. Si elle n'obtient pas de réponse, elle rentrera à Haïfa. Combien de temps peut-on attendre ? Voilà une heure qu'elle est assise dans sa voiture trop chaude, à laisser ses pensées vagabonder d'une époque à l'autre, les yeux rivés sur la façade de l'immeuble, ou plutôt sur la ligne d'intersection entre le bitume du trottoir et la pierre de taille éblouissante. Des enfants rentrent de l'école en bandes bruyantes, la rue s'anime. Un break qui paraît encore plus vieux que sa vieille poubelle se gare derrière elle dans un crissement de pneus, un ultraorthodoxe d'un certain âge et de très grande taille en sort, il porte un long cafetan noir malgré la touffeur extérieure, un chapeau noir sur la tête, et s'approche rapidement du chemin qui mène à l'appartement de Rachel. Atara bondit hors de sa voiture, le suit, le voit sortir de sa poche une clé et ouvrir avec une facilité étonnante la porte à laquelle elle a frappé en vain.

Peut-être est-ce le rabbin appelé pour une ultime confession, s'affole-t-elle, mais non, ce n'est pas du tout une pratique juive, d'ailleurs, est-ce que chez nous les employés des pompes funèbres viennent au domicile des défunts, et puis, il a une clé, ça ne peut donc être que son fils ou un parent proche appelé d'urgence. Impossible qu'elle ait un fils ultraorthodoxe. Le détective privé qu'elle a engagé pour la retrouver n'a pas mentionné un tel détail, même si, au fond, cela ne change rien. Pourtant elle a l'impression qu'il plombe définitivement ses dernières chances de rendez-vous.

Elle se souvient de l'ahurissement d'Alex, « un détective privé ? Tu as gaspillé l'argent que nous n'avons pas pour embaucher un détective privé ? D'ailleurs, comment tu l'as dégoté ? Non, dis-moi que ce n'est pas vrai ! » et elle lui avait répondu, « surtout, ce n'est pas tes affaires », puis elle avait ajouté, « je n'avais pas d'autre moyen pour la retrouver. » Elle découvrit ensuite que ç'avait été la partie la plus facile de cette affaire. Pour preuve, la rencontre prétendument fortuite au théâtre de Jérusalem qui était censée déboucher naturellement sur un rendez-vous n'avait pas donné le résultat escompté dans les temps escomptés, et l'avait menée bien tardivement à cette ultime étape, point final d'une désolante succession d'atermoiements.

Aucun doute, il est en train d'appeler une ambulance, on allait bientôt l'évacuer sur une civière et Atara en serait réduite à suivre du regard le corps sans vie, obligée d'enterrer son désir de savoir, ou de comprendre, ou de pardonner. Désir absurde, comme la plupart des désirs : qu'est-ce que cela pouvait bien changer à présent que son père était mort depuis un an et qu'elle allait avoir cinquante ans ? Quel rapport y a-t-il entre cette vieille dame et ce que la vie me réserve encore ? se demande-t-elle, et pourtant elle reste là, sous le soleil de plomb, incapable de renoncer. Et s'il lui restait tout de même une dernière chance ? Pourquoi ne pas profiter de l'arrivée de cet homme et sonner à nouveau jusqu'à ce que cette porte s'ouvre enfin ?

CHAPITRE TROIS

Si Rachel survit, elle sera ma femme

Elle suivait Mano dans le jour qui commençait à poindre, ce moment où le soleil surgit derrière les collines de Moab. Il ne la remarqua pas et gravit le chemin de terre vers leur sublime poste de guet, là où le souffle se perd aux quatre vents, où les paysages jaillissent d'un coup, comme recréés durant la nuit. Il ne tourna la tête que lorsque le bruit d'un éboulis retentit et qu'elle se trouva emportée par une avalanche de pierres. Elle roula dans le précipice, tel le fameux bouc émissaire poussé dans le vide du haut du mont Azazel le jour du Grand Pardon afin de racheter les péchés du peuple d'Israël.

Plus tard, il lui raconta qu'il avait foncé jusqu'à la route pour chercher de l'aide avec un compagnon d'entraînement qui haletait à ses côtés, que tous deux s'étaient lancé le défi de qui arriverait le premier à la sauver, une sorte de compétition dont elle serait la récompense. Ce fut à cet instant seulement, tandis qu'il courait au milieu des plateaux salins brûlants, avec à sa droite la mer Morte alanguie sous une lourde torpeur et à sa gauche une muraille de falaises, lui expliqua-t-il encore, que ses yeux se dessillèrent, qu'il sentit combien il l'aimait et qu'il fit un serment : si Rachel survit, elle sera ma femme et je n'en aurai jamais aucune autre.

Est-ce cela qu'elle racontera à son invitée, ou plutôt la soirée d'après sa guérison, lorsqu'ils s'étaient promenés ensemble pour la première fois ? Dans le centre de la Jérusalem mandataire, ils s'étaient mêlés à la foule animée, trop dense, et avaient trouvé refuge en dévalant les marches qui menaient au café City. Survoltés, ils s'étaient affalés dans les épais sièges au fond de cet établissement en sous-sol, éclairé par de pâles ampoules électriques. Totalement pris par une vive conversation qui ne tarissait pas, ils n'avaient pas immédiatement remarqué qu'ils étaient le point de mire de tous les consommateurs, dont aucun n'était de leur bord. Assis à la table voisine, des officiers britanniques leur lançaient de temps en temps des regards inquisiteurs et méprisants. Celle qui se trouvait juste en face, de l'autre côté du passage, était occupée par quelques jeunes Arabes, en costume-cravate, dont les cheveux huilés étincelaient de noir. Leurs coups d'œil aussi lubriques qu'hostiles réussirent à couper totalement le fil de la discussion, ils eurent beau tenter de la poursuivre comme si de rien n'était, ce fut en vain. Mais quitter les lieux pouvait être interprété comme une fuite et c'était un risque qu'ils préféraient ne pas prendre.

« Et si on s'en allait quand même ? » finit-elle par proposer à Mano qui murmura, « qu'ils s'en aillent, eux. » Cependant il se leva et alla payer. Lorsqu'il passa devant les Arabes, l'un des jeunes se tourna vers lui et, dans un très bel anglais, l'appela « sir » puis essaya de le retenir. De leur table qui croulait sous les verres d'alcool, les officiers britanniques, bandoulières en cuir bien tendues sur des chemises empesées, s'esclaffèrent bruyamment, se tapant les cuisses avec leurs courtes matraques.

« Tu verras qu'ils partiront », grogna Mano lorsqu'ils émergèrent dans la rue et elle demanda, « qui ? Les Arabes ? », il secoua la tête, « non, les Anglais. Avec les Arabes, on pourra vivre en paix », elle ne put s'empêcher de relever, « je suis contente de te l'entendre dire. C'est facile de le croire quand ça sort de ta bouche. »

Il rit puis susurra, comme pour lui-même, « et moi, je commence à comprendre les problèmes d'Abraham notre père. Ce n'est pas évident d'affronter le monde en compagnie d'une très belle femme, de surcroît au milieu d'étrangers qui règnent sur ton pays et ses habitants. » Elle se serra contre lui, « tu n'as qu'à l'imiter et me faire passer pour ta sœur, regarde comme on se ressemble », désigna leurs deux silhouettes qui se reflétaient dans la vitrine d'un chapelier, puis ajouta, hésitante, « tu peux aussi simplement me dire que tu me trouves belle, non ? » Ce fut là qu'il lui chuchota à l'oreille, sans la toucher, « que tu es belle, ma compagne, que tu es belle ! Tes yeux sont ceux d'une colombe derrière ton voile ; ta chevelure est comme un troupeau de chèvres dévalant du mont de Galaad. »

Est-ce cela qu'elle évoquera ? Tant de souvenirs lui tombent soudain dessus dans un bruit d'éboulis, quelle vitalité brûlante émane encore de ces pierres ! Oui, même si elle n'en prend conscience qu'à cet instant, comme ils sont vivants, ces souvenirs qui ont cohabité en elle toutes ces années tels des parasites se nourrissant de son sang ! Veut-elle s'en défendre qu'elle sent le heurt de ses vertèbres tout au long de sa chute, le plaisir causé par les mots qu'il avait chuchotés au-dessus de son visage, la puissance de la révélation de ce début d'amour fou.

Un peu vacillante, elle se lève du fauteuil, entre dans la chambre à coucher, ouvre son armoire et contemple, embarrassée, les robes qui y sont suspendues. Que croyait-elle ? Bien sûr qu'elle ne l'y trouvera pas : sa robe rouge à fleurs jaunes, elle l'a jetée des dizaines d'années auparavant, avec toutes les autres traces qui ne regardaient et n'intéressaient à vrai dire personne, ni sa mère tant aimée, à l'enterrement de laquelle

elle n'avait même pas pu assister, ni son père ou ses frères – qui ne lui avaient jamais pardonné ses années de clandestinité –, encore moins son mari, qui lui avait explicitement demandé de ne jamais évoquer ses premières noces. Non qu'elle ait eu quelque velléité de le faire alors que le pays, ces années-là, pleurait ses morts : les meilleurs de leur génération étaient tombés, les meilleurs de leurs compagnons, alors comment porter légitimement le deuil d'un amour, devant qui se plaindre d'avoir été à ce point humiliée ?

Et pourtant, elle passe les doigts entre les cintres, fouille. Peut-être cette robe apparaîtrait-elle soudain, peut-être était-elle remisée là toutes ces années sans qu'elle le sache ? Si seulement elle pouvait la donner à la fille de Mano, la déposer à son intention sur le seuil de l'appartement au lieu de ce face-à-face, de ce voix-à-voix. Que lui veut-elle ? Pourquoi s'être soudain souvenue de son existence ? Femme soignée et fantasque, à la vie facile, cherche divertissement – avec la curiosité et l'exaltation d'une gamine.

Que lui racontera-t-elle ? Aucune personne extérieure ne pourrait comprendre. L'anathème le dépassait, la dépassait. Ils s'étaient séparés, chacun avait suivi sa voie, telles ces ravines qui descendent des collines vers la mer Morte. À quoi bon revenir sur tel ou tel détail ? Elle l'a occulté pendant soixante-dix ans, ce mariage immature qui n'avait rien laissé en ce monde, seule l'imminence de cette rencontre ravive des histoires mortes, des légendes d'antan, semblables à celles que son plus jeune fils aime raconter et c'est précisément au moment où elle pense à lui qu'il téléphone. En décrochant, elle est encore persuadée que c'est à nouveau son invitée – peut-être ne trouvait-elle pas l'entrée –, parce que son Amihaï ne l'appelle que le matin et ne passe que le soir, deux fois par semaine. Pourquoi faut-il que justement aujourd'hui, au milieu de la journée, il lui annonce qu'il est dans le coin et va en profiter pour faire un saut ? Elle secoue la tête, mécontente, que faire ? Exclu qu'elle reçoive la fille de Mano en présence de son propre fils.

Elle doit la prévenir que leur rendez-vous est annulé, mais elle ne se sent pas la force d'entendre la déception dans sa voix, de même qu'elle ne pourra pas voir la déconvenue se peindre sur son visage, car voilà, elle est à la porte, elle sonne, alors Rachel s'assied sur son canapé, en silence, et croise les bras. Non, elle n'ouvrira pas, elle se montrera aussi cruelle que l'a été Mano. Elle n'expliquera rien, lui non plus n'avait jamais rien expliqué. Elle ne lui révélera pas, derrière le dos de son propre fils, la promesse faite à son défunt mari, celle de garder secrète l'existence de ce premier mariage.

Si bien qu'elle ne répondra pas non plus aux appels téléphoniques répétés d'Atara, elle restera immobile, à la même place, les phalanges de plus en plus blanches. La porte est verrouillée, comme d'habitude, l'intruse abandonnera bientôt et la laissera tranquille, faites qu'elle s'en aille avant l'arrivée d'Amihaï. Elle retient son souffle, aux aguets, comme à l'époque de la clandestinité, quand elle allait d'une planque à l'autre, à certaines périodes elle changeait d'appartement presque chaque jour et jamais elle n'ouvrait la porte.

Les chambres closes où on la déposait avaient été si nombreuses, on lui laissait du thé, du pain et des olives sur la table et on lui disait, « tu restes ici jusqu'à ce soir. » Être enfermée entre quatre murs avait toujours éveillé davantage ses angoisses que de partir en opération. D'ailleurs, les fois où elle poussait dans un landau un baigneur en plastique dont le ventre était rempli d'explosifs, elle ne s'était pas sentie aussi oppressée que maintenant.

À travers les fentes des volets, des planchers et des murs, elle essayait, à sa manière, de garder une prise sur la vie du dehors.

Le paysage, les bruits et les odeurs changeaient d'une planque à l'autre, d'un quartier à l'autre – une seule chose demeurait constante : partout, les gens sortaient de leur immeuble puis y revenaient, ils retrouvaient leur famille, alors qu'elle, coupée de tout cela, ne pouvait que les observer en secret. Elle n'avait ni toit, ni adresse, ni nom. Ses parents ignoraient où elle se trouvait et, si on l'avait arrêtée, ils n'auraient pas su qu'il s'agissait de leur fille, tant elle avait changé d'identité.

De temps en temps, par miracle et justement au moment où la tension était à son comble, son angoisse se muait en un sentiment d'élévation. Elle était alors gagnée tout entière par une extraordinaire paix intérieure. Les meubles de la pièce étincelaient, où qu'elle posât les yeux, il n'y avait que calme et sérénité. Ce retournement était tellement inattendu qu'elle avait du mal à croire qu'à peine une heure auparavant elle était en grande détresse et que le lendemain matin elle devrait à nouveau affronter cette même détresse. En de tels moments, elle se demandait si ce qui paraissait lui avoir été imposé par les circonstances extérieures ne lui était pas, en fait, dicté par quelque besoin intrinsèque, si la distinction entre nécessité et penchant naturel n'était pas un leurre. On la recherchait. Les Britanniques voulaient la capturer. Si on l'attrapait, son sort serait la pendaison. Mais tout cela devenait broutilles, le principal étant que, cloîtrée ainsi, seule dans une pièce, elle se sentait libre. La boisson et la nourriture lui étaient fournies dans des quantités qui ne la laissaient ni affamée ni repue. Elle passait des heures à regarder à travers les volets baissés et se racontait que si elle était enfermée là, ce n'était pas parce qu'on voulait l'arrêter, mais au contraire, que c'était pour qu'elle puisse se retrouver enfermée dans cette pièce qu'elle avait pris tant de risques.

Les années qui suivirent la lutte, elle avait essayé de temps en temps de recréer une telle situation. Tous les détails de sa vie s'effaçaient et, bien que plus personne ne la pourchassât, que plus personne ne cherchât à l'arrêter, elle s'enfermait dans une pièce de son appartement. Toujours libre, toujours seule. Est-ce cela que lui reproche son fils aîné quand il affirme qu'elle n'a pas été disponible pour lui ? Qu'elle a été déconnectée ? Ingrat insolent impertinent ! Elle a toujours veillé à ce qu'il ne manque de rien, ne lui a jamais rien refusé.

Elle constate qu'il ne s'apaise pas avec les années, au contraire, et elle le déplore, même si parfois elle a l'impression que c'est justement grâce à lui qu'elle garde un esprit vif et lucide. Il lui en veut comme si elle était toujours une jeune mère suffisamment forte pour donner, réparer, se défendre, et non une vieille dame dont il faut prendre soin. Le jour où il comprendra qu'il n'y a plus personne à qui demander des comptes, je mourrai, songe-t-elle souvent, ou alors, il ne le comprendra qu'à ma mort.

Comme à l'époque, son cœur s'emballe lorsque la porte s'ouvre soudain, mais ce n'est que lui, son petit, oui, elle l'appellera toujours ainsi malgré la barbe qui envahit son visage. Depuis qu'il a trouvé le chemin de la religion, ce fils-là n'a aucun reproche à adresser, ni au monde en général, ni à elle en particulier, de même qu'il sourit au monde en général et à elle en particulier, à la manière des hassidim de Bratslav, dont il est un adepte. Alors, cette fois encore, elle s'efforcera de masquer ses doutes, est-ce vraiment son petit, ce géant avec cette tenue diasporique, cette barbe grisonnante et ces longues papillotes ? Il a un visage qui lui rappelle ceux de ses ancêtres sur les vieilles photos d'Europe de l'Est, certains se tiennent bien droits, momifiés dans leurs vêtements noirs, d'autres sont assis sur de lourdes chaises comme autant de pierres tombales silencieuses.

Bon, lui, on ne peut pas dire qu'il l'est, silencieux. Et il gesticule beaucoup. Oui, son agitation rappelle tout de même l'enfant qu'il était, il entre et la bombarde de questions, « comment te sens-tu, maman ? Tu as l'air très en forme, Dieu soit loué. Ton aide à domicile est venue aujourd'hui ? Elle t'a préparé à manger ? », et Rachel se hâte de répondre, « non, personne n'est venu. Et toi, comment vas-tu ? D'où viens-tu ? » Il se verse de l'eau de la cruche posée sur la table, tient le verre de sa main droite mais ne boit pas avant d'avoir murmuré, « béni sois-Tu, mon Dieu, Roi de l'univers, par la parole duquel tout est créé », elle répond amen sans conviction et suit des yeux les gestes avec lesquels il ôte son manteau et son chapeau, dévoile une chevelure encore épaisse, une chemise blanche à manches longues, aux coins de laquelle se balancent les franges de laine de son *tsitsit*[1] tandis qu'au-dessus se balancent pareillement ses papillotes comme si un vent violent soufflait dans l'appartement. « Je suis passé voir un de mes élèves qui est malade », répond-il, puis il remarque la table basse où elle a posé des rafraîchissements et quelques douceurs, « tu attends des invités ? » Elle lance d'une voix trop forte, « toi ! Tu es mon invité », espère ne pas rougir et enchaîne, « tu m'as annoncé ta venue alors j'ai préparé deux, trois petites choses. » Il lui offre un sourire si large qu'on dirait un trou béant dans sa barbe, « tu te souviens de l'histoire du rabbi, *L'Invité extraordinaire* ? », et elle répond, « pas vraiment, comment peut-on mémoriser des fables aussi confuses ? »

Il s'assied face à elle dans le fauteuil destiné à celle qui n'est pas là, se sert un nouveau un verre d'eau, « c'est une histoire que le rabbi Nahman a racontée deux ans avant sa mort, le premier soir de Hanouka. Un inconnu entre après l'allumage des bougies, commence à discuter avec le chef de famille et éveille en lui la nostalgie d'un endroit où l'âme se sublimerait. Lorsqu'il

1. Sous-vêtement garni de franges aux quatre coins porté par les juifs pratiquants.

s'en va, le chef de famille le raccompagne et tous deux se retrouvent à voler dans le ciel, mais en même temps, l'homme se voit dans sa maison en train de parler à ceux qui s'y trouvent, de manger, de boire, et il ne comprend pas comment il peut être simultanément là-haut et chez lui. Quand j'enseigne cette histoire, j'explique que ce visiteur inconnu peut être quelqu'un de proche, mais aussi une partie de nous-même qu'on n'aurait pas introduite dans notre vie jusqu'à l'instant où elle apparaît. »

Ce récit suscite en elle un vague malaise et elle demande, « et comment elle se termine, ton histoire ? Avec ton rabbi, la plupart des fins sont compliquées et ne mènent nulle part. » Il a un rire indulgent, se remplit la bouche d'une poignée d'amandes et déclare, « tu es la seule de qui j'accepte des paroles aussi irrévérencieuses, mon agnostique de mère ! Les fins sont toujours entre nos mains. Nous sommes censés résoudre les choses par nous-mêmes. Notre maître nous montre que le chemin est beaucoup plus important que le but, et il nous donne la force de le parcourir », mais elle ne dissimule pas son impatience, « tu sais bien que je suis imperméable à ce laïus. Parle-moi plutôt des enfants, pour changer », et il lâche, « des enfants ou des petits-enfants ? », mais une sonnerie à la porte l'interrompt et elle s'écrie, « n'ouvre pas, Amihaï, je ne veux pas qu'on nous dérange »… sauf qu'il a été plus rapide et se trouve déjà dans l'entrée.

Elle cache son visage entre ses mains, que faire maintenant ? Elle aurait juré que la fille de Mano était partie pour de bon. Comment la recevoir en présence de son propre fils alors qu'elle a promis à son mari que leurs enfants ne sauraient jamais rien de cet épisode ? « Mon chéri, je suis fatiguée, ne laisse entrer personne », tente-t-elle, mais c'est déjà trop tard car le revoilà dans le salon, « tu as de la visite, maman, il paraît que vous avez rendez-vous, elle et toi. » Inquiète, Rachel lève lentement la tête vers la femme qui se tient à côté de lui, vêtue d'une longue robe noire sans manches. Elle a remonté ses boucles en un chignon qui souligne des pommettes hautes et anguleuses et surtout une grande ressemblance avec son père, Rachel ne l'avait pas du tout remarquée lors de leur première rencontre. Cette présence la bouleverse si fort qu'elle secoue la tête à plusieurs reprises, ce que son fils interprète comme un refus, et il se hâte de proposer, « et si vous reveniez une autre fois ? Ma mère est trop fatiguée aujourd'hui », mais l'intruse insiste, regard brûlant, « je viens spécialement de Haïfa, ça m'a pris des heures, peut-être pourriez-vous tout de même me consacrer quelques minutes ? » Rachel baisse les yeux et marmonne, « excusez-moi, ce n'est pas vraiment le moment, mon fils est là. » Mais c'était sans compter sur la gentillesse d'Amihaï qui déclare, « c'est bon, maman, je ne veux pas vous déranger. De quoi s'agit-il ? » À sa grande surprise et alors qu'elle cherche encore une réponse, elle entend son invitée mentir sans ciller, « je suis sociologue et je fais une étude sur les femmes ayant appartenu au Lehi[1], je suis venue interviewer votre mère. » La réaction de son fils la rassure aussitôt, « eh bien, ça ne me pose aucun problème, je serais ravi d'entendre des souvenirs de cette époque-là. Quand on était petits, elle en parlait beaucoup, ajoute-t-il, mais au fil des années, elle a arrêté. »

Rachel lâche un soupir de soulagement, « d'accord, je vous en prie, asseyez-vous. » D'une main hésitante, elle indique le fauteuil qui s'est libéré et ce qui reste de la collation qu'elle a préparée, des amandes, des prunes, des figues sèches, « vous voulez de l'eau ? Un thé ou un café ? Amihaï, tu veux bien

1. Le Lehi (acronyme hébraïque de Lohamei Herut Israël, qui signifie : Combattants pour la liberté d'Israël), aussi nommé le groupe Stern, est un groupe de résistance sioniste extrémiste qui s'est battu entre 1940 et 1948 pour libérer la Palestine du mandat britannique.

aller lui préparer un café ? » propose-t-elle pour l'éloigner, mais malheureusement la femme ne veut rien, se contente de la dévisager de ses yeux perçants, comme si la réponse à ses questions se trouvait dans le corps de son hôtesse et qu'elle ne serait satisfaite qu'en l'auscultant de l'intérieur.

« Que voulez-vous savoir ? » demande Rachel avec un petit sourire censé aussi la remercier de ne pas avoir révélé son secret. « Avec votre permission, commençons par le commencement, enchaîne immédiatement Atara qui, très professionnelle, sort de son sac un stylo et un petit carnet à spirale. En quelle année avez-vous rejoint le réseau clandestin ? Quelles étaient vos motivations ? »

Cette question banale la rassure un peu et elle se lance dans une longue réponse, « très jeune, j'étais déjà très politisée. Je repassais les journaux pour mon père afin de les défroisser et je les lisais en cachette. J'étais rebelle, je haïssais l'attitude du *Yishouv*[1] qui se soumettait à l'occupant britannique et j'avais des convictions marquées à droite de l'échiquier politique. Un jour où je me trouvais au centre-ville de Jérusalem avec ma mère, c'était pendant l'hiver 1944, j'avais quinze ans, j'ai tout à coup vu deux adolescents qui collaient des affiches. C'était très dangereux, surtout en plein jour. Je me souviens que la peur m'avait coupé le souffle. » Maintenant aussi, elle a le souffle court tant la vue du visage face à elle lui est pénible. Pourquoi vous a-t-il appelée Atara, le savez-vous seulement, savez-vous de qui vous portez le prénom ? La question lui brûle les lèvres mais elle s'efforce de reprendre, « je connaissais l'un des garçons, il était dans mon lycée, une classe au-dessus de moi. Ce qui m'a étonnée, c'est qu'il avait des idées de gauche, on s'était même plusieurs fois chamaillés, tous les deux. Les policiers

1. Nom donné à la population juive de Palestine avant 1948.

britanniques sont arrivés, les ont pris en chasse et ont aussi arraché l'affiche, il n'en est resté qu'un petit morceau autour duquel la foule s'est regroupée. "*Les Anglais paieront de leur sang chaque goutte de sang juif qu'ils verseront*", voilà ce qu'on pouvait lire dessus. "*Personne ne nous mènera à l'abattoir comme les Juifs d'Europe.*" Et c'était signé : "*Les Combattants pour la liberté d'Israël.*" À cet instant, j'ai su que là était ma place. Dès le lendemain, je me suis mise à harceler le garçon que j'avais reconnu, j'ai fini par le convaincre de m'introduire dans son réseau, et comme c'est lui qui m'avait présentée, je n'ai pas eu à passer par le comité d'admission. À ce moment-là, je n'étais pas encore fichée par les services de police britanniques, ce qui était un avantage non négligeable. » L'invitée, qui note tout ce qu'elle dit, lui demande alors, « vous souvenez-vous qui était ce garçon ? » et Rachel répond, les lèvres sèches, « oui, c'était Menahem Rubin. Son nom de code dans le réseau était Jephté. »

Amihaï intervient, étonné, « quoi, Menahem Rubin, le grand scientifique ? Je ne savais pas qu'il avait appartenu au Lehi. Si seulement j'avais une aussi bonne mémoire que toi, maman ! » Étrangement, il est resté debout derrière le fauteuil, et projette l'ombre de sa grande silhouette sur la femme à l'aspect délicat, aux bras fins et dénudés. Leurs deux images superposées blessent la rétine, insupportables, et engendrent des éclairs de migraine qui obligent Rachel à fermer les yeux et à baisser la tête, « je suis vraiment fatiguée, on continuera un autre jour », mais Atara ne renonce pas, « vous pourriez peut-être juste me dire à quelles opérations vous avez participé ? »

Rachel pose les mains sur ses tempes qui battent, « au début, je transportais des valises bourrées d'armes jusque dans nos caches. On ne fouillait pas les filles à l'époque. De plus, j'avais l'air très jeune pour mon âge. Je faisais tout ce qu'on me demandait : allers-retours pour porter des messages à Tel-Aviv, repérages, filatures, collage d'affiches. Plus tard, on a revendiqué notre droit, à nous, les filles, de combattre. Ça n'a pas été facile, mais on a obtenu gain de cause. J'ai participé à l'explosion du pont Neeman et à l'attaque des ateliers ferroviaires de Haïfa. Je suis l'une des rares à avoir survécu à cette catastrophe. Si vous saviez le nombre de camarades qu'on a perdus là-bas ! » Elle entend sa voix se fissurer malgré elle, « Boaz, Arié, Fathia, Ouri, Elhanan et Shlomo, Gdalia et Zvi, Haïm, Ouzi, Yossef. Et vous savez comment on les a enterrés ? En cachette, comme des voleurs, à la lumière des phares d'une moto qui passait là par hasard. Les morts de la Hagana, eux, étaient enterrés en grande pompe. Impossible d'oublier une telle injustice », ajoute-t-elle la gorge sèche avant d'enfouir à nouveau son visage dans ses mains. Que lui arrive-t-il soudain, voilà bien longtemps qu'elle n'a pas été autant bouleversée.

« Arrête maman, tu n'as pas de regrets à avoir, intervient son fils d'une voix puissante et chaude. Même en cas de malheur, il nous faut nous réjouir, quitte à faire semblant, car le chagrin et le désespoir sentent la présence divine. » Il lui tend un verre d'eau. Atara, quant à elle, baisse les yeux. « Je suis désolée, mais ta présence divine n'était pas là-bas avec nous », rétorque Rachel avant d'ajouter, irritée, « et tu sais bien que dans ma vie il n'y a pas de présence divine, comme tu dis », puis de marmonner dans le vide, sans regarder son invitée, « excusez-moi, je suis trop fatiguée, je n'ai pas dormi de la nuit », et sur ses mots, elle se lève. Cependant, prise de vertige, elle doit s'agripper à l'accoudoir du canapé, sous le regard inquiet d'Amihaï qui se précipite pour la soutenir. Elle refuse son aide, se retient aux murs et se dirige lentement vers sa chambre à coucher. Là, elle se laisse tomber, épuisée, sur le lit.

Pourquoi avait-elle finalement accepté cette rencontre, et pourquoi a-t-elle accepté de répondre à de telles questions alors qu'elle sait que ce n'est pas la raison de leur entrevue. Cette femme n'est intéressée ni par le sort de Boaz, ni par celui d'Arié, de Fathia, d'Ouri, d'Elhanan ou de ses autres compagnons, mais par le sort de leur amour. À quoi bon raviver un chagrin oublié ? Ce chapitre-là a chu hors du livre de sa vie, si elle se penche pour le ramasser, son dos risque de se bloquer. Pourquoi Atara ne s'en va-t-elle pas, sa présence est une menace, s'indigne-t-elle, et maintenant, je me retrouve otage dans mon propre appartement, obligée de m'allonger sur mon lit au milieu de la journée en faisant semblant de dormir !

Ça cogne dans sa tête, elle cherche des antalgiques dans le tiroir de sa table de nuit, ne peut même pas aller prendre un verre d'eau et doit avaler le cachet à sec, sans rien. L'amertume envahit son palais. Très mécontente, elle entend la fille de Mano continuer à discuter avec son fils à voix basse, a-t-elle l'intention de lui révéler le secret gardé pendant tant d'années ? Enfin, pour l'instant, c'est lui qui parle et qui, bizarrement, répond volontiers, décrit son enfance, raconte l'histoire de la famille, leur installation à Maale Edoumim, cette implantation construite dans un lieu alors totalement désertique. En voilà une qui saute sur la moindre information, à croire qu'elle cherche à s'introduire dans sa vie par tous les moyens ! Rachel n'arrive pas à saisir les questions, mais les réponses de son fils, qui parle toujours comme s'il était en train d'enseigner dans son école talmudique, elle les entend parfaitement. Pourquoi s'éternise-t-il tant ? Elle était certaine qu'il se dépêcherait de partir, ne serait-ce que pour ne pas se retrouver seul dans une pièce avec une femme étrangère, mais non, voilà qu'il s'attarde et s'attarde encore, quoi, il n'arrive donc pas à se détacher de cette enquiquineuse ? Celle-ci aurait-elle hérité du magnétisme envoûtant de son père ? Mano éveillait toujours la confiance autour de lui et attirait les gens comme un aimant. Sera-t-elle aussi décevante ?

CHAPITRE QUATRE

T'attendre, Atara ?

Sur l'autoroute, face au soleil argenté et rond comme une pleine lune, les voitures roulent au pas, Atara fend péniblement le brouillard caniculaire qui alourdit tout le trajet, des collines de Jérusalem jusqu'au mont Carmel, reliant ainsi ses deux villes, celle qu'elle a rejetée et celle qu'elle a adoptée, reliant aussi ses deux hommes, celui qui lui a donné la vie et celui avec lequel elle a choisi de passer sa vie. La clim ronronne, ne lui envoie que des bouffées d'air tiède et la fenêtre ouverte n'est pas d'un grand secours. Quel fiasco. Journée gâchée argent gâché espoir gâché. Tant d'efforts pour essayer d'amadouer une femme immémoriale au visage fermé de sphinx qui te repousse comme si tu étais maudite. « Ne me touche pas, Rachel, je suis maudit », lui avait crié son père la dernière fois qu'elle l'avait vu. N'était-ce d'ailleurs pas ce qui l'avait poussée à entreprendre cette recherche ? « Laisse-la tranquille, qu'est-ce que tu vas y gagner ? lui avait dit sa sœur que cette affaire n'avait jamais intéressée. Elle est sûrement sénile, aucune chance pour qu'elle se rappelle quoi que ce soit, à quatre-vingt-dix ans », mais là n'est apparemment pas le problème. Rachel a une excellente mémoire, c'est juste qu'elle n'a pas envie de se souvenir. Que cache-t-elle ? Peut-être rien, peut-être simplement n'est-elle plus d'humeur à revenir sur cette époque. Tous les gens ne sont pas comme toi, qui fouilles dans le passé et en as fait ton gagne-pain – même si la rémunération que tu en tires reste toujours insuffisante. Incroyable que non seulement cette vieille femme ait changé d'avis à la dernière minute, mais qu'en plus elle ait fait venir, au cas où, son géant de fils pour qu'il entrave la conversation, fasse rempart de son corps aux questions attendues ou sous-entendues qu'elle aurait voulu poser !

Elle s'étonne d'avoir pourtant apprécié la présence de cet homme. Certes, à la manière des ultraorthodoxes, il ne l'a pas regardée en face, mais elle a senti une réelle écoute et une volonté sincère de l'aider dans ses recherches. Il lui a répondu avec gentillesse, lui a raconté l'histoire de sa famille : ses parents s'étaient rencontrés au moment de la création de l'État, en 1948. Le fait qu'ils aient tous les deux combattu dans des réseaux clandestins extrémistes les avait ensuite desservis pour trouver un emploi et s'élever dans la société d'alors. Son père était un homme simple et chaleureux, qui avait travaillé toute sa vie pour la société de transport maritime Zim. Sa mère avait été, durant leur enfance, plus distante, comme enfermée dans un monde à elle, « mon frère aîné a très mal supporté cette ambiance, mais moi, j'ai accepté notre mère telle qu'elle était », a-t-il ajouté avec un sourire et, de sa grande main, il a caressé sa barbe grise, couleur de fumée. « Enfermée dans un monde à elle ? » a-t-elle relevé, mais pour ne pas l'embarrasser elle a laissé ses yeux errer sur les vieux meubles, un buffet en bois peint en noir, un canapé brun foncé dont les coussins sombres eux aussi n'ajoutaient aucune touche de couleur. « Elle travaillait dur et s'est toujours occupée de nous, mais on avait l'impression qu'elle était ailleurs, lui a-t-il expliqué. Elle parlait beaucoup de sa période de clandestinité, de ses amis tués au combat et dont la contribution n'a jamais été reconnue. Elle évoquait ces années-là avec une grande nostalgie. Connaissez-vous l'histoire du rabbi Nahman sur le cœur et la source qui se languissent l'un de l'autre et ne peuvent se rejoindre ? » Sans lui laisser le temps de répondre, il s'est alors mis à raconter, lentement et avec le ton, comme si elle était une gamine qui devait aller se coucher. Au début, cela ressemblait effectivement à un conte pour enfants, il était question d'une montagne en haut de laquelle il y avait un rocher d'où jaillissait une source et, à l'autre bout du monde, se trouvait un cœur qui désirait ardemment l'atteindre. La source aussi voulait ardemment rejoindre le cœur et se languissait de lui. « Pourquoi le cœur ne va pas à la source ? lui a-t-il soudain demandé pour enchaîner, rapprochant ses deux poings l'un de l'autre, parce que si le cœur s'approchait de la montagne pour y grimper, il risquerait, ne serait-ce qu'un instant, de perdre de vue la source et il en mourrait. »

L'histoire allait en se compliquant et elle avait cessé de l'écouter. Cet homme ne pouvait l'aider en rien dans ses recherches, vraies ou fictives, mais elle était restée avec plaisir dans ce petit appartement spartiate, à nourrir encore l'espoir que Rachel change d'avis et vienne les rejoindre. Se dégageait de lui un calme surprenant, et elle s'était souvenue que, dans son enfance à Jérusalem, des ultraorthodoxes habitaient près de chez eux, une très grande famille de sept enfants, dont une fille de son âge avec laquelle elle aimait jouer. Ce foyer-là était en ébullition permanente, à la différence du sien, où il fallait garder le silence dès que son père travaillait. De temps en temps, lorsqu'on la mettait à la porte, elle allait se réfugier chez eux. Son amie lui proposait à manger et à boire sans jamais lui demander pourquoi elle devait rester dehors.

Comme elle avait rêvé, toute son enfance, de se fondre parmi ces gens ! De porter la même robe que les cinq sœurs, de se faire deux tresses bien serrées, comme elles, car alors ses parents n'auraient pas pu la reconnaître et elle aurait grandi ainsi, sous leur nez, mais hors de portée de leur autorité, à observer leur vie sans elle. Malheureusement, au fil des années, un fossé s'était creusé entre elle et sa voisine qui ne passait plus que très vite devant elle, yeux baissés, avec ses longues manches, sa longue jupe et ses grandes chaussettes. Ainsi se promènent sans doute les filles et les petites-filles de cet homme, a-t-elle songé, vêtues de l'uniforme hérité d'un autre monde régi par d'autres lois, lui aussi d'ailleurs paraissait totalement étranger, mais il parlait la même langue qu'elle, sa voix était douce et sensible, alors elle avait été prête à s'en satisfaire, à entendre ses histoires au lieu de celle de sa mère – tant qu'il ne la mettait pas à la porte.

Mais dès que le conte arriva à sa fin – ce qui prit Atara de court, d'autant qu'elle n'y avait rien compris – il se leva subitement, s'excusa de devoir partir… ce qui impliquait clairement qu'elle aussi devait s'en aller. « Je vais juste m'assurer que maman va bien », dit-il au moment où il enfilait son manteau, comme s'il s'agissait de leur mère à tous les deux, puis il entra sur la pointe des pieds dans la chambre à coucher. Le décalage entre sa grande taille et la délicatesse de ses gestes la surprit, un instant, une pensée absurde lui traversa l'esprit : il aurait pu, d'une certaine manière, être son frère à la place d'Ofra qui n'avait cessé d'être en compétition avec elle malgré ses victoires assurées. Avec un tel frère, chaleureux et protecteur, jamais son père n'aurait osé la persécuter et sa vie se serait peut-être déroulée autrement.

« Que votre chemin vous soit salutaire, puissiez-vous arriver saine et sauve à la destination de votre choix », lui souhaita-t-il du haut de son mètre quatre-vingt-dix lorsqu'ils se séparèrent devant l'immeuble. Il lui fit un grand sourire, mais toujours sans la regarder. Malgré ses lourds vêtements noirs, il n'avait pas l'air de souffrir de la chaleur, comme s'il se trouvait sous des latitudes totalement différentes.

« Chez nous, voilà ce qu'on dit : vers le chemin qu'un homme veut suivre, c'est là que ses pas seront guidés », lança-t-il encore dans son dos sur le ton précipité de quelqu'un qui vient de se souvenir de quelque chose d'urgent à faire, et elle s'éloigna avec un petit rire ironique, que dit-on chez vous si l'un va vers l'autre mais que l'autre l'évite ?

À présent aussi elle lâche un petit rire ironique, essuie la transpiration sur son front, la voilà coincée dans les embouteillages avec tous ceux qui rentrent du travail, enrage-t-elle, elle dont la journée de travail a été totalement gâchée. Même sans cela, elle accusait déjà un très gros retard sur son planning et avait eu un mal de chien à obtenir des délais supplémentaires. Elle était trop rigoureuse, pour ne pas dire lente, si bien que ses clients perdaient patience – à juste titre. Ils veulent avoir le temps de vivre dans la maison qu'elle leur conçoit. Il n'est pas donné à tout le monde de tenir aussi longtemps que cette ancêtre rabougrie au visage de pierre. Elle ne ressemble pas à la photo dont Atara se souvenait vaguement, et ne lui ressemble pas non plus, malgré ce qu'elle avait cru dans son enfance. À travers cette femme, elle comprend, de manière encore plus prégnante, à quel point le passé est toujours loin, inatteignable, voire improbable.

Car même quand Rachel a daigné répondre à ses questions, elle l'a fait les lèvres pincées, d'une voix froide et officielle, avant de renoncer tout à coup et de lui fausser compagnie, non sans lui avoir auparavant lancé à la figure le nom de ses camarades tués comme si elle l'accusait de leur mort. Or Atara ignorait tout de cette attaque à Haïfa. Son père parlait peu de la clandestinité, d'ailleurs il parlait peu en général, et en général elle posait peu de questions, d'autant que celles qui lui importaient vraiment, elle les gardait pour elle. C'était un homme taciturne, il travaillait des heures durant, se taisait des heures durant, et quand enfin il faisait une pause, il préférait écouter de la musique classique. Rien dans son attitude n'encourageait le dialogue ou la discussion – a fortiori avec elle. Atara n'était pas moins terrorisée par son silence glacé que par les accès de colère qui le déchiraient de temps en temps et lui donnaient, à elle, l'impression de marcher au-dessus d'un lac profond sur une fine pellicule de glace qui, à tout instant, risquait de se fissurer sous ses pieds.

Plus elle s'éloigne, plus sa colère gronde, heures envolées enfance envolée espoir envolé. Elle ne saura jamais. Comment la première femme de son père a-t-elle osé la laisser venir pour rien ? Maintenant, elle s'en retourne les mains vides, coincée dans les bouchons de cette interminable route qui la ramène vers le nord. Elle ne la recontactera plus, ne mettra plus les pieds dans cet endroit révoltant. Voilà bien longtemps qu'elle n'a pas constaté une inadéquation aussi flagrante entre un paysage d'une telle richesse et une architecture aussi peu imaginative, c'est comme si on avait construit des quartiers ouvriers sur la Lune. Bon, quelle importance, en fait, ce qui s'était passé entre ces deux-là ? Savoir si cela avait déteint sur la manière dont son père la considérait changerait-il quelque chose ? Plus elle y pense, plus elle lui en veut… et maintenant, sa vieille voiture – qui ne sera pas remplacée de sitôt, et pour cause – s'y met et paraît ployer sous un chargement trop lourd. À quoi bon s'être infligé une mission d'autant plus absurde qu'il est mort ? À quoi bon essayer de le connaître, de le comprendre, de lui pardonner ? De toute façon, jamais il ne lui a demandé pardon, et les rares fois où elle formulait des reproches liés à son enfance il les rejetait et rétorquait, dans son hébreu sophistiqué,

« fadaises que tout cela, fadaises et élucubrations », en accompagnant ses paroles d'un geste méprisant de la main.

Une main qu'il avait longue, large et plate comme une raquette de tennis, parfois, en la regardant, la pensée qu'une telle main avait pu tuer la remplissait d'effroi. Elle n'en avait pas la certitude, mais un jour, elle l'avait entendu raconter, avec un de ses rares sourires, à quelques-uns de ses rares invités, son évasion de la prison de Saint-Jean-d'Acre à l'époque du mandat britannique. En l'écoutant, toute recroquevillée sur le pouf du salon, elle avait senti qu'elle était la seule à savoir la vérité : cet homme était effectivement un dangereux criminel qui aurait dû rester derrière les barreaux.

« Mon papa s'est échappé de prison et il est toujours activement recherché », avait-elle un soir révélé à une amie restée dormir chez eux, « pourquoi, qu'est-ce qu'il a fait ? » s'était enquise celle-ci, effrayée, « il a tué », avait été sa réponse d'une laconique simplicité, « qui ? Des Arabes ? », et Atara avait secoué la tête avec gravité jusqu'à ce que ses boucles lui couvrent le visage et chuchoté, « pas des Arabes, des Anglais ! » Dans son enfance, plus personne n'arrivait à imaginer qu'à peine quelques décennies plus tôt les Anglais étaient considérés comme l'occupant honni, et voir son amie se mettre à craindre son père, même si ce n'était pas pour les bonnes raisons, lui avait bien plu.

Pour sa part, pendant des années, elle avait eu le sentiment d'être en cavale dès qu'elle se trouvait hors de portée de cet homme, s'éloignant de Jérusalem pour rejoindre, dans le nord du pays, sa ville-refuge parée de verts et de bleus qui l'accueillait toujours à bras ouverts. Elle respirait chaque fois de soulagement à la hauteur de Shaar Haggaï, en voyant disparaître de son rétroviseur les carcasses de blindés carbonisés laissés le long de la route en souvenir de la guerre de 1948.

Mais maintenant, même ce retour à la maison ne la réconforte pas : elle revient les mains vides et tombera sur Alex qui l'attend les mains tout aussi vides – à supposer qu'il l'attende – et n'essaiera même pas de dissimuler un zeste de joie mauvaise.

Leurs prises de bec sont devenues coutumières – qui a raison, qui a tort, qui a dit quoi, et comment savoir qui a commencé, là-dessus aussi, les avis divergent.

Ce n'est pourtant pas cela qui la dérange, plutôt un sentiment nouveau d'inanité aride. Leur source se serait-elle tarie ? Lui revient en mémoire le récit sur la source et le cœur qui se languissent l'un de l'autre et dont elle n'a écouté que le début. Pourquoi, en fait, ne parviennent-ils pas à se rapprocher ? Qu'est-ce donc qui empêche le cœur d'aller rejoindre la source ? Elle entend encore le géant en cafetan noir poser cette question sur un ton pressant, mais la réponse, elle l'a oubliée. Seuls quelques mots lui reviennent, sans qu'elle n'arrive à les accoler : montagne, désir, inclinaison, nostalgie. Entre elle et Alex aussi, ces derniers temps, il n'y a que des mots qui ne s'accolent pas.

Elle est cependant contente de voir son nom apparaître sur l'écran du téléphone parce qu'il ne l'appelle pas souvent, parfois elle se dit que dès qu'elle n'est pas dans son champ de vision, il oublie qu'elle existe, en revanche, quand elle y est, il ne cesse de lui parler, peu importe si elle est occupée ou pressée.

Avec agacement, il résume ce qu'elle vient de lui expliquer, « donc, il n'en est rien sorti ? » et se jette allègrement sur cet échec avéré, « quand m'écouteras-tu enfin ? Je t'ai dit depuis le début que c'était peine perdue ! » Elle réplique, « assez, Alex. Avec toi, c'est toujours peine perdue. Tu as aussi prédit qu'Eden ne tiendrait pas le coup dans les commandos marine et qu'Avigaïl ne serait pas reçue à Berkeley », mais il proteste, « je ne vois pas le rapport. Toi, tu t'es entêtée dans quelque chose qui dès le départ était ridicule, contre nature. Un être humain, ce n'est pas comme un bâtiment, impossible de le restaurer. Impossible de remonter à son origine. À supposer qu'elle t'ait raconté tout ce dont elle se souvient, ça n'aurait pas été ce qui s'est réellement passé, ça n'aurait eu aucune authenticité», là, elle le reprend, «l'authenticité, c'est le mot que je déteste le plus. Quand comprendras-tu que ce n'est pas du tout ce que je cherche?» De tels reproches sont récurrents dans son travail : à quoi bon œuvrer pour la conservation si on ne peut pas atteindre l'authenticité, ou, inversement, à quoi bon rechercher l'authenticité si, de ce fait, on transforme un bâtiment en décor et qu'on l'extrait du cycle de la vie? Les architectes du patrimoine sont toujours sur la défensive, considérés comme des originaux dans la culture de destruction actuelle. De cela, elle a l'habitude, ce qu'elle n'aime pas, c'est que son mari récupère ce genre de propos et y ajoute des non-dits révoltants, du genre : tu vois, Atara, il n'y a pas que moi, toi aussi tu te trompes de temps en temps, ce qui prouve que tu n'es pas supérieure à moi, voilà qui me permet de me sentir mieux avec moi-même. On dirait deux gamins assis, face à face, sur un tape-cul, quand l'un monte, l'autre descend.

«Bon, c'est clair, j'ai compris, j'espère juste que tu n'as pas l'intention d'y retourner», dit-il, et elle secoue énergiquement la tête bien qu'il ne la voie pas, «surtout pas! Même lui téléphoner, c'est exclu. J'en ai terminé avec cette histoire! Si tu voyais ça, soupire-t-elle encore, ils ont fermé la 6 à cause d'un accident. Je vais devoir passer par la route du littoral, j'en ai pour des heures. Et toi, qu'as-tu l'intention de faire, aller dormir tôt ou m'attendre?»

Depuis un certain temps, il se couche tôt et se réveille avec le soleil, une nouvelle habitude qui la laisse un peu perplexe, est-ce dirigé contre elle ? Ce qui est sûr, c'est qu'ainsi les occasions de friction ou de rencontre se font plus rares. En général, il est déjà fatigué quand elle rentre du travail, c'est donc presque volontiers qu'il monte dans leur chambre juste après le dîner, « de toute façon, le sexe ne t'intéresse plus, alors je ne vois pas pourquoi je t'attendrais », lui fait-il parfois remarquer. Il exagère, comme toujours, pour preuve il ne manque pas d'ajouter, « n'oublie pas de me prévenir en cas de changement », d'ailleurs le voilà qui tente aussitôt sa chance d'une voix rauque, « tu en dis quoi ? Ça vaut le coup que je t'attende ? » et elle s'entend assurer, « évidemment, ça vaut toujours le coup d'attendre. »

Elle n'a pas touché à la collation que Rachel avait préparée, des amandes et des figues sèches, comme pour la fête de Tou-biShvat, et maintenant elle est tenaillée par la faim. Alex, lui, serait assurément allé manger quelque chose à Tel-Aviv et en aurait profité pour proposer à un copain, un des rares qu'il lui reste, d'aller prendre un pot quelque part, alors qu'elle, évidemment, se hâte de rentrer, accrochée à son volant, furieuse. Pourquoi accepte-t-elle les sempiternelles leçons de morale et les questions irritantes, terminées par des points d'exclamation, qu'il lui assène en permanence ?

Elle songe au conseiller conjugal qu'ils avaient consulté et rapidement cessé de voir des années plus tôt, à l'occasion d'une crise. Ce spécialiste avait mis le doigt sur le fait qu'elle ne savait pas se protéger, que son seuil de tolérance était trop élevé, « vous tardez à comprendre qu'on vous agresse », avait-il tranché, un diagnostic qu'elle avait encaissé en silence, tout comme son imposante présence, tout comme la suite de ses paroles, « en ce sens, vous êtes totalement opposés, vous et votre mari. Vous, vous protestez trop tard, lui, il le fait avant même d'être agressé. »

Elle avait naïvement cru qu'il considérait cela comme une grande qualité et complimentait sa supériorité morale sur Alex. Elle avait tout d'abord été surprise d'un constat aussi net, alors qu'elle se croyait chochotte, ingrate et exigeante, puisque, petite, c'était ce que son père lui disait toujours. En fait, il ne le disait pas, il le criait soudain, approchait d'elle un visage qui s'empourprait d'un coup et tendait déjà une main prête à lui attraper les cheveux. Et il n'y avait pas que la couleur de son visage qui changeait, ses traits aussi, sa mâchoire déviait sur le côté, sa bouche grande ouverte se déformait et dévoilait de longues canines, « maudite sois-tu ! » hurlait-il, et si elle n'avait pas le temps de fuir – en général elle ne l'avait pas – elle se retrouvait piégée entre ses bras comme une biche entre les griffes du loup.

Elle avait passé son enfance à dissimuler les tonsures qui trouaient sa chevelure noire, plaques blanches d'humiliation et de terreur, car quand elle gesticulait pour essayer de se dégager de l'emprise de son père, il tirait si violemment sur ses boucles qu'elle avait l'impression que son cuir chevelu partirait avec et laisserait apparaître son cerveau, cette noix gris-rose qu'elle voyait dans les livres dont il s'entourait. Essayait-il de l'atteindre à cet endroit précis ? Au début du collège, sa prof principale l'avait crue atteinte de trichotillomanie et envoyée chez la psychologue scolaire devant laquelle elle avait préféré avouer un TOC imaginaire plutôt que de dénoncer son père. Elle ne se souvient plus de ce qui l'effrayait davantage : la possibilité que ses parents nient et qu'on la traite de menteuse ou au contraire qu'on la prenne au sérieux et, alors, quel sort aurait été réservé à sa famille ?

À la suite de cet entretien, ses parents avaient, eux aussi, été convoqués d'urgence. Évidemment, seule sa mère s'y rendit – son père était toujours trop occupé –, s'engagea à envoyer sa fille se faire suivre mais, au lieu de cela, elle se contenta bien sûr de lui infliger des remontrances affolées, « tu dois être plus prudente ! Si tu ne l'énervais pas autant, tu n'aurais aucun problème. La preuve, il ne s'en prend presque jamais à Ofra. Sache qu'il faut être deux pour danser le tango », sa mère qui s'arrangeait toujours pour disparaître à ces moments-là, pour ne pas voir et ne pas savoir, et quand Atara la suppliait de la protéger, elle lui assénait, « c'est ton père, débrouille-toi avec lui », comme si c'était elle, la fille, qui avait choisi ce géniteur-là et devait donc en assumer les conséquences.

Atara lui avait pardonné depuis longtemps, se disant qu'elle ne pouvait pas se comporter autrement – elle était trop faible et trop effrayée – mais jamais elle n'avait réussi à la comprendre, chose qui s'était encore accentuée lorsqu'elle-même était devenue mère, tant son besoin de protéger sa fille était farouche, total, et après qu'elle avait décidé de se séparer de Doronn pour s'unir à Alex, cela n'avait fait qu'empirer. Au sein de leur nouvelle famille, elle avait été sur le qui-vive en permanence – s'assurer que Yoav, le fils d'Alex, n'embête pas Avigaïl ou qu'Alex ne la blesse pas en se montrant impatient car il réagissait au quart de tour à la moindre friction. Cette attitude protectrice avait assurément contribué à renforcer la tension ambiante et à ramollir sa fille en la rendant trop dépendante. Mais, comme sa propre mère, elle non plus ne pouvait se comporter autrement et cela n'avait d'ailleurs plus d'importance aujourd'hui. Son enfance était passée, celle d'Avigaïl aussi, à tout jamais.

Dommage qu'elle ne puisse pas lui téléphoner, c'est trop tôt, chez elle, en Californie. Depuis qu'elle vit là-bas, elles ont toutes les deux des horaires inversés, ce qui est plus pénible encore que la distance. Elle a terriblement envie de lui décrire par le menu son rendez-vous et sa déception. Si tu savais,

Gulli, c'est incroyable mais au lieu de leur histoire d'amour, on m'a servi une histoire du rabbi Nahman de Bratslav ! Sûr qu'Avigaïl voudrait entendre tous les détails de la rencontre et n'éprouverait ni joie mauvaise, ni besoin de lui dire que c'était perdu d'avance. Sa fille est toujours de son côté, tu n'as rien à regretter maminelle, lui aurait-elle dit si elles s'étaient parlé, je suis certaine que la quête était importante, même si tu n'en saisis pas encore la portée.

Eh bien, moi, aurait répliqué Atara peut-être pour blaguer, je ne saisis toujours pas pourquoi tu as commencé à m'appeler maminelle, je ne suis quand même pas une petite mamie, et Avigaïl aurait ri en répondant : parce que, de loin, tu as la taille d'une coccinelle et que tu es du genre travailleuse. Il me semble que tu fais erreur, Gulli, aurait-elle relevé avec une sévérité feinte, c'est la fourmi qui est travailleuse dans les fables, pas la coccinelle ! Et sa fille aurait demandé, quoi, les coccinelles ne sont pas travailleuses, tu es sûre ? Ce qui, comme d'habitude, n'aurait amusé qu'elles, aussitôt l'habitacle de la voiture se serait empli de papotages intimes et le réconfort apporté par cette relation unique qu'elles avaient tissée au fil des années lui aurait fait le plus grand bien.

« Ma chérie, appelle-moi quand tu auras le temps, je suis dispo pour les deux heures à venir. » Après avoir enregistré ce message vocal, elle passe en revue, dès que la circulation le lui permet, les messages qui se sont accumulés sur son téléphone. Qu'a dit l'ingénieur ? Que se passe-t-il avec les plans pour l'appel d'offres ? Il manque des signatures sur le document et quid du permis de construire ? Vous aviez promis au plus tard fin juin ! Où es-tu, Atara ? Viens vite sur le chantier, on a trouvé une cave dont on ignorait l'existence.

Ouvrir un cabinet n'a pas simplifié les choses, soupire-t-elle en écoutant, sans le moindre enthousiasme, un message vocal particulièrement long. Que de pression, de temps, d'argent bien sûr, de lois et de normes aussi, de commissions, de fonctionnaires et, pour couronner le tout, un niveau d'agressivité qui ne cesse de croître. Une chance d'avoir Ranya à mes côtés, songe-t-elle une nouvelle fois, je n'aurais jamais tenu le coup sans elle. Oui, dans une seconde elle va la rappeler, dans une seconde elle va répondre aussi à tous ses messages, sauf que, à cet instant précis, la seule personne qu'elle a envie d'entendre, c'est sa fille.

Depuis plusieurs jours, elles n'arrivent pas à se parler et ont dû se rabattre sur les textos. Avigaïl est toujours occupée, elle a une vie bien remplie et, même si l'amour y manque – elle n'a encore jamais eu de partenaire régulier et très peu d'occasionnels –, cela ne semble pas trop l'inquiéter, elle l'assume avec naturel, comme si c'était dans l'ordre des choses, se concentre surtout sur ses études et sort de temps en temps avec des copines. Selon Alex, la faute en incombe, bien sûr, à leur relation trop fusionnelle, « pourquoi aurait-elle besoin d'un partenaire, puisqu'elle t'a, toi ? » lâche-t-il souvent, remarque qu'elle réfute en affirmant que la jalousie s'exprime par sa gorge, qu'il considère systématiquement le temps qu'elle passe avec sa fille comme pris sur son temps à lui, ce qui est ridicule ; qu'en vrai il lui envie les rapports privilégiés qu'elles entretiennent alors que lui et son fils restent très distants.

Évidemment, elle se demande parfois si, en l'occurrence, il n'aurait pas un peu raison, car pour Avigaïl, leur complicité, l'écoute et les conseils de sa mère passent avant tout le reste. Pour preuve, après s'être enfin décidée, en première année de licence, à quitter la maison, elle avait trouvé une colocation dans les environs, revenait souvent la voir et partageait avec elle, très ouvertement, ses nouvelles expériences et ses réflexions. Les choses s'étaient aplanies avec son beau-père et, même si Alex restait à l'écart de leurs longues conversations et se sentait un peu abandonné, il avait fini par apprécier la présence de cette gamine, si pleine de vie et d'énergie. Quant à Avigaïl, qui grandissait tandis qu'il vieillissait, elle avait fini par développer une affection indulgente et amusée à son égard, « notre bel objet de collection se bonifie vraiment avec le temps », disait-elle avant de lui taper sur l'épaule en guise d'au revoir, sans se rendre compte qu'il s'était endormi devant l'ordinateur.

« Ça sera tout bénéfice, crois-moi, qu'Avigaïl s'éloigne, lui avait-il répété l'été dernier, alors que le départ de sa fille approchait. Elle est trop dépendante de toi. » Atara, d'accord avec lui, avait soutenu la décision de sa fille de poursuivre ses études aux États-Unis, mais parfois elle le soupçonnait d'être assez satisfait de l'éviction de sa plus ancienne rivale et donc incapable de reconnaître le lourd chagrin causé par cette séparation. Elle avait la sensation qu'Avigaïl emportait au loin une chose très précieuse, irremplaçable, la base solide, mais non moins douce et malléable, sur laquelle elle avait construit sa vie de femme adulte, et que maintenant le sol tanguait sous ses pieds. Car cette jeune fille qui avait fait d'elle une mère à l'époque où elle-même n'était qu'une jeune fille prenait son envol et la laissait seule avec la deuxième famille fondée à ses dépens.

Qu'est-ce que cette région est touffue, étouffante ! Les villes du littoral se rejoignent de plus en plus. Herzlya, Natanya, Hadera, dans les champs qui les séparent poussent des tours d'habitations à un rythme effréné. Elle déteste ce trajet, surtout à l'heure de pointe, quand la circulation et l'air stagnent et que tu te retrouves piégée, affamée et déçue. Sans compter que c'est bien sûr le moment que tes clients ont choisi pour t'assaillir de leurs exigences. Mais toi, tu ne répondras pas, volontairement irresponsable, tu reviens les mains vides et n'as rien à leur donner pour l'instant. Tu ne répondras qu'à Avigaïl ou, bien sûr, à Alex, est-ce qu'il t'attendra ?

Peut-être, au fond, préférerait-elle trouver le salon vide, dépourvu d'expectatives. Elle en serait déçue, mais cette déception est préférable à l'autre – qu'elle craint davantage : celle de le trouver éveillé en train de l'attendre, et que pourtant rien ne se passe, que le contact ne se fasse pas, qu'ils ne retrouvent pas le lien vivant et vibrant qui fut aussi évident que l'air qu'elle respirait, cette communion présente même dans les pires moments. Quelque chose a changé en lui, ou peut-être en elle. Quelque chose dans leur attachement mutuel s'est défait. Depuis le départ d'Avigaïl, elle le sent de plus en plus nettement. Est-ce leur source qui s'est tarie ?

Oui, depuis peu, elle se rend compte à quel point leurs conversations quotidiennes se sont détériorées. À supposer d'ailleurs que l'on puisse qualifier de conversations la manière dont ils lancent leurs remarques dans l'espace commun. Elle dit par exemple, « tu n'imagines pas quelle dispute je viens d'avoir avec l'entrepreneur. Il a coulé le plafond avant qu'on ait obtenu l'autorisation du constructeur », et lui marmonne en retour, scotché à son ordinateur, « on m'invite de nouveau à un congrès à Bristol, mais ça ne me tente pas du tout. J'en ai marre de leur politiquement correct », autant de phrases qui volettent entre eux, en parallèle, sans se croiser. Ou bien, il commence à parler mais ne prend pas la peine de formuler sa pensée jusqu'au bout « dis-moi... », puis il se tait et elle n'insiste pas pour connaître la suite, préfère retourner vaquer à ses occupations. Il est aussi plus lent et moins concentré, ou plutôt, il se concentre, oui, mais sur lui-même. L'égoïsme, qui se dissimulait sous l'humour et une attachante franchise, émerge maintenant dans la manière dont il s'adresse à elle sans daigner s'expliquer. « Regarde-moi ça, le monde devient de plus en plus infantile, tu ne trouves pas ? » lâche-t-il soudain au-dessus d'un livre ouvert, persuadé qu'elle doit savoir ce qu'il entend par là, à moins qu'il ne se pose même pas la question.

Jusqu'à la beauté qui, chez lui, s'est relativement bien conservée, mais n'a plus de valeur pour elle, à l'instar de vieux billets hors d'usage. Elle ne la remarque quasiment plus. La première fois qu'elle a vu Alex, elle s'est dit que jamais elle n'avait rencontré d'homme aussi beau, mais souvent le premier élément qui frappe est finalement le dernier qui compte, exactement comme la vue qu'offre leur maison – un coup de foudre qui, à lui seul, avait suscité en elle un désir incontrôlable d'acquérir cette demeure pourtant si loin de tout, si peu pratique. Eh bien, au fil des années, force avait été de convenir que la beauté n'était pas forcément ce qu'il y avait de plus réjouissant ou de plus agréable à regarder. Ces derniers temps, elle peut passer des jours entiers sans y jeter le moindre coup d'œil, et si elle s'oblige à s'approcher de la fenêtre pour admirer le panorama, l'association de la mer et du *wadi*, dans sa démesure, éveille en elle une étrange contrariété, comme si cette magnificence n'était plus là que pour la narguer.

Quant à Alex, lorsqu'elle le regarde parfois de loin, il lui paraît un peu éteint, lassé. A-t-il perdu de l'intérêt pour la vie en général ou juste pour elle ? À moins que ce ne soit la retraite anticipée, pourtant ardemment désirée, qui le mette face à sa propre impuissance ? Il en avait assez d'enseigner et rêvait de pouvoir enfin, sans contraintes, écrire un livre sur ses recherches autour des superstitions au sein de la société laïque libérale. Mais depuis qu'il est libre comme l'air, elle le soupçonne de ne pas s'y atteler. Autant il a des facilités à l'oral, autant il peine à l'écrit. Il remplissait les amphis mais sa liste de publications reste succincte, ce qui a sans doute nui à son avancement, sans compter qu'il est trop péremptoire et trop radical, méprisant et provocateur, grâce à quoi il s'est retrouvé plus souvent sur les plateaux de télévision que sous les palmes académiques.

En présence d'invités, il lui arrive encore parfois de se ranimer, mais il rechigne quand elle lui propose de voir des amis pendant le week-end, de sortir manger dehors ou d'aller au cinéma. « Encore Ranya et Amir, ça commence à faire beaucoup, non ? maugrée-t-il. On a plein de choses à manger à la maison, qu'est-ce que tu reproches aux lasagnes que j'ai préparées hier ? Et ce film, il sera bientôt sur Netflix, pourquoi aller le voir au milieu d'un tas d'inconnus ? » Car Alex préfère ne pas frayer avec le genre humain de manière inconsidérée. L'année dernière, il s'est même bagarré avec son meilleur ami, et depuis ils ne se sont pas revus.

Tiens, pourquoi ne pas lui proposer de regarder ce soir le film iranien encensé partout et qu'il a refusé d'aller voir au cinéma ? Il y a quelques jours, il lui en a annoncé la diffusion à la télévision aussi fièrement que s'il y était pour quelque chose. Ils ouvriraient une bonne bouteille, mangeraient les restes de la veille ou ce qu'il aurait préparé et, comme d'habitude, elle rirait de ce qu'il ne comprendrait rien à l'intrigue – un détail crucial lui échappe toujours et il en tire d'étranges conclusions. Ensuite, ils monteraient, un peu pompettes, dans leur chambre, et peut-être cette nuit justement arriveraient-ils à se sentir aussi proches qu'avant, aussi proches qu'ils devraient l'être.

Dire qu'on discutait pendant des heures, toi et moi, qu'on avait le cœur si plein qu'il débordait ! On partageait toutes nos pensées, la moindre tranche de vie. Et cela n'avait eu qu'une seule finalité, me permettre, un jour, de te parler de lui. Oui, car c'est grâce à ta manière de m'écouter que mes mots prennent leur sens et leur pertinence, grâce à ta manière de me toucher que mon corps comprend qu'il t'est destiné, et à cet instant elle ne sait plus si ce sont les paroles de la chanson qui passe à la radio ou ses propres pensées.

On s'aimait tellement, s'entend-elle fredonner, on était chaque fois surpris par le hasard et la puissance de notre rencontre, on frissonnait à l'idée qu'elle aurait pu ne jamais avoir eu lieu. Ils n'avaient pas vécu de meilleurs moments que lorsqu'ils étaient amants, chacun encore coincé avec sa propre famille, son propre conjoint et son propre enfant. Ils ne souffraient alors que d'une seule chose, devoir attendre avant de se revoir, ce qui s'était révélé un mal bien doux et bien agréable en comparaison de ce que leur avait réservé l'avenir dès qu'ils avaient essayé de prendre les morceaux de leurs deux familles brisées pour en former une nouvelle qui soit entière.

Atara s'était souvent dit, surtout au début de leur vie commune, mais aussi ultérieurement, qu'ils auraient peut-être dû continuer ainsi, entretenir une liaison secrète marquée par l'absence de l'autre et l'harmonie des retrouvailles. Sauf que, dans ce cas, Eden ne serait jamais né ! Voilà ce qu'elle se répète chaque fois, réponse toujours invoquée invariable invaincue. Eden, leur enfant-paradis, si merveilleux, comme s'il savait qu'il devait justifier des actes commis avant qu'il ne vienne au monde, des décisions prises, des serments trahis.

Avec sa naissance, les vents coupables et furieux s'étaient un peu calmés, les doutes apaisés. Il était leur camée, l'extraordinaire fruit de leur amour et de leur déception. Il les avait tenus serrés autour de lui et transformés en famille. Il avait fait d'Alex le père de son fils à elle, un titre qui lui donnait un avantage sur tous les hommes qu'elle pourrait rencontrer par la suite. De plus, elle s'était juré de ne jamais infliger à ce bébé la souffrance qu'elle avait infligée à sa fille, de protéger cette famille-là contre toute adversité, justement parce qu'elle était fissurée et balafrée, accouchée dans la douleur.

Pourquoi revient-elle maintenant sur leur début, se demande-t-elle, les bouchons se résorbent enfin et elle accélère, le littoral poisseux et indécrottable est maintenant dépassé. Quoi, l'heure est-elle venue de dresser le bilan de leur amour, voire de baisser les bras, d'admettre leur défaite ?

Le principal, c'est qu'elle soit sortie des embouteillages. Elle aime cet instant où les immeubles et les centres commerciaux disparaissent pour laisser la place aux bassins de pisciculture, aux vergers et aux bananeraies, avant que d'un coup se révèle la crête du Carmel dans toute sa nudité sauvage, surtout en cette heure-là, où le soleil couchant le repeint de pourpre. Et voilà que les quartiers sud de Haïfa chatoient entre les *wadi*, là se trouve leur maison, où est assis Alex, c'est sûr, dans leur jardin pentu, devant un verre de bière et un livre fermé, en train de contempler le jour qui s'éteint, peut-être même voit-il au loin sa voiture, minuscule luciole qui avance sur la route côtière.

Mais lorsque, enfin, elle arrivera, c'est dans le salon qu'elle le trouvera, avachi sur le canapé, face au téléviseur allumé, en short de coton et tee-shirt militaire vert olive émigré par erreur de l'armoire d'Eden.

Son ordinateur portable aussi est allumé et ouvert, tout comme sa bouche d'où s'échappent de brefs ronflements. Sur leur table basse en verre, posée devant lui, elle voit une casserole de riz presque vide avec une cuillère à l'intérieur, il a de nouveau mangé directement dedans, n'a pas pris la peine de sortir une assiette, elle s'assied à côté de lui sur le canapé et détaille, furieuse, son profil sculpté. Pourquoi la vue d'un homme qui dort la révolte tant, alors que celle d'un enfant assoupi emplit son cœur de sérénité, et depuis quand s'inquiète-t-elle de ses bonnes manières ? « Salut, Alex ! » lance-t-elle et, comme si elle n'avait pas remarqué qu'il dormait, elle secoue ses genoux repliés, « je suis rentrée. Quoi de neuf ? » Il sursaute, embarrassé, « ah, je viens de m'assoupir », ouvre des yeux vert-gris, de la même couleur que son tee-shirt, jette un coup d'œil à l'horloge murale de la cuisine, « tu ne rentres que maintenant ? Ça t'a pris des heures », lui reproche-t-il aussitôt, comme si cela dépendait d'elle et qu'il était déçu de ses piètres performances. « Que faire, on est de plus en plus à l'étroit dans ce pays, on devrait déménager sur la Lune », réplique-t-elle. « Dans cette maison aussi », lui renvoie-t-il, et il se redresse, son teint est plus pâle qu'à l'ordinaire, ses cheveux gris sont décoiffés, « je ne retrouve plus rien, ici ! Tu n'aurais pas vu la télécommande ? Tu t'es peut-être assise dessus ? » Sans attendre, il lui passe la main derrière le dos, la déniche effectivement, éteint le téléviseur et l'air exaspéré lui annonce, « c'est un bide, ce film iranien, dire que tu voulais qu'on aille le voir au cinéma ! Crois-moi, il ne faut plus faire confiance aux critiques, c'était à qui s'extasierait le plus, un vrai troupeau de moutons ! » Elle s'énerve instantanément, « ne me dis pas que tu l'as regardé sans moi ! Pourquoi ne pas m'avoir attendue ? » Alors il se défend, « je ne l'ai pas vraiment regardé. J'ai juste vérifié s'il valait le coup. J'étais sûr que tu me remercierais de t'avoir épargné une telle perte de temps. Parce que, quel avis compte le plus pour toi, le mien ou celui de ces nullités de journalistes ? » Elle s'écrie, « le mien ! Comment as-tu pu ne pas m'attendre ? On a toujours regardé les films ensemble, qu'est-ce qui te prend ces derniers temps ? » Elle ne peut s'empêcher de geindre mais s'étonne de sa virulence, car elle n'y tenait pas à ce point, et puis, elle pourra le regarder toute seule ou pas du tout, en fait, elle n'a pas le temps. « Je suis toujours coupable, grogne-t-il, j'en ai ras le bol, chaque fois que tu reviens irritée, tu passes tes nerfs sur moi ! En plus, je t'ai prévenue dès le début de ne rien en attendre, de cette vieille bonne femme ! Je savais que tu n'en tirerais rien », alors elle se hâte de changer de sujet, « c'est bon, laisse tomber, Sander, aucune importance. Où est Eden ? À la maison ? »

Ils ont tout de même appris quelque chose, au fil des années. Avant, ce genre de friction anodine pouvait déboucher sur une longue dispute, elle lui lançait à la figure tout ce qu'elle avait à lui reprocher, et lui, bien sûr, n'était pas en reste. Au début de leur vie commune, ils se mouvaient face à face, les nerfs à vif. Après avoir détruit leurs familles respectives, ils s'étaient retrouvés avec un système immunitaire conjugal tellement déprimé que n'importe quel virus arrivait à les contaminer.

« Ces quatre dernières années, tu ne t'es pas posé la question et tout à coup, tu dois absolument savoir où est ton fils ? » ironise-t-il, ravi de cette accalmie, ravi de pouvoir lui lancer une pique, « je te garantis qu'il n'est ni en Syrie, ni au Liban. Au pire, il boit un verre dans la ville basse », et il pousse encore le bouchon, « c'est justement maintenant que tu t'inquiètes ? » Elle soupire, pose la tête sur son épaule, « tu sais bien que je n'ai pas cessé de m'inquiéter, mais là, c'est autre chose. Je ne l'ai jamais vu dans cet état, il a l'air complètement perdu. » Alex passe la main le long de son dos qui soudain frissonne, « on le serait à moins, c'est un gosse sensible, pas une machine de guerre. Impossible de traverser ce qu'il a traversé à l'armée sans que ça laisse des traces, mais il va s'en sortir, ne t'inquiète pas. » Il parle d'une voix calme et elle l'écoute, étonnée, sans arriver à déterminer si c'est par esprit de contradiction qu'il exprime une opinion opposée à la sienne ou bien s'il se voile la face par facilité, obéissant à cette paresse qu'elle connaît bien chez lui, celle qui le fait manger directement dans la casserole au lieu d'utiliser une assiette.

« Tu ne m'as rien laissé », se plaint-elle en essayant de gratter quelques cuillerées de riz un peu brûlé. « Ah, je pensais que tu aurais dîné, que c'était ce qui te retardait. Tu ne t'es pas arrêtée en route pour avaler quelque chose ? » s'étonne-t-il, « évidemment que non, je savais que tu m'attendais, je pensais qu'on regarderait le film ensemble. » Il se lève en soupirant, « je voulais préparer une salade, mais je n'en ai pas eu la force. Je suis patraque depuis ce matin », son pantalon glisse de ses hanches et elle lui demande, « patraque comment ? », mais un grain de riz se coince dans sa gorge et elle court vers la cuisine, boit de l'eau au robinet, ouvre puis referme le réfrigérateur, le freezer, la boîte à pain, dépitée de constater qu'il ne reste quasiment rien, exactement ce qu'Alex préconise, le principal étant de ne rien jeter à la poubelle, par chance, elle trouve une tablette de chocolat aux noisettes dans un tiroir, « tu en veux ? Un peu de douceur ne te fera pas de mal. » Elle s'approche et lui dépose un carré sur la langue, il se met à sucer avec concentration, ses lèvres charnues prennent une teinte sombre comme si on les avait enduites de gloss noir, ce qui rend son visage encore plus pâle, « je ne sais pas trop, c'est une sorte de faiblesse et un mal de ventre », puis il répète, « ça t'a pris des heures, j'étais sûr que tu aurais mangé. Tu n'es pas allée voir ta sœur ? » Elle dit, « je ne suis même pas entrée dans Jérusalem ! J'étais énervée, je me suis dépêchée, et ne me répète pas que c'était inutile. » Il lâche un petit rire, « j'ai l'impression que tu l'as compris toute seule », et met la casserole brûlée dans le lave-vaisselle déjà trop rempli, ce qui ne l'empêche pas d'ajouter encore les quelques verres qui traînent sur le plan de travail. Heureusement, il n'approfondit pas le sujet, cela n'a pas l'air de l'intéresser vraiment, le peu de choses qu'elle lui a racontées par téléphone durant le trajet lui suffisent, alors elle tente à nouveau, « est-ce que je t'ai dit que le fils de Rachel était ultraorthodoxe ? Bizarre, non ? Qu'est-ce que ça révèle d'elle ? », mais il est penché sur son portable et marmonne, « je n'en sais rien, les gens pètent les plombs, ce sont ceux qui ne les pètent pas qui me paraissent bizarres. On va au lit, propose-t-il l'air de rien, ou bien tu veux encore manger ?»

Elle jette un coup d'œil à l'horloge murale de la cuisine. Évidemment qu'elle a faim, mais il est tard, se préparer quelque chose prendrait du temps et elle préfère ne pas trop tarder, alors elle embarque la tablette de chocolat, son téléphone et monte les marches derrière lui. Faire l'amour maintenant, ça aussi, c'est bizarre, songe-t-elle, parler du riz dans la casserole et tout à coup s'embrasser, avec les grains blancs coincés entre les dents.

« Tu es sûr qu'Eden est sorti ? » demande-t-elle au moment où ils passent devant la porte fermée de leur fils, avant de s'engager dans l'escalier en colimaçon qui les mènera à leur chambre sous les combles. Qu'il soit à la maison ne lui déplairait pas car cela les obligerait peut-être à renoncer à la cérémonie prévue. D'ailleurs Alex n'a-t-il pas dit qu'il ne se sentait pas bien ? Ce qu'elle aimerait, c'est qu'il fasse des efforts, qu'il essaie de la séduire, mais il n'y pense même pas. Orgueilleux comme il est, il estime que sa simple présence suffit à l'exciter, et puis, que faire, Eden n'est pas là.

Elle avait beaucoup travaillé, à l'époque, sur la conception de cette chambre mansardée avec vue sur la mer, le ciel et la ligne d'horizon, les vieux pins du jardin, la végétation luxuriante qui couvre le flanc du Carmel puis se déverse jusqu'au littoral. Elle avait percé dans le mur une large fenêtre trapèze ouverte sur ce paysage, avait posé au sol du parquet en bois clair et remplacé les ampoules vives par une lumière tamisée. Ce n'était que grâce à ces combles qu'elle avait réussi à persuader Alex de déménager dans cette immense maison des faubourgs de la ville, perchée au sommet du *wadi*, « on aura tout un étage à nous, en haut, avec vue sur la mer, et les enfants auront celui du dessous », lui avait-elle répété de sa voix la plus suave.

Il aurait préféré rester dans leur petit appartement au centre du quartier du Carmel, au milieu des cafés et des salons de thé qui gardaient encore un arôme européen, mais leurs aînés respectifs entraient dans l'adolescence, la promiscuité amplifiait les frictions, le panorama aux fenêtres se rétrécissait, cerné d'immeubles de toutes parts, alors, avec sa pugnacité caractéristique, elle s'était mise en quête d'un autre lieu de vie, avait ratissé les coins et les recoins splendides dont cette ville portuaire de montagne regorgeait. Cela lui avait attiré les plaisanteries des enfants qui disaient que d'ici à ce qu'elle trouve, ils auraient de toute façon déjà quitté la maison, rendant un déménagement inutile, d'ailleurs elle aussi craignait que ce qu'elle cherchait n'existât pas, et puis quand, pour la première fois, elle avait posé le pied dans ces combles, elle avait senti une incroyable adéquation entre ce qu'elle avait dans la tête et ce qu'elle avait sous les yeux, à l'évidence c'était là qu'ils devaient s'installer, même si le prix dépassait leur budget. Une infinité de nuances de vert et de bleu, vagues nuages feuillage, cela méritait bien qu'ils travaillent plus dur, parce que parfois la mer était verte, le feuillage bleu, et parfois aussi elle avait l'impression que des amandiers poussaient entre les nuages, qu'il suffirait de tendre la main pour cueillir une branche et souffler jusqu'à ce que tous les pétales des fleurs s'envolent, tombent dans l'eau et la recouvrent de blanc.

Mais plus les années passent, moins elle prête attention à tout cela. Elle est trop occupée, n'est pas beaucoup à la maison pendant la journée, la nuit, ce paysage devient glaçant, l'inquiétude monte avec l'obscurité, sans parler des hurlements des chacals qui envahissent le *wadi* et éveillent toujours en elle une insondable anxiété. Au début, Eden les prenait pour des loups et, terrorisé, il venait dans leur lit toutes les nuits, au grand dam d'Alex. Elle ne cessait de lui répéter qu'il n'y avait pas de loups sur le Carmel, rien que des chacals, mais ces puissants glapissements effrayaient le gamin, elle aussi d'ailleurs, sans rapport avec la capacité de nuisance de ces charognards. Au début, alors qu'ils venaient d'emménager, ces cris l'oppressaient tellement qu'elle n'arrivait pas à s'endormir. Parfois, elle avait l'impression que des êtres humains se lamentaient au fond de la vallée, eux-mêmes peut-être, Atara et Alex, leurs enfants, Yoav, Avigaïl et Eden, chacun pleurant une faim insatiable.

Pendant la journée aussi, elle préférait ne pas s'approcher de cette végétation touffue qui se jetait dans la mer et dont les vagues vertes se balançaient de droite à gauche. De près, elle semblait sans fin et sans frein, illimitée, plus étendue que la bande d'eau à ses pieds, moins accueillante. Et justement Alex, qui s'était vu quasiment imposer ce déménagement, était tombé amoureux de ces pentes abruptes et les sillonnait dès qu'il le pouvait. Il y croisait des sangliers et toutes sortes de marmottes, cueillait des feuilles de sauge, remontait à la maison les cheveux et les vêtements parés de lianes collantes, un sourire bravache et puéril aux lèvres.

« Jamais je ne m'habituerai à ces gémissements. Pourquoi sont-ils si tristes, les chacals ? » demande-t-elle tandis qu'elle mord dans la tablette de chocolat et contemple les lumières qui clignotent sur le versant d'en face. Par paires, petites pastilles pétillantes, des yeux glissent sur la route côtière qu'elle vient, elle aussi, d'emprunter. Pourquoi ne répond-il pas ? Mais pourquoi attendre qu'il réponde, il n'est pas un chacal. Il se peut d'ailleurs que la plupart des paroles échangées entre conjoints n'aient pas à attendre de réponses, être énoncées à haute voix, imprégner l'espace commun, doit apparemment suffire.

La vérité, c'est qu'il est aux toilettes et ne l'a sans doute pas entendue, même si, en cet instant, elle capte parfaitement le gargouillis de ses entrailles, et elle s'étonne une fois de plus de cette architecture moderne qui a inventé la suite parentale avec toilettes adjacentes, imposant une intimité aussi embarrassante qu'inutile, comme si l'entité parentale était effectivement un corps unique qui n'avait pas besoin de cloisonnement. Elle commence à se déshabiller, lui demande, « tout va bien ? » et cette fois reçoit le bruit de la chasse d'eau en guise de réponse, il ouvre la porte, « j'ai le ventre en compote, jamais je n'ai eu une telle diarrhée », soupire-t-il.

« Il y a une épidémie de gastros en ce moment, ça dure vingt-quatre heures, j'ai entendu ça à la radio pendant que je roulais. Mange beaucoup de riz et ça passera », le rassure-t-elle, mais il abaisse ses lèvres chocolat dans une moue plaintive qui lui donne un air un peu clownesque, « j'en ai avalé une casserole entière et ça ne fait qu'empirer… » Elle ne résiste pas et éclate de rire. Devant sa réaction, il proteste, « qu'est-ce qui te prend, la diarrhée, c'est très sérieux ! » Elle essaie de se contenir, « évidemment, tout ce qui te dérange est sérieux, tout ce qui dérange autrui n'est que futilité. »

Pourquoi est-ce que tu ne peux pas t'empêcher de lui envoyer des piques, pourquoi ne pas lui donner ce qu'il attend ? se reproche-t-elle au moment où elle prend une douche rapide dans l'air encore vicié de leur salle de bains. « Où est ta subtilité féminine, Atara ? Tu dois faire semblant d'être d'accord avec lui, le caresser dans le sens du poil. Qu'est-ce que tu gagnes à passer ton temps à lui prouver qu'il se trompe ? », la tance régulièrement Ranya, « il n'est pas en reste, crois-moi », se défend-elle toujours, « évidemment, vous vous stimulez. Dès que tu arrêteras, tu verras qu'il arrêtera lui aussi, c'est toi qui dois montrer l'exemple, Alex n'est qu'un homme, après tout », réplique son amie avec un petit sourire retenu, sa belle, intelligente et si triste amie, premier cadeau que lui avait offert sa nouvelle ville. À Jérusalem, une telle amitié n'aurait sans doute pas pu se tisser, mais ici, dans cette urbanité mixte, cela s'est fait tout naturellement, dès leur première année de maîtrise. Depuis, elles ne se sont pas quittées.

Elle se souvient que son père avait hurlé quand elle lui avait raconté, lors d'une des rares visites qu'il lui avait accordées, que sa meilleure amie, qui serait aussi son associée au cabinet, était une Arabe de Nazareth. Un instant, elle avait même craint de le voir à nouveau tendre la main et lui attraper les cheveux de rage, comme à l'époque.

« Méfie-toi d'elle, avait-il dit avant de se lever et de lui agiter son index sous le nez, ce sont eux les plus dangereux ! Ils vivent parmi nous mais ne reconnaissent pas notre droit à exister ! Et ne me traite pas de raciste. J'ai cru de tout mon cœur qu'une fois les Anglais dehors on pourrait vivre ici ensemble. J'espérais qu'on pourrait s'unir contre un ennemi commun, mais ils ont creusé leur propre tombe. S'ils ne nous avaient pas déclaré la guerre, il n'y aurait pas eu le moindre réfugié arabe après 1948 ! » avait-il affirmé avec une ferveur qui l'avait étonnée. En général, il évitait de parler politique, se contentait de remarques méprisantes, comme quelqu'un dont on n'a pas écouté les conseils et qui, depuis, se lave les mains des conséquences.

Dès qu'elle sort de la salle de bains, Alex s'y engouffre à nouveau, une main sur le ventre, vêtu du boxer usé qu'elle lui demande de jeter depuis longtemps, « oh, mon pauvre », se hâte-t-elle de dire. Il referme la porte avec un hochement de tête sinistre et elle s'effondre, épuisée, sur leur immense lit, écarte les bras, plie les jambes et abaisse les genoux de droite à gauche, et inversement.

De la mer monte une agréable brise qui lui caresse le visage, elle la remercie d'un sourire, ses yeux se ferment. Son long périple et la déception qu'il draine se dissipent peu à peu, emportant avec eux le dur visage de pierre qui l'a rejetée ainsi que la voix du géant en cafetan noir et son interminable conte, tellement compliqué qu'elle ne saurait même pas dire si c'était triste ou joyeux.

Elle entend l'eau couler dans la douche en même temps que la sonnerie rythmée et intrusive de Skype qui jaillit de son téléphone posé sur le rebord de la fenêtre. Avigaïl s'est enfin réveillée et l'appelle. Elle attend cette conversation depuis des heures, pourtant elle hésite à répondre. Ne pas raviver la compétition entre sa fille et son mari, voilà plus de vingt ans que ces deux-là se disputent son attention. Alex arborerait immédiatement son expression lésée, tu m'as demandé de t'attendre mais comme d'habitude tu es occupée, je passe toujours en dernier, et si elle dit à sa fille qu'elle ne peut pas s'éterniser, elle entendrait des reproches similaires, maminelle, pour une fois que j'ai le temps, en plus, j'ai plein de trucs à te raconter.

« Passe-lui mon bonjour, dis-lui qu'on s'ennuie ici sans elle », lance Alex qui vient de sortir de la douche, une serviette autour des hanches. De sa longue silhouette bronzée émane une agréable odeur citronnée, sa chevelure, encore bien fournie, tirée vers l'arrière, souligne son visage magnifiquement sculpté, on dirait qu'il va mieux, il la regarde, surpris, « ah, tu n'es pas en train de discuter avec Avigaïl ? J'ai cru avoir entendu la sonnerie de Skype », et elle avoue, de mauvaise grâce, « je n'ai pas répondu », il s'étonne, « quoi ? Tu l'as rejetée ? Pourquoi ? »

Il vient s'allonger à côté d'elle, tout nu, tire sur lui le bord de la légère couverture d'été, elle soupire, lasse de devoir se sentir coupable alors qu'elle s'efforce de ménager tout le monde, « pourquoi ? Parce que si j'étais maintenant en train de lui parler, tu m'aurais reproché de te délaisser, de prendre sur nos moments à nous », mais il se hâte de protester, « moi ?

T'ai-je une seule fois demandé de ne pas lui répondre ? C'est incroyable, pour qui essaies-tu de me faire passer ? », si bien qu'elle renonce à poursuivre cet échange, il est profondément convaincu de ce qu'il affirme, elle le sait, de plus, quelle importance ? Avigaïl est depuis longtemps sortie de l'enfance, n'en subsistent que d'inoffensifs résidus. Elle lui parlera demain, et cette nuit, c'est avec lui qu'elle fera l'amour – oui, elle préfère cette expression innocente, faire l'amour, à tous les autres termes.

Elle fera donc l'amour avec lui, parce qu'elle a l'impression de ne plus avoir d'autres moyens pour lui soutirer de la chaleur et de la tendresse, de la gentillesse et de la générosité, pour retrouver leur osmose totale, et qu'ils ne soient plus séparés par rien, aussi proches l'un de l'autre que l'est leur maison de la mer – à vol d'oiseau. Car c'est quand elle s'abandonne, ferme les yeux et se laisse être possédée et aimée que, paradoxalement, elle sent tout le pouvoir qu'elle exerce encore sur lui, sur cet homme qui, lorsqu'il est en elle, exulte et la couvre de mots doux. Parfois, cependant, elle se dit que ce n'est plus de ça qu'elle aurait besoin, mais plutôt d'un amour diurne, oui, elle aimerait trouver d'autres voies pour atteindre le moi intime de celui qui vit à ses côtés, et pas seulement la nuit. Parfois aussi, elle se demande s'il donne ou s'il prend, mais qu'est-ce que cela change, tel est le moule circulaire de leur couple. L'un désirera toujours moins que l'autre et inversement, peu importe pourvu que le gâteau reste entier.

Chose étrange, il s'est couché à côté d'elle mais ne bouge pas, elle pose la tête sur son torse tout chaud, « tu te sens mieux, maintenant, Sander ? » Il la prend dans ses bras, « disons que c'est passable, me laisseras-tu être ton amant passable ? » répond-il avec un grand sérieux, « ça dépend ce que ça implique pour moi », dit-elle en souriant et il la rassure, « pas grand-chose, juste de m'inviter à entrer dans ton château », il glisse les mains le long de son dos et passe les lèvres sur ses cheveux humides. Comme elle a gardé la tête sur sa poitrine, elle entend son cœur lui pulser dans l'oreille, sa chaleur l'enveloppe, mais peut-être n'est-ce pas la chaleur qui émane de son corps, plutôt celle de ce sentiment de profonde appartenance, et cela va bien au-delà des petites piques et des reproches, des colères et des déceptions, ressent-il lui aussi la même chose ? « Je me demande… », commence-t-il avant de s'interrompre, et elle rit entre ses bras, « tu as de nouveau oublié ce que tu voulais dire ? Une chance que tu te souviennes encore comment je m'appelle », mais il reprend, d'un ton provocant, « je me demande si les hommes que tu as eus avant moi étaient aussi dingues de ton corps que moi », alors elle bâille ostensiblement, « arrête, tu ne trouves pas que ça sent le réchauffé ? Va leur poser la question, qu'est-ce que tu veux que je te dise ? » Il ne peut s'empêcher d'ironiser, « j'en ai pour des années à les retrouver tous. Pas sûr que je vive assez longtemps », elle rétorque, « surtout, je ne suis pas certaine que ça vaille le coup d'y consacrer le temps qu'il te reste », puis éternue, les poils de son torse lui chatouillent les narines, mais il continue, chuchote dans son oreille qui se met à frissonner, « par exemple, ce lieutenant-colonel qui t'attendait tout nu dans son bureau, crois-tu qu'il aimait ton corps autant que moi je l'aime ? Il s'y prenait comment ? Qu'est-ce que tu appréciais le plus dans ce qu'il te faisait ? » Agacée, elle essaie de se dégager de son étreinte, « stop ! Je n'en reviens pas que tu en sois encore à me poser des questions sur ce type, tu sais bien que je ne veux pas en parler », mais il insiste, « pourquoi ? Tu as quelque chose à cacher ? C'est lui qui t'a procuré le plus de plaisir ? »

Dès leurs premières rencontres, il lui avait parlé avec une irrésistible sincérité de ses précédentes histoires d'amour et de ses nombreuses liaisons extraconjugales, l'encourageant à partager avec lui ses propres écarts. Parfois, bien que cela ne lui ressemblât pas, elle s'était laissé convaincre, surtout après quelques verres de vin, y avait même vu une sorte de purification et de promesse de changement. Mais elle gardait certaines choses pour elle, ou ne faisait que les évoquer vaguement, c'est pourquoi, aujourd'hui encore, il restait un peu frustré, obnubilé par quelque secret que seul son corps à elle connaissait. De temps en temps, il lui posait des questions sur ses anciens amants comme s'il essayait de retrouver la jeune femme libre et sans tabous qu'elle avait été, quitte à ce que cela le mette un peu en danger. Étrange, mais plus il y avait prescription, plus l'excitation et l'angoisse suscitées par ses anciennes aventures semblaient se raviver chez lui au lieu de s'estomper.

« Dis-moi juste combien de temps votre histoire d'amour a duré », s'entête-t-il, « Alex, je t'ai déjà expliqué que ce n'était pas une histoire d'amour, mais une relation de subordination », rectifie-t-elle. « Sauf que tu aimes ça. Tu n'as pas encore réglé ton problème avec ton père, la preuve, tu as aussi eu une aventure avec un de tes profs du Tekhnion, non ? Ou peut-être était-ce aux Beaux-Arts de Bezalel ? » Elle se retourne et déclare, dos à lui, « c'est surtout que je n'aime pas m'en souvenir ! Ce n'est plus moi, ça n'a plus rien à voir avec moi ! En quoi ça te concerne ? » Aussitôt, il joue les innocents, « pourquoi tu te fâches ? J'essaie juste de te dire qu'il y a en toi quelque chose qui induit en erreur, que c'est difficile de savoir ce que tu veux vraiment. Même moi, je n'y arrive pas », alors elle réplique, « il suffirait peut-être que tu me le demandes ? Maintenant, par exemple, ce que je veux, c'est dormir. Et aussi arriver enfin à savoir si tu es très bête ou très intelligent. J'ai tantôt l'impression d'avoir affaire à un être très intelligent qui se fait passer pour un imbécile, tantôt le contraire, ce qui est pire. »

Il vient se plaquer contre elle, « la question est : qu'est-ce que ça révèle de toi ? » Il dégage un peu ses cheveux et lui effleure la nuque des lèvres, mais elle le repousse, s'écarte jusqu'au bord du lit, « quoi qu'il en soit, ce qui est sûr, c'est que moi, je suis une imbécile ! Quand je pense que je n'ai pas trouvé bizarre qu'un type, dès notre première rencontre, décide de tout plaquer, de quitter sa maison… et quelle maison ! »

Surprise, elle le voit soudain bondir du lit comme s'il avait été piqué par un serpent, est-il vexé au point de descendre dormir à l'étage du dessous, dans la chambre de Yoav ? Ils ont connu des nuits où chacun, à tour de rôle, se réfugiait dans l'ancienne chambre de son enfant, mais non, il retourne aux toilettes, par la porte de leur salle de bains restée entrebâillée elle entend son corps gémir puis c'est de nouveau le bruit de l'eau de la chasse, ensuite du lavabo, ensuite de la douche. On dirait que la soirée recommence, il va émerger de là une serviette autour des hanches, s'allongera nu dans le lit, la prendra dans ses bras et lui chuchotera des mots apaisants, mais elle ne l'attendra pas.

Cette nuit, la rencontre n'a pas eu lieu et n'aura pas lieu. Il n'a pas voulu entendre ce qu'elle voulait lui raconter, et elle n'a pas voulu lui raconter ce qu'il voulait entendre. Elle lui chuchote un « bonne nuit, Sander » comme s'il était là, à côté d'elle. Son dos est un peu douloureux, durci par une attente qui ne s'est pas concrétisée. Hier soir, en m'endormant, j'étais persuadée que j'allais apprendre quelque chose d'important, se souvient-elle. Maintenant je sais que ça n'arrivera jamais, ce qui, au fond, est tout aussi important.

CHAPITRE CINQ

Toi, tu as choisi, Rachel

Elle a prétendu dormir, et maintenant, le sommeil lui tourne le dos, s'éloigne, s'est-il envolé pour toujours, lui aussi ? Elle a l'impression que, jusqu'à son dernier souffle, elle ne dormira plus. Que ses paupières gèleront, laisseront ses yeux écarquillés se dessécher et finir par se détacher de leurs orbites puis tomber tels des fruits pourris. Ce sera sa punition pour s'être dérobée à son invitée, pour avoir flanché, exactement comme il avait flanché, lui, à l'époque. Car elle aurait pu trouver un prétexte pour se débarrasser de son fils, ou proposer à la fille de Mano d'attendre qu'il s'en aille en s'installant un petit moment dans un café du centre commercial. Mais, par peur, elle a simulé l'indifférence.

Insupportable et inacceptable, voilà ce que c'était. Une tranche de vie amputée, une parenthèse qui a voltigé pendant des années, et un beau jour, voilà qu'elle atterrit devant ta porte et t'oblige, en tes vieux jours, à revenir à des temps anciens qui n'ont abouti à rien.

Toute sa vie, elle avait refusé de se laisser dérouter par cette mutilation absolue, par ce déchirement violent resté sans lendemain. Non, vraiment, voilà qui dépassait l'entendement. Et la question n'était pas uniquement leur naufrage personnel, leur amour, leur avenir et leur mariage tranchés net, mais aussi l'idéal pour lequel ils avaient combattu, eux deux et leurs compagnons qui avaient péri, tous ceux qui avaient courageusement écrit de leur sang ce chapitre héroïque de la lutte pour la création de leur État. Tout cela s'était effrité, évaporé, injustement et indignement relégué aux marges de la grande histoire, et n'avait laissé qu'un terrible sentiment d'échec. Pourquoi Mano avait-il appelé sa fille Atara ? Savait-elle seulement d'où lui venait ce prénom, un prénom qui ne signait pas un amour éternel mais la catastrophe qui les avait frappés.

Et donc, qu'aurait-elle bien pu lui raconter ? D'autant que, pour elle, les choses étaient toujours incompréhensibles. L'anathème avait chassé tel ou tel détail, telle ou telle rumeur. Mano avait soudain dévoilé un visage différent et n'avait plus jamais repris contact avec elle, il avait trahi leur union sacrée, l'avait obligée à lui rendre sa *ketouba*[1], s'était détourné d'elle pour poursuivre sa route dans une autre direction, englouti dans un bruit d'avalanche au sein de ce pays qui, lui aussi, se dévoilait sous un autre visage. Maintenant qu'il n'était plus de ce monde et qu'elle allait bientôt s'éteindre, voilà qu'arrivait une lettre de lui, écrite à l'encre sympathique sur la peau de sa fille. Quoi d'étonnant à ce qu'elle ait eu peur, qu'elle ait préféré lui tourner le dos ?

Nul doute qu'Atara ne sait rien de la missive qu'ils avaient vue dépasser, telle une main blême, de la boîte aux lettres de sa belle-mère, à Jérusalem. Est-ce cela qu'elle lui racontera ? Doit-elle la mettre au courant ? Dire que toute sa vie elle a obstinément repoussé le souvenir de cette nuit-là ! Tant

1. Document qui, chez les juifs, tient lieu de contrat de mariage. Il est donné par le marié à son épouse durant la cérémonie et doit lui être restitué en cas de divorce.

d'efforts pour le voir se dresser à présent devant elle, comme un mort qui se relèverait de sa tombe au bout de soixante-dix ans, révélant un squelette intact. Un cri s'échappe de sa bouche, comment expliquer qu'elle n'ait rien oublié ? Car elle revoit soudain chaque détail, c'est effrayant, la voilà emportée dans un présent qui s'éternise, la voilà à nouveau sous la pluie, en train de descendre avec lui les marches glissantes. Ils avaient fait un saut chez la mère de Mano, sans même prendre le temps de boire un verre de thé, pressés de rentrer à Tel-Aviv après plusieurs jours passés en repérages dans la région, mais cette missive s'était fourvoyée et les attendait dans la boîte aux lettres, avec pour destinataire non pas la famille Rubin, mais une certaine Atara Shamir, rue King George, expédiée par la famille Shamir du kibboutz Dan situé dans le nord du pays.

« Maintenant qu'on l'a trouvée, on ne peut pas l'ignorer, entend-elle Mano déclarer, on doit la mener à bon port, n'est-il pas prescrit qu'il faut rendre l'objet perdu ? » Elle le voit glisser l'enveloppe à l'intérieur de son manteau et, de sa large main, la plaquer contre sa poitrine pour éviter qu'elle ne se mouille.

Racontera-t-elle qu'ils avaient marché, les sens aux aguets, par les rues désertes jusqu'au centre-ville, le vent leur tirait les cheveux de ses doigts grossiers, la pluie leur giflait les joues, les brûlait de froid. Quand le bus pour la gare routière s'était approché d'eux, elle espérait encore pouvoir rentrer rapidement et l'avait supplié de renoncer, « viens, c'est dangereux de traîner ici, on enverra la lettre demain, de Tel-Aviv », mais il ne l'avait pas écoutée, « ça prendra au moins une semaine. Et si sa famille avait besoin d'elle ? Et si on la convoquait pour dire adieu à un proche ? Comment pourrions-nous l'en priver ? », elle avait répliqué, « nos familles aussi ont besoin de nous et on les a abandonnées pour le combat. La preuve, moi, je n'ai pas dit adieu à ma mère. La prescription de restituer l'objet perdu convient en temps normal, pas en temps de guerre. » Les yeux brillants, il lui avait répondu, avec cette flamme qu'elle aimait tant chez lui, « toi, tu as choisi, Rachel, tu savais ce qui t'attendait. Atara Shamir aussi a le droit de choisir. » Le bus s'était éloigné, non sans les avoir auparavant éclaboussés d'eau froide jusqu'aux genoux, et elle n'avait plus protesté, tant elle connaissait l'entêtement et l'intransigeance de son jeune mari.

Comment est-il possible que tu n'aies rien oublié ? Des dizaines d'années se sont écoulées depuis cette maudite soirée, pourtant les stigmates ont continué à vivre en toi, tels des organes dont tu n'aurais pas eu conscience, non seulement les mots et les images sont là, mais aussi les sensations, la pluie qui te laisse trempée jusqu'aux os et la douleur qui te transperce le corps.

Ils arrivaient au coin des rues Keren-Kayemeth et Ussishkin, à l'endroit même où, à peine quelques mois auparavant, Alexander Robovitch avait été arrêté par les Britanniques et dont, depuis, ils étaient sans nouvelles. Mano lui avait alors chuchoté ce vers d'Alterman, écrit pour qu'on n'oublie pas ce héros, « chacun d'entre nous a les pieds posés sur le trou où est enterré le mystère sanglant ». Ensuite, serrés l'un contre l'autre, ils avaient continué à avancer dans la rue King George où le trafic était plus animé, tel un couple d'amoureux insouciants, alors qu'ils transportaient des tracts et des armes dans leurs sacs à dos pleins. Eux aussi risquaient de s'évaporer ainsi, cette nuit ou le lendemain, à ce croisement ou à un autre.

Une fois arrivés devant l'immeuble, ils avaient cherché en vain le nom d'Atara Shamir sur les boîtes aux lettres. Elle s'était impatientée, « on n'a qu'à poser l'enveloppe ici et s'en aller, cette fille a peut-être déménagé, à moins qu'elle ne veuille pas être localisée », mais il avait à nouveau refusé, « attends encore un peu, Rachel, puisqu'on est là ! On ne va pas abandonner si près du but ! »

Racontera-t-elle qu'ils avaient passé en revue toutes les portes, lu tous les noms inscrits dessus, et que, au fur et à mesure qu'ils montaient l'escalier de cet immeuble – le plus haut de la rue de surcroît ! –, leur parvenaient le bruit d'une agitation festive, des éclats de voix et des rires, échos d'une vie normale dont ils étaient eux-mêmes privés, les arpèges d'une guitare qui jouait un chant yiddish émouvant, « pourquoi s'enlisent-ils dans ces pleurnicheries de diaspora, avait-il lâché, ce ne sont pourtant pas les chants hébreux qui manquent ! »

Et comme si ces paroles avaient été entendues, une autre mélodie s'éleva aussitôt, et elle se surprit à fredonner tandis qu'ils poursuivaient leur ascension, dégoulinants de pluie, pour atteindre le dernier étage, « dans les champs de Bethlehem / dans les champs d'Efrata[1] / sur la tombe des patriarches endeuillée / lalala / dans les champs de Bethlehem / dans les champs d'Efrata… ». Comme aspirés par la musique, ils se retrouvèrent à l'intérieur de l'appartement, bien que le nom qu'ils cherchaient ne fût pas inscrit sur la porte entrouverte. Là, quelques jeunes debout dans le hall les laissèrent passer, comme s'ils étaient conviés à la fête. Ils avaient un genre plutôt bohème et paraissaient avoir leur âge, un des garçons tenait nonchalamment à la main un verre de whisky ou de cognac, chose qui ne leur serait jamais venue à l'esprit. Mano demanda, avec son habituel sourire irrésistible, « est-ce qu'une certaine Atara Shamir habite ici ? » Le gars qui avait le verre à la main parut étonné par le simple fait que l'on pût en douter, « quelle question, c'est son anniversaire qu'on est en train de célébrer », puis il lança, « Atara, tu as de nouveaux invités ! » La musique

1. Autre nom de Bethlehem.

cessa instantanément et, de la pièce adjacente, émergea une jeune fille blonde, de petite taille, vêtue d'une robe en laine bleue, qui serrait une guitare dans ses bras. Elle les toisa d'un regard irrité tandis que, dans son dos, la chanson s'éteignait lentement, « … et lorsque sur le pays fatigué minuit sonnera / la belle se lèvera et sa tombe quittera / en silence vers l'est, vers le Jourdain marchera. »

Elle seule savait qu'ils étaient des intrus, si bien qu'elle fut aussi la seule à ne pas les accueillir en souriant. Sans perdre de temps, Mano lui donna des explications, ouvrit grand son manteau et en extirpa l'enveloppe un peu humide, peut-être aussi tiédie par la chaleur de son corps, « cette lettre est arrivée par erreur dans ma boîte aux lettres, mais elle t'est destinée. »

Sans surprise ni remerciement, la jeune fille posa sa guitare contre le mur et s'en saisit d'une main pâle, comme si, tous les jours, ses lettres erraient à travers la ville, étaient ramassées par des inconnus qui se démenaient la nuit, par gros temps, pour les lui restituer. Après quoi elle retourna dans l'autre pièce, les plantant là, un peu mal à l'aise.

« Joignez-vous à nous, proposa un des garçons. Vous voulez peut-être manger quelque chose ? » Rachel se hâta de dire qu'ils devaient rentrer à Tel-Aviv, bien que, comme toujours à cette époque, ils fussent affamés. « À Tel-Aviv ? reprit alors leur interlocuteur, faites bien attention sur la route. » Puis, étrangement, il ajouta, « que Dieu soit avec vous, héroïques combattants. » Les avait-il reconnus ? Allait-il les dénoncer ? À moins qu'il ne fût, lui aussi, un des leurs, car dans les réseaux la plupart des membres ne se connaissaient pas.

Si seulement elle pouvait s'arrêter à cet instant d'aveuglement innocent, ne pas s'ébouler à nouveau sur les pentes raides du destin, soupire-t-elle, allongée tout habillée sur son lit, même pas déchaussée. Comment raconter que, dès le lendemain, ils comprendraient que ce n'étaient pas eux qui auraient dû faire attention ? Car, lorsqu'il rentra le soir dans la chambre qu'une famille bienveillante avait mise à leur disposition pour quelques jours, tenant à la main le journal qu'il avait acheté avec leur maigre pécule alimentaire, il lui annonça d'une voix tremblante, dans son hébreu sophistiqué, « que je ne sois plus nommé Menahem, celui qui apporte la consolation, mais Mekalel, celui qui apporte la malédiction. » Les genoux tout aussi tremblants, il lui tendit la page sur laquelle était imprimée la liste des victimes d'une attaque sur un bus parti de Jérusalem tôt le matin même. Elle laissa échapper un cri d'horreur en lisant le dernier nom, Atara Shamir, âgée de vingt ans, qui se rendait au kibboutz Dan au chevet de sa mère malade.

Les choses lui reviennent avec une effrayante vivacité, battent contre ses tempes. Elle a l'impression que sa mémoire s'aiguise de plus en plus telle la lame d'un couteau qui se retournerait dans son cerveau, et elle voit Mano s'écrouler à ses pieds, il se cache le visage dans les mains, respire avec difficulté, hoquette comme un animal frappé à mort. Elle se voit, elle aussi, de l'extérieur, qui laisse tomber le journal et s'agenouille à côté de lui, frémissante. Jamais elle ne l'avait vu dans un tel état, ni après le suicide en prison de Barazani et Feinstein, ni après le meurtre des adolescents qu'il avait formés à Raanana, ni même après l'attaque des ateliers ferroviaires à Haïfa qui avait coûté la vie à onze des leurs. Ils avaient appris à s'endurcir, à enterrer leurs compagnons de lutte et à continuer, affamés, traqués, solitaires et sans toit, ils ne pouvaient se permettre de souffrir d'aucune absence, que ce soit celle de l'être aimé durant leurs longues périodes de séparation, celle de leurs familles, ou celle de leurs morts.

Racontera-t-elle qu'il avait pleuré toute la nuit sur le canapé-lit aux ressorts grinçants, si bien que la mère de famille avait frappé à leur porte et demandé s'il fallait appeler un médecin de confiance, ce qu'ils faisaient quand ils cachaient un blessé. « Je suis maudit, Rachel, ne cessait-il de gémir, ce n'est pas pour rien que j'ai choisi ce nom de code, je suis Jephté, le fils de Galaad qui a sacrifié sa fille, car cette Atara Shamir était ma fille, celle que j'ai sacrifiée, celle qui, la première, est venue à ma rencontre en dansant au son des tambourins. Tu as vu son regard, Rachel ? La fille de Jephté ne savait rien, mais elle, Atara, a tout de suite compris. Oui, elle a vu que j'étais l'ange de la mort », bafouilla-t-il encore, son maigre corps plaqué contre le mur, transi de froid et de chagrin. Elle lui répéta, en vain, « l'ange de la mort, c'est celui qui a tiré sur le convoi et c'est lui qu'on va devoir combattre », insista, « on n'a pas le droit de pleurer tant que la guerre continue. On a la chance de vivre à une époque décisive, qui demande un total don de soi, physique et mental. Grâce à notre combat, nos enfants naîtront dans une réalité différente. »

Elle n'avait pas fermé l'œil cette nuit-là, tout comme maintenant car elle se retrouve en train de marcher à côté de lui à travers les rues froides, ils posent un pied devant l'autre, leurs pas, lourds de pluie, forment sans le savoir la trame d'une intrigue sanglante de plus, elle voit la jeune fille en robe de laine bleue se dresser devant elle, immobile au milieu de leurs amis morts, Boaz Arié Israël Ouri Elhanan Shlomo Gdalia Zvi Haïm Ouzi Yossef Shmouel Hemda Ruth Méïr et Shemesh.

Elle avait cru que le funeste destin d'Atara Shamir serait emporté dans les tumultes meurtriers de ces jours sanglants, que son nom s'ajouterait à la longue liste de victimes qui avaient donné leur vie pour libérer la patrie. Elle avait espéré que le caractère sacré et justifié de leur combat estomperait l'horreur des circonstances, le sentiment de culpabilité et de responsabilité, de honte et d'ironie, de faute impardonnable.

Comment aurait-elle pu, à l'époque, mesurer la profondeur du traumatisme, la douleur d'une prise de conscience qui ne faisait que s'amorcer.

Car jusqu'à cet épisode, que ce soit dans les sous-sols minables, dans les cabanes au toit suintant ou dans les réduits obscurs des quartiers pauvres – celui des Tôles à Jérusalem, Manshiya à Jaffa, Kerem-haTeymanim à Tel-Aviv – où ils se retrouvaient à trois ou quatre, jamais plus de cinq pour ne pas faillir aux règles de sécurité, pour discuter et confronter leurs idées, parfois jusqu'au matin, c'était presque toujours Mano qui sortait vainqueur. Elle aimait l'entendre avancer ses théories à l'architecture très élaborée, parfaitement argumentées. Elle n'était pas la seule. Même leurs officiers venaient de temps en temps demander conseil à ce jeune homme brillant qui citait aussi facilement Jabotinsky et Brenner, Nietzsche et Marx que les prophètes bibliques. « Aucune raison de nous abaisser devant la culture des Européens, reprochait-il aux camarades, les prophètes d'Israël les ont devancés en tout ! » Mais cette question était devenue marginale dès que le mouvement s'était déchiré entre droite et gauche, tiraillé des deux côtés. On se ressemblait mais on n'avait pas les mêmes idées, on partageait davantage des traits de caractère qu'une doctrine. Ce n'était pas un hasard si l'on trouvait côte à côte, dans le Lehi, Yossef le communiste et Zvi le croyant. Ils étaient frères d'armes, mais avaient presque tous échoué sur la question la plus importante, à savoir qui était leur ennemi.

Elle justement, pourtant une des plus jeunes et des moins instruites du groupe, doutait parfois, mais avec Mano Rubin, impossible de discuter. « Les Arabes qui vivent ici ne sont pas nos ennemis », répétait-il, s'accrochant au moindre détail qui indiquait une possibilité, fût-elle très mince, d'entente entre les deux peuples. « Nous allons réussir à fonder ensemble un front commun contre l'envahisseur britannique, nous avons les mêmes intérêts, nous tous, tous les habitants de cette région, sans distinction de religion, de race ou de nationalité. » Mais l'assassinat d'Atara Shamir au début de ce terrible hiver 1948 avait été annonciateur des calamités qui allaient s'abattre sur eux dans les mois à venir, sur eux et sur leur jeune État, leur mouvement en déliquescence et leur couple, qui ne laisserait ni prolongement, ni trace.

À quoi bon remuer tout cela, soupire-t-elle, allongée sur le dos, tellement épuisée qu'elle n'arrive même pas à se tourner. Jamais elle ne s'était autorisée à revenir sur ces événements et elle n'en avait parlé à personne. La vie continue après des catastrophes pires encore, d'autant qu'elle s'était remariée, avait eu des enfants et lui aussi. Rien n'était resté de leur amour, de la famille qu'ils rêvaient de fonder une fois le combat terminé, de la vie qu'ils espéraient avoir. Il voulait faire des études de sciences et de philosophie, elle de droit et de littérature. Ils imaginaient le jour où ils pourraient vivre en paix dans leur patrie libérée, raconter à leurs enfants des histoires de gloire et d'héroïsme.

« À la nouvelle année, à la nouvelle année / dans mon jardin une rose a poussé », entend-elle soudain sa voisine de palier chanter, la voix vibrante d'émotion en tapant comme une forcenée sur son piano pour s'accompagner, « à la nouvelle année, à la nouvelle année / nos cœurs répondent par une prière surannée. » La pauvre ne se souvient plus que de cette seule et unique chanson, qu'elle répète indéfiniment, à toute heure du jour ou de la nuit. Un instant, Rachel lui envie son cerveau de plus en plus vide, alors qu'à l'époque où cette femme allait bien elle ne l'aimait pas et s'arrangeait toujours pour l'éviter. Depuis qu'elle la voit ainsi dépérir, c'est la pitié qui a pris le dessus, surtout quand elle l'entend se faire houspiller par son aide à domicile. « C'est la nuit, dodo ! Dodo, c'est la nuit ! » est justement en train de crier cette dernière afin de réduire la pauvre sénile au silence. La tire-t-elle de force, cette fois aussi, pour la mettre au lit ? Rachel devrait se lever et aller frapper à la porte, ce qu'elle fait de temps en temps. Sa présence tempère le mauvais caractère de l'auxiliaire, mais là, elle n'en a pas la force, de plus elle a mal partout. Voilà des heures qu'elle est allongée sans bouger, la bouche sèche, les yeux suivant le jour qui agonise, à moins que ce ne soit déjà l'aube qui monte derrière le volet baissé. Elle n'aurait jamais dû accepter de rencontrer cette femme, elle n'aurait jamais dû recevoir cette lettre d'outre-tombe, elle sent que cela la met en danger et, pourtant, il n'y a rien qu'elle désire davantage que de la revoir.

Le problème, c'est qu'elle peine à tendre la main vers son téléphone, est-ce mieux ainsi ? Car elle ne sait plus si elle donnerait ou prendrait à Atara, si ce serait une bénédiction ou une malédiction. Pour l'instant, un jour nouveau se lève, une blessure ancienne se rouvre. Peut-être son dernier jour, peut-être son dernier devoir. Alors, la gorge aussi sèche que si elle avait passé la nuit à pleurer ou à discuter, elle finira tout de même par lui dire, « bonjour Atara, je suis désolée de ne pas avoir pu vous aider hier. Si vous revenez aujourd'hui, je vous raconterai de qui vous portez le prénom. »

CHAPITRE SIX

D'où sors-tu, Atara ?

« C'est qui ? » demande-t-il, et sans attendre qu'elle réponde, il enchaîne, « je ne me sens vraiment pas bien. » Il s'assied sur le lit et regarde autour de lui d'un air contrarié. « C'est Rachel, tu te rends compte ! Maintenant elle a quelque chose d'urgent à me raconter, alors qu'hier elle a tout fait pour éviter de me parler. Et toi, qu'est-ce qui t'arrive ? » Il hésite, « je ne sais pas exactement, mais je ne suis pas dans mon assiette. » Elle passe la main sur quelques mèches rebelles qui se dressent au sommet de son crâne, « si tu ne sais pas, ça ne peut pas être bien grave, et pour qui se prend-elle, celle-là ? Elle croit que je vais encore perdre une journée de travail et me retaper tout le trajet ? "Pas par téléphone, je suis d'une génération pour qui le téléphone n'est destiné qu'à transmettre des messages" », continue Atara en imitant le ton austère de la vieille dame.

« Hier, tu m'as promis de ne plus y retourner, quoi, tu n'as aucune dignité ? Et si elle change d'avis encore une fois ? » maugrée-t-il, elle se hâte de répondre, « évidemment, c'est exclu, mais pas la peine de retourner le couteau dans la plaie », avant de se lever et de se diriger vers la salle de bains. Elle a beau dire, elle est bouleversée par la main qui vient de lui être tendue. La glace est enfin rompue, après des mois de vains espoirs.

Étrange, on ne lui a jamais dit qu'elle portait le prénom d'une personne en particulier, songe-t-elle tout en se préparant. Elle enfile une légère robe couleur cuivre, se brosse les cheveux et les attache en chignon, se met du rouge à lèvres foncé. « Qu'est-ce que tu te pomponnes ! À se demander si tu vas au travail ou à un rendez-vous galant », lance-t-il dans son dos, il est toujours au lit et ce reproche récurrent l'atteint alors qu'elle se passe du mascara sur les cils. Elle lui renvoie un sourire provocant à travers le miroir, elle a toujours aimé bien s'habiller et se maquiller. Dans le monde brut et grossier du BTP, se servir de sa féminité n'était pas sans présenter certains avantages et ne lui posait aucun problème, jusqu'à un certain point évidemment, de toute façon, depuis qu'elle a rencontré Alex, la séduction et les conquêtes ne l'intéressent plus, bien que lui, de son côté, n'ait jamais renoncé à un zeste de suspicion.

Elle balaie la pièce du regard pour s'assurer qu'elle n'a rien oublié, « tu veux que je te monte quelque chose avant de m'en aller ? » demande-t-elle, « non, je vais me rendormir, je suis crevé. » Elle s'approche de lui, pose le bout des doigts sur son front, « en tout cas, tu n'as pas de fièvre, décrète-t-elle, c'est certainement ce fameux virus de vingt-quatre heures. D'ici ce soir, tu te sentiras mieux. Les hommes, dès qu'ils sont malades, c'est une horreur, ils se croient toujours à l'article de la mort », ajoute-t-elle, utilisant la troisième personne du pluriel pour éviter de le vexer et faire passer sa pique comme un simple constat sur la gent masculine. « Eh bien, bonne nuit, Sander, appelle-moi quand tu te réveilles. »

Sauf qu'elle sent le bout de ses doigts picoter au moment où elle descend l'escalier vers la cuisine, il a peut-être quand même de la fièvre ? Aucune importance, cela partira comme c'est venu, il en fait toujours des tonnes. Pour n'importe quelle broutille. Elle passe devant la chambre vide d'Avigaïl, la chambre vide de Yoav, la porte fermée d'Eden qui sans doute dort encore… aussi s'étonne-t-elle de le trouver en bas. Une angoisse lui vrille les entrailles dès qu'elle le voit, assis tout seul à table, torse nu, dans cette cuisine qui aurait dû être vide, devant un verre vide, visage impavide.

« Bonjour mon enfant adoré, lance-t-elle avec une désinvolture feinte, te voilà enfin ! Tu es côté jour ou côté nuit ? » En guise de réponse, il grogne, « je suis plus un enfant. » Elle encaisse la remarque avec résignation et va se préparer un café, sait que sa présence le met mal à l'aise, tout comme sa présence à lui la met mal à l'aise. Il fut un temps où elle pensait que c'était le plus beau mot du monde, enfant, enfant, enfant, elle exultait en le regardant pousser ses petites voitures à travers le salon, magnifique, irrésistible avec sa peau mate, ses cheveux couleur de miel, ses yeux brillants, parfait mélange d'elle et Alex, lui qui avait fait d'eux une vraie famille. Jusqu'aux motifs de son pyjama – des éléphants et des lapins qui volaient entre les nuages, accrochés à des parapluies – d'où elle tirait une réelle sérénité lorsque, le soir, elle pliait le linge propre. Mais tout cela s'est dissipé depuis longtemps, remplacé par la plaie de l'adolescence mordante, elle-même remplacée par les montagnes russes du service militaire et, alors qu'ils en voyaient enfin le bout, qu'ils s'apprêtaient à respirer de soulagement… quelque chose avait soudain déraillé. Saurait-elle un jour ce qui s'était passé ?

« Tu veux un café ? » Il secoue la tête. Il n'est certainement pas non plus preneur d'une conversation, elle, de son côté n'a pas le temps, mais elle ne peut s'empêcher d'essayer, « bon, dis-moi, qu'est-ce qui t'arrive, Eden ? J'avoue que je n'arrive pas à comprendre », elle s'assied face à lui avec sa tasse. « Pas grand-chose pour l'instant et j'ai pas envie de parler », répond-il sèchement, regard fuyant dans la violente lumière matinale, elle soupire, « ça ne me surprend pas, mais explique-moi juste comment tu t'organises avec ton unité. Tu attends une autre affectation ? Ils t'ont mis en congé anticipé en vue de la quille ? En arrêt maladie ? », il susurre, « un peu tout ça », alors elle rétorque, « sauf que ces trois choses sont contradictoires », il lui renvoie un « et alors ? » sans prendre la peine de développer. Derrière son dos nu, la mer se dissout dans le ciel et tout le *wadi* semble happé par le néant. « C'est ta décision ou la leur ? » insiste-t-elle, « la leur », dit-il, ce qui la rassure un peu : avec l'air tellement perdu, tellement abattu qu'il affiche, comment pourrait-il prendre la moindre décision ? Sans doute a-t-il trop exigé de lui-même durant ces années d'armée. Elle lutte contre l'envie de le serrer dans ses bras, de lui demander de ne pas se rendre la vie trop dure, de ne pas trop se torturer s'il a commis une faute, car elle sait qu'il ne voudra pas entendre ces mots venant d'elle. Dans le monde qu'il s'est construit, il n'y a plus de place pour la tendresse maternelle.

Alex et elle ont suivi la métamorphose de leur fils depuis qu'il a été mobilisé, élargissement des épaules et gonflement des muscles, visage de plus en plus fermé, vocabulaire réduit et voix devenue monocorde. Il s'est éloigné d'eux, d'elle surtout. Elle savait aussi que ses propres angoisses le perturbaient, alors elle s'efforçait de les dissimuler. Parfois, elle sentait qu'il aurait voulu lui parler comme avant mais qu'il ne savait plus comment faire – idem pour elle. Il devenait de plus en plus énigmatique, de moins en moins familier. Même sa démarche avait changé, la partie supérieure de son corps était quasiment figée, et elle le regardait, perplexe, est-ce que, quelque part à l'intérieur de cet homme athlétique et taciturne, se cachait encore son petit garçon à elle ? Dire que, cette dernière année, ils s'étaient réjouis de constater qu'il commençait à s'intéresser un peu au monde extérieur, que son horizon s'élargissait ! Ils avaient vu passer quelques filles à la maison, traîner quelques livres ouverts, quelques anciens amis revenaient… avaient-ils crié victoire trop tôt ? Ou bien était-ce l'anesthésie militaire qui s'était évaporée trop tôt et avait bousculé l'équilibre entre sa sensibilité et les missions qu'on lui imposait ?

« Je dois y aller », déclare-t-elle, mais elle reste assise face à lui, incapable de s'arracher à ce jeune homme qui fut un jour son enfant, dont les cheveux ont foncé au fil des années, tout comme les sourcils et les cils qui ombragent des yeux bleu ciel, il a un nez épaté qui remonte légèrement, des lèvres charnues et chacun de ses sourires creuse une charmante fossette sur sa joue gauche. Mais quand l'a-t-elle vu sourire pour la dernière fois ? Au moment où elle se lève, elle tend la main, lui passe machinalement les doigts sur la joue, sent aussitôt sa réticence.

« Surveille un peu ton père, d'accord ? Il est patraque », lui lance-t-elle juste avant de sortir, « pourquoi, qu'est-ce qu'il a ? » demande-t-il sur un ton plus doux, tête tournée vers elle, « apparemment un virus intestinal. Monte le voir de temps en temps, OK ? » et elle ajoute, comme si elle rembobinait leur conversation, « enfin, si tu ne vas pas dormir maintenant. » Est-il côté jour ou côté nuit ?

« Je passe voir un bâtiment non loin d'ici, précise-t-elle encore, ensuite, je reste au cabinet jusqu'à ce soir. Appelle-moi en cas de problème. » En vrai, il s'en fiche de savoir où elle va, et pourquoi lui avoir dit qu'elle serait au cabinet jusqu'au soir alors qu'intérieurement elle ne cesse de penser à Rachel et à l'appât qu'elle lui a lancé, je vous raconterai de qui vous portez le prénom.

Tandis qu'elle roule vers le vieil immeuble qui attend une deuxième chance, elle songe à nouveau au jour où elle a rencontré Alex. Il venait d'acquérir avec son épouse une villa classée monument historique au centre du Carmel et c'était cette dernière, une Américaine pimpante, qui était venue leur ouvrir la porte dans un claquement de talons aiguilles. Ce fut à cet instant qu'Atara le vit pour la première fois, assis sur le rebord de la fenêtre. En tant que spécialiste de la conservation du patrimoine – un domaine qui commençait à peine à se développer en Israël – elle accompagnait une amie plus expérimentée qui avait été sollicitée pour réaménager l'espace. Ensemble, elles avaient prévu d'examiner le lieu pièce par pièce pour prendre des mesures, faire des relevés et des croquis, mais, au moment où il avait tourné la tête vers elle, avec une lenteur arrogante, elle s'était arrêtée net, incapable d'avancer ou de reculer, ce qui pourtant la démangeait. L'aspect de cet homme avait déclenché en elle un tel tumulte qu'elle se sut aussitôt condamnée soit à l'effacer de sa mémoire et à ne plus jamais le revoir, soit, au contraire, à le voir tous les jours, toutes les nuits, sur l'oreiller à côté d'elle, au-dessus d'elle pendant qu'il la posséderait, oui, ce fut le mot qui, à sa grande honte, lui vint à l'esprit – pourquoi donc la posséderait-il ?

Avec souplesse, il avait sauté du rebord de la fenêtre arquée pour s'avancer vers elles, les cheveux clairs en bataille, vêtu avec une nonchalance hivernale étudiée, une veste en jean au-dessus d'un pull noir, un pantalon en velours côtelé. De près, elle avait remarqué les pattes-d'oie qui encadraient son regard et les rides qui descendaient sur ses joues, plus tout jeune, pensa-t-elle, ce qui n'enlevait rien à son charme. Elle le regarda à la dérobée dès qu'il eut rejoint, avec un léger retard, le tour du propriétaire que leur petite délégation avait entamé et, lorsqu'ils arrivèrent sur la terrasse, qu'elle et son amie s'émerveillèrent des dalles en marbre ornées de losanges noirs, il commenta, non sans un sourire provocant, « il y a les mêmes dans le palais présidentiel de Syrie ou au Liban, parce qu'elle ne se satisferait pas de moins », et ce qui surprit Atara, ce fut qu'il la regarda elle, comme si c'était d'elle qu'il parlait et non de sa femme – ce qui, bien sûr ne la laissa pas indifférente. Elle entra aussitôt dans son jeu, lui posa des questions sur l'histoire de la maison et écouta, aux anges, les mésaventures de ce Juif fortuné dont l'épouse avait refusé d'immigrer avec lui en Israël, jusqu'à ce qu'il lui promette de lui construire la plus belle villa du mont Carmel, face à la mer. Au moment où leur petit groupe sortit dans le jardin en espalier auquel on accédait par deux allées de palmiers, il ne cessa de la dévisager de ses yeux gris argenté, exactement de la couleur des nuages qui passaient lentement au-dessus d'eux, glacés et sublimes.

« Tu en dis quoi, Atara ? » lui demanda son amie, et elle soupira d'émerveillement, « qu'est-ce qu'on peut dire, c'est la combinaison parfaite du style international et de l'architecture arabe. Il a effectivement construit pour sa femme la plus belle des demeures », ce qui permit à Alex de conclure sèchement, « sauf qu'elle n'a pas eu la chance de la voir. Les nazis l'ont assassinée avant la fin de la construction. » Elle s'entendit demander tout bas, uniquement à son intention, « alors quelle est la morale ? Que si elle avait revu ses exigences à la baisse, elle aurait eu la vie sauve ? » Il sourit et demanda, étonné, « pourquoi devrait-il y avoir une morale ? C'est une histoire vraie, pas une fable didactique. » Elle voulut savoir s'il connaissait d'autres détails, « quoi par exemple ? » chercha-t-il à comprendre avec un brin d'amusement, et elle répondit, « par exemple pourquoi refusait-elle d'immigrer avec lui en Israël, était-ce lui ou le pays qu'elle n'aimait pas ? Ou encore : comment a-t-il vécu ici, sans elle ? Est-ce que le couple avait des enfants qui eux aussi ont été assassinés, etc. ? » Alex leva ses longs bras en guise de reddition, « vous avez raison, il nous manque de nombreux éléments, mais quoi ? Vous êtes en train de me dire que tout ça est nécessaire pour la rénovation ? »

Là, son amie intervint, pragmatique, « la question, Atara, c'est comment on ajoute une pièce ici. Pas évident, vu que la structure est totalement symétrique. » Lorsqu'elles retournèrent à l'intérieur, elle constata, déçue, qu'il s'attardait entre les piliers de grès de la terrasse, peut-être ne l'intéressaient-elles plus, et elle fit semblant d'écouter les questions irritantes de l'Américaine, incapable de distinguer l'important du superflu, attitude caractéristique – elle l'apprendrait avec le temps – des propriétaires au début ou même en plein chantier.

En effet, elle constatait depuis des années combien une initiative qui n'avait rien de crucial et qui, en général, n'était pas non plus indispensable pouvait cristalliser les tensions chez ses clients au point, parfois, de provoquer une séparation. Si ce n'est qu'en l'occurrence la séparation avait précédé le début des travaux. Dès le lendemain, le propriétaire de la maison classée – c'est ainsi qu'elle l'avait intérieurement appelé dès le premier instant – lui téléphona. Il lui parla avec une franchise toute nouvelle pour elle, rien à voir avec les hommes qu'elle avait rencontrés jusque-là, c'était presque de l'ordre d'une conversation intime entre copines, à la différence que cette conversation-là alluma en elle ce feu mystérieux qui monte du fin fond de l'âme, recouvre de fumée les détails du quotidien et les rend d'un seul coup inodores et incolores. Une fille de trois ans qu'on doit aller chercher à la maternelle ? Un programme de travail qu'on doit terminer ? Un conjoint qui a laissé un message urgent ? Ils n'ont qu'à attendre, se taire, se débrouiller sans elle.

« Salut, comment ça va ? » avait-il lancé comme si, bien sûr, elle allait reconnaître sa voix et que son appel était évident, puis il embraya directement sur la pièce de théâtre qu'il avait vue la veille à Tel-Aviv et dont l'intrigue lui avait rappelé leur discussion, « surtout que l'actrice m'a fait penser à vous. La vérité, c'est que tout me fait penser à vous. C'est quoi, ton truc Atara ? D'où sors-tu ?», questions qui n'attendaient aucune réponse. À nouveau cette désinvolture, qui l'impressionnait presque autant que l'étonnait sa sincérité. La plupart des gens qu'elle connaissait étaient occupés et préoccupés, ils ne prenaient pas le temps de discuter pendant des heures en plein travail. Son mari n'était jamais disponible en journée, pas plus que ses amies, sauf durant leurs congés maternité, périodes où elles se concentraient toutes, elle y compris, sur leurs bébés… or elle se retrouvait tout à coup emportée par un flot de paroles, comme s'ils n'avaient, eux deux, aucune contrainte, ni de temps, ni de lieu, ni de situation familiale.

Lorsqu'il évoqua la maison qu'elle avait vue la veille, elle lui dit qu'elle avait eu le temps de réfléchir à diverses solutions qui permettraient de l'adapter à leurs besoins et de conserver ses éléments originaux, mais il la coupa, « je me suis renseigné pour toi, l'homme qui l'a fait construire n'y a finalement jamais habité, pas même un seul jour, et j'ai l'impression que ce sera pareil pour moi, ajouta-t-il. Dès que je t'ai vue, j'ai compris qu'une pièce supplémentaire ne serait pas nécessaire. » Le fossé entre le sens de ses mots et le ton quasi anodin avec lequel il les énonça, comme s'il s'agissait du plus banal des dialogues, la charma tellement qu'elle aussi sentit immédiatement que plus rien ne la retenait dans son propre appartement, un petit logement avec un gros emprunt au pied du Carmel, face à la baie.

Il lui proposa un rendez-vous pour le soir même, dans un bar de la ville basse – comme s'ils étaient disponibles, comme si le fait qu'ils soient l'un et l'autre mariés et en charge de famille n'avait aucune importance. Elle accepta aussitôt, contaminée par la sensation de liberté qu'il dégageait, elle qui, pourtant, ne sortait plus que rarement le soir depuis la naissance d'Avigaïl, et qui ne savait absolument pas ce qu'elle dirait à Doronn quand il rentrerait épuisé, oui, mais tout cela lui parut insignifiant, le centre de gravité de sa vie venait de basculer d'un coup et se trouvait déjà ailleurs.

Ce jour-là, elle sortit en vitesse du cabinet pour aller chercher sa fille à la maternelle, elle avait un quart d'heure de retard, ce qu'elle ne s'était jamais autorisé auparavant. Incapable de se débarrasser de l'impression qu'il la suivait de son regard argenté, elle se redressa, creusa un peu l'ondulation de ses hanches, se pencha gracieusement vers Avigaïl qui se jetait dans ses bras et dont elle se hâta de rectifier la queue-de-cheval et d'essuyer le bout d'un nez tout rouge, qui coulait. Arrivée à la maison, elle étala même de la vaseline dessus, il fallait que la petite aussi lui plaise. Elle ignorait toujours ce qu'elle raconterait à Doronn et quelle tenue elle porterait, deux questions qui la préoccupèrent tout ce temps. Elle ne savait pas davantage ce qu'elle dirait à l'homme qui lui avait fixé rendez-vous. Comment se présenterait-elle, à part en femme mariée, mère d'une enfant en bas âge, et qui, comme tout le monde, essayait déjà de retomber enceinte. Cherchait-elle un bref émoi, une aventure secrète ou une nouvelle vie ? Car, avant de l'avoir vu, il ne lui était pas venu à l'esprit qu'elle cherchât quoi que ce fût.

Depuis qu'elle était devenue mère, le jeu de séduction, le reflet brillant que lui renvoyaient les yeux de la gent masculine, tout cela ne l'attirait plus. Elle préférait se contempler dans les yeux de velours brun de sa fille, en mère dévouée et patiente qui allait au parc, jouait aux cubes avec elle, lui construisait des maisons de poupée de toutes les couleurs et, le soir, lui lisait une histoire. Elle préférait l'image double que lui renvoyaient les yeux ravis de Doronn quand il rentrait du bureau et les prenait toutes les deux dans ses bras paternels. Dès l'instant où Avigaïl était née, chacun d'eux avait trouvé sa juste place, alors qu'auparavant cela n'avait été ni clair, ni facile. À présent, ils étaient davantage parents que couple, ce qui la comblait… mais depuis qu'elle avait posé le pied, à peine vingt-quatre heures plus tôt, dans la villa classée, une émotion oubliée la tenaillait et s'amplifiait, premier signe qu'elle allait se laisser emporter par l'égoïsme total du coup de foudre, par la douleur ensorcelante du besoin vital de l'autre et, presque malgré elle, plus le jour baissait, plus la réponse rayonnait, évidente : je me fiche de la suite, advienne que pourra.

Le soleil se coucha tôt, une bruine se mit à tomber et se renforça en même temps que l'obscurité, quand Doronn appela comme d'habitude pour lui annoncer qu'il quittait le travail et lui demander si elle voulait qu'il achète quelque chose en chemin, elle le prévint qu'elle avait un rendez-vous de travail urgent dans la ville basse, non, malheureusement, impossible de le repousser, et lui, en toute naïveté, insista pour l'y conduire, aucune chance qu'elle trouve à se garer là-bas, inutile qu'elle se fasse saucer, d'autant qu'elle sortait à peine d'une grippe.

Elle l'attendit en bas de leur immeuble, enveloppée dans un long manteau en daim qui masquait le petit haut moulant en soie et la minijupe qu'elle avait choisis, d'une main elle tenait un parapluie et de l'autre le bras de sa fille qui éternuait et fut clouée à son siège bébé sur la banquette arrière, poste d'observation d'où elle put à loisir se concentrer sur un tableau qui allait se raréfier au point de presque effacer les lois de la nature : sa mère et son père assis côte à côte à l'avant, sous le même toit de tôle. La pluie frappait dru et causait bien sûr de gros bouchons qui rallongèrent la durée du trajet, donc du temps passé ensemble, en trio, une mère un père une enfant de trois ans, une famille qui n'en était qu'à ses débuts et pourtant s'approchait de sa fin à vingt kilomètres-heure.

Elle se souvient que Doronn avait alors commencé à lui raconter ce qui s'était passé au bureau, il aimait, le soir, lui décrire sa journée et l'écouter ensuite retracer la sienne, un rituel qu'elle trouvait, en vérité, très artificiel et auquel elle ne se pliait que partiellement, mais au cours de ce trajet-là, elle s'était efforcée de suivre ce qu'il disait, avait contemplé son profil un peu rond, rassurant, et la vitre mouillée derrière lui, jusqu'à ce qu'Avigaïl, en général très sage dans ces moments-là, interrompe le débit monotone de son père par un sanglot inattendu accompagné de bulles de morve qui lui sortirent des narines, « maman, pars pas ! » hurla-t-elle comme si elle se réveillait d'un cauchemar, « reste avec nous, on va rentrer à la maison tous les trois ! »

Atara essaya de la calmer, se tourna vers elle, lui caressa les genoux, lui promit de rentrer bientôt – où était le problème ? –, et de venir lui donner mille bisous qui se glisseraient dans son rêve et se transformeraient en papillons, lui assura que le lendemain elles se retrouveraient comme d'habitude, Doronn aussi y mit du sien, ce qui ne lui ressemblait pas, se vexa presque, « tu ne veux pas rester avec papa ? », et la petite hoqueta, désespérée, « je veux rester avec maman et avec papa ! » comme si elle savait déjà qu'elle demandait l'impossible.

En bonne mère, Atara continua à lui caresser les genoux, les pleurs faiblirent un peu, mais, assaillie par l'angoisse et le remords, elle finit par chuchoter à Doronn, en anglais pour que cela reste entre eux, « on n'a qu'à faire demi-tour si c'est tellement pénible pour elle, je vais repousser mon rendez-vous », mais il répondit, tranchant, « surtout pas, on ne doit pas se laisser impressionner par ses larmes, c'est de la manipulation ! »

Ainsi une dimension pédagogique vint s'ajouter à ce trajet qui prenait normalement un quart d'heure mais dura, ce soir-là, quarante-cinq minutes ou plutôt toute sa vie, car ce court laps de temps lui laissa un souvenir encore plus pénible que le moment où ils avaient annoncé à leur fille que papa et maman se séparaient mais qu'ils l'aimeraient toujours, plus pénible aussi que les jours douloureux qui suivraient, ou disons plus fatidique, car ces minutes-là, celles où elle aurait encore pu changer d'avis, étaient aussi celles qu'elle ne cessait de se passer en boucle avec horreur.

L'été précédent, elle avait même exprimé sa perplexité à Avigaïl, qui, à l'approche du départ aux États-Unis, devenait nostalgique et très demandeuse d'anecdotes liées à son enfance : comment expliquer qu'à trois ans elle ait compris où les menait ce fameux trajet ? Au fil des années, elles avaient partagé nombre d'expériences formatrices et attristantes, leur vécu commun foisonnait de moments déterminants puisque, dans une certaine mesure, elles avaient grandi ensemble, mais étonnamment cette histoire-là amusa beaucoup Avigaïl qui s'émerveilla surtout des sens aiguisés de la gamine qu'elle avait été et, lorsque Atara essuya une larme, les rôles parurent totalement s'inverser : c'était elle qui pleurnichait sur le départ imminent de sa fille et elle faillit s'écrier : Gulli, pars pas ! Reste avec nous !

Voilà qui lui remet en mémoire qu'elle n'a pas répondu à son appel Skype de la veille, or maintenant la nuit tombe sur le minuscule appartement que leurs conversations vidéo lui ont rendu familier, bien qu'elle n'ait malheureusement pas encore réussi à s'y rendre. Trop cher trop long trop loin, d'autant que la distance ne pèse pas tant que ça sur leur relation. Elle la rappellera ce soir, en espérant qu'enfin elles arrivent à se parler. Sûr qu'Avigaïl la poussera à accepter l'invitation de Rachel et à y retourner sans attendre, surtout ne pas louper l'occasion, et qu'est-ce que ça veut dire, que tu portes le prénom de quelqu'un, je ne savais pas qu'on t'avait donné le prénom d'une personne en particulier.

Et si j'y allais demain, ou peut-être même cet après-midi ? se demande-t-elle, hésitante, à chaque courte pause qu'elle s'octroie. D'ailleurs, comme elle a bien canalisé ses clients, tous ses rendez-vous se terminent à temps. Quant à Alex, inutile de le prévenir, cela ne le regarde pas. Elle a senti une urgence dans la voix de Rachel ce matin, comme un appel à l'aide. Oui, si elle n'y va pas aujourd'hui, elle le regrettera. Et elle ne peut pas se permettre de le regretter parce que chez elle, les regrets sont profonds, persistants et en général purulents, « ton problème, lui avait un jour dit Ranya, c'est que tu cicatrises mal… Enfin, c'est bien sûr le plus petit de tes problèmes, Atara. »

Peut-être était-ce la raison pour laquelle elle avait choisi de soigner les cicatrices des vieilles pierres, de réduire les fractures de vieux bâtiments qui se désagrégeaient en dentelle, de s'occuper de ces choses défaites et délaissées, offertes sans protection aux ravages du temps ou à la vulgarité d'habitants qui accumulaient des extensions plus laides les unes que les autres, faisaient fi de l'esthétique et de la réflexion, de la mémoire et de l'âme d'un lieu, le plus important étant l'arrivée rapide des bulldozers. Car ici, même les constructions les plus croulantes ne dépérissent pas lentement de leur corrosion naturelle, elles disparaissent brutalement du paysage, détruites par la volonté d'entrepreneurs puissants et décomplexés tels que celui assis en face d'elle à cet instant précis.

Chaque fois qu'elle se trouve devant un vieux bâtiment, qu'elle en caresse les fissures et pose la joue sur le crépi qui s'effrite, elle sent l'espoir de la matière qui attend d'être ranimée. La possibilité de découvrir son histoire et d'y ajouter un nouveau chapitre continue de l'émouvoir. Elle cherche l'esprit qui sous-tend les matériaux fanés, les idées qui se sont concrétisées dans telle ou telle architecture. Non pas pour arrêter le temps mais pour intégrer celle-ci au flux contemporain sous un nouvel angle. Au début de sa carrière, les experts du patrimoine étaient dénigrés, accusés de s'arc-bouter contre l'aspiration humaine au progrès, de vouloir empêcher la ville de se développer au nom de considérations esthétiques, mais au fil des ans les consciences avaient évolué et aujourd'hui vouloir préserver un bâtiment avait quelque chose de presque romantique.

Elle était sur le point d'abandonner ses études quand elle avait découvert cette spécialisation qui n'en était qu'à ses balbutiements en Israël, un pays respectueux de ses antiquités mais qui effaçait à un rythme soutenu tout ce qui avait été construit dans un passé proche. Les exercices prétentieux qu'on leur demandait à l'école d'architecture l'avaient déçue, trop de travaux qui prétendaient faire surgir un bâtiment de nulle part, imposer à l'environnement des rêves ou des ambitions personnelles en détruisant systématiquement ce que le temps pouvait nous raconter.

Un de ses professeurs l'avait vivement encouragée à changer de métier, « ça ne vous convient pas, répétait-il, allez donc étudier l'histoire ou la littérature, puisque c'est la mythologie qui vous intéresse », elle était sur le point de suivre son conseil mais avait tout de même décidé de s'inscrire à Florence pour un semestre d'échange. Assise du matin au soir avec d'autres étudiants sur une même vieille place, elle avait compris l'importance de la prise en compte des couches de bâti successives, la richesse du dialogue induit par les différentes strates, et elle avait aussi su qu'elle venait de trouver sa place sur l'axe du temps et de l'espace, sorte d'émissaire de la mémoire voué à ce travail, lent et modeste, de conservation où il est impératif de laisser une place à ceux qui nous ont précédés.

C'est avec joie qu'elle avait rejoint ce nouveau secteur d'activité et participé au changement des mentalités, mais au fil des années elle avait appris que, si les idées les plus profondes pouvaient se forger et se concrétiser, elles pouvaient aussi se briser dans les rouages de la bureaucratie et de l'administration, face aux contraintes économiques et aux contradictions internes, aux exigences impossibles à satisfaire et aux individus agressifs… comme ce jeune entrepreneur avec lequel elle s'était juré de ne pas retravailler mais qu'elle ne peut se permettre de dédaigner.

« Bon, écoutez, ma petite Atara, lui dit-il avec une expression mielleuse, écoutez-moi bien, je n'arriverai jamais à vendre mes appartements sans la construction d'une pièce sécurisée. À la prochaine guerre, ce sera une question de vie ou de mort. Vous m'accorderez que c'est plus important que l'esthétique. Vous vous souvenez de ces familles, dans le sud du pays, qui n'ont été sauvées que grâce à leur chambre forte ? Et si jamais ça arrivait ici ? Vous voulez avoir la mort d'enfants sur la conscience ? » Elle s'empresse de rétorquer, « vos tentatives de manipulation sont inutiles, je n'ai aucun moyen de vous construire huit chambres sécurisées, on ne peut pas rajouter des murs en béton sur toute la hauteur », et elle précise, même si elle sait qu'il n'a sollicité ses services qu'en raison des bonnes relations qu'elle entretient avec l'administration, « la municipalité ne donnera jamais son aval. On a réussi à vous obtenir un permis pour l'ascenseur et la clim, contentez-vous de ça », mais le petit homme agité bondit de sa chaise, « comment voulez-vous que je m'en contente ? » Quelques années plus tôt, elle travaillait encore avec son père, lequel avait fini par prendre sa retraite et avait alors débarqué ce gosse gâté pourri, surtout pourri, qui lui demandait à chaque fois de faire l'impossible, en l'occurrence, il venait d'acheter un vieil immeuble arabe de quatre logements spacieux, voulait en tirer huit appartements étriqués et leur ajouter des chambres sécurisées alors que la façade devait être conservée en l'état.

Il a beau faire des efforts pour garder un vernis de politesse quand il s'adresse à elle, dès que son portable sonne, il se met à hurler, aboie injures ordres menaces, tout en lançant à Atara des clins d'œil comme s'il blaguait, la seule chose qu'elle ne sait pas, c'est s'il simule face à elle ou face aux autres, ceux qui sont sous ses ordres. De fait, elle aussi est sous ses ordres, puisqu'il a loué ses services moyennant finances. Elle n'imaginait pas en être encore là à l'approche de la cinquantaine, mais pas le choix, parce que les revenus d'Alex ont considérablement diminué alors que leurs dépenses, elles, se maintiennent, voire augmentent : elle doit davantage aider sa fille, qui a certes obtenu une bourse, mais la somme est loin de couvrir ses besoins.

En début de carrière, elle était pleine de combativité, voulait absolument réussir et passait des heures à son travail mais, après avoir quitté Doronn, les tracas familiaux avaient supplanté toutes ces velléités. Elle s'était consacrée de plus en plus à sa fille devenue anxieuse et dépendante, se promettant de combler ses manquements professionnels quand la petite serait chez son père, mais ces jours-là aussi, elle se dépêchait de rentrer dès qu'elle savait qu'Alex était à la maison. Elle avait toujours quelque chose d'urgent à lui expliquer, à lui prouver, à lui reprocher, investie d'une mission ridicule mais déterminante à ses yeux car susceptible de changer la donne, comme si c'était encore possible.

À travers la vitre de son bureau se déploie le port en eaux profondes construit à la fin des années trente. Les Britanniques avaient, pour cela, asséché une partie du littoral dans l'espoir d'en faire la porte du Moyen-Orient. Là, le long du quai aux larmes, les immigrants illégaux avançaient sur des jambes chancelantes avant d'être renvoyés à Chypre ou sur l'île Maurice. Là, la génération suivante avait, pour la première fois, été confrontée à la dureté de son nouveau pays. Ils étaient nombreux à être restés dans cette ville portuaire montagneuse, surtout par épuisement, puis, lentement, les souvenirs de ces étrangers s'étaient mêlés à ceux de la cité. Souvent, elle se sent appartenir davantage à cette génération-là qu'à la sienne : elle aussi était arrivée à Haïfa exténuée effrayée ébahie.

« Allez, ne faites pas votre mauvaise tête, minaude l'entrepreneur après avoir fini de terroriser par téléphone un de ses sous-traitants, venez avec moi à la mairie pour qu'on règle ça », mais elle répond, « ça ne risque pas, Aviv ! Nous n'avons pas le droit de modifier davantage la façade. Pourquoi avoir acheté un bâtiment classé ? Vous connaissiez très bien les contraintes », et il ricane, « mais parce que c'est ce qui se vend le mieux aujourd'hui, mon petit cœur. C'est le goût du jour. On a tout à y gagner, vous comme moi, alors détendez-vous, et ce sera tout bénef. Sinon, vous allez vous retrouver *has been* encore plus vite que vous le pensez. Vous savez sûrement qu'il y a des gens qui ne veulent plus travailler avec vous, mais moi, je vous ai toujours défendue. Je dis toujours, c'est vrai qu'elle est lente et qu'elle passe son temps à chercher la petite bête, mais c'est une de nos meilleures professionnelles », agacée elle susurre, « je vous remercie beaucoup, mais je n'ai pas besoin de votre aide. Je me débrouillais déjà très bien alors que vous n'étiez même pas né. À propos, "*has been*", dans mon domaine, c'est un compliment. »

La remarque le fait rire, il se met à marcher de long en large dans le bureau tout en égrenant son trousseau de clés comme un chapelet, « entre nous, c'est un domaine totalement inutile ici. À quoi bon préserver le patrimoine d'un pays qui n'a aucune chance d'exister dans deux ou trois générations ? Vous ne voyez pas que c'est pathétique ? Il faut construire vite, simple et fonctionnel, sans s'occuper du passé puisque, à chaque instant, un volcan peut entrer en éruption et tous nous dégager d'ici », elle saisit la balle au bond, « eh bien, les volcans sont justement excellents en matière de conservation, vous n'êtes jamais allé à Pompéi ? En fait, pourquoi restez-vous, si vous êtes tellement pessimiste ? Construisez donc en Europe de l'Est, c'est un paradis pour Israéliens là-bas. » Voilà qui le fait réagir au quart de tour, « jamais de la vie, ma maison est ici ! Vous pensez que je suis moins attaché que vous à ce pays ? Pourquoi ? Parce que je n'ai pas servi dans les commandos comme votre héros de fils ? Croyez bien que j'ai suffisamment donné à la patrie, moi aussi. Jamais je ne partirai. » Elle choisit de rire, se lève, elle le dépasse d'une tête, et enchaîne, « ça ressemble presque à une menace. En ce qui me concerne, vous pouvez rester, dans le pays et dans mon bureau, mais moi, j'ai un rendez-vous à Maale Edoumim. » Il s'étonne, « à Maale Edoumim ? Qu'est-ce qu'ils ont à préserver, là-bas ? C'est une implantation récente selon vos critères, si je ne m'abuse. Je pensais qu'on irait à la mairie ensemble. » Elle fait signe que non, « pas aujourd'hui, mon garçon, cessez de prendre vos désirs pour des réalités. » Elle sait qu'il va tout de suite monter sur ses grands chevaux, sortira du cabinet vexé et furieux. Elle ne le retiendra pas et se hâtera de rassembler ses affaires. Ses rendez-vous s'étant enchaînés, elle a à peine eu le temps de manger, elle ira donc chercher une barre énergétique dans leur coin cuisine.

Comme si elle se réveillait soudain d'un rêve désagréable, elle se remémore la manière dont cette journée a débuté, revoit Alex allongé en travers du lit dans l'espace tarabiscoté de leur chambre à coucher mansardée, Eden assis, figé, dans l'espace aéré de leur vaste salle à manger, comme si, en son absence, chacun d'eux était resté immobile dans la position où elle l'avait laissé et ne s'animerait que lorsqu'elle rentrerait.

Elle n'appellera son mari qu'une fois dans la voiture, il va sans doute mieux, sinon elle aurait déjà eu de ses nouvelles, mais lorsqu'il répond, c'est par un grognement somnolent, « comment tu vas, Sander, je t'ai réveillé ? » s'étonne-t-elle, et il avoue, « oui, je me reposais », ce qui ne lui ressemble pas.

Il se repose de quoi ? Cette fois, elle se retient in extremis de lui lancer une pique, « bon, alors rappelle-moi quand tu te lèveras, sur mon portable », oui, c'est bien pratique que la terre entière soit désormais réduite à un minuscule appareil cellulaire dans lequel est logée la majeure partie de l'humanité. Oui, c'est bien pratique de ne pas avoir à préciser où elle se trouve exactement, à savoir sur la route, puisqu'elle va chez Rachel pour la deuxième journée consécutive.

À l'époque où ses parents avaient besoin d'elle, jamais elle ne s'était rendue si souvent dans cette région, et maintenant que cela ne sert plus à personne, pas même à elle, voilà qu'elle s'y précipite, poussée par un besoin urgent d'achever la mission qu'elle s'est imposée après avoir beaucoup trop tardé, comme à son habitude : montage du projet de réhabilitation de feu son père, décapage de la façade afin de révéler l'architecture originelle masquée par le temps et les ajouts successifs, l'objectif étant d'atteindre sa vérité esthétique, son authentique essence, comme si cela existait. Elle est bien placée pour savoir à quel point une telle chose est insaisissable et ne se révèle souvent que par la négative, authentique signifiant ce qui n'était pas une imitation du passé, pas un faux, pas une reconstitution.

De nouveau ce malaise dès qu'elle prend la direction du sud, tourne le dos à la mer et s'éloigne de sa ville-refuge, celle qui l'a accueillie à bras ouverts des années plus tôt, toute de vert et de bleu parée, et dont le foisonnement architectural l'a immédiatement émerveillée. Des constructions arabes datant de l'Empire ottoman et du mandat britannique, du bâti templier à côté d'édifices Bauhaus, un brassage culturel qui accompagne le brassement hypnotique de la montagne et de la mer, tout en restant d'une charmante modestie, rien à voir avec l'orgueil oppressant de sa ville natale.

À Haïfa, des années durant, les bâtiments ont lentement vieilli sans que personne ne les touche, ni en bien ni en mal, mais depuis un certain temps, ici aussi, ils commencent à disparaître tout à coup, à l'instar des citoyens dans les régimes totalitaires, qu'on embarque en pleine nuit et qui ne reviennent pas, phénomène surtout observé dans la ville basse, ancien centre du pouvoir mandataire. Et il n'y a pas que les bâtiments qui disparaissent rapidement, certaines particularités aussi, comme la culture portuaire avec ses troquets pleins de marins ou ses stands où l'on vendait des souvenirs rapportés du monde entier. Et le jour où tu vas photographier l'ancien bar installé dans la première baraque du port, le long de la voie ferrée, tu découvres qu'il n'y a plus rien à documenter, des ouvriers sont déjà en train de gratter les murs, l'histoire s'efface sous tes yeux.

Elle emprunte une nouvelle fois cette route qui traverse le pays dans le sens de la longueur, dépasse des collines sablonneuses, des vieux kibboutz jouxtant des villes soudainement sorties de terre et des villages arabes surpeuplés. Paradoxalement, le mur de séparation qui serpente derrière les arbres éveille en elle un sentiment d'insécurité. À la tombée de la nuit, tandis que le soleil baisse et que ses rayons creusent des sillons dans la touffeur ambiante, la chaleur semble augmenter, tout comme son malaise. La veille, elle n'avait pas remarqué à quel point la terre était noire aux abords d'Emek Hefer, à moins que les champs n'aient brûlé aujourd'hui. Plus elle avance, plus elle sent les relents d'une épaisse fumée, au loin, elle voit les armatures métalliques des serres agricoles apparaître sous des pans entiers de plastique léchés par des langues de feu et dont la combustion dégage une odeur caractéristique qui emplit son habitacle.

Elle essaie d'accélérer, ignore son compteur, arriver au plus vite pour la voir, l'entendre, c'est tout ce qu'elle demande. Je vous raconterai de qui vous portez le prénom, telle était sa promesse au téléphone, or cette question, Atara ne se l'est jamais posée. Enfant, elle ne les aimait pas, ces trois syllabes qui lui paraissaient trop sérieuses, pesantes, mais, en grandissant, elle avait appris à apprécier leur côté aristocratique. Alex, au début, n'avait pas caché son admiration – autant pour le prénom que pour celle qui le portait d'ailleurs. « Voilà enfin qui n'est pas banal », répétait-il, et lorsqu'il avait rencontré ses parents pour la première fois, il avait demandé la raison de ce choix original, mais elle ne se souvient pas d'une réponse particulière.

Contrairement à elle, son mari était plutôt à l'aise avec son père le scientifique. Lors de leurs rares réunions de famille, il lui posait des questions sur ses recherches et l'écoutait, fasciné, donner des explications sur la conduction électrique à l'intérieur des neurones, « rien à dire, le professeur Rubin a des problèmes, mais il est brillant », concluait-il souvent après avoir discuté avec lui. S'il était ainsi captivé par ses beaux-parents, c'était parce que ceux-ci n'avaient rien de commun avec ses parents à lui, des survivants de la Shoah sans le sou – sa mère était couturière et son père docker – nés à Salonique, qui avaient tout sacrifié pour l'éducation et le bien-être de leur fils unique, tout fait pour lui permettre de réaliser ce que la guerre les avait empêchés d'accomplir. Il les considérait avec chaleur et bienveillance – le contraire des relations qu'il entretenait avec le reste de l'humanité – et lorsqu'ils étaient morts à peu de temps d'intervalle, quelques années après la naissance d'Eden, leur perte l'avait profondément affecté.

Elle se souvient soudain de ce matin, environ un an s'était écoulé depuis, où son téléphone n'arrêtait pas de sonner dans son rêve, il l'avait réveillée et lui avait dit avec douceur, « Atara, ton père est décédé », d'une voix où elle avait décelé le profond respect que lui inspirait l'événement, un respect que seules méritaient la naissance et la mort, l'homme qui t'a donné la vie n'est plus, et elle avait été la première surprise de s'entendre éclater en sanglots – Alex, lui, trouvait sa réaction évidente – mais… pouvait-elle faire autre chose à l'instant où le vœu le plus cher de son enfance se réalisait enfin ? Elle avait pleuré, s'épanchant contre la poitrine chaude de son homme, et n'avait cessé de bredouiller, « je ne désirais pas sa mort pour de vrai, n'est-ce pas ? Tout ce que je voulais, c'était qu'il m'aime, tu comprends ? » et il lui avait chuchoté, « bien sûr que je comprends », en lui caressant les cheveux. Elle en avait été tellement reconnaissante – ne lui offrait-il pas le plus précieux des cadeaux ? – que, voulant aussitôt exprimer sa gratitude, elle s'était accrochée à lui, aussi gauche et excitée qu'une adolescente, un désir qui l'avait étonnée mais que lui avait, comme d'habitude, trouvé évident. Ils avaient couché ensemble, collés et transpirants, la peau moite et poisseuse comme s'ils venaient de sortir du ventre de leur mère, lorsque soudain ils avaient entendu la porte d'entrée de la maison s'ouvrir et reconnu les pas d'Avigaïl qui montait l'escalier en courant, impatiente de consoler sa mère et de partager avec elle le maelström de sentiments contradictoires qui l'assaillaient. Elle avait si vite fait irruption dans leur chambre qu'Alex avait à peine eu le temps d'enfiler un slip sous le drap et de bondir dans la douche. Sa place dans le lit avait aussitôt été occupée par la jeune fille qui s'était allongée à côté d'Atara et l'avait abreuvée de ses mots gentils et de son réconfort, à nouveau en train de lui prouver, inconsciemment bien sûr, qu'elle était capable de lui donner à profusion ce que son mari ne lui concédait que très rarement.

Avant de se mettre en route, elle a appelé Rachel pour la prévenir de sa venue et a perçu une joie retenue dans la voix de son interlocutrice, mais lorsque son portable sonne, alors qu'elle se trouve à moins d'une trentaine de kilomètres de Jérusalem, au niveau de Shaar Haggaï, elle se demande si la vieille dame n'a pas à nouveau changé d'avis et craint de l'entendre lui dire qu'il se fait tard et qu'elle est trop fatiguée, mais c'est le nom de son fils qui s'affiche sur l'écran. « Quelque chose ne va pas ? » lance-t-elle, déjà prête à ce qu'il lui reproche, comme toujours, son incapacité à contrôler ses angoisses, pourquoi ne peux-tu pas répondre normalement, si ce n'est qu'il lui dit d'un ton alarmé, « écoute maman, je fais un saut aux urgences avec papa », elle relève justement le terme anodin qu'il a choisi, « un saut ? » et s'étonne, « aux urgences ? Pourquoi ? Comment il se sent ? » Eden lui répond, « apparemment pas top, tiens, je te le passe », elle entend alors la voix rauque et atone d'Alex qui lui explique laconiquement, « je suis très faible et j'ai mal au ventre », elle essaie de tempérer, « ce n'est pas un peu exagéré de courir aux urgences pour un simple mal de ventre ? Allez d'abord voir au centre de santé du quartier », mais il réplique, « oui, mais c'est fermé. Tu es où ? »

Ce qu'elle voudrait répondre, c'est : sur mon portable, mais elle se doute que cela ne suffira pas, « je suis hors de la ville », se sent-elle obligée d'avouer, « mais là, je vais rentrer, ne t'inquiète pas, je serai avec vous bien avant qu'on te prenne en charge. Tu ne veux vraiment pas attendre demain ? essaie-t-elle à nouveau. C'est certainement ce virus, peut-être qu'en réalité ça ne dure pas vingt-quatre mais quarante-huit heures. Vous avez essayé de faire venir un médecin à la maison ? » Peine perdue, il s'entête, comme d'habitude, « je n'ai pas confiance en ces retraités aux mains tremblantes qui font des visites à domicile. Je me sentirai plus rassuré aux urgences », et elle se rend, « d'accord, Sander, j'arrive aussi vite que je peux. Tenez-moi au courant. »

Elle cherche immédiatement, entre les tunnels, l'échangeur qui lui permettra de faire demi-tour et en profite pour appeler Ranya, « est-ce que tu vas me croire si je te dis qu'il est en train de se faire conduire aux urgences pour un petit mal de ventre ? Je ne sais pas ce qui lui arrive. Il n'a jamais été hypocondriaque à ce point. » Son amie éclate de rire, « chez lui, ce n'est pas de l'hypocondrie, c'est juste qu'il se prend trop au sérieux. Peut-être qu'il se sent seul ? Ma voisine vient de perdre son mari, chaque fois qu'elle a le cafard, elle appelle une ambulance et passe la nuit à l'hôpital. » Atara aussi éclate de rire, mais rectifie, « il n'est pas aussi seul que ça ! Ce qui est sûr, en revanche, c'est qu'il a fait une bêtise en prenant sa retraite anticipée. Il voit de moins en moins de gens et c'est délétère. Non que voir des gens soit particulièrement bon pour la santé, comme ce type, Aviv Avrahami, qui m'a cassé les pieds tout à l'heure, quel grossier personnage ! » mais Ranya n'a aucune envie de changer de sujet et en profite pour lui dire le fond de sa pensée, « je n'ai pas l'impression qu'Alex ait vraiment eu le choix, on lui a un peu forcé la main, non ? » Atara, qui ne peut s'empêcher de sauver l'honneur de son mari, réplique, « pas exactement, il voulait arrêter d'enseigner… bon, mais là, le problème, c'est qu'une fois de plus il s'arrange pour bousiller mes plans. Ça fait des heures que j'ai pris la route pour Jérusalem, là j'arrive presque chez Rachel, et maintenant je dois faire demi-tour. » Ranya s'étonne, « pourquoi donc ? Il est avec Eden, tous les deux peuvent se débrouiller sans toi quand même, ils sont grands ! Tu dois parler à cette femme, rapidement, combien de temps tu crois qu'elle va encore vivre ? » Atara hésite, « tu es sûre ? C'est ce que tu aurais fait ? » et la réponse tombe, incisive, « évidemment ! » puis son amie ajoute, non sans tristesse, « si j'avais un fils. » Eh oui, tous les chemins mènent à la même blessure, « excuse-moi, je n'avais pas l'intention de te faire de la peine », soupire-t-elle. « Je sais bien, ma belle. Allez, j'ai un truc à terminer ici. Ne renonce pas puisque tu y es presque, qu'est-ce qui peut arriver, au pire ? On le perfusera s'il est déshydraté et on le renverra à la maison. » C'est assurément la voix de la raison, alors pourquoi ne pas suivre son conseil et, surtout, éviter d'ajouter : bien que toi, tu n'aies pas suivi le mien. Lui reviennent en mémoire, une fois de plus, cette soirée, à la clinique, ces ultimes instants où il aurait encore été possible de changer d'avis. Assise à côté de Ranya dans la salle d'attente, elle lui avait pris la main et répété, « ne le fais pas, ne renonce pas. Viens, partons d'ici en vitesse, on trouvera une solution, je ne peux pas croire qu'il n'y ait pas d'autre issue. »

Elle trouvait inexcusable qu'une religion puisse faire autant de dégâts, c'est ce qu'elle pensait à l'époque et ne s'en était pas cachée en voyant combien son amie souffrait mais se pliait à une loi primitive en acceptant avec résignation qu'un Druze et une Arabe chrétienne ne puissent pas mettre d'enfants au monde. Elles avaient beau être très proches toutes les deux, Atara n'arrivait pas à concevoir une telle position, et elle avait essayé jusqu'à la dernière minute de la convaincre de ne pas avorter, de dire non à son mari et non à la religion. Aujourd'hui, il aurait eu quasiment l'âge d'Eden, ce fœtus mis à mort, Eden qui va déposer son père aux urgences et attendra sa mère là-bas puisqu'elle leur a promis de rentrer – bien qu'elle continue, trop proche du but pour revenir en arrière. Elle vient de contourner Jérusalem et arrive rapidement aux portes du désert.

Elle cherche à se garer dans la rue de cette colonie qui divise les esprits, construite en dominatrice au sommet de la colline, là où la première femme de son père a choisi de passer sa si longue vie. Ils faisaient partie des premiers à s'installer là, en 1975, lui racontera-t-elle dès qu'elle sera entrée, comme si c'était ce qu'elle était venue entendre. Étrange tout de même, hier, tu as frappé en vain à cette porte close, aujourd'hui, voilà que la vieille femme t'accueille presque avec joie et, alors que tu es pressée, ne fait que s'embrouiller encore et encore, son récit est aussi tortueux que la route qui t'a menée jusqu'à elle et que tu devras bientôt prendre en sens inverse, une route sablonneuse et aride qui lui ressemble. Parce que, oui, Rachel se fond dans le désert qui l'entoure, comme si elle devait échapper à des prédateurs avec sa robe couleur de sable qui pendouille sur son corps squelettique et sa tête couronnée d'une tresse gris pâle. Ses yeux durs et secs ne font que balayer rapidement le visage qui lui fait face, pour se détourner aussitôt. Pourquoi ne la regarde-t-elle pas vraiment ? Atara serait-elle, pour cette dure à cuire comme pour son ultraorthodoxe de fils, l'objet d'un interdit ?

CHAPITRE SEPT

Ne me mens pas, Rachel

Elle doit lui parler avant qu'il ne soit trop tard, songe-t-elle, pendant qu'à son habitude elle se douche à l'eau froide. Comme n'importe qui, la fille de Mano a le droit de savoir pourquoi on lui a donné son prénom et dans quelles circonstances elle est venue au monde, de même que tous les Juifs d'Israël ont le droit de savoir grâce à qui ils ont obtenu leur pays. Car elle n'a pas connu de douleurs d'enfantement plus audacieuses que celles qui ont donné naissance à cet État, et le sang qui a coulé de leurs blessures fatales a aussi été le sang de la résurrection nationale. En premier, il y avait eu ses compagnons, intrépides et ingénieux, quelques centaines de jeunes gens, pas davantage – jamais ils n'avaient été plus de mille –, et qui, uniquement par leur volonté et leur inventivité, avaient réussi à se débarrasser du joug de l'envahisseur britannique. Eux avaient du génie, rien à voir avec ces petits esprits étriqués menés par ce couard de Ben Gourion que tout le *Yishouv* hypocrite de l'époque suivait, Ben Gourion-le-poltron, comme ils le surnommaient dans leur bulletin d'information.

Elle lui racontera comment ils donnaient tout, se dévouaient corps et âme, sans hésiter, pour leur patrie qui était la chair de leur chair, une mère, une fille, une épouse peut-être ; comment, dans sa terre, ils avaient enfoui leur cœur. À nouveau, elle se répète leurs noms ou, pour la plupart, le nom de code qu'ils avaient choisi : Boaz Arié Israël Ouri Elhanan Shlomo Gdalia Zvi Haïm Ouzi Yossef Dov Ariéla Dror Amnon Arnon Emzya Avraham Shemesh Shmouel Hemda Ruth. Ils étaient tous déterminés, sincères, et tous avaient, de leur plein gré, troqué le confort d'une vie de famille pour l'errance et la faim, la prison, les blessures et la mort. Ils n'avaient, en retour, récolté qu'opprobre et calomnies.

De nouveau, l'humiliation lui tord les entrailles tandis qu'elle s'attarde devant le rayonnage qu'elle a consacré à la mémoire de cette époque. Les membres du Lehi étaient tellement isolés que, même pour leurs funérailles, on les laissait dans une solitude extrême et inexcusable, alors que la dépouille de ceux qui appartenaient à la Hagana recevait tous les honneurs posthumes et était suivie par les foules manipulées, soumises.

Pour eux, personne n'avait porté le deuil. Ils étaient morts comme ils avaient vécu, dans le chagrin et la dignité – pour reprendre l'expression consacrée –, sacrifiés dans la fleur de l'âge sans être ni soutenus ni reconnus, obligés de se cacher autant des Britanniques que de leur propre peuple, lequel s'était révélé incapable de faire la différence entre ami et ennemi. Tels des criminels, ils risquaient à chaque instant d'être dénoncés et trahis… et, pour couronner le tout, on les avait raillés et accusés de souffrir d'un complexe de persécution !

Sa vie durant, elle avait conservé, bien ancrée dans sa mémoire, l'image de chacun de ses compagnons de lutte, eux dont l'âme, qui n'était pas de cire mais d'acier, résistait au feu, et c'est avec sang-froid, un petit sourire aux lèvres, qu'ils donnaient toujours les mêmes réponses aux représentants de l'autorité étrangère. Quel est votre nom ? Machin. Votre adresse ? Eretz-Israël. Votre métier ? Combattant de la liberté.

Et tous se pliaient aux mêmes règles : ne pas allumer la lumière immédiatement après être rentré de nuit dans son logement, ne pas inviter d'amis, surtout pas d'autres membres du réseau, ne pas sympathiser avec ses voisins ou son propriétaire, ne pas faire les courses à côté de chez soi, ne pas révéler sa vraie tendance politique mais décorer sa chambre avec des photos qui conviendraient à de prétendues opinions, de Haïm Weizmann ou de Karl Marx par exemple.

Le portrait de Marx, nombreux étaient ceux qui l'accrochaient volontiers dès qu'ils avaient une chambre. Dans leur réseau, on trouvait aussi bien des socialistes et des communistes que des révisionnistes ou des mystiques et des révolutionnaires. Ce qui les unissait n'était pas une vision du monde identique, mais une ferveur identique. Chacun avait sa foi, croyait à sa manière en des doctrines différentes, mais quel que fût leur bord, ils étaient tous des jusqu'au-boutistes. C'est ce qui leur attirait les foudres autant de la droite que de la gauche. Très peu de gens avaient su, à l'époque – et c'était encore le cas, voire pire, aujourd'hui –, qui avaient réellement fait partie du Lehi. Personne n'avait eu conscience de l'envergure de leur vision. Ils rêvaient d'une révolution qui mettrait en ébullition tous les peuples de la région, d'un Moyen-Orient libéré de tout impérialisme et imaginaient des déplacements volontaires et logiques de populations.

Ces dernières années, ne restait quasiment plus qu'elle pour parler d'eux, mais elle n'était pas vraiment du genre à le faire. Elle répugnait à partager leurs « jours rouges et leurs nuits noires » avec des inconnus et n'avait pris plaisir à retracer leurs hauts faits de gloire qu'aux oreilles de ses fils encore petits. Une chose de plus que Yaïr ne lui pardonne pas, bien sûr. Yaïr, son aîné, sa punition.

« Tu nous as empoisonnés avec tes histoires qui dégoulinaient de pathos et tes compagnons que tu érigeais en saints.

Que cherchais-tu à obtenir ? Qu'on se sacrifie comme eux ? » lui reproche-t-il encore de temps en temps. À peine quelques jours plus tôt, quand elle lui a téléphoné, il a de nouveau essayé, à cause d'une attaque au couteau dans la vieille ville, de rouvrir leur perpétuel débat, « pourquoi ça te choque ? Vous aussi, vous avez combattu l'occupant ! Vous aussi, vous avez agi en terroristes ! Quelle différence entre les combattants pour la libération d'Israël et ceux pour la libération de la Palestine ? » Elle s'est efforcée, pour une fois, de ne pas lui redire que c'étaient deux choses fondamentalement différentes, étant donné qu'eux n'avaient jamais volontairement attaqué des innocents. Mais, même en dehors de la politique, le moindre de ses mots le révolte, quoi qu'elle fasse il se sent lésé et réagit avec agressivité. Elle l'entend encore qui continue, comme d'habitude, « vous avez vraiment cru qu'après le départ des Britanniques, le calme reviendrait ? Comment avez-vous pu être aussi aveugles ? »

Sur ce point, il a raison. Ni elle ni ses compagnons n'avaient anticipé la deuxième étape de cette guerre qui perdurait et mobilisait dans une même armée leurs petits-fils et arrière-petits-fils aux côtés des petits-fils et arrière-petits-fils des combattants de la Hagana et du Palmah – ceux-là mêmes qui, à l'époque, les avaient donnés à la police britannique. Contrairement à l'image qui leur colle à la peau, elle et ses compagnons étaient naïfs et pleins d'espoir, exactement comme son fils et ses amis qui croient en une coexistence pacifique et un bon voisinage. Leurs yeux s'étaient dessillés tardivement, ils avaient attendu ce fameux hiver 1948, lorsque les bandes arabes armées avaient commencé à attaquer les convois juifs et assassiné sans distinction des vieux, des femmes et des bébés… parmi lesquels une jeune fille en robe de laine bleue qui venait de fêter ses vingt ans.

Elle se lève lourdement du fauteuil, va dans la cuisine et remplit sa bouilloire. Ses yeux qui picotent lui rappellent qu'elle a, une nouvelle fois, oublié de fermer la fenêtre. Son appartement est plein de poussière, une pellicule jaunâtre opacifie ses photos de famille accrochées au mur. Ce n'est qu'en dedans qu'elle a conservé, sans s'en rendre compte, des images d'une prégnante netteté, et les voilà qui lui reviennent, vivantes, vibrantes, hors du lieu et du temps.

Non, elle ne lui racontera pas dans quel état on l'avait retrouvé le lendemain, ce jeune homme qui était devenu son père, l'aube était encore sombre, il avait allumé le réchaud et posé dessus une bouilloire en tôle noircie, elle s'était lentement approchée de lui, avait glissé la main le long de son maigre dos, « ces jours-là passeront, viendront des jours meilleurs où nous pourrons vivre normalement ici. On n'a que vingt ans, Mano, l'avenir est devant nous », lui avait-elle chuchoté, frigorifiée, les yeux fixés sur la flamme bleue, mais quand elle avait essayé de l'étreindre il l'avait violemment repoussée et avait tourné vers elle son visage anguleux, sur lequel dansaient les ombres du feu, « ne me mens pas, Rachel, on ne pourra jamais vivre normalement ici, on s'est battus pour rien, ce pays est maudit ! avait-il hurlé. C'est une terre de perdition, et elle nous perdra tous. Une terre impitoyable, perfide et traîtresse ! » Il planta alors sur elle des yeux injectés de haine, comme si ces mots s'appliquaient à elle, envoya valser d'un revers de main la bouilloire et les vapeurs qui s'en échappaient, la mâchoire déformée par le sourire dément qui envahissait son visage. Elle chuchota, « qu'est-ce qui te prend, Mano, tu m'effraies », se souvint de sa belle-mère, debout en haut des marches du perron, des gouttes d'eau qui avaient mouillé sa robe rouge à fleurs jaunes. « J'ai aussi effrayé Atara Shamir ! se remit-il à hurler d'une voix terrible qu'elle ne lui avait jamais entendue. Tu te souviens de son regard ? Tu dois me quitter, Rachel, je suis un assassin ! Quitte-moi si tu veux vivre ! »

Elle regagne à grand-peine son fauteuil, la tasse de thé noir tremble dans sa main. Est-ce à cause du froid ? Impossible, elle a éteint le climatiseur, et dehors c'est la canicule. À croire que c'est cet hiver-là, de cette année-là, qui se propage soudain dans tout son corps tels des glaçons aiguisés, et elle se couvre du plaid écossais posé sur le canapé. Elle n'aurait peut-être pas dû la relancer. L'expectative ne lui fait pas de bien, les réminiscences non plus, voilà pourquoi elle les a évitées sa vie durant. L'après-midi est déjà bien entamé et elle n'a rien avalé de la journée, n'a pas ouvert le journal, n'a pas allumé la télévision. Elle vient de passer des heures assise dans son fauteuil, derrière la fenêtre qui donne sur l'est jaune et poudreux, à imbriquer un fragment dans un autre, un souvenir dans un autre, et elle se sent, dans sa chair, lourde de tristesse et d'humiliation.

Car l'État qui s'était édifié sur les cadavres de ses compagnons ne les avait pas pris en son sein. Non seulement le *Yishouv* les avait trahis, mais ensuite, personne n'avait reconnu leur sacrifice. Il avait fallu attendre des décennies pour que l'on commence à évoquer – et encore, de manière parcellaire – leur contribution, trop peu pour les derniers survivants, trop tard pour les parents dont le deuil n'avait jamais été pris en considération. En son for intérieur, elle attend toujours une vraie reconnaissance, entière et profonde. Est-ce pour cela qu'elle a vécu si longtemps ?

Car telle avait été leur dernière volonté : puisse un jour ce peuple savoir que nous nous sommes battus pour lui. Elle se souvient de leurs râles d'agonie sous la bâche du camion qui venait d'être mitraillé. Au moment où ils dépassaient la base militaire, fuyant les ateliers ferroviaires en feu, ils avaient été pris dans des tirs croisés. Boaz, qui allait bientôt être abattu, leur avait donné l'ordre de sauter hors du véhicule et de courir. Elle avait réussi à se faufiler entre les blindés et les barbelés, avait rampé dans un fossé le long de la route, puis s'était éloignée vers les champs, tout en cherchant vainement d'autres rescapés dans les parages. Était-elle la seule à avoir survécu ? Ce n'est que plus tard qu'elle retrouverait Ouzi et Dil, gravement touché au dos, et qu'ensemble, après avoir marché toute la nuit, ils atteindraient l'étable du kibboutz Yagour où la traite avait déjà commencé.

Quand il rentrait à la maison épuisé de sa longue journée de travail au port, son mari la trouvait souvent assise entre les lits des garçons, à leur raconter ses combats. Été comme hiver, il portait une veste et un pantalon en gabardine, « arrête, Rachel, laisse ça », l'implorait-il, visage fatigué et creusé de profonds sillons de résignation, mais elle continuait, décrivait à ses fils comment ils avaient frappé à toutes les portes des implantations juives sans que personne ne leur ouvre. Elle leur parlait d'Elhanan, qui avait voulu récupérer sa montre avant de partir pour cette opération afin de l'avoir à son poignet au moment de sa mort, elle l'avait alors supplié de ne pas y aller si son cœur lui prédisait le pire, mais il avait eu un rire crispé, « soit on en revient tous, soit personne n'en réchappe », ou encore, elle leur expliquait comment, chaque matin, sans jamais avoir peur, elle poussait un landau avec un baigneur en plastique dont le ventre était rempli d'explosifs. Elle revenait aussi sur l'opération où ils avaient fait sauter le pont Neeman afin de couper la voie ferrée qui reliait la Syrie à l'Égypte, précisait qu'elle avait insisté pour y participer et leur en décrivait le déroulement : ils avaient entendu, affolés, le train approcher, en avance d'une bonne heure, et avaient à la hâte décroché les pains d'explosifs qu'ils venaient difficilement de placer pour ne les repositionner qu'après le passage du dernier wagon, « nous voulions saboter leurs moyens de transport, pas tuer des innocents. Nous voulions faire expier les Anglais et venger tous ces bateaux d'immigrants qui, après avoir échappé à l'enfer nazi, étaient renvoyés à la mer. »

Laisse tout cela, Rachel, mais elle n'avait pas d'autre moyen pour relier les deux époques, celle d'avant et celle d'après la création de l'État et de sa petite famille. Tels étaient ses ponts à elle, mais tous les jours ils lui explosaient à la figure lorsque, pendant des heures, debout derrière le réchaud à gaz de leur appartement minable rue Yehuda HaLevy, elle cuisinait pour une vingtaine de personnes. Elle préparait à déjeuner pour des avocats, des employés de banque, des fonctionnaires de la poste, des trafiquants du marché noir, des petits patrons d'entreprises ou d'officines du centre-ville, elle nourrissait même ceux qui, à peine quelques années auparavant, les avaient dénoncés, elle et ses compagnons, quand ils se cachaient dans ces rues-là.

Le cœur lourd, elle leur cuisinait les recettes que lui avait transmises sa mère, l'entendait lui demander de l'aide pour préparer le repas du shabbat, de la soupe de haricots blancs et du borchtch, du foie haché, du poulet grillé, du *gefilte fish*[1], du gâteau de pâtes aux raisins secs. Comme par sorcellerie, les odeurs lui ramenaient l'image de la maison familiale dans le quartier de Nahlaoth et celle de sa mère, qu'elle aimait énormément, presque autant qu'elle détestait faire la cuisine, si bien qu'elle fut très surprise de constater que ses doigts savaient tout seuls reproduire les bons gestes.

Parfois, c'était d'ailleurs ceux de sa mère qu'elle voyait s'agiter à côté des siens, agiles et translucides, couper des oignons, éplucher des betteraves, hacher du poisson, et elle essayait de les attraper pour implorer son pardon. Pardon d'être partie sans te dire un mot, pardon de ne pas m'être occupée de toi pendant

1. Carpe farcie, mets typique de la cuisine polonaise.

ta maladie, pardon de t'avoir causé tant de souci et de souffrance. J'étais sûre que tu m'attendrais, je ne m'imaginais pas te perdre pour toujours.

« Pourquoi es-tu si triste, Rachel ? Contre qui en as-tu ? » lui demandaient parfois, la bouche pleine, quelques-uns de ces petits employés, non sans l'avoir complimentée sur son repas et ses charmes. « Voilà bien la beauté typique de notre nouveau pays, une beauté fière et naturelle », lançaient-ils alors qu'elle, intérieurement, les méprisait autant qu'elle se méprisait. Ce n'était pas ainsi qu'elle s'était représenté son avenir, mais, pour les anciens du Lehi, trouver du travail dans les années cinquante n'était pas chose aisée, et de toute façon, elle devait rester à la maison avec deux enfants en bas âge.

Ce n'était pas non plus ainsi qu'elle s'était représenté l'État qui naîtrait à la fin des combats, sur les cadavres de ses compagnons et les ruines de leur vision. Une terne médiocrité soviétique, une dictature corrompue servie par des fonctionnaires minables, un isolationnisme borné. Elle se sentait comme quelqu'un qui revient d'un long exil et découvre que personne ne l'attend, que son monde a totalement disparu. Dans ces années-là, même la tombe de sa mère sur le mont des Oliviers se trouvait hors des frontières d'Israël, inatteignable.

Elle se réveille en sursaut dans une étrange lumière crépusculaire, la pénombre a envahi la pièce. Elle qui a tout fait pour ne pas s'endormir a quand même été terrassée par la fatigue. Aurait-elle loupé Atara ? Son ouïe de plus en plus défaillante l'aurait-elle avertie si son invitée avait sonné pendant son sommeil ? Elle se lève un peu chancelante et allume la lumière dans le salon, mais l'ampoule clignote puis s'éteint dans un petit bruit d'implosion. Eh bien, pas de lumière, il n'y aura que cette étrange lueur grisée, comme venue d'un autre monde, qui a envahi son appartement.

Ses phalanges lui font mal, à croire que pendant toutes ces heures elle a cuisiné, fait des gâteaux, coupé, épluché, pétri. Et voilà qu'elle a de nouveau froid, tellement froid. Ces derniers temps, elle a l'impression qu'il n'y a plus vraiment de rapport entre son ressenti intérieur et la réalité extérieure, que cela s'applique même aux saisons : en plein été, ses dents claquent comme si elle avait passé la nuit dans une cage d'escalier mal isolée parce que personne ne lui a ouvert, « tu viens me voir ou te cacher chez moi ? lui avait à l'époque lancé sa tante maternelle. Tu veux attirer le malheur sur toute la famille ? Ça ne te suffit pas d'avoir tué ma sœur ? »

Elle doit chauffer la maison pour chasser ce courant d'air froid. L'aurait-elle loupée ? Il n'y a pas de message sur son répondeur et elle est trop fière pour lui téléphoner. D'un pas mal assuré, elle s'approche de la porte pour scruter, à travers l'œilleton, le palier sombre et désert. Elle va donc continuer à attendre et entre-temps, de ses doigts enflés, leur préparer à toutes les deux un léger dîner. Elle va prendre de la tehina, y ajouter de l'eau tiède et du jus de citron, mettra deux œufs dans une petite casserole sur le gaz, posera des olives noires dans un plat, le tout accompagné de pitas fraîches. La fille de Mano aura sûrement faim en arrivant, si tant est qu'elle arrive. Le moindre bruit dehors éveille en elle autant d'espoir que de crainte. Espoir de quoi ? Crainte de quoi ? Que lui racontera-t-elle ?

Au bout de quelques jours, il avait disparu. Exactement au moment où elle pensait que son état s'améliorait, qu'il se ressaisissait et avait repris la lutte comme elle, comme tous les autres. Pouvait-il en être autrement ? Ils ne cessaient de tomber et de se relever. Elle était persuadée qu'il avait reçu un ordre de la direction centrale et était parti pour une nouvelle mission, ce qui expliquait qu'il ne lui ait pas dit au revoir, ni laissé de lettre. Ils devaient se méfier de tout, et même entre mari et femme, ils n'avaient pas le droit de parler. Des mois plus tard, elle avait découvert qu'il avait coupé les ponts avec leurs supérieurs, et c'est ce qui l'avait décidée à se rendre à Jérusalem, chez sa belle-mère. Risque inutile, pur suicide, l'avaient mise en garde ses compagnons, mais avait-elle le choix ? Elle lui avait écrit lettre sur lettre sans obtenir la moindre réponse.

Elle est en train d'assaisonner la tehina lorsqu'une sonnerie retentit et elle manque de lâcher l'assiette. Elle est là, elle est venue.

Une joie étrange la submerge au moment où elle ouvre la porte, mais son invitée paraît bien différente aujourd'hui, elle est tendue, voire réticente, de longues boucles masquent son visage par intermittence. Sur un ton agacé, comme si Rachel l'avait obligée à venir, elle lance, « je ne vais pas pouvoir rester longtemps, mon mari ne va pas très bien » et, avec son sac à dos, elle se dirige directement vers les toilettes où elle s'attarde.

En l'attendant, une inquiétude ridicule lui traverse l'esprit : et si cette femme essayait de s'enfuir par le vasistas des toilettes, comme je l'ai moi-même fait les nombreuses fois où ma planque a été découverte… ou en se déguisant ? songe-t-elle en se remémorant la manière dont, après avoir été arrêtée à Bethlehem, elle-même avait réussi à s'échapper de l'hôpital de Jérusalem où elle était incarcérée. Trois jours auparavant, on lui avait donné l'ordre d'habituer ses geôlières à ce qu'elle s'attarde dans les toilettes et, le quatrième jour, elle y avait trouvé une djellaba, un long manteau de femme arabe et un voile. Elle s'était changée puis, visage couvert, avait réussi à s'esquiver au moment où une rixe faisait diversion, tout cela selon le plan conçu par les camarades. Enfin libérée – trop tard, car sa mère avait été enterrée une semaine plus tôt – elle avait repris le combat.

Elle entend, derrière la porte close, sonner le téléphone d'Atara, qui répond d'une voix inquiète. Ressortirait-elle vêtue d'une robe en laine bleue ? Mais pourquoi s'enfuirait-elle ? La parole dite au bon moment n'est-elle pas comme des pommes d'or sur un lit d'argent ? Or maintenant elle veut entendre ce que tu veux raconter, ce que tu n'as jamais raconté à personne, ce dont tu refusais de te souvenir, ce que tu n'as pas réussi à oublier. Toute personne doit savoir pourquoi on lui a donné son prénom et dans quelles circonstances elle est venue au monde, de même que tous les Juifs d'Israël doivent savoir grâce à qui ils ont obtenu leur pays.

Mais lorsque la fille de Mano s'installera finalement dans le salon, elle restera distante, un rien voûtée, recroquevillée sur elle-même, comme si son problème n'était pas uniquement le manque de temps.

Assise au bord du canapé, face au fauteuil de Rachel, l'invitée ne cherche pas non plus à dissimuler son impatience, au contraire, elle garde son portable dans la main, un de ses yeux disparaît sous ses mèches tandis que l'autre, souligné d'un trait sombre de maquillage, la fixe et brille dans la faible lumière ambiante. Sa courte robe dévoile des genoux fragiles de gamine, sur l'un d'eux blanchit une longue cicatrice qui ressemble à des rails de chemin de fer, alors c'est en hôtesse mal à l'aise qu'elle préfère les regarder plutôt que de soutenir ce grand œil triste qui l'examine d'un regard qu'elle connaît trop bien.

Cela explique peut-être pourquoi ses mots rouleront de travers hors de sa bouche, confus et précipités, se chevaucheront en faisant des allers-retours désordonnés, mais elle s'obstinera, ne passera rien sous silence. Elle ne peut lui épargner aucun détail, il n'y en a pas un qui soit plus important que l'autre, pas de bon grain ni d'ivraie, pas de compromis possible. Elle doit même lui chanter leur chanson, et voilà que la mélodie monte de sa gorge comme une vague nausée, « dans les champs de Bethlehem / dans les champs d'Efrata / sur la tombe des patriarches endeuillée… »

CHAPITRE HUIT

Comment oses-tu, Atara ?

« Je suis vraiment désolée », bafouille-t-elle embarrassée, elle a presque l'impression de se retrouver dans une maison inconnue en deuil et de ne savoir ni à qui elle doit présenter ses condoléances, ni pourquoi. Rachel n'a pas l'air totalement lucide, songe-t-elle, la voilà qui se perd dans les détails d'un malheureux récit dont tu ne vois pas la fin, pas non plus en quoi il va croiser ta route, mais peut-être est-ce toi qui n'es pas disponible bien que tu l'aies si longtemps attendu, ce rendez-vous. Le problème, c'est qu'aujourd'hui Alex est aux urgences avec une forte fièvre, des frissons, ils lui ont enfin fait une prise de sang et maintenant, ils attendent les résultats, l'a informée Eden.

Une bruyante migraine frappe ses tempes, elle a fait une erreur, pourquoi n'a-t-elle pas rebroussé chemin, elle doit rentrer et les retrouver au plus vite. Pour tenir pendant le trajet du retour, elle va se préparer elle-même un café et manger quelques-uns des fruits secs qui l'attendent dans une petite assiette arménienne depuis la veille. Ce trajet, qu'elle trouve pénible même en plein jour, sera pire de nuit, sans avoir soufflé de la journée, avec les phares éblouissants des voitures d'en face qu'elle essaiera d'éviter.

« Cette fête d'anniversaire s'est transformée en cérémonie d'adieux », continue la vieille dame d'une voix brisée, la tête inclinée comme si elle lui annonçait une catastrophe à venir. Atara la regarde sans masquer son impatience et tente de rassembler ses cheveux sur sa nuque en sueur, pourquoi fait-il si chaud, ici ? Aucune logique, serait-ce la forte fièvre d'Alex qui la traque jusque-là ? « Quelle terrible histoire, dit-elle, mais je ne comprends pas pourquoi c'est ce qui vous a séparés. » Elle vient de se rendre compte que le climatiseur expulse de l'air bouillant, ça ne va vraiment pas bien chez cette vieille dame. Qui allume le chauffage par une telle canicule ? Rachel lui renvoie un regard méfiant, comme si c'était elle qui avait perdu la boule, « mais c'est exactement ce que je vous explique, il a pris sur lui la responsabilité de ce drame, il a poussé trop loin son sentiment de culpabilité. » De plus en plus perplexe, elle demande, « à quoi bon m'avoir donné ce prénom sans m'avoir expliqué pourquoi ? », essuie des gouttes de sueur qui perlent sur son front et cherche en vain dans son sac un chouchou pour s'attacher les cheveux. Elle n'a encore rien éclairci, ça lui ressemble tellement de se laisser distraire juste au moment crucial ! Et impossible de demander à son interlocutrice de recommencer son récit depuis le début, elle n'a pas le temps, elle doit absolument y aller, elle a promis à Eden de les rejoindre au plus vite. Souvent, quand elle devait se résoudre à solliciter son père pour une question liée à ses devoirs, il lui arrivait la même chose, elle était incapable de se concentrer pour écouter la réponse, « ils ont des yeux et ne voient pas, des oreilles et n'entendent pas ! » la tançait-il en citant les Psaumes, mais jamais elle n'avait songé à lui demander pourquoi elle portait ce prénom-là justement.

« Ils ont des yeux et ne voient pas, des oreilles et n'entendent pas », lui dit la vieille dame avec un bref sourire qui change son expression au point qu'elle peut discerner une lointaine beauté, à moins que ce ne soit la pénombre qui efface les rides, souligne les pommettes hautes et la noblesse des traits de Rachel, lui conférant un air de reine antique, une reine dont le royaume serait brûlant sans pourtant que le soleil ne s'y soit jamais levé. « "Il a poussé trop loin" dans quel sens ? » demande Atara, et les mots de la réponse l'atteignent avec un étrange décalage. Elle qui les a tant espérés a maintenant l'impression qu'ils vont la noyer, tel un tsunami au milieu du désert qui les entoure.

« En fait, il a soudain disparu, a coupé totalement les ponts. Aujourd'hui encore, je ne comprends pas bien ce qui lui est arrivé. D'horribles rumeurs ont circulé, mais je n'ai rien voulu savoir. Il y a eu, chez nous, quelques cas similaires, plusieurs compagnons ont essayé d'attenter à leurs jours », précise Rachel qui se hâte d'ajouter, « mais ce qui est important à présent, ce n'est pas ma conviction, c'est la vôtre. »

Étonnée, Atara s'entend alors protester, comme si elle avait été dupée, « dire que toute ma vie, j'ai cru que vous l'aviez quitté pour un autre homme, et qu'à cause de vous il me détestait, parce que je vous ressemblais ! » Rachel secoue la tête, pose une main solennelle sur sa poitrine, elle a les doigts un peu déformés, sur l'un d'eux brille une alliance toute simple, « pour moi, le mariage était sacré, déclare-t-elle avec gravité, quand j'ai épousé votre père, j'ai fait serment de fidélité. Je ne me serais jamais parjurée, même pour tout l'or du monde », on dirait presque que son interlocutrice la blâme du regard, comme si elle savait avec quelle désinvolture elle-même avait trahi le serment nuptial fait à Doronn, avec quelle légèreté elle l'avait trompé, surtout une fois mariée, et avec quelle facilité elle l'avait quitté après être tombée amoureuse d'Alex. À l'époque, son père était entré dans une colère noire, comme si c'était lui qu'elle quittait. Pendant presque deux ans il avait refusé de la voir, et n'avait renoué qu'à la naissance d'Eden, une relation qui, de toute façon, était restée froide et distante.

Mal à l'aise, elle remue au bord du canapé, sous ces yeux qui la toisent, croise et décroise les jambes, vérifie son portable… et justement, Eden lui envoie un nouveau message, « on a les résultats, papa a une infection aiguë, tu es là dans combien de temps ? » Aussitôt elle écrit en retour, « ils veulent l'hospitaliser ? » Il répond, « ils l'envisagent. » Elle bondit sur ses pieds, « je dois rentrer d'urgence, mon mari va être hospitalisé, explique-t-elle avec affolement tout en remettant son lourd sac sur son dos. Je suis vraiment désolée. Je n'aurais pas dû venir aujourd'hui, c'était une erreur », s'excuse-t-elle, obligée de planter là son hôtesse toujours assise droite comme une statue de marbre, une main sur le cœur, et de s'éclipser précipitamment.

Elle se dirige vers sa voiture d'un pas rapide, l'air pur et sec lui rafraîchit un peu le visage, il faisait tellement chaud et étouffant à l'intérieur, sans compter l'obscurité, comme si un nuage de poussière volcanique stagnait au-dessus d'elles, du coup, elle est épuisée, n'a de nouveau pas pris le temps de manger ni de boire, la route qui l'attend est longue et ce qu'elle vient d'apprendre lui martèle les tempes. D'horribles rumeurs, une infection aiguë, quelques cas similaires chez nous, plusieurs compagnons ont essayé d'attenter à leurs jours.

Son portable sonne, elle essaie de le tirer de son sac tout en conduisant, comment a-t-elle pu se mettre dans une telle situation, que va-t-elle bien pouvoir dire à Eden qui la croit beaucoup plus près de Haïfa, quel soulagement de constater que c'est Avigaïl, « Gulliver, ma chérie, il était temps ! » lui lance-t-elle, ravie. « Comment ça, il était temps ? Tu me bloques depuis une semaine, on dirait que tu as oublié que tu avais une fille en Amérique ! » se plaint sa grande-petite qui se vexe facilement mais se dévexe tout aussi facilement. « Moi, je te bloque ? s'étonne Atara, amusée. N'importe quoi ! Si tu savais comme j'attendais ton appel ! C'est juste qu'hier je me suis endormie tôt et que j'ai oublié mon portable en bas. » Bravo, la voilà qui, le même soir, sert des mensonges à ses deux enfants, par omission, sans conséquences, inutiles. Son père l'accusait toujours de mentir et se méfiait de ce qu'elle avait derrière la tête.

« Alors, comment vas-tu ? Comment s'est passé l'entretien avec ton prof ? » et Avigaïl exulte, « génial, il m'a proposé d'être son assistante l'année prochaine », Atara exulte aussi, « c'est magnifique, qu'est-ce que je suis contente ! » mais sa fille, à la sensibilité exacerbée, ne s'en laisse pas conter, « on ne dirait pas, maminelle, tout va bien pour toi ? » et l'oblige à admettre que pas vraiment, « je viens de sortir de chez Rachel et Alex est aux urgences avec Eden », Avigaïl s'affole, « oh, qu'est-ce qui lui arrive, à Eden ? » Atara rectifie, « non, c'est Alex qui ne va pas bien, il a une grave infection. » Elle entend sa fille, ostensiblement soulagée, lâcher, « ah, si c'est Alex, alors ça n'est pas une catastrophe, il a déjà bien vécu », Atara proteste mollement, « tu exagères, on ne parle pas comme ça de son beau-père ! » Avigaïl éclate de rire, « je te taquine, maman ! Ils vont lui donner des antibiotiques et tout rentrera dans l'ordre. Avoue que ça te fend le cœur de les savoir coincés aux urgences sans toi, comment as-tu pu laisser tes deux princes frayer ainsi avec la plèbe ! Combien de temps tu penses qu'Alex va tenir avant de les enquiquiner et d'exiger de parler au directeur, comme il le fait dans les hôtels ? » Malgré elle, Atara lâche un petit rire, « une demi-heure max. »

Tout ce qui avait été occulté pendant l'enfance d'Avigaïl ressortait depuis quelques années sous forme d'humour mordant et de discussions sincères sur ses difficultés et ses frustrations, son sentiment de solitude car privée de frère ou de sœur, unique souvenir d'un trio à jamais disparu, témoin ou espionne qui, à la différence de l'enfant né après elle, n'avait pas facilement trouvé sa place dans la nouvelle famille. Yoav, le fils d'Alex et de sa première épouse, cette femme bafouée qui était restée dans la villa classée, avait certainement ressenti la même chose. Malgré tous leurs efforts, ni elle ni Alex n'avaient pu empêcher le ressentiment – et non la solidarité espérée – de s'installer entre leurs deux aînés, qui enviaient, chacun dans son coin, leur demi-frère, parce qu'il grandissait en toute sécurité entre son père et sa mère. Tous deux avaient exigé leur lot de preuves, gestes contreparties attention, qu'il fallait sans cesse renouveler. Alors comment expliquer que justement cet enfant, qui n'avait pas eu à affronter autant de difficultés, soit, ces derniers temps, celui qui, des trois, leur causait le plus de soucis ?

« T'inquiète, maminelle, ton Sander va s'en sortir et tu pourras profiter de lui encore de nombreuses années, plaisante sa fille, si tu savais combien j'en vois, ici, des types comme lui qui vivent éternellement, des intellos croulants qui souffrent surtout d'ennui. Bon, sinon, comment ça s'est passé avec Rachel ? Je croyais que c'était hier ton rendez-vous », et elle répond, « hier ça a foiré, et aujourd'hui aussi, d'ailleurs. Ça a pris tellement de temps jusqu'à ce qu'elle arrive à me raconter un épisode cohérent que j'ai dû partir juste au moment crucial », Avigaïl insiste, « elle t'a quand même dit des choses, non ? »

Elle se retrouve à répéter ce qu'elle a entendu, mais prudemment et, comme d'habitude, elle omet l'essentiel, on a eu quelques cas similaires chez nous, plusieurs compagnons ont essayé d'attenter à leurs jours. Mais était-ce vraiment l'essentiel ?

Qu'a-t-elle tout de même raconté à sa fille ? L'existence d'une lettre, qu'il aurait reçue par une nuit pluvieuse soixante-dix ans auparavant, détail censé n'avoir quasiment aucune importance, si ce n'est qu'un enchaînement cruel de circonstances en avait fait un événement déterminant qui avait changé le cours d'une vie et bouleversé des destins.

C'est à présent à elle d'ouvrir ce courrier et elle ne sait pas quoi en faire.

« De quel anniversaire tu parles ? » demande Avigaïl, et elle répond, « celui de cette jeune fille, Atara Shamir », et se retient d'ajouter, ils ont des yeux et ne voient pas, ils ont des oreilles et n'entendent pas. « J'ai compris, mais de quel âge ? » et elle répond, « je n'ai pas demandé. Ça ne change rien. » Sa fille n'est pas de cet avis, « si, ça a peut-être son importance, parce que je me souviens de ce que tu m'as raconté au sujet de ton anniversaire de vingt ans, quand papy s'est brusquement énervé et qu'il a mis tout le monde à la porte », et elle s'étonne, « ça alors ! Comment y as-tu pensé ? », et Avigaïl de lâcher un petit rire satisfait, « c'est ce qu'on nous apprend ici, à établir des connexions entre les faits, sinon, tu te perds au milieu d'éléments qui ne collent pas. » Le souvenir de cet épisode désastreux lui revient soudain en mémoire et elle lance, un peu honteuse, « waouh, quelle chance que je t'aie envoyée étudier en Amérique ! »

Elle avait invité des amis à la maison et avait à l'avance demandé à ses parents de s'en aller, mais son père était rentré plus tôt que prévu, la fête battait son plein, une de ses copines jouait de la guitare, un garçon du saxophone, tout le monde chantait, dansait, riait. Elle fut la seule à remarquer son retour, à voir son visage s'empourprer soudain et sa mâchoire se décaler, « comment osez-vous vous amuser d'une manière aussi vulgaire ! explosa-t-il, c'est la guerre dehors ! Des gens se font tuer et vous, vous vous amusez ? Comment oses-tu, Atara ? Ne peux-tu pas te contenter d'une fête plus modeste ? »

Tous les jeunes se tournèrent vers elle, stupéfaits, aucun d'eux n'avait vu son père dans un tel état et elle n'avait jamais parlé des colères qu'il piquait, ces crises restant limitées au petit cercle familial, privilège qui n'était destiné qu'aux intimes. Elle se souvient d'avoir tenté de lui répondre mais rien ne sortit de sa gorge, finalement, elle entendit quelqu'un prendre la parole en son nom, un jeune homme qu'elle voyait ce soir-là pour la première fois car c'était le nouvel amoureux de son amie Mikhal, « ici nous sommes tous des soldats, professeur Rubin, déclara-t-il d'une voix ferme, moi, par exemple, je retourne demain au Liban. Alors pour nous, la guerre n'est pas dehors, elle fait partie de nos vies. »

Quelle ne fut pas sa surprise de voir son père marmonner des excuses puis quitter la pièce pour s'enfermer dans son bureau.

Jusqu'à cet instant, jamais personne n'avait pris sa défense contre lui et elle s'approcha, tout émue, de ce preux chevalier inconnu. Il avait un visage large et plutôt simple, mais elle le trouva exceptionnel et incroyablement attirant. Après l'avoir remercié, elle ajouta, avec cette franchise bien à elle et qui ne laissait personne indifférent, « c'est la première fois que quelqu'un fait pour moi ce que tu viens de faire, dire que je ne sais même pas comment tu t'appelles ! », ce à quoi il répondit en lui tendant la main, « il est temps que ça arrive, et je m'appelle Doronn ». Alors bien sûr que leur Avigaïl ne pouvait pas oublier cette histoire, la manière dont s'étaient rencontrés ses parents, le premier battement d'ailes du papillon annonciateur de sa venue au monde.

« Apparemment, tout concorde, Gulli, soupire-t-elle, alors pourquoi est-ce que ça me paraît encore plus énigmatique ? » Elle se souvient malgré elle de cette nuit-là, elle avait quitté la maison après avoir emballé son uniforme militaire, quelques affaires, et était partie entourée de ses amis. Elle avait abandonné son gâteau d'anniversaire sur la table de la cuisine, orné des bougies qu'elle n'avait pas eu le temps d'allumer ni de souffler, cerné des vœux qu'elle n'avait pas eu le temps de formuler. Les premiers jours, elle avait été hébergée chez Mikhal, les deux filles servaient dans la même base de renseignement à Jérusalem, mais à la fin de la semaine elle avait remballé ses affaires et lui avait annoncé qu'elle rentrait au bercail. Sa mère la suppliait effectivement de revenir, tout en prenant la défense de son père comme d'habitude, « pourquoi tu te laisses impressionner ? Tu sais bien qu'il a toujours détesté les fêtes ! » Mais Atara avait appris que Doronn rentrait du Liban plus tôt que prévu et s'était précipitée chez lui, c'est là qu'elle était restée et, bien que cela lui eût coûté sa meilleure amie – qui ne le lui avait jamais pardonné –, pour la première fois de sa vie, elle s'était sentie un peu protégée.

D'ailleurs, à l'époque, elle n'était capable de retourner chez ses parents que lorsqu'il l'accompagnait et plus jamais elle n'avait vécu sous leur toit. Quelques mois plus tard, ils terminaient leur service militaire et louaient avec précipitation un petit appartement en sous-sol dans un quartier ultraorthodoxe, non loin de l'université. Elle avait trouvé un petit boulot de serveuse et commencé ses études d'architecture, Doronn travaillait dans la sécurité et rentrait à la maison armé de deux pistolets. En dépit de son allure guerrière, il la traitait toujours avec une grande douceur, comme si elle était un petit animal blessé. Le jour de ses vingt et un ans, il la demanda en mariage et elle accepta. Elle se doutait déjà que ses sentiments pour lui ne tiendraient pas toute une vie, mais la sensation de sécurité qu'il lui procurait était irremplaçable. Et c'est ainsi que, protégée par l'amour et le caractère facile de son mari, elle avait commencé à le tromper. Avec un étudiant de sa classe, avec un prof, même avec un de leurs amis communs.

Rapidement, elle était tombée sous l'emprise de ces jeux de séduction et de conquête, excitation et danger, tout cela la distrayait bien davantage que l'acte lui-même, qui parfois la rebutait. Elle était cependant incapable de s'arrêter tant elle éprouvait de plaisir à jouer de ce nouveau pouvoir que son corps souple et mince exerçait sur les hommes, son visage de gitane, et surtout de cette froideur qu'elle avait découverte toute seule et dont elle usait, capricieuse et lunatique, pour torturer ses amants. En parallèle, elle continuait à mener une vie conjugale paisible. Elle mentait à Doronn comme une arracheuse de dents, parfois aussi à ses amies qui n'étaient que partiellement dans la confidence, mais, avec le temps, sa vie cachée ayant pris plus d'ampleur que sa vie révélée, elle dut trouver un contrepoids qui se traduisit par un désir d'enfant. Pour sa part, Doronn se montra réticent, il les estimait trop jeunes et pas assez stables financièrement, mais elle insista jusqu'à obtenir gain de cause.

Ce ne fut que lorsqu'elle tomba enceinte de sa fille qu'elle arriva à se sevrer de son besoin de plaire et pour la première fois se sentit sereine, en accord avec elle-même. Elle se jura de veiller, dorénavant, à maintenir une vie de famille sans cachotteries, serment qu'elle tint à peine quelques années. Ils déménagèrent à Haïfa où elle commença sa spécialisation en conservation du patrimoine tandis qu'il terminait sa formation d'ingénieur, ils projetaient déjà de faire un autre enfant, et puis, un jour, elle avait accepté de venir aider une de ses amies à planifier des travaux dans la belle villa classée monument historique qu'avait achetée une connaissance, Alexander Sadane, un universitaire relativement connu qui enseignait les sciences sociales.

« Quelle histoire terrible », déclare Avigaïl qui, bien sûr, ne sait rien de tout cela. Sa voix résonne très fort dans l'habitacle fermé, « donc, c'est en fait ton père qui a quitté Rachel. Mais pourquoi ? Et pourquoi avons-nous toujours cru le contraire ? »

Atara soupire, «parce qu'on ne sait rien de ses parents, apparemment. Attends un instant, Gulli, Eden m'appelle», effectivement, c'est son fils, et il lui annonce, «on nous libère, maman. On lui a donné des antibiotiques sous perfusion et maintenant ils ont décidé de le laisser sortir», elle exulte, «super, c'est génial ! Donc il se sent mieux ?» Eden tempère, «pas vraiment mais les médecins assurent que ça va s'arranger.» Elle le remercie chaleureusement d'être resté tout ce temps avec son père, «me remercie pas, maugrée-t-il, magne-toi, papa arrête pas de demander où tu es.» Aussitôt elle appuie sur l'accélérateur, «si tu savais, ça fait une heure que je suis coincée dans un bouchon. Il y a eu un accident sur la 6, passe-le-moi», mais il dit, «je crois pas qu'il a la force de parler. Dépêche-toi, c'est tout», cette précision l'étonne un peu et surtout l'inquiète, «pourquoi l'ont-ils laissé partir s'il n'est pas en état de parler ?», mais elle se rassure aussitôt, «bon, ils savent sans doute ce qu'ils font, j'arrive.» Lorsqu'elle reprend sa fille, elle lui annonce joyeusement qu'Alex a été renvoyé chez lui, mais Avigaïl ne semble pas satisfaite, «c'est pas logique. Quel rapport entre la lettre et leur séparation ? Y a un truc qui manque mais là, je dois raccrocher, et… te fais pas de soucis pour Alex, ne le laisse pas te transformer en garde-malade simplement parce qu'il a passé deux heures aux urgences», ajoute-t-elle, Atara rit, «y a toujours un truc qui manque, Gulliver, c'est ce qu'on nous enseigne à l'école de la vie. Bye ma chérie, ne t'en fais pas, ça va aller», mais aussitôt, c'est elle qui est gagnée par une sourde angoisse, quelque chose ne va pas dans leur dialogue, dans la distribution des rôles, qui est la mère et qui est l'enfant, et surtout qui est le couple. Est-ce cela qui empêche sa fille adorée de trouver l'amour ?

À l'est, une lune orange, de la taille d'un ballon d'anniversaire géant, éclaire l'autoroute, elle roule n'importe comment, arriver au plus vite, c'est tout, quand elle le verra, elle se calmera certainement. Elle a soudain l'impression que les objets autour d'elle grossissent à vue d'œil, à moins que ce ne soit elle qui rapetisse. Elle est cernée par d'énormes camions qui foncent, dans sa petite voiture elle a l'impression d'être une coccinelle au milieu d'un troupeau d'éléphants. Ce n'est pas pour rien que sa fille lui a collé ce surnom, maminelle, coccinelle travailleuse qui se tape deux jours de suite le même chemin et n'avance pas d'un pouce.

Elle discerne avec perplexité que sous la bâche noire de la remorque qui la précède pointe le bout du canon d'un tank, que se passe-t-il cette nuit ? Des préparatifs de guerre ? Aux infos qu'elle vient d'écouter, aucun événement inhabituel n'a été signalé, peut-être que, dans ce pays, on a pour habitude de déplacer toutes les nuits par la voie express des tanks du nord au sud ou inversement et qu'elle n'en a simplement jamais eu conscience, tout comme elle n'a jamais eu conscience d'un tas de phénomènes et d'événements qui ont eu une influence sur sa vie, à l'instar de ce malheureux enchaînement fortuit de circonstances qui ne lui a rien appris. « Puisses-tu me pardonner, Rachel, avait-il dit en se tournant vers elle, moi qui, de mes propres mains, ai creusé notre tombe. » Mais lui demander pardon à elle, sa fille, jamais il ne l'avait fait.

Comme ce minuscule pays s'est agrandi, la route s'étire sous ses yeux et jamais elle n'en verra le bout. C'est ainsi qu'elle se hâtait avec délice pour retrouver Alex, des années auparavant, de rendez-vous volé en rendez-vous volé. Elle faisait n'importe quoi pour le voir ne serait-ce qu'une heure et recevoir encore une part de cet amour si précieux, vérifier qu'il ne s'était pas dissipé. La moindre réunion professionnelle hors de la ville était prétexte à une rencontre, parfois dans l'un des hôtels du littoral, et en s'y rendant elle avait l'impression de suffoquer, persuadée que ce ne serait qu'en le voyant qu'elle parviendrait à remplir ses poumons.

Maintenant aussi, elle suffoque, baisse la vitre dans le vent nocturne qui charrie encore une odeur d'incendie. Elle doit le voir et, comme à l'époque, ne respirera calmement qu'à ce moment-là, même s'il n'y a plus rien de volé entre eux et si les délices d'antan ont perdu leur saveur. Non qu'il lui ait montré un faux visage à l'époque, mais des visages, cet homme en avait de multiples, sans doute comme elle, ou comme la lune qu'elle voit se transformer à une incroyable vitesse.

Elle finira par le trouver, alangui, vautré sur le canapé du salon, couvert jusqu'au menton de leur grand duvet d'hiver, le teint aussi gris que du béton, les paupières baissées et les lèvres closes, elle s'agenouillera à son côté, inquiète, « qu'est-ce qui t'arrive, Sander, comment tu te sens ? Je suis désolée de ne pas être arrivée à temps aux urgences, il y avait un accident sur la route », il ouvrira lentement les yeux, lui adressera un petit sourire gercé, « tu n'as rien loupé, crois-moi. J'ai failli crever de froid là-bas, ils règlent leur clim en dessous de zéro », alors elle rira de soulagement, « c'est ça qui t'a dérangé ? Qu'est-ce qu'ils ont dit exactement ? Et toi, tu ressens quoi ? », il susurrera, « j'ai mal au ventre et la nausée. C'est très inconfortable », elle le coupera aussitôt, « évidemment, ce canapé est trop dur, viens, on monte, tu te mettras au lit », mais il rectifiera, « non, rien à voir avec le canapé, c'est mon propre corps qui est inconfortable, peut-être qu'il est temps de m'en séparer. »

Lui et sa propension à assener des sentences sinistres ! En général, ces exagérations amusent Atara mais, en l'occurrence, elle le sermonne, « arrête de dire des bêtises, Sander, les antibiotiques vont bientôt agir et tu te sentiras mieux, viens, essayons tout de même de monter. » Il examine la volée de marches d'un regard dubitatif et secoue la tête, « je n'en ai pas la force », et quand elle lui dit qu'elle et Eden l'aideront, il s'entête, « laisse tomber, je reste ici pour l'instant », elle soupire, se relève, se dirige vers la cuisine, « tu veux que je t'apporte de l'eau ? Quelque chose à manger ? », ouvre le freezer, en sort deux pitas congelées puis revient poser un verre d'eau sur la table à côté de lui, « et Eden ? Il est allé dormir ? »

Les lèvres d'Alex se tendent en un sourire fier, « il est juste monté se doucher, c'est vraiment avec lui qu'il faut aller aux urgences, toutes les infirmières lui tournaient autour. Si tu avais été là à sa place, on n'aurait pas eu droit à un tel traitement de faveur. Ce qui est dommage, c'est que lui, eh bien, il reste de marbre. Ça ne lui fait ni chaud ni froid. Il est en train de gâcher sa jeunesse. D'ailleurs, toi, tu étais où ? »

Leur fils apparaît à point nommé et elle se hâte de lancer, « tiens, le voilà ! » Elle le détaille tandis qu'il descend vers eux, grand et musclé, les yeux brillants. S'être inquiété pour son père semble lui avoir fait du bien, lui avoir redonné de l'énergie. « Tu as bu, papa ? Ils t'ont dit de beaucoup boire », et un deuxième verre se retrouve aussitôt posé sur la table du salon, mais Alex n'y touchera pas plus qu'au premier. Il vient de s'endormir, une expression torturée lui déforme le visage, et Eden la questionne du regard, les voilà pour une seconde en parents angoissés penchés sur le lit de leur bébé malade, de nouveau les rôles s'inversent, qui est le couple ? « Tout va bien, mon chéri, merci d'avoir été avec lui, tu peux aller te reposer », dit-elle sur le ton le plus réconfortant possible.

Aussi sec, il remonte dans sa chambre. L'a-t-elle blessé avec ses paroles ? Elle n'avait pas l'intention de se débarrasser de lui, bien sûr que non, mais alors que voulait-elle dire, en fait ? La communication entre eux s'est tellement dégradée… ce qui est sans importance tant qu'Alex est allongé là, immobile, tout de blanc vêtu, beauté grisonnante et silencieuse, tel un somptueux palais tombé en déshérence. Debout dans leur cuisine américaine où elle se prépare des œufs brouillés qu'elle mangera à même la poêle en se brûlant la langue, elle ne le quitte pas du regard. Il a l'air très mal en point, jamais on n'aurait dû le renvoyer chez lui dans cet état, si elle avait été là, cela ne serait pas arrivé. Elle ne se serait pas laissé faire et aurait exigé des examens complémentaires.

Inquiète, elle revient auprès de lui, pose la main sur son front, suit du doigt les sillons des rides transversales. Il n'a apparemment plus de fièvre, peut-être ont-ils quand même eu raison, mieux vaut se remettre d'aplomb chez soi et éviter tous les microbes qui traînent dans les hôpitaux. Demain, pour sûr, il ira mieux, c'est un homme vigoureux, qui n'a jamais rien attrapé de grave, qui n'avait été hospitalisé que pour une fracture de la cheville faite en jouant au tennis – on avait dû l'opérer –, et une autre fois, ils étaient allés aux urgences pour des complications suite à une pneumonie, le lendemain, il était de retour à la maison.

Elle monte lentement l'escalier jusqu'à leur chambre sous les combles, y prend un oreiller, une couverture et revient s'allonger en face de lui, sur le canapé plaqué à la baie vitrée. Elle contemple l'obscurité qui se colle aux carreaux, aussi épaisse et fournie que la fourrure d'un animal gigantesque. Les chacals hurlent à nouveau, leurs voix se renforcent et l'atteignent avec une telle puissance qu'elle s'imagine un instant allongée dans le *wadi*, la tête sur l'oreiller, enveloppée de sa couverture entre les pins et les térébinthes, les inules visqueuses et les pimprenelles épineuses, cernée par des dizaines de charognards qui ouvrent leurs gueules et répètent sans arrêt la même rumeur menaçante : il y a eu, chez nous, quelques cas similaires, plusieurs compagnons ont essayé d'attenter à leurs jours.

Tout le monde chez elle était-il au courant, d'où l'attitude protectrice toujours adoptée envers lui ? Atara était-elle la seule à en savoir si peu sur son père, ce qui expliquerait pourquoi sa mère, puis sa sœur, avaient érigé autour de lui un rempart de dévouement et d'admiration, et l'avaient, elle, laissée extérieure à leur trio, dans l'impossibilité de s'identifier à eux. Pourtant, elle sentait aussi qu'elle était la seule de la famille capable de le comprendre et que, s'il avait partagé son mal avec elle, il aurait découvert qu'elle avait le pouvoir de l'en guérir… elle qui, la plupart du temps, se retrouvait à devoir se protéger de lui.

Après avoir constaté à quel point il représentait un danger pour elle, elle s'en était éloignée autant qu'elle l'avait pu. Eh bien, voilà qu'à présent elle découvre qu'il était aussi un danger pour sa propre personne, ce qui, au fond, n'avait rien d'étonnant : s'en prendre à sa fille, à la chair de sa chair, revenait quasiment au même. Car ce n'était pas elle qu'il voyait de ses yeux aveuglés par la colère, mais tout ce qu'il ne pouvait ni se rappeler, ni supporter… Comment une gamine aurait-elle pu le comprendre, même pour une adolescente, cela dépassait l'entendement. C'est pourquoi, pendant des années, elle avait pris la faiblesse de son père pour de la force et sa propre force pour de la faiblesse. De toute façon, chaque fois qu'elle se plaignait ou posait des questions, elle se heurtait au mur hermétique de sa mère et de sa sœur. Comment Rachel avait-elle deviné qu'elle ne savait rien ?

Atara s'attendait à une histoire plus simple, à la trahison d'une femme et non du destin. Le destin ne peut trahir puisqu'il ne promet jamais rien. Mais qu'est-ce qui avait poussé son père à renoncer à sa première épouse puis à elle, sa première fille ? Pourquoi lui avoir donné ce prénom s'il voulait oublier ? Ou, a contrario, pourquoi s'être conduit ainsi avec elle s'il voulait se souvenir ? À moins qu'il n'y ait jamais eu de rapport entre son prénom et leur terrible relation filiale, mais dans ce cas, pourquoi cette histoire lui a-t-elle été racontée d'une voix brisée de compassion ?

Elle entend Alex se retourner et soupirer, répéter plusieurs fois la même syllabe, « oh », à moins que ce ne soit « beau », peut-être songe-t-il à Eden, peut-être a-t-il oublié qu'elle était là ? Elle se souvient qu'Avigaïl, petite, se réveillait souvent au milieu de la nuit et ne savait plus si elle était chez maman ou chez papa.

« Tu ne dors pas, Sander ? » murmure-t-elle tant elle a envie de partager avec lui ce qu'elle vient d'apprendre, même si, bien souvent, il la déçoit par un manque d'attention évident, trop égocentré, comme attiré par un aimant intérieur surpuissant... sauf quand ils arrivaient vraiment à être proches. Alors, il s'intéressait écoutait conseillait, toujours positif, toujours prêt à la défendre. Espérés et inattendus, ces moments l'emplissaient, lorsqu'ils survenaient, d'un bonheur incrédule, de même que l'emplissaient d'une déconvenue incrédule les revirements qui ne tardaient jamais et les prenaient de court tous les deux, chacun en rejetant la faute sur l'autre.

Oui, ils vivaient sur une grande roue dont les étapes leur étaient familières même s'ils les oubliaient à chaque fois, une grande roue parfois enthousiasmante, souvent épuisante, mais ce qui était sûr, c'est qu'à l'étape d'aujourd'hui, ils ne se sont pas encore arrêtés : jamais ils n'ont été confrontés à une grave maladie, et chacun se débrouillait à sa manière avec les petits bobos. Elle avalait un ou deux cachets et s'efforçait de continuer normalement, quant à Alex, il était très inquiet pour sa petite santé, reproduisant par là l'attitude de ses parents qui avaient veillé sur lui comme sur la prunelle de leurs yeux, surtout sa mère, dont les deux premiers enfants avaient été assassinés en bas âge pendant la guerre : il attendait deux jours consécutifs sans fièvre avant de se relever au cas où, n'hésitait pas à annuler des cours dès qu'il se sentait patraque et, par peur de s'enrhumer, sortait avec un manteau et un bonnet en hiver, même pour aller jeter la poubelle.

Elle se souvient, soudain assaillie par la colère, que, des années plus tôt, Eden était petit, elle l'avait emmené faire une balade à vélo dans le quartier quand, au détour d'une rue tranquille, un clochard plus très jeune, d'allure scandinave, avec de longs cheveux filandreux, lui avait soudain barré la route, avait ouvert sa braguette et sorti son sexe. Elle avait lâché un cri d'effroi, l'homme, moqueur, l'avait imitée en riant, ce qui l'avait davantage blessée que l'acte lui-même. Elle avait attrapé le vélo d'Eden et s'était mise à courir en même temps qu'elle téléphonait à Alex pour qu'il vienne à sa rescousse, mais son mari lui avait répondu, sans le moindre scrupule, presque dans un reproche, « comment veux-tu que je sorte maintenant, je viens de me doucher et j'ai les cheveux mouillés ! » Oh, comme elle s'était languie de Doronn tandis qu'elle courait, poussait le vélo dans la montée abrupte, essayait de rassurer son fils sans oser regarder en arrière jusqu'à ce qu'ils soient rentrés. Par chance, l'exhibitionniste ne les avait pas suivis, préférant sans doute chercher une autre victime. C'était là son plaisir malsain, provoquer chaque fois une expression de dégoût et le cri horrifié qui allait avec. En l'occurrence, elle pouvait se vanter de lui avoir donné totale satisfaction. Pendant plusieurs jours, elle avait beaucoup repensé à l'instant où, de simple passant, il s'était mué en pervers, l'instant où il s'était révélé et, par là, les avait aussi révélés, elle et Alex.

Finalement, ces déceptions avaient eu sur elle un effet positif, concluait-elle souvent, car celui que l'on protège s'affaiblit alors que celui que l'on néglige se renforce, et effectivement elle était devenue de plus en plus forte avec les années. Elle se disait même que les qualités morales d'un partenaire étaient moins importantes que celles que l'on développait soi-même, que la personne qu'elle était devenue aux côtés d'Alex valait beaucoup mieux que celle qu'elle avait été aux côtés de Doronn, un état de fait qui tantôt la réjouissait, tantôt la laissait indifférente.

Alors pourquoi son ancienne colère remonte-t-elle, maintenant qu'il est allongé, impuissant, sur le canapé ? Ils avaient été tous les deux en danger, elle et Eden, et monsieur craignait de s'enrhumer ! En plus, quand elle était rentrée à la maison, il ne s'était pas gêné pour la tourner en ridicule, « pas de quoi en faire un plat, ce n'est pas la première fois que tu vois une queue, et j'espère pas la dernière non plus ! » avait-il ironisé avant d'aller se couper une tomate dans la cuisine, le front caché par ses cheveux raides et encore humides.

Il avait toujours bonne conscience, se débrouillait toujours pour éviter les corvées, disparaissait ou s'endormait quand on avait besoin de lui et, si elle se fâchait à juste titre, il se vexait à tort et s'énervait au lieu de s'excuser. À sa grande surprise, elle avait rapidement constaté qu'être très à l'écoute de soi-même n'impliquait pas obligatoirement de l'être avec autrui, et que cette franchise qui l'avait tant séduite chez lui pouvait se révéler détestable. Mais chaque fois qu'elle lui en faisait la remarque, il rétorquait, « j'assume, je suis quelqu'un d'authentique, pas comme toi. Moi, je ne fais pas semblant et je n'essaie pas de plaire à tout le monde. Les gens savent exactement ce que je pense. » Les premières années, elle lui reprochait souvent cette attitude, le ton montait alors très facilement, « garde ton authenticité pour les adultes qui peuvent la supporter. Avec les enfants, il faut faire preuve d'un minimum de sensibilité ! Avigaïl n'est pas censée savoir que tu ne t'intéresses pas à elle, force-toi un peu et montre-toi plus sympa. » Là était leur pierre d'achoppement, en fait, leurs deux pierres d'achoppement, leurs deux enfants, deux plaies béantes sur le corps de leur amour. Que de promesses ne lui avait-il pas faites à l'époque où il la pressait de quitter Doronn pour transformer leur aventure secrète en une vie de famille assumée ! Elle ne cessait de répéter avec insistance, « et ma fille ? Est-ce que tu aimeras ma fille ? » Il s'insurgeait avec une totale sincérité, « quelle question ? Comment pourrais-je ne pas l'aimer ? Je t'aime tant, Atara, ta fille fait partie de toi ! » Si ce n'est que cet argument, logique à ses oreilles amoureuses, avait pris un tour odieux et inattendu. Dès qu'il lui en voulait, à elle, il incluait sa fille dans le lot, alors qu'il l'excluait bien sûr de leurs moments d'intimité, ceux-là n'étant réservés qu'à eux deux, inutile d'avoir à supporter quelque reliquat qui risquait de le priver de cent pour cent de l'attention d'Atara. Avec un total naturel, il s'était dédouané de son quotidien de mère, et rentrait tard de l'université les jours où Avigaïl était là. Quant au fils d'Alex, manipulé par l'épouse délaissée, il ne venait chez eux que rarement et, quand c'était le cas, se montrait aussi désagréable avec elle qu'avec son père. Rapidement, elle s'était surprise à se languir de la chaleur de la petite famille tranquille qu'elle avait détruite, une mère, un père et une enfant.

Ses regrets étaient si pesants qu'elle avait passé des nuits entières, couchée sur le canapé du salon, comme maintenant, dans l'appartement où avait débuté leur vie commune, à imaginer celle d'avant continuer, Avigaïl grandir avec ses deux parents sous le même toit et non pas obligée de passer sans cesse de chez maman à chez papa, avec, serré dans les bras, un immense sac en plastique rempli de Barbie dont les membres nus dépassaient, Avigaïl à qui elle imposait de s'habituer à un frère par alliance hostile et méfiant et à un quotidien tendu. Oui, elle les imaginait tous les trois assis autour du dîner, Doronn qui demandait comment s'était passée sa journée et elle qui la lui racontait.

Ainsi, sa vie d'avant s'était poursuivie en parallèle, chaque journée avait son double, mais cela la torturait tant que parfois elle portait la main à ses cheveux, les tirait, et seule cette douleur familière réussissait à atténuer un peu ses tourments. Pourtant, elle s'était accrochée à Alex, refusant d'admettre son échec, parce que la pensée que cet homme pût ne pas être à elle, qu'il pût se promener tranquillement après avoir détruit son monde, la mettait hors d'elle. Il avait commis un crime et devait le payer. Elle l'accusait de l'avoir trompée sur la marchandise et d'avoir tout gâché, mais elle ne renonçait ni à lui ni à ses tentatives de le réparer et de retrouver le prince charmant qu'il avait été et qui n'était pas que pure illusion, la preuve, elle le retrouvait effectivement parfois, et cela la rassurait pour la suite.

Car il revenait de temps en temps, son prince charmant, mais jamais ils n'avaient réussi à être le couple qu'ils s'étaient imaginé, à vivre l'union dont ils avaient rêvé, cet amour qui leur donnait le droit de faire autant de mal à leurs enfants. Existait-il d'ailleurs sur terre un tel amour ? De toute façon, même s'il existait, ce n'était pas leur lot. Dès qu'ils avaient emménagé ensemble, ils s'étaient tellement déçus l'un l'autre, déçus jusqu'au plus profond de leur être, qu'ils ne cessaient de battre leur coulpe d'avoir imposé cela à leurs enfants. En s'accusant mutuellement de toute cette souffrance, ils s'empêchaient de se donner ce dont ils auraient eu besoin.

Parfois quelques étincelles de colère retombaient sur la tête des petits, sur celle d'Avigaïl, si douce et innocente, qui n'était pas habituée à voir ses parents se disputer et qui, sans doute, ne comprenait pas comment sa mère avait pu troquer une paisible vie de famille contre une relation si explosive et instable.

Les premières années, cette question lui voilait les yeux, de profonds yeux noisette qui devenaient de plus en plus froids quand, après une dispute, Atara faisait semblant d'être joyeuse, lui lisait distraitement une histoire et répétait deux fois le même paragraphe d'une voix atone.

Elle se relève du canapé, irritée. C'est tellement peu confortable qu'elle n'a aucune chance de trouver le sommeil, quant à Alex, il dort et n'a par conséquent pas besoin d'elle. Il a l'air calme, un rien arrogant avec ses lèvres baissées dans une moue boudeuse. Tu t'inquiètes pour rien, demain, il sera sur pied, toi, en revanche, tu seras complètement épuisée et tu auras du mal à assurer tout le travail qui s'est accumulé. Inutile que tu restes là, à côté de lui, comme s'il était un petit bébé malade et totalement perdu sans toi, tu as aussi le droit de penser à toi, ne l'a-t-il pas lui-même fait, toutes ces années, et avec le plus grand naturel ? À tâtons, elle se dirige vers la cuisine, boit goulûment un verre d'eau, mange la pita qui a sauté du grille-pain depuis un bon moment et, le ventre plein de ses ruminations furieuses, elle monte péniblement l'escalier vers leur chambre à coucher, les pieds entravés par la couverture.

Dommage qu'elle se soit tellement précipitée pour rentrer, de toute façon, il dort tout le temps et ne se serait pas rendu compte de son absence. Sa visite chez Rachel a été si courte et le trajet si long qu'elle a encore l'impression de rouler, les éclairs de phares continuent à la déranger sous ses paupières closes. Quelle journée incohérente ! Puisque tu avais décidé de ne pas faire demi-tour, tu aurais dû rester, puisque tu avais posé des questions, tu aurais dû écouter, parce que tu n'as rien éclairci, songe-t-elle, anxieuse, tout en se tournant et se retournant sur son lit déserté. Minuit passé, le sommeil s'éloigne de plus en plus et, au lieu de prendre forme, tout s'éparpille. Lui reviennent en mémoire les paroles fredonnées par la vieille dame d'une voix empreinte de ce chagrin des commémorations, « et lorsque sur le pays fatigué minuit sonnera / la belle se lèvera et sa tombe quittera ». Jamais elle ne l'a entendue, cette chanson, alors elle tend la main vers son portable qu'elle a mis à charger sur sa table de chevet, tape les mots, et aussitôt elle l'entend. Musique obscure et pompeuse, paroles qui évoquent la Rachel biblique, maintenant elle comprend que le sujet est cette mère mythique qui sort de sa tombe et se dirige vers le Jourdain pour pleurer ses fils.

Dans un brouillard somnolent, elle voit la Rachel de papa sortir de chez elle en pleine nuit vêtue de sa robe de camouflage et marcher entre les collines, les yeux fermés, telle une somnambule. À chaque pas, elle se déleste de ses années, ses rides s'effacent, ses cheveux noircissent, ses pieds s'allègent et elle commence à courir. Qui fuit-elle, qui poursuit-elle, essaie-t-elle de venir la surprendre dans son sommeil ? Car voilà qu'elle l'a rattrapée et lui tire les cheveux en hurlant, comme le faisait son père, maudite sois-tu, maudit soit ton souvenir.

CHAPITRE NEUF

Au nom de quoi as-tu vécu, Rachel ?

Ces années-là, tellement de gens sont morts et ont continué à vivre, ont vécu et ont continué à mourir, partout à travers le monde, le terrible monde. Ce siècle fut le pire de tous, criminel et mauvais, dévasté par les horreurs et la douleur. Leur jeune pays aussi, qui venait de renaître sur la terre de leurs ancêtres, petite parcelle divine pour laquelle ils avaient combattu avec un héroïsme prodigieux, s'était peuplé de morts-vivants, de déracinés arrivés des quatre coins du globe, si bien que plus personne ne s'est souvenu de ses compagnons de lutte. Alors, la nuit, ceux-ci venaient frapper à la fenêtre fissurée de son sommeil, tu dois vivre pour nous, Rachel, réaliser nos rêves, rappeler nos noms, et parfois aussi, elle l'entendait, lui, qui hurlait d'une voix sèche, on s'est battus pour rien ! Ce pays est maudit !

Elle n'avait quasiment plus eu de nouvelles de lui et n'avait pas cherché à en avoir. Elle l'avait enterré dans son âme, hors champ, enveloppé dans un linceul d'incompréhension et d'offense. Jamais elle n'avait essayé de se renseigner pour savoir ce qu'il était devenu. Elle et son nouveau mari s'étaient éloignés de leurs amis anciens communs ainsi que de Jérusalem. Malgré tout, quelques rumeurs avaient réussi à s'infiltrer dans sa nouvelle vie, comme celle entendue à la fin de sa première grossesse : il avait quitté le pays pour étudier en Angleterre, chez ces assassins de Britanniques ! Elle en avait conclu qu'il les avait tous trahis, Boaz Arié Israël Ouri Shlomo Gdalia Zvi Haïm Ouzi Yossef Dov Ariéla Dror Amnon Arnon Emzya Avraham Shemesh Shmouel Hemda Ruth, et elle se souvient qu'aux nausées de la grossesse s'était mêlé le terrible écœurement que lui inspirait un acte aussi vil, qui foulait aux pieds toutes leurs années de combat et leur inscription dans l'Histoire, celle qu'ils avaient modelée autant que celle qui les avait modelés.

Des années plus tard, les vents contraires colportèrent d'autres rumeurs qui l'atteignirent avec leur lot d'amertume glacée : il avait fait des études en neurosciences, était devenu un chercheur reconnu et, de retour en Israël après avoir passé de nombreuses années à l'étranger, il avait épousé une femme beaucoup plus jeune, qui lui avait donné deux filles. Il vivait à Jérusalem avec sa famille, précisément dans l'appartement d'où elle, Rachel, avait été chassée par sa belle-mère. Elle ne pouvait s'empêcher d'imaginer les deux filles de Mano sous les traits de ses propres fils qu'elle transformait en gamines vêtues de robes rouges à fleurs jaunes, les voyait monter et descendre les marches du perron ou cueillir les fruits du néflier.

Ainsi en avait décidé le destin. Elle n'avait pas eu le choix. L'anathème allait bien au-delà de telle ou telle anecdote et, de toute façon, c'était une goutte d'eau dans un océan de deuil. Les premières années, elle avait espéré, secrètement, qu'il la recontacterait, qu'il lui donnerait une explication ou un signe, ne serait-ce qu'un mot pour lui prouver que leur amour avait bel et bien existé. Cette preuve arrivait-elle enfin ? Était-ce cela qu'elle attendait pour se séparer du monde ?

Des décennies s'étaient écoulées, ses fils avaient grandi et commençaient même à vieillir, son mari était tombé malade puis avait quitté ce monde. La vie était passée, lente bataille épuisante dont la fin était à présent connue. On se lance, yeux aveugles et pieds nus, dans un impitoyable périple, on tombe et on se relève, on glane quelques instants de bonheur qu'on rassemble dans un panier percé, on croise des gens, et voilà qu'au bout du chemin la fille de Mano l'avait retrouvée. Alors pourquoi être partie si vite, justement quand elle s'était préparée à une longue conversation ? Qui sait s'il y aurait une autre occasion. L'avait-elle fait fuir ? Elle lui avait asséné les faits exactement tels qu'ils avaient eu lieu, en détail, minute par minute, comme si elle se hâtait de les lui transmettre avant de quitter ce monde, mais l'aurait-elle, ce faisant, poussée à quitter son monde à elle… lui avait-elle offert une bénédiction ou une malédiction ? Sans doute ne le saurait-elle jamais. Peu importe. C'était son devoir depuis que cette femme s'était présentée à elle au théâtre, dans la file d'attente des toilettes. Comme il est prescrit, rendre l'objet perdu.

Elle marche vers sa cuisine, s'attarde en passant devant la photo de sa mère, essuie un peu de poussière jaune qui s'est déposée sur la joue en noir et blanc. Rachel pensait qu'elles dîneraient ensemble, la tehina est presque prête et les œufs sont durs, elle pose sur la table deux assiettes et deux verres, aurait tant voulu la voir mâcher, sourire, arracher un morceau de pita et écaler un œuf, ramasser quelques miettes tombées sur sa robe, aurait tant voulu continuer à lui parler de cette époque, pas du jeune Mano, pas de leur amour brisé, mais de sa vie à elle.

Parce que la féminité toute en délicatesse de son invitée avait éveillé en elle une nostalgie lointaine. Elle avait toujours vécu entourée d'hommes. D'abord chez ses parents, unique fille au milieu de trois frères, puis pendant ses années de clandestinité parmi les combattants, et enfin au sein de la famille qu'elle avait fondée avec son mari et ses deux fils. Une seule fois, elle s'était retrouvée entourée de femmes, pendant son incarcération à Bethlehem et, malgré leurs horribles conditions de détention, elle avait aimé cette compagnie, dont elle s'était ensuite languie toute sa vie.

Elle aurait tellement voulu lui décrire ses compagnes de lutte, ensemble elles s'asseyaient sur le rebord de la fenêtre de leur petite cellule qui donnait sur la muraille extérieure, chantaient en chœur, discutaient beaucoup, partageaient des souvenirs. La nuit, elles entendaient au loin le tintement métallique des cloches d'églises qui se mêlait aux cris des prisonnières et, allongées sur le sol crasseux, sous des couvertures répugnantes, elles trouvaient une consolation dans leur amitié, dans la supériorité de l'esprit sur le corps.

Elle aurait tellement voulu lui dire combien elle avait été dépitée de devoir troquer ces conversations-là contre les papotages anodins des jeunes mères qui dissertaient sur la première dent de leur bébé. Rien d'étonnant à ce qu'elle ait trouvé bien terne sa réalité d'après-guerre et n'ait quasiment gardé aucun souvenir des années qui avaient suivi les combats, lorsque la vie tressautait, poussive, sur l'étroit sentier qui leur avait peut-être été destiné à tous dès le début. Elle découvrait dans la douleur que l'intrépidité de la jeunesse ne prédisait rien des longues années à venir.

Les qualités qui s'étaient révélées en elle, son courage, sa détermination et sa sagacité, étaient restées inexploitées. Qu'en faire lorsque, le matin, tu te lèves et te mets aux fourneaux, ou quand, après avoir un peu progressé socialement, tu prends deux autobus pour te rendre au cabinet d'avocats où, pendant des années, tu travailleras comme secrétaire ? Bien sûr, elle aurait aimé étudier, mais cela était au-delà de leurs moyens. Elle avait donc dû se contenter d'un rôle subalterne, même si ses patrons, qui ne cessaient de dire qu'elle aurait pu réussir aussi bien qu'eux, aimaient lui demander conseil et louaient sa perspicacité. Ce n'est que lors de leur installation à Maale Edoumim, dans le désert aride de Judée, qu'elle avait retrouvé un peu de cette ferveur perdue, voilà pourquoi elle y était restée, se réchauffant à la flamme d'un brasier qui ne s'était pas encore éteint.

En effet, au sixième jour de Hanouka, quarante-cinq ans auparavant, ils avaient quitté leur confortable appartement de Holon pour Givat-haMeyasdim, la colline des Fondateurs. C'est là que, au septième jour, ils avaient allumé la dernière bougie de la fête, avaient posé sur le toit de l'abri huit barils contenant des tissus imbibés d'essence, et de grandes gerbes de feu avaient illuminé le vide alentour. Une pour Ariéla, une pour Dov, une pour Boaz, une pour Elhanan, une pour Hemda, une pour Ruth et une pour Israël, et aussi pour Ouri et Dror, Amnon et Arnon, Ouzi et Shemesh, Shlomo Shmouel Emzya Avraham Arié…

Entre les préfabriqués, il n'y avait que de la boue et des cailloux, l'eau et l'électricité n'étaient fournies que par intermittence ; en été, ils souffraient de la chaleur et des moustiques, mais elle n'avait pas été rebutée par ces conditions rudimentaires. Ses forces endormies lui revinrent décuplées et ce fut ainsi qu'elle parvint à reconstruire le pont d'acier qui la reliait au pays aimé de ses ancêtres, lequel faillit encore une fois être détruit au cours d'une nouvelle guerre. Vivre à Maale Edoumim lui permit d'annoncer à ses anciens compagnons qu'enfin leur vision se réalisait et que, grâce aux nouvelles implantations construites dans les territoires qui venaient, selon leur doctrine, d'être libérés, la patrie pour laquelle ils avaient péri retrouverait bientôt sa puissance et son intégralité. Elle pensait à eux tous les matins en ouvrant les yeux sur l'éclat aveuglant du désert, à ses morts exilés, fils illégitimes de l'État, et se souvenait de leur ultime souhait : faites que vienne le jour où ce peuple saura que nous avons combattu pour lui.

Car ils avaient servi de bouc émissaire, à l'instar du bouc chargé des péchés du peuple d'Israël qu'on envoyait du Temple dans le désert le jour de Kippour. On prenait un ruban rouge que l'on coupait en deux, une moitié restait au sommet du mont Azazel, l'autre était attachée aux cornes de l'animal que l'on précipitait dans le vide. Son corps heurtait la paroi, se désintégrait jusqu'à n'être plus que des lambeaux éparpillés. Si la moitié du ruban rouge restée au sommet blanchissait, cela signifiait que les péchés étaient pardonnés. L'endroit ne se trouvait pas loin de la pente où elle avait roulé-boulé dans sa jeunesse en suivant Mano, pas loin non plus de là où elle avait choisi de passer le restant de sa vie – pour l'élévation de l'âme de ses compagnons morts, à quatre-vingt-dix riss de Jérusalem, comme il est dit dans la Mishna[1]. Avant, on pouvait encore voir le sommet par temps clair, et elle plissait les yeux, la corde de laine rouge a-t-elle blanchi, la faute de ce peuple a-t-elle été pardonnée ? Elle, pour sa part, n'a toujours pas pardonné.

Le cœur lourd, elle s'assied à la table qu'elle a dressée pour deux. En général, elle préfère manger devant la télévision en regardant les informations, mais ce soir, elle attendait une invitée, serait-elle encore en train de l'attendre ? En général, elle aime être seule, mais ce soir, cette solitude lui pèse. Ce soir, ce soir, pourquoi ce soir-là est-il différent de tous les autres soirs ? Sa bouilloire en inox lui renvoie le reflet déformé de son visage. Une tête ramollie mange un œuf dur, une tête dure mange un œuf mollet.

1. Partie du Talmud, recueil qui rassemble toutes les lois orales accompagnées de commentaires rabbiniques.

Elle écale le deuxième œuf, le trempe dans la tehina et contemple, par la fenêtre de sa cuisine, le désert que la nuit a envahi, tellement sombre qu'il engloutit les milliers de lumières venues s'ajouter au fil des années. Oui, l'implantation courageuse qu'ils avaient construite au milieu de nulle part est devenue une grande ville dont la majeure partie des habitants ne comprend même pas la signification. Ils se sont contentés de transférer ici leur petite vie, pour des questions principalement matérielles. Non qu'elle méprisât ce genre de contraintes, toute sa vie, elle avait économisé et détesté le superflu, mais où avait disparu l'aspiration ? Ces gens-là utilisaient sans réfléchir une terre qui leur avait été donnée, et encore, ce genre de population était un moindre mal ! Car où qu'elle se tourne, elle ne voit plus que rage et mensonges.

Des mensonges que son aîné se plaît à lui répéter à la moindre occasion. C'est pourtant à lui qu'elle a soudain très envie de parler, le silence est aussi lancinant qu'une otite, seule une voix familière pourrait l'apaiser. Amihaï est certainement avec sa femme et ses nombreux enfants, elle ne voudrait pas le déranger, mais son grand fils doit être disponible et peut-être aussi seul qu'elle ce soir, il a divorcé depuis quelques années et ne voit pas souvent sa fille. Elle sait que cela ne lui apportera rien, que la plupart de leurs discussions se terminent mal, mais comment résister à la tentation ? Atara lui a laissé un étrange goût nostalgique et s'en est allée. Est-ce elle, Rachel, qui l'aura fait fuir ? De sa gorge avait jailli un récit sanglant et implacable, qui se contorsionnait comme un poisson tiré hors de l'eau.

« Qu'est-ce qui t'arrive ? » lui répond Yaïr avec un manque d'enthousiasme évident, « à mon âge, répond-elle, il ne m'arrive plus grand-chose, comment tu vas, toi ? », il lâche un petit rire, « mais non, maman, tu n'as pas d'âge, tu es éternelle, tu verras que je mourrai avant toi », alors elle s'empresse de demander, « pourquoi, tu ne te sens pas bien ? » et il dit, « si, si, mais comme tu le sais, moi non plus, je ne suis pas de prime jeunesse », alors elle le rassure, « ne t'inquiète pas, je t'ai légué d'excellents gènes », à nouveau, il lâche un petit rire, « chez toi, ce n'est pas une question de génétique mais de ferveur messianique. Sans elle, tes gènes ne valent pas grand-chose », ce à quoi elle réplique, « depuis quand les messies font-ils de vieux os ? Le dernier en date est justement mort jeune », et il rectifie, « peut-être, mais il a eu droit à une résurrection. »

Elle sourit, soulagée, il a l'air bien disposé ce soir, peut-être arrivera-t-elle enfin à briser la glace entre eux, « sois tranquille, reprend-elle, je te garantis que ça ne m'arrivera pas, à moi. Et si tu venais dîner chez moi avant que l'un de nous deux ne meure ? Demain, par exemple, pour le repas du vendredi soir. Tu n'es pas revenu ici depuis l'anniversaire de Yasmine. À propos, comment va-t-elle ? Elle aussi, ça fait longtemps que je ne l'ai pas vue. » Il répond aussitôt, « moi non plus, malheureusement. Dans la famille, c'est Amihaï qui a récupéré toute la chaleur d'un vrai foyer. Tu l'as vu, ton grand sage de fils, ces derniers temps ? » Elle saisit la balle au bond, ne serait-ce que pour prolonger la conversation, « oui, il est passé hier, mais je n'étais pas seule, une femme est venue m'interviewer », lui raconte-t-elle, ce qui le fait aussitôt ironiser, « sur quoi ? Les débuts de la colonisation ? Encore une étudiante d'école religieuse avec des yeux de bovin ? » Elle ne se laisse pas déstabiliser, « justement, non. Elle m'a questionnée sur la résistance juive en Palestine. Son père aussi faisait partie du Lehi », il susurre, « une bande de malades mentaux, voilà ce que vous étiez, qu'est-ce qu'elle voulait que tu lui racontes ? », et elle précise, « elle avait surtout envie que je lui parle de son père, un scientifique mort récemment. C'est quand les parents meurent qu'ils deviennent intéressants », le titille-t-elle et il relève sèchement, « sauf que certains sont increvables. »

Il a toujours été grossier et acrimonieux mais, avec les années, sa colère ne fait qu'enfler, dans la même proportion que son estomac. Il en veut à sa femme de l'avoir quitté, bien qu'il lui ait fourni moult raisons pour cela, il en veut à la haute technologie, un secteur qu'il a quitté pour des motifs idéologiques, si bien qu'à présent il gagne à peine sa vie en créant des sites Internet pour toutes sortes d'associations, il en veut au gouvernement et aux médias, mais surtout il lui en veut à elle, et elle a beau connaître par cœur tous ses griefs, elle n'arrive pas à comprendre ce qu'il attend d'elle, à l'âge qu'il a, à l'âge qu'elle a. Certes, elle n'était pas focalisée sur ses enfants comme les jeunes mamans de cette nouvelle génération trop gâtée ; certes, elle croulait sous le poids d'une situation financière difficile qui impliquait un combat quotidien… et aussi, force lui est d'admettre qu'il y avait le poids de quelque chose d'autre, difficile à définir, lié à ses années de lutte, à leur signification, aux comptes non soldés. Pourtant elle s'était toujours assurée que son fils ne manque de rien, qu'il ne soit privé de rien.

Cette fois, elle ne se laissera pas entraîner dans une dispute, ne lui reprochera pas son ingratitude, non, elle va se contenter de lui reproposer de venir dîner avec elle demain, ou même ce soir, elle a tant besoin de le voir. De son petit appartement de Jaffa jusque chez elle, il n'y a pas plus d'une heure de trajet, et les routes sont bien goudronnées de nos jours, rien à voir avec leur époque, quand ils étaient obligés de passer par des chemins cabossés et dangereux à travers le désert.

Le problème, c'est qu'il s'emporte immédiatement, comme chaque fois qu'il se sent coupable, « pourquoi tu t'entêtes à m'inviter, tu sais très bien que c'est compliqué pour moi de passer la ligne verte, que je ne veux pas mettre les pieds dans les Territoires occupés ! » Évidemment, elle s'offusque, « tu es pourtant venu à l'anniversaire de Yasmine ! Pourquoi ne fais-tu pas d'efforts pour ta mère ? » Évidemment, il s'énerve, « si je suis venu, c'était uniquement pour ne pas la décevoir, mais crois-moi, il m'en a coûté. C'est ça que tu veux, me faire du mal ? », elle proteste aussitôt, « bien sûr que non, grands dieux ! Je veux juste te voir de temps en temps. Plus je vieillis, moins je te vois, ce n'est pas normal. Quand ton père vivait, tu venais beaucoup plus souvent », il susurre, « parce que, avec les années, je supporte de moins en moins de participer à cette occupation cruelle et illégitime ! », là, elle est incapable de passer outre, « parfait, dans ce cas, ne viens pas, mais ne te fais pas d'illusions, pour les Arabes, ça ne change rien, Maale Edoumim ou Jaffa, c'est la même chose ! De leur point de vue, tout le pays est occupé. Et moi, je sais de quoi je parle, pas toi. J'étais là en 1948, je l'ai vécu dans ma chair. Qui, plus que nous, espérait s'entendre avec eux ? » Il s'énerve à nouveau, « j'en ai marre de me disputer avec toi, si tu voulais vraiment me voir, tu aurais quitté cette horrible colonie où tu vis et tu n'attendrais pas de moi que je trahisse ma conscience ! » Elle lui renvoie, d'un ton glacial, « comment oses-tu me demander une chose pareille ? Quand cesseras-tu de vouloir tester mon amour pour toi ? » Il la défie, « je ne vois pas ce qu'il y a à tester, tu ne nous as jamais aimés. Tu nous as abreuvés de discours sur l'amour d'Israël, mais tes enfants, tu ne les as jamais aimés. Papa non plus. Tu ne crois pas qu'il est temps que tu l'admettes ? » Elle élève la voix, suffoque presque, « jamais ! C'est de la calomnie pure et simple ! » Quelle mouche a donc piqué son fils ce soir, c'est la première fois qu'il va aussi loin, « tu devrais avoir honte, comment oses-tu ? Et ne me téléphone plus ! » crie-t-elle, oubliant que c'est elle qui l'a appelé. Furieuse, elle appuie de ses doigts raides sur toutes les touches pour couper la communication.

Elle sent à nouveau des coups de couteau lui lacérer l'abdomen, qu'attend-il donc d'elle ? On dirait que ce qu'il supporte de moins en moins, c'est le simple fait qu'elle respire encore. Peut-être a-t-il raison sans le savoir, même si cela relève d'une logique absurde. Et si sa longévité contre nature privait son fils de la plénitude de l'âge ?

Elle pose les mains sur son ventre et le front sur sa vieille table en formica. Quand elle était enceinte de lui, elle avait l'impression parfois qu'il la poignardait de l'intérieur. Cette première grossesse avait été tellement pénible ! Neuf mois de nausées, de vomissements et de mystérieux maux de ventre. Son corps le rejetait, comme si, dans son utérus, ne se développait pas un vrai bébé mais un baigneur en plastique rempli de dynamite et prêt à exploser, de ceux qu'elle transportait, vêtue du tablier blanc des nurses. « Quel mignon *baby* », avait un matin ânonné en mauvais hébreu un officier britannique qui s'était penché sur le landau et était resté à détailler le visage en plastique… jusqu'au moment où elle avait appuyé sur le détonateur et pris ses jambes à son cou.

Peut-être que ce sont les transports de munitions qui, ce soir, se rappellent soudain à son corps, elle enveloppait des balles dans du papier journal puis dans une serviette qu'elle plaquait sous sa poitrine et enfilait par-dessus une robe ample. Un jour, alors qu'elle habitait encore chez ses parents, elle était sortie de sa chambre toute courbée, et quelle n'avait pas été sa surprise d'entendre sa mère lancer dans le noir, « redresse-toi, ma chérie, les femmes enceintes se tiennent toujours très droites, elles exhibent fièrement leur ventre. » La pauvre était déjà très affaiblie et s'endormait parfois sur le canapé du salon, Rachel s'était agenouillée à son chevet, bouleversée, « maman, je ne savais pas que tu savais », et la malade avait soupiré, « si seulement je pouvais ne pas savoir ! » Elles s'étaient serrées dans les bras et avaient pleuré, comme si elles avaient eu conscience qu'elles ne se reverraient plus, que la fille ne pourrait même pas assister aux obsèques de la mère.

Est-elle encore punie pour cela par l'intermédiaire de son fils aîné ? Pour l'inquiétude et le chagrin qu'elle avait causés à ses parents pendant ses années de clandestinité ? Élève brillante et fille dévouée, elle avait été leur rayon de soleil jusqu'à ce qu'elle rejoigne les combattants de la liberté et que tout change. Dès que ses amis venaient siffler sous sa fenêtre, elle s'esquivait, même après le dîner du vendredi soir. Son père en souffrait beaucoup, lui qui tenait particulièrement à respecter le shabbat et aimait chanter autour de la table jusque tard dans la nuit. Elle commença aussi à sécher les cours, à s'éclipser discrètement au petit matin et à mentir éhontément à ses parents.

Par une nuit d'hiver, son père lui cacha son unique paire de chaussures, mais elle ne renonça pas et partit coller des affiches pieds nus. Une autre nuit, il dormit sur le seuil de l'appartement pour lui bloquer le passage mais elle avait sauté par la fenêtre, persuadée d'avoir échappé à sa vigilance… jusqu'au moment où elle entendit des pas suivre leur groupe de colleurs d'affiches. Au moment où elle tentait de lui fausser compagnie, il l'appela par son nom, elle se figea, « j'avais des soupçons, mais j'espérais me tromper, dit-il, blême et incrédule. Comment oses-tu prendre de tels risques avec cette bande de terroristes ? Sache que tu nous mets tous en danger ! Si ta mère le découvre, elle en mourra ! »

Sa mère, qui l'avait tant de fois suppliée de rester à la maison, de l'aider à cuisiner, de garder son petit frère, et qui, tant de fois, s'était heurtée à son inflexible refus, sous des prétextes divers et variés. Et puis un jour Rachel avait été démasquée, ce qui l'avait obligée à entrer en clandestinité, à quitter le domicile familial sans retour possible. Elle n'était donc pas revenue pour le seder de la Pâque, ni pour la nouvelle année suivante, ni pour les anniversaires, ni pour voir la malade, même quand l'inquiétude et la nostalgie lui déchiquetaient le cœur. Car ils avaient choisi cette vie de chiens galeux, condamnés à se montrer cruels envers eux-mêmes et envers ceux qu'ils chérissaient, à continuer, à tomber et à se relever. Avaient-ils le choix ?

Elle ne s'était même pas autorisée à porter le deuil de sa mère. À une époque où tant de jeunes étaient fauchés sans rien laisser derrière eux, impossible de pleurer une femme de quarante ans qui avait eu le temps de fonder une grande famille ou un veuf qui venait de perdre son épouse. Ni son père ni ses frères ne le lui avaient pardonné, et ce jusqu'à leur dernier jour. Exclue, même au sein de sa famille originelle. Peu importe, car elle s'était hâtée de fonder sa propre famille, avec son Yigal qui l'avait aimée comme un fou, ne l'avait jamais lâchée depuis leur première rencontre, le jour où elle lui était littéralement tombée dans les bras.

Quand elle se lève de sa chaise, elle vacille, prise de vertige, les jambes en coton, comme si elle allait de nouveau s'évanouir. Quel culot d'oser lui dire qu'elle n'a pas aimé son mari ! Elle l'a aimé de toute l'énergie qui lui restait, même si parfois elle avait eu l'impression que son cœur s'était glacé. Il avait été son frère d'armes, bien qu'ayant intégré leur réseau sur le tard, après en avoir quitté un concurrent. Il n'avait pas la fibre révolutionnaire ni aventurière comme ceux de la première heure, en revanche, il s'était adapté à la grisaille du quotidien beaucoup mieux qu'elle. Elle y voyait un héroïsme caché, qui égalait, en abnégation, le don de soi de l'époque précédente, et elle lui en fut reconnaissante durant toute leur vie commune. Il l'avait acceptée telle qu'elle était, malgré sa tendance à se replier sur elle-même et à se montrer froide. Il n'avait eu qu'une seule requête : qu'elle ne mentionne jamais son premier mari, ses premières noces, ni devant lui ni devant personne d'autre, comme si cette union n'avait jamais existé.

Sauf que cette union avait bel et bien existé, et la fille de Mano le savait.

C'est pourquoi Rachel a témoigné ce soir, déposé cette histoire entre les mains d'Atara, qu'elle en fasse ce que bon lui semblera, cela ne la concerne plus. Attendait-elle cela pour mourir ? Les mains tremblantes, elle se déshabille et s'effondre sur son lit, les paroles de son fils aîné lui retournent encore les entrailles. Ses deux enfants la rejettent, chacun à sa manière, et elle est fatiguée, n'est-il pas temps de dire adieu ? Depuis la mort de son mari, elle ne doit plus rien à personne. Et de lui, elle s'est occupée avec dévouement pendant toute sa longue maladie. Elle ne l'a pas envoyé dans un établissement de soins pour personnes dépendantes et n'a pas non plus laissé des aides-soignants philippins s'occuper de lui. Pour preuve, c'est dans ses bras qu'il a rendu l'âme. Comment Yaïr ose-t-il prétendre qu'elle ne l'a pas aimé ?

Elle ne comprend pas pourquoi elle est autant perturbée, mais quelque chose ne va pas. Hier elle tremblait de froid et maintenant elle a trop chaud, on dirait que son matelas est en feu. Les pales du ventilateur tournent en vain au-dessus de son visage trempé de sueur et ne servent qu'à brasser des cercles brûlants autour d'elle, un instant, elle se demande si elle est encore éveillée ou si elle dort parce qu'elle a l'impression de ne pas être seule. Elle rouvre les yeux et voit sa mort planer au-dessus d'elle, une chauve-souris plus petite que ce qu'elle imaginait. Si menue, s'étonne-t-elle, se ratatinerait-elle avec l'âge ?

Sans peur, elle lui sourit. Dans sa jeunesse, elle ne la craignait pas, ce n'est donc pas à son âge que cela va commencer. Étrange, mais voilà que cette drôle de bestiole lui rend son sourire, s'adresse à elle en langage humain et lui pose sa question en voletant autour d'elle, « au nom de quoi as-tu vécu, Rachel ? Et pourquoi si longtemps ? » Et elle s'entend répondre, d'une voix ferme, comme si elle s'y était préparée depuis des années, « j'ai vécu parce que la plupart de mes compagnons sont morts à vingt ans. J'ai vécu vingt ans pour Dov, encore vingt ans pour Ariéla, Boaz et Elhanan, voilà maintenant mes forces épuisées, je ne pourrai pas vivre pour tous les autres. » Un battement d'ailes lui envoie sur le visage un souffle de mort si brûlant qu'elle pense se liquéfier, là, maintenant, sur cette couche, et ne laisser derrière elle qu'une petite flaque, « tu mens, Rachel, je ne te crois pas », lui dit alors la chauve-souris avec un affreux rictus.

CHAPITRE DIX

Où étais-tu, Atara ?

Elle se réveille en proie à une étrange appréhension, aussitôt avalée par une autre appréhension, plus ample et plus vorace, causée par la sensation que quelque chose a changé en ce monde mais elle ne sait pas quoi, ni même si c'est en bien ou en mal. Est-ce pour cela que les corbeaux se disputent et scient son sommeil de leurs croassements ? Elle écarte les bras, essaie de rassembler des pensées qui lui échappent, tombent au fond de la mer, remontent, s'accrochent à la cime des arbres et restent là, à observer, tapies derrière un nuage gris. C'est très inhabituel, un nuage gris en plein été, peut-être s'est-il égaré et le troupeau de ses congénères l'aura-t-il oublié ? « Regarde, Alex », chuchote-t-elle, mais elle se rend compte que ses yeux sont encore fermés, le volet est baissé et le lit vide, tiens, il s'est une fois de plus réveillé avant elle. Elle doit lui parler d'un fait précis, un fait qu'elle n'a découvert qu'hier, si ce n'est que cet hier la plonge dans une soudaine perplexité. « Hier hier hier », marmonne-t-elle, quel mot creux, deux syllabes qui se sont accolées fortuitement pour le créer, comme Alex et moi qui nous sommes accolés pour créer Eden.

Alors seulement, son hier s'emplit de sens, déborde de sons et d'images, elle bondit hors du lit, déjà dix heures et demie, cela fait longtemps qu'elle n'a pas dormi jusqu'à une heure pareille, pourtant elle est tellement fatiguée qu'elle a l'impression d'avoir roulé toute la nuit sur la 6, entre les énormes camions, au volant de sa minuscule voiture.

En chemise de nuit, les cheveux hirsutes, elle dévale l'escalier, passe devant la chambre vide d'Avigaïl, la chambre vide de Yoav, la porte fermée d'Eden qui sans doute dort encore, trouve Alex allongé sur le canapé presque dans la même position que la veille, le duvet est tombé sur le tapis à ses pieds, ses bras sont croisés sur la poitrine, mais il a les yeux grands ouverts, le regard vif, et il l'accueille par un, « ah, te voilà ! J'ai cru que tu ne te réveillerais jamais. »

Il a une drôle d'allure, avec les vêtements blancs qu'il a mis pour aller aux urgences comme s'il allait jouer au tennis, elle s'assied à côté de lui sur la table en verre et lui pose une main sur le front, « j'ai oublié de mettre le réveil, j'étais crevée. Comment te sens-tu ? On dirait que tu n'as plus de fièvre », et il l'informe avec un grand sérieux, comme s'il parlait d'une manœuvre militaire, « au petit matin, j'ai noté une percée positive », une esquisse de sourire se dessine sur ses lèvres un peu gercées, « mais j'ai une drôle de sensation, comme si mon corps était divisé en des tas de petites parties », et le voilà qui se lance, avec son narcissisme et son sérieux exagérés, dans l'explication exhaustive de son état, mais pour une fois, il ne l'agace pas et elle lui demande avec un réel intérêt, « vraiment ? Quel genre de parties ? », comme si elle parlait à son fils de retour de la crèche, écoutant volontiers, bien que d'une oreille, ses babillages. « Je ne sais pas trop, c'est comme si certaines parties en moi s'étaient fermées et d'autres ouvertes », tente-t-il, puis, d'un geste imprécis, il indique divers endroits de son torse, une odeur âcre s'échappe de sa bouche, ou peut-être de la sienne quand elle murmure, « effectivement, c'est bizarre. »

Elle se lève et va dans la cuisine pour se préparer un café, comme une mère qui continue à tenir son rôle mais qui, là, n'a plus le temps et doit se lancer à l'assaut de la journée qui ne fait que commencer. « Qu'est-ce que tu as envie de manger ? Peut-être un œuf dur et un yaourt avec des crackers au riz soufflé ? » Il secoue la tête et pose une main sur sa gorge, « je ne peux rien avaler, je viens de te dire que j'ai certaines parties qui se sont fermées. »

Elle prend son café et revient vers lui, « ça, franchement, ça m'inquiète », il répond faiblement, « je n'ai pas dit que c'était une bonne chose », la suite de sa réponse est couverte par les croassements des corbeaux et elle s'étonne, « qu'est-ce qui leur prend aujourd'hui, à ceux-là ? Est-ce que tu pourrais être plus précis, Sander ? Tu as mal où exactement ? Qu'est-ce qu'ils ont dit, aux urgences ? D'ailleurs, ils ne t'ont pas donné un compte-rendu quand tu es sorti ? » Il essaie de se redresser, des cercles de transpiration marquent ses aisselles et de courts poils de barbe rongent son visage, « si ça t'intéresse tellement, tu n'avais qu'à être présente, marmonne-t-il, d'ailleurs tu étais où ? À Eilat ? Ça t'a pris la moitié de la journée pour rentrer », elle rit, « bien sûr, je me suis payé une petite escapade à Eilat avec mon nouvel amant ! » mais ajoute aussitôt, « je t'ai dit que j'allais voir Rachel. Quand Eden a appelé, j'ai tout de suite fait demi-tour, mais il y avait de nouveau un accident sur l'autoroute. » Il maugrée, « donc, tu n'as pas renoncé à cette folie », sa tête retombe sur l'oreiller, sous son menton sa peau se plisse encore davantage, « pourquoi j'y renoncerais ? As-tu déjà renoncé à quelque chose, toi ? Et pourquoi tu traites tout ce qui m'est important de folie ? » Doit-elle se réjouir ou se désoler qu'ils reprennent leurs bonnes habitudes, disputes reproches accusations ? Voilà qui devrait être un signe encourageant, il guérit, la vie continue, mais est-ce bien cette vie-là qu'ils escomptaient, « où sont tes médicaments ? Et les ordonnances ? demande-t-elle. Ils t'ont sans doute fait une ordonnance pour des antibiotiques, non ? » Il hausse les épaules, « aucune idée, peut-être qu'Eden a gardé les papiers », et il referme les yeux, apathique, comme si, par là, il se dégageait de toute responsabilité et se fichait des conséquences. Elle monte aussitôt jusqu'à la chambre de leur fils, frappe à la porte et ouvre sans attendre de réponse.

Comme elle, il aime dormir avec les volets baissés, alors qu'Alex, lui, préfère la lumière naturelle quel que soit le moment, encore un sujet de friction disponible entre eux, si bien qu'elle a à peine fait un pas dans le noir que son pied se cogne contre un objet dur, elle manque de trébucher, se rattrape au bureau et pousse involontairement la souris. L'écran se rallume, n'en émane qu'une pâle lueur, son regard glisse distraitement dessus pour se focaliser sur le plan de travail à la recherche d'un document qui pourrait être une ordonnance.

« Le suicide constitue la première cause de mortalité au sein de Tsahal », lit-elle sur le fichier ouvert sous le titre : *Reportage exceptionnel*. Pétrifiée, elle parcourt des yeux l'article qui rapporte sèchement que, cette dernière année, le nombre de suicidés parmi les jeunes du contingent dépasse de beaucoup celui des morts en opérations, que la plupart des suicides surviennent durant les trois années de service obligatoire, chez des soldats au profil de combattant et non parmi les cas psychiatriques répertoriés, ce qui rend difficile un signalement avant un passage à l'acte irréversible.

« Tsahal entraîne ses effectifs à se battre et à se protéger contre un ennemi situés de l'autre côté de la frontière, mais il est évident qu'un de nos ennemis les plus dangereux se trouve au sein même de nos forces armées… » Les mots qu'elle lit l'atteignent comme si l'écran déchargeait sur elle une rafale de mitraillette, elle a du mal à respirer et s'agrippe au bord de la table. Est-ce à cela qu'il se consacre, derrière sa porte close, depuis qu'il est rentré ? Collecter des informations sur les suicides ? Ridicule, cela ne lui ressemble pas, sans doute est-ce lié à l'un de ses subordonnés. Il a passé les tests les plus pointus et a été très encadré durant toutes ces années. S'il avait eu un tel problème, ou même l'esquisse d'un tel problème, l'armée ne serait pas passée à côté… si ce n'est que personne, dans son unité d'élite, n'a eu l'information d'un précédent familial, d'ailleurs elle-même n'a eu vent de la tentative de suicide du grand-père d'Eden que la veille, car c'est bien de cela qu'il s'agit, c'est bien ce que lui a révélé Rachel, à sa manière à la fois imagée et lapidaire.

Elle a écouté le récit un peu distraitement, avec du recul, car Mano était si jeune à l'époque, encore bien loin de devenir son père… Jeune comme Eden, qui lui aussi n'est encore le père de personne. Les choses sont-elles liées ? Et qu'en faire maintenant, elle est venue chercher une ordonnance médicale et débusque une nouvelle maladie ?

Un cri en arabe s'échappe soudain de la gorge de son fils, « *min hadha ?* », elle répond, « Eden, c'est moi », il se redresse d'un bond, allume la lampe de chevet, « qu'est-ce que tu fous là ? » crie-t-il, comme si le seul fait qu'elle puisse être dans sa chambre était intolérable. La lumière blanche de l'ampoule révèle un visage qui n'a pas encore revêtu son masque de dureté hermétique, sa poitrine glabre et musclée monte et descend. « J'ai fait un horrible rêve », murmure-t-il, mais aucune expression de soulagement n'apparaît avec son retour à la réalité. Épuisée, elle s'assied sur son lit, comme s'il était un gamin qui attendait une histoire avant de dormir.

« Qu'est-ce que tu cherches ici ? » demande-t-il, visiblement rebuté par leur proximité physique, « les papiers des urgences, il faut aller acheter des médicaments pour ton père. » Il se secoue aussitôt, saute sur ses pieds, ouvre le volet sur un ouest brûlant et poisseux où la mer s'est dissoute dans le ciel, à moins que ce ne soit le ciel qui a avalé la mer, on dirait qu'ils ne peuvent plus coexister. « Merde, je les ai mis où ? », ses mains cherchent sur son bureau, sous l'écran de l'ordinateur qui tire la sonnette d'alarme d'un reportage exceptionnel, « j'ai trouvé », il lui tend une enveloppe, « tu veux que j'aille à la pharmacie ? » Elle refuse net, « non, non, descends plutôt voir ton père », bêtement persuadée qu'à la maison il sera davantage en sécurité. Elle grimpe ensuite au dernier étage, jusqu'à leur chambre à coucher, enfile rapidement la robe qu'elle portait la veille, attache ses cheveux et, sans même se rincer le visage, fonce jusqu'au centre commercial voisin. Comme tous les vendredis midi, l'endroit est bondé, envahi par des consommateurs bruyants et insouciants, elle se fraie un chemin parmi eux, ombre voûtée qui croule sous le poids d'une double inquiétude.

Elle regarde la pharmacienne chercher un des médicaments dans ses tiroirs et manque presque de lui demander, vous auriez aussi quelque chose contre le suicide ? Quelque chose de simple qui ne requiert ni diagnostic ni ordonnance médicale, pas non plus d'approbation du patient ni de temps, car, malheureusement, je n'ai rien de tout cela. Il y a quand même un signe rassurant, c'est l'inquiétude que lui inspire l'état de son père, elle va donc pour l'instant s'y raccrocher. Dès qu'Alex sera guéri, elle pourra s'occuper d'Eden, elle appellera son commandant ou le psychiatre de l'unité, ce qu'elle a évité de faire jusqu'à présent par respect pour lui. Elle exigera de savoir ce qui lui est arrivé, son problème serait-il lié à une opération ratée, un accident d'entraînement, une trop grosse pression ? Elle leur communiquera ce qu'elle n'a appris que la veille. Même s'il doit bientôt être démobilisé, ils seront obligés de continuer à le soutenir.

« Quoi de neuf, Atara ? Fais attention, tu veux en finir ou quoi ? » lui lance sa voisine d'en face qui la voit traverser la rue n'importe comment pour arriver directement chez elle. Quelle belle femme, elle rayonne dans sa robe jaune, couronnée des reflets dorés de ses cheveux, « Alex ne se sent pas bien ! », lui crie-t-elle une fois sur le trottoir et, pour preuve, elle agite le sachet de médicaments. L'autobus qui passe entre elles couvre ses mots, Adass s'éloigne déjà d'un pas léger vers les préparatifs du week-end, les courses, l'école où elle va chercher les enfants, ce qui constitue la vie, surtout dans ce quartier, surtout dans cette ville.

À Jérusalem, on sentait une autre dimension, mais peut-être était-ce le fruit de son imagination encore jeune, ou bien, au contraire, le fruit de la croyance des générations qui l'avaient précédée au cours de milliers d'années, des nombreuses âmes qui s'étaient réincarnées les unes dans les autres, alors qu'ici, dans sa banlieue résidentielle, on ne vit qu'une fois.

« On ne vit qu'une fois », lui a récemment dit le bijoutier devant lequel elle hésitait à acheter une paire de magnifiques boucles d'oreilles serties de rubis, « on ne vit qu'une fois », lui a lancé la cliente qui s'est enfin décidée à commander le carrelage le plus cher, et elle s'interroge souvent sur cette formulation qui sert principalement à rassurer le porte-monnaie ou la conscience. Comment expliquer son effet catalyseur et libérateur ? Si on ne vit qu'une fois, a-t-on vraiment besoin de telles boucles d'oreilles dont, de toute façon, on devra tôt ou tard se séparer ? Si on ne vit qu'une fois, n'aurait-on pas plutôt intérêt à éviter les erreurs ? Mais à cette minute, en cette fin de matinée surchauffée, devant chez elle, même cette seule et unique fois lui semble par trop épuisante.

« Eden, tu es là ? » lance-t-elle encore sur le seuil. Sa visite éclair dans la chambre de son fils a allumé en elle le feu d'une angoisse frémissante et il doit lui donner un signe de vie. « Ben oui, pourquoi tu cries ? » maugrée-t-il. Il descend l'escalier en short et débardeur, la rejoint, traînant les pieds dans d'immenses tongs, elle agite à nouveau le sachet de la pharmacie comme si elle rapportait un cadeau particulièrement réjouissant, un jouet pour les grandes vacances, lesquelles, d'ailleurs, commencent aujourd'hui. « Reste un peu avec moi, il faut lui donner ses médicaments et voir comment il va. » Eden remonte à sa suite, s'arrête en haut des marches, « ça a l'air d'aller, il est juste crevé. » Elle se rend cependant compte qu'il la suit d'un œil attentif quand elle s'approche d'Alex, dont elle caresse les cheveux humides de transpiration et le visage soudain fané comme si elle s'était absentée pendant des années.

« Assieds-toi juste une seconde, Sander, tu dois prendre un médicament », l'appâte-t-elle avec douceur, puis elle se penche vers lui et dépose un baiser sur son front salé. Ils ont rarement des gestes tendres en public, leur fils les a vus bien plus souvent se disputer que s'embrasser, c'est pourquoi elle exagère à présent, pour Eden qui semble apprécier, même si cette attitude le surprend autant qu'elle surprend son père, lequel d'ailleurs cligne des paupières sous ses caresses.

Il a le regard vague, « c'est quoi ? » marmonne-t-il comme s'il cherchait un sens à de telles marques d'affection, « redresse-toi un peu, tu dois boire », dit-elle en lui tendant un verre d'eau, « pourquoi ? Je n'ai pas soif », répond-il, sa tête est un peu branlante, elle lui dépose tout de même le cachet sur la langue et, à sa grande joie, il boit un peu, mais aussitôt il se laisse retomber en arrière et ferme les yeux comme s'il estimait avoir rempli son devoir. Un sourire involontaire, qui ressemble au sourire aux anges des bébés, monte sur ses lèvres puis s'évanouit.

« Parfait, déclare-t-elle avant de chercher son fils du regard et d'ajouter : le principal, c'est que le médicament agisse pendant qu'il dort. Qu'est-ce qu'ils ont dit exactement hier ? » Eden s'approche d'un pas hésitant, comme s'il craignait de gâcher un rare moment de douceur entre ses parents, « ils ont dit qu'il avait une infection gastro-intestinale et qu'il fallait le mettre sous antibiotiques », elle s'étonne qu'ils l'aient renvoyé chez lui, « dans un tel cas, on donne des antibiotiques sous perfusion et on hospitalise les gens, ils y ont pensé à un moment, non ? » Un peu embarrassé, comme pris en faute, il confirme, « oui, mais ils ont changé d'équipe à ce moment-là, un nouveau médecin est arrivé et a décidé de le laisser sortir. Je me suis dit que c'était bon signe, en plus, papa voulait vraiment rentrer. » Elle le réconforte aussitôt, « bien sûr que c'est bon signe ! Mieux vaut guérir à la maison qu'à l'hôpital, avec tous les microbes qui circulent là-bas », elle détaille les traits immobiles d'Alex, est-ce effectivement ce qu'il est en train de faire en dormant, guérir ? Il a soudain l'air friable, une longue feuille d'automne séchée qui se serait posée sur le canapé, « ne me laisse pas seule avec lui, d'accord ? » ne peut-elle s'empêcher d'ajouter, en contradiction avec ce qu'elle affirmait la veille. Eden la regarde, étonné. Comprend-il qu'elle a vu le reportage exceptionnel sur son écran d'ordinateur ? « Je reste, lâche-t-il à contrecœur, mais je ferai peut-être un saut à la mer dans l'après-midi », elle s'entend aussitôt crier, « non, non, pas à la mer ! J'ai besoin de toi ici, à la maison, jusqu'à ce que ton père aille mieux », et il grogne, « d'accord, je suis dans ma chambre », elle manque de lui dire, non, non, pas dans ta chambre, reste ici, sous mes yeux, et voudrait encore lancer dans son dos qui s'éloigne, on ne vit qu'une fois ! Pour l'instant, la formule la rassure en l'occurrence, même si elle suit d'un œil inquiet ses pas qui montent à l'étage. Verrait-on un jour s'afficher, sur l'écran de l'ordinateur de son fils et sur tous les écrans existants, mobiles ou fixes, un article annonçant qu'un soldat des commandos était entré dans la mer et n'en était pas ressorti ?

Lorsqu'il avait environ un an et commençait à marcher, elle l'imaginait parfois avancer de son pas bancal sur une plage, sans surveillance, tomber, se relever et, malgré une foule de gens qui le remarquaient, personne ne s'étonnait ni n'essayait de le prévenir du danger, comme s'il n'y avait rien de plus normal qu'un petit bonhomme traînant tout seul au bord de l'eau. Elle se secouait aussitôt, il est chez la nounou, il est dans son lit, mais malgré cela, un doute planait toujours, croyait-elle donc que, même au moment où il dormait tranquillement dans sa chambre ou jouait sur le tapis, un risque subsistait, fût-il moindre, qu'il soit en même temps seul sur une plage en train de courir après les vagues ?

« Alex, dis-moi que j'exagère, bredouille-t-elle, agacée par le sommeil si serein de son mari, tu t'éclipses à nouveau, juste au moment où j'ai le plus besoin de toi. Tu m'as fait le coup tellement de fois que j'ai du mal à me dire que c'est un hasard. » Elle se prépare un autre café, elle non plus n'arrive pas à se réveiller ce matin, et va s'allonger sur le fauteuil TV jaune, rester dans sa ligne de mire et capter son regard dès qu'il rouvrira les yeux. Elle le secouera pour le tirer de son insouciance et lui rapportera ce qu'elle a vu sur l'écran d'Eden. Elle lui racontera aussi ce qu'elle a appris la veille. Y aurait-il une corrélation entre ces deux événements ? Parce que, si on n'établit pas de connexions entre les faits, on se perd au milieu d'éléments qui ne collent pas. Peut-être est-ce préférable, en fait, elle ne sait plus trop.

Il ne réagit pas, elle retourne dans la cuisine, contrariée. On est vendredi aujourd'hui, début du week-end, elle n'a pas encore fait les courses, le réfrigérateur est quasiment vide, pourquoi s'est-elle tellement dépêchée de rentrer avec les médicaments ?

Étrange qu'Eden ne descende pas manger, est-ce que chez lui aussi certaines parties du corps se sont fermées ? Elle déniche une pomme verte, mord dedans tout en continuant à fouiller dans le frigo, pose sur le plan de travail un chou-fleur fatigué, des courgettes, des oignons. Elle pourrait préparer une soupe de légumes pour le dîner. Certes, en plein été, cela ne convient pas vraiment, mais elle a l'impression que ça ne leur fera pas de mal, qu'ils sont tous malades dans cette maison, eux trois justement, son triangle familial le plus complet, celui qui lui a apporté tant de joie et de soulagement.

Comme elle en avait profité, de ce trio, les jours où les deux grands étaient chez leur autre parent, ce qui les délestait des tensions induites par leur présence ! Comme elle avait aimé ne se retrouver qu'avec eux deux, savourer à nouveau le bien-être évident et naturel qui lui manquait tant depuis sa séparation d'avec Doronn, ce sentiment d'appartenance totale ! Une mère, un père, un enfant. Rien de plus simple. D'autant que le père était Alex. Oui, ils étaient tous les deux amoureux du même enfant, y avait-il sentiment plus doux ?

Elle se souvient, tandis qu'elle prend une casserole et commence à couper les légumes, d'une promenade à trois dans le jardin botanique de Jérusalem, après une visite chez ses parents. Survoltés, ils avaient suivi le parcours qui les menait, de section en section, d'un continent à l'autre et d'un climat à l'autre. C'était au début des grandes vacances, il y avait de cela exactement vingt ans. Elle s'était presque sentie dans un état second à la fin de leur déambulation, comme sortie de prison. Elle avançait, libre, heureuse, dans ce paradis inattendu, Eden avait glissé sa main moite dans la sienne, l'autre dans celle de son père et, à deux, ils le soulevaient dans les airs en parfaite harmonie.

Oui, dès la naissance d'Eden, l'acte insolent et précipité dont ils s'étaient rendus coupables avait pris une autre dimension et la vie était redevenue supportable, parfois même heureuse, comme en cette journée qu'elle aime tant à se remémorer. Elle était devenue beaucoup plus tolérante vis-à-vis d'Alex depuis qu'il était le père de son fils, bien que le compte restât trois familles en une seule, et qu'il y eût toujours des motifs de discorde ou de brouille. D'ailleurs en cet instant, alors qu'elle se prépare un toast avec un reste de fromage jaune et en profite pour vider le lave-vaisselle, elle sent renaître une petite colère, familière. Il a de nouveau trop bourré la machine et les plats ressortent mal lavés. Mille fois, elle lui en a fait la remarque. En vain. Cela ressemble tellement à Alex d'ignorer les besoins de l'appareil et d'attendre que ce soit l'appareil qui se plie aux siens !

Elle tire son portable de son sac, va se rasseoir dans le fauteuil jaune. Tout en mâchant, elle vérifie rapidement, sans enthousiasme, les messages accumulés puis envoie des excuses aux clients impatients. Ils ont raison, elle leur avait promis des réponses avant la fin de la semaine et n'a quasiment rien fait, comme si, pour elle aussi, les grandes vacances avaient commencé.

Des exultations d'enfants lui parviennent de la maison voisine, le nouveau tube de l'été résonne à plein volume. Elle a toujours aimé le dernier jour d'école, le doux plaisir de se sentir enfin léger et la joie inouïe des petits élèves qui croient en toute sincérité que ces deux mois-là ne finiront jamais. Elle achetait des jouets d'été bon marché pour en profiter avec ses enfants, de la pâte à modeler et des Frisbee, des billes et des osselets, des balles et des raquettes. Elle travaillait moins d'heures pour rester davantage avec eux et se faisait un plaisir de les conduire de la plage à la piscine, des musées aux parcs d'attractions.

Mais quel a été le résultat de tous ces jours de vacances si délicieux, se reproche-t-elle à présent, moqueuse. Qu'as-tu gagné à avoir renoncé à tant d'heures au cabinet en été, en hiver, au printemps et à l'automne aussi d'ailleurs ? Maintenant, à ton âge, te voilà obligée de mettre les bouchées doubles ! Elle se disait, à l'époque, que le travail pouvait attendre tandis que l'enfance des siens passait en un clin d'œil. Elle aimait aller les chercher à la maternelle ou à l'école primaire, écouter leurs histoires, les aider dans leurs devoirs, les accompagner en voiture et venir les chercher. Elle aimait être la mère qu'elle n'avait pas eue, à l'écoute et patiente, encourageante et protectrice, qui faisait passer ses enfants avant tout le reste. Elle travaillerait la nuit, quand ils dormiraient. Elle travaillerait le week-end, quand Avigaïl serait chez Doronn, encore un petit effort et elle y arriverait. Elle avait renoncé à des heures de sommeil, à des sorties entre copines, à la lecture, au cinéma, à accompagner Alex lors de colloques à l'étranger, toujours à s'agiter comme une fourmi travailleuse. Comme une coccinelle, peut-être ? Et finalement, elle était toujours en retard, parce qu'elle n'avait pas réussi à renoncer à une chose : sa rigueur. Ce n'est que grâce à Ranya que leur jeune cabinet avait tenu le coup. Ranya, qui, elle, avait renoncé à son bébé.

Elle regarde de nouveau son portable et passe, inquiète, d'un site d'actualités à un autre. Depuis quelque temps, elle se déconnecte de son pays, ne vit que la réalité de sa ville, la seule ville d'Israël qui offre un certain idéal de coexistence, fantasme romantique qui l'avait émerveillée lorsqu'elle avait déménagé de Jérusalem et qui éveille encore en elle, parfois, un certain espoir… lequel est cruellement absent des infos qu'elle lit à présent, rien qui soit en mesure d'en redonner un tant soit peu, ou de lui changer les idées. Ses doigts hésitent, angoissés, au-dessus du clavier, persuadés que, si elle osait taper dans son moteur de recherche quelque chose sur un soldat des commandos qui se serait noyé ou aurait été pris dans une nasse de pêcheurs, elle découvrirait que la catastrophe venait d'avoir lieu tandis qu'Eden dort dans son lit ou est assis devant l'ordinateur de sa chambre.

Elle saute sur ses pieds et grimpe à l'étage, frappe à sa porte le cœur battant et ouvre tout doucement. Comme précédemment les volets sont baissés, la lampe de chevet éteinte, comme précédemment il dort, tout est redevenu comme précédemment, seule la souris de l'ordinateur ne réagit pas sous sa main. Aucun reportage exceptionnel, comme s'il n'y avait pas de danger en vue, lui aurait-il fermé cette porte-là aussi ? Qu'essaie-t-il de lui dire ? Qu'est-ce qui se cache derrière ses journées à dormir, que fuit-il ? Est-ce que lui aussi, à l'instar de son grand-père au même âge, s'est trouvé aux prises avec le destin ? Peut-être que les connexions ne sont pas à chercher là, mais plutôt dans ce qu'ils attendaient de lui, eux, ses parents, sans jamais le formuler ; dans la charge qu'ils ont fait peser sur lui dès sa venue au monde : être l'enfant qui justifierait leur acte, qui prouverait la nécessité absolue de leur union.

Mais ce n'est plus un gamin et jamais tu ne sauras ce qu'il a enduré dans son unité maudite. Se dresseront entre vous, pour l'éternité, ces redoutables ailes de chauve-souris, insigne des commandos marine. Même s'il ne t'a pas demandé la permission, tu l'as autorisé à être comme ce petit mammifère volant qui surgit de l'ombre, la lame qui tranche en silence, la grenade qui explose à grand bruit. Souviens-toi, lors de la cérémonie qui marquait son incorporation dans l'élite de l'élite militaire, tu débordais de fierté en le voyant défiler dans son uniforme blanc, tel un marié le jour de ses noces. Mais qui était la mariée ? La patrie, la menace, la bravoure, la résistance ? En même temps, tu étais nouée par la terreur et la culpabilité, comme si, de tes propres mains, tu l'avais poussé du haut du précipice qui s'ouvrait au pied de l'antique amphithéâtre ;

comme si, sans livrer bataille, tu avais cédé au rituel archaïque dont la fin est connue, le lieu y était propice, puisque les célébrations se déroulaient près des ruines du château Pèlerin, gloire de l'éphémère royaume des Croisés.

Le principal, c'est que pour l'instant il est là et, maintenant que ses yeux se sont habitués à l'obscurité, elle peut scruter l'expression sérieuse, crispée, du visage de son fils, essaie-t-il de capter des voix au loin ? Entre ces murs, il est bien plus en sécurité que durant les quatre années précédentes, pourquoi est-ce justement maintenant que tu t'inquiètes ? Un peu rassurée, elle s'esquive, descend lentement les marches vers le salon, et trouve, à son grand étonnement, Alex qui s'est redressé contre le dossier du canapé et regarde dans le vide, son profil sculpté est aussi blanc que de la craie, à moins que ce ne soit la couleur des courts poils de barbe qui lui rongent les joues.

Il se tourne vers elle, « ah, te voilà ! lui lance-t-il comme s'il l'attendait depuis des heures, j'ai bien cru que tu m'avais encore une fois abandonné ! », à nouveau le soulagement se mêle à la colère et elle proteste, « de quoi tu parles, quand est-ce que je t'ai abandonné ? » Il réplique, « hier soir, c'est très récent, non ? », et elle susurre, « arrête Sander, je t'ai expliqué qu'il y avait eu un accident sur l'autoroute. Quoi, tu vas me le reprocher jusqu'à ta mort ? » et il relève sèchement, « qui n'est peut-être pas si éloignée que ça, peut-être n'est-ce qu'une question de jours », elle ne peut retenir un petit rire, « heureusement que tu n'as pas dit une question d'heures, espèce de chochotte », elle lui ébouriffe les cheveux durcis, il est resté tellement longtemps allongé qu'ils sont collés à son crâne, « si tu râles, c'est le signe que tu es en train de guérir. » Il lâche un long soupir bruyant, « tu vas encore te languir de mes récriminations », elle lui renvoie, « ça ne risque pas ! », elle a entendu tant de fois ce genre d'âneries qu'elle s'en amuse, « comment tu te sens, Sander ? Tu dois boire ! Peut-être du thé au citron ou de la limonade fraîche ? »

Avec un grand sérieux, il soupèse sa proposition, la ride entre ses sourcils se creuse, « si j'avais soif, j'aurais aimé de la limonade », déclare-t-il finalement. « Eh bien, bois sans avoir soif, sinon, on devra retourner aux urgences », mais il proteste aussitôt, son débit est un peu précipité, « hors de question, si tu savais comme il fait froid là-bas ! Je ne comprends pas. En plus de ce qu'on ramène de chez soi, ils veulent que tout le monde s'enrhume ou quoi ? » Elle l'écoute avec un sourire indulgent, il redevient lui-même, ce qui est réjouissant en de telles circonstances, et peu importe s'il s'agit de son moi grincheux et exaspérant. S'il a autant peur de s'enrhumer, c'est que son état n'est pas catastrophique.

Elle est déjà dans la cuisine à presser un dernier citron dans un verre d'eau froide, y ajoute une petite cuillère de miel et un glaçon, c'est vraiment bon, elle doit en préparer pour Eden aussi, oui, elle va les abreuver de pichets de limonade fraîche jusqu'à ce qu'ils guérissent tous les deux. Il faut acheter des citrons, des légumes pour la soupe, ce qu'elle a coupé ne suffira pas, sans compter qu'il n'y a plus de riz, beaucoup de choses manquent à l'appel ici. Alex déteste jeter de la nourriture, si bien qu'il ne fait les courses que pour quelques jours, et lorsque, de temps en temps, elle s'avise de remplir la cuisine, il détaille d'un œil furieux les produits qu'elle a ramenés et qu'il condamne à un avenir très incertain tant il les juge inutiles.

Quand Eden se décidera à descendre, elle fera un saut à Isfiya et en rapportera aussi une ou deux pastèques, Alex n'a jamais dit non à de la pastèque. « C'est délicieux, Sander, tu dois boire », elle s'approche de lui avec le verre plein mais découvre que sa tête est retombée sur l'oreiller, ses lèvres sont légèrement écartées, toutes molles, ses paupières recouvrent ses yeux, difficile de croire qu'ils ont échangé quelques mots à peine cinq minutes plus tôt.

Quelles étranges fluctuations, elle s'assied sur le canapé en face de lui, pose son ordinateur portable sur la table en verre et prend distraitement une gorgée de la limonade qu'elle lui a préparée. Elle devrait se mettre au travail mais n'arrive pas à se concentrer, ses yeux glissent sur le visage d'Alex, légèrement incliné. Sous la vive lumière qui inonde l'endroit où il est assis, il a soudain l'air jeune, sa peau rayonne, lisse et tendue, plus jeune même que lors de leur première rencontre, plus décontracté aussi, oui, il a la même allure que sur les photos de sa vie d'avant, debout sur la plage, solaire, à côté de sa première femme qui serre Yoav bébé dans les bras.

Qu'est-ce qu'il fait chaud ici, à cette heure, presque autant que chez Rachel la veille. Les rayons du soleil qui percent la baie vitrée juste derrière elle transforment le salon en étuve, mais étrangement elle trouve cette surchauffe plaisante, rassurante. De même qu'elle est ravie de voir Alex faire une douce sieste, si apaisée qu'elle aurait bien aimé la partager. Dormir ensemble l'après-midi ne leur arrive quasiment plus. Et si elle essayait à nouveau de le convaincre de monter ? La chaleur est si fatigante, le voir ainsi assoupi si tentant. Elle a envie de se plaquer contre lui, moite et langoureuse, de le caresser sur tout le corps, les parties ouvertes et les parties fermées, de s'endormir puis de se réveiller lentement pour qu'ils puissent contempler du lit, côte à côte, le soleil en train d'être gobé par la mer.

Il lui semble discerner un frémissement sous sa braguette, aussi discret qu'un cillement. Incroyable qu'ils soient encore à ce point en osmose et qu'elle arrive à l'éveiller rien que par ses pensées. Plus d'une fois ils se sont étonnés de constater qu'ils avaient rêvé de la même personne pendant la nuit, eu la même idée ou s'étaient remémoré le même événement en même temps. Elle sentait parfois qu'ils étaient bien plus en accord dans les profondeurs invisibles de leurs êtres qu'en surface, là où stagnaient tracasseries et frustrations.

Toujours endormi, il glisse une belle main bronzée dans son pantalon, lentement, d'un geste rêveur, elle s'approche, s'assied au bord du canapé et attrape son autre main. La vive lumière l'aveugle et enflamme tant son entrejambe en sueur qu'elle a l'impression de se souder aux coussins, piégée entre les flèches du soleil et la chaleur qu'il dégage, une chaleur qu'elle remarque au moment où elle glisse les doigts entre les siens.

Où est le thermomètre ? Elle se relève, inquiète. C'est toujours quand elle cherche le thermomètre qu'elle trouve les ciseaux et quand elle cherche les ciseaux qu'elle trouve la pince à épiler. Ils ont beau se rejeter mutuellement la faute, ils sont tous les trois pareillement désordonnés, la preuve, elle trouve effectivement les ciseaux, la pince à épiler et même la facture qu'elle a cherchée en vain pendant des heures en début de semaine, seul le thermomètre a disparu et la pharmacie est maintenant fermée. Elle espère encore se tromper, c'est sans doute l'effet du soleil qui tape sur les carreaux en cet après-midi brûlant de fin juin et enflamme la peau fanée d'Alex. Il y a quelques minutes, elle le voyait presque en adolescent, mais maintenant, de près, il est de nouveau désagréable, sec, comme ces ronces du *wadi* qui prennent feu facilement.

Elle allume la clim et lui passe une serviette humide sur le visage, le front, les lèvres gercées, sent que sa propre transpiration se rafraîchit rapidement sur ses cuisses, mais chez lui on dirait que la fièvre augmente car il frissonne, peut-être a-t-il simplement froid, elle éteint la clim, ramasse et secoue la couverture puis l'étend sur lui. Où est le paracétamol ? À peine quelques jours plus tôt, elle a vu une nouvelle boîte dans la cuisine, sur le plan de travail, peut-être en la cherchant trouvera-t-elle le thermomètre ?

Finalement, elle se contentera d'un cachet poussiéreux déniché au fond de son sac à main et se penchera vers lui, « relève-toi juste un instant, Sander, le temps d'avaler un médicament et tu pourras te rendormir, tu es vraiment très chaud », essaie-t-elle avant d'attraper carrément sa nuque en feu, de l'attirer à elle, de poser le cachet entre ses lèvres et de tenter de lui faire boire le reste de limonade, mais il grimace, sa tête tombe en avant, sa bouche s'ouvre dans un gémissement, le cachet est projeté sur la couverture en même temps qu'un jet de liquide sombre et épais d'où se dégage une odeur pestilentielle.

Elle court dans la cuisine, attrape la casserole qui attendait la soupe, la place sous son menton et soutient sa tête branlante, « c'est bien, Sander, c'est bien que ça sorte, vas-y jusqu'au bout, tu vas tout de suite te sentir mieux », et il vomit sa bile dans la casserole, en spasmes qui s'apaisent petit à petit, « c'est quoi, grogne-t-il, d'où ça vient, ça, tout à coup ? » Elle répète sa promesse, « on est toujours soulagé après avoir vomi, le principal, c'est que ça sorte. »

Elle lui nettoie le visage avec la serviette humide, l'aide à se redresser et va vider la casserole dans les toilettes des invités, à l'entrée. Elle croit distinguer quelques grains de riz dans le liquide puant, un haut-le-cœur la saisit, elle se penche au-dessus du lavabo, c'est bien, Atara, c'est bien que ça sorte, vas-y jusqu'au bout, tu te sentiras tout de suite mieux… mais chez elle, rien ne vient. Elle boit de l'eau au robinet, se lave, se relave le visage.

Il a effectivement l'air en meilleure forme, ses joues ont repris un peu de couleurs, son regard est moins vague, mais son front toujours aussi chaud, « tu as une idée d'où est le thermomètre ? Je ne le trouve pas », lui demande-t-elle « pourquoi passes-tu ton temps à chercher quelque chose ? Je n'ai pas besoin de thermomètre, je n'ai besoin de rien sauf de dormir », marmonne-t-il, « mais moi, je veux savoir où tu en es, rien n'est clair avec toi », réplique-t-elle, « je ne sais pas, j'ai une drôle de sensation physique », elle insiste, « tu as mal quelque part ? Je suis inquiète, Sander, et si on retournait aux urgences ? » Mais il secoue la tête, les yeux fermés, « exclu, même ici j'ai froid, où est la couverture ? » Elle pose un verre d'eau à côté de lui, « elle est sale, je vais t'en chercher une autre, essaie de boire en attendant. »

Elle ramasse le tas duveteux imbibé de vomi, le fourre dans la machine à laver sans même enlever la housse, trouve une autre couverture d'hiver dans le débarras qu'est devenue la chambre de Yoav. En fait, c'est n'importe quoi, le duvet va s'abîmer dans la machine, elle aurait dû attendre la fin du week-end et aller le déposer au pressing pour un nettoyage à sec. Que lui arrive-t-il aujourd'hui ? Elle n'est pas concentrée, ses pensées lui échappent, se cachent tels les corbeaux entre les branches des arbres. Mais tout cela est sans importance, ce qu'il faut absolument maintenant, c'est faire baisser cette fièvre inquiétante, elle retourne au salon, téléphone à la voisine, « est-ce que tu aurais du paracétamol ? » et Adass, toujours aussi serviable, répond, « un instant, je vais voir. Qu'est-ce qui se passe ? » Comment n'y a-t-elle pas pensé plus tôt, « c'est Alex. Je dois faire baisser sa température, et si tu en as sous forme liquide, ce serait encore mieux, il vient de vomir le comprimé que je lui ai donné. » Sa voisine l'informe qu'elle ne trouve chez elle que la formule pédiatrique, « tu veux que je te l'apporte ? Aucune raison que ça n'agisse pas », et Atara ne peut s'empêcher une pointe de raillerie, « parce que tu crois que ça agit sur les infantiles, c'est ça ? » L'autre rit, « c'est toi qui le dis, ma chérie, allez, j'arrive, je t'achèterai du paracétamol adulte plus tard, quand j'irai déposer Shavith à sa fête de fin d'année. »

La voilà déjà sur le seuil, dans son rayonnement estival presque indécent, cheveux dorés, bras nus et bronzés. « Qu'est-ce qu'il fait chaud chez vous, remarque-t-elle, pourquoi tu n'allumes pas la clim ? » Atara désigne le malade qui s'est rendormi sous la couverture de son fils, « parce qu'il a froid. » Il a une respiration rapide, de temps en temps un léger soupir s'échappe de sa gorge, Adass s'approche avec précaution du canapé, ses narines frémissent, « il a une sale tête, ça fait combien de temps qu'il est dans cet état ? Il faudrait peut-être l'emmener aux urgences… » Ravie de voir son inquiétude partagée, elle se hâte de répondre, « il y était hier et ils l'ont renvoyé à la maison. » Sa voisine esquisse une moue sceptique, « ils l'ont renvoyé dans cet état ? Sûr qu'il est tombé sur un interne qui n'avait pas dormi de la semaine ! Comment as-tu accepté ? Moi, j'aurais refusé de bouger ! » et Atara avoue, embarrassée, « je n'y étais pas, c'est Eden qui l'a accompagné », Adass relève aussitôt, « Eden ? Comme s'il s'y connaissait ! Chez eux, on les laisse courir jusqu'à ce que mort s'ensuive. Je ne prétends pas m'y connaître tellement mieux, mais il a vraiment l'air malade. » Au moment où elle se penche vers lui, le soleil de l'après-midi donne à ses cheveux des éclats fluorescents, une sorte d'émanation dangereuse, « coucou, Alexander, ouvre la bouche », lui ordonne-t-elle en le secouant légèrement par l'épaule, et il obéit, les yeux mi-clos, « maintenant, tu avales », continue-t-elle en lui versant dans la bouche, d'un geste péremptoire, le liquide du même rose que ses ongles.

« Tu es la meilleure, merci ! » Atara a toujours admiré la détermination impérieuse de cette femme, plus jeune qu'elle de quelques années et qui pourtant règne sans partage sur son foyer et tous les membres de sa famille. « Tu m'achètes du paracétamol en rentrant ? » lui rappelle-t-elle, mais l'autre hésite, « et s'il avait besoin de quelque chose de plus efficace ? Une perfusion, peut-être ? Il a l'air totalement déshydraté. Viens, on l'emmène aux urgences. »

Atara soupire, « crois bien que je le lui ai déjà proposé, il refuse catégoriquement. Hier ils ont poireauté des heures là-bas, il avait trop froid », mais Adass lâche dans un souffle, « qui lui demande son avis ? Allez, va chercher des vêtements propres, et un pull. Eden est à la maison ? Appelle-le pour qu'il nous aide. »

Elle obtempère mais marmonne tout bas, « je ne savais pas que tu étais à ce point hystérique… », puis monte dans sa chambre, change de robe, se coiffe enfin et se met du rouge à lèvres, sort le sac de voyage tigré acheté la dernière fois qu'elle est allée rejoindre Alex à un colloque et dont elle ne s'est plus jamais servie, rassemble des vêtements et des affaires de toilette pour lui, ajoute un pull pour elle, un livre, un chargeur, une brosse à dents, et se retrouve derrière la porte d'Eden, quelle drôle de répétitivité, à quelques heures d'intervalle la voilà qui s'aventure à nouveau, telle une combattante de commando téméraire, dans le royaume obscur de son fils. Cette fois, il se réveille immédiatement, allume la lumière et tourne vers elle un visage inquiet.

« Eden, Adass est là en bas, se hâte-t-elle de l'informer, on va de nouveau faire un saut aux urgences. » Pourquoi avoir repris ce « faire un saut », expression qu'il ne relève de toute façon pas, « ah bon ? Qu'est-ce qui se passe ? », et elle explique, « il a de la fièvre et a vomi, je veux qu'il soit sous surveillance. »

Son fils sort du lit et ouvre le volet, plus facile pour elle de le regarder dans le noir que sous cette vive lumière citronnée, alors elle détourne la tête, ses yeux picotent. « Pourquoi tu es tellement hystérique ? maugrée-t-il. Hier, ils ont décidé de ne pas l'hospitaliser, tu vas tomber sur la même équipe ! À quoi bon le traîner là-bas pour rien ? », mais elle insiste, « peut-être que son état a empiré, j'ai du mal à savoir. Adass est persuadée qu'il doit aller à l'hôpital », et il grogne, « qu'est-ce qu'elle en sait, elle est docteur ? Vous allez de nouveau attendre là-bas pendant des heures pour que finalement on vous renvoie à la maison ! »

À l'entendre, elle a l'impression que son absence la veille à leurs côtés lui a ôté toute autorité et elle sent une tension familière monter dans son corps, la voilà une fois de plus déchirée entre des besoins contradictoires. Elle a passé sa vie ainsi : Alex qui la tire par un bras, Avigaïl par l'autre, Eden par les pieds, et elle ne peut qu'osciller de droite à gauche en essayant de tous les réconcilier. Loin d'être une danse harmonieuse, cette gesticulation ridicule qu'elle n'arrive pas à stopper s'appelle le gigotement familial.

« D'accord, alors on va attendre qu'il se réveille, déclare-t-elle, mais descends. Toi non plus, tu n'as rien mangé de la journée, je ne comprends pas ce qui se passe dans cette maison ! » Elle le voit qui se penche sur son portable, est-ce que là aussi il cherche des informations sur les suicides de soldats ? « Je vous rejoins dans une seconde, marmonne-t-il, j'ai un truc à terminer », elle s'affole instinctivement, terminer quoi, le moindre mot revêt soudain une signification lourde de menaces.

Et si ce qu'elle a vu ce matin n'avait aucune importance ? songe-t-elle au moment où elle descend l'escalier. C'est juste un article qu'il aura parcouru, car il a l'air d'aller plutôt bien, même s'il dort trop et n'est pas très convivial. Elle entend Adass au téléphone, « écoute, tu vas devoir attendre, ma chérie, je suis encore occupée ici. Tu seras un peu en retard, pas grave », sans doute sa fille est-elle en train de pleurnicher, « vas-y, rentre chez toi, je l'emmènerai à l'hôpital avec Eden tout à l'heure si ça ne s'améliore pas », sa voisine la presse encore, « pourquoi attendre, viens, on le fait en vitesse toutes les deux, t'inquiète, je trouve un arrangement pour Shavith dans une minute », mais Atara s'entête, « non, non, j'ai promis à Eden de l'attendre, il descend dans une seconde. » Le téléphone sonne à nouveau, une gamine en pleurs annonce à sa mère que « ils sont tous déjà là-bas », et Atara répète, « vas-y, ne t'en fais pas, je te tiens au courant », en la poussant doucement vers la sortie.

Lorsque la lourde porte se referme et que la maison se vide de cette présence étrangère, elle soupire de soulagement, comme si Adass avait emporté son inquiétude à la fête de fin d'année. Elle se sent comme apaisée au moment où elle revient vers Alex avec, encore accroché à son bras, le sac de voyage qu'elle leur a préparé. Elle le trouve endormi, la respiration lourde, les genoux repliés, la couverture tombée à ses pieds, comme s'il lui avait laissé une place. Elle s'assied et lui caresse les cuisses. La fièvre semble avoir baissé, il a même les pieds froids. Épuisée, elle se laisse aller contre le dossier, pose les jambes sur la table en verre et observe, non sans contentement, ce visage calme rongé par des poils de barbe blêmes.

Sous ses yeux, le soleil finit majestueusement sa course en s'enfonçant dans la mer et la pièce se nimbe lentement de rouge doré. Une brillance intemporelle orne la baie vitrée du salon comme si tous deux s'étaient soudain transportés dans un antique temple paré d'or. Elle a vu beaucoup de couchers de soleil par cette baie vitrée, mais elle a l'impression de contempler aujourd'hui le plus beau, le plus évocateur, car ils ne se contentent pas de l'admirer, ils y participent d'une manière indéfinissable, s'enfoncent et brillent, brillent et s'enfoncent encore un peu, et encore un peu, et encore un peu.

« Il faut que tu voies ça, Sander », murmure-t-elle en posant le menton sur ses genoux, qu'il a relevés. À son grand étonnement, il ouvre aussitôt ses grands yeux clairs qui absorbent tant les nuances dorées qu'on dirait que le soleil se couche en eux, peut-être n'attendait-il que cela, voilà longtemps qu'il ne lui a pas offert un tel regard, si calme et si doux, longtemps qu'il ne l'a pas dévisagée ainsi, ses lèvres un peu gercées lui sourient et il susurre d'une voix rauque, « je suis drôlement content que tu m'aies réveillé », elle lui caresse le bras, « et moi, je suis drôlement contente que tu ailles mieux, j'étais inquiète. »

La dernière bande lumineuse qui se déploie sur l'horizon crée une sorte d'illusion d'optique et ils ont l'impression de distinguer le continent de l'autre côté de la mer, un rivage lointain et féerique tout en dunes éblouissantes. Que leur panorama familier a changé ! C'est comme s'ils avaient, sans sortir de chez eux, atterri ailleurs, en un autre lieu et un autre temps. S'en rend-il compte, lui aussi ? Il ne se fixe que sur elle, la couve d'un regard brillant et chaleureux.

« Bois un peu d'eau, mon amour », elle lui approche le verre, « et tu pourrais peut-être aussi manger quelque chose », alors il déclare lentement, avec un émerveillement touchant, « tu t'occupes tellement bien de moi, Atara, tu m'aimes vraiment », elle éclate de rire, étonnée, tant elle s'est habituée à ses reproches, « bien sûr, tu croyais quoi ? Excuse-moi de ne pas avoir réussi à vous rejoindre aux urgences, Sander, je devais absolument revoir Rachel, ajoute-t-elle aussitôt. Ce que j'ai appris est très important, surtout pour Eden. À moins que je me trompe, et j'espère me tromper. Bon, on en reparlera quand tu seras guéri. » Et elle se projette déjà assise avec lui dans le jardin, au crépuscule, autour d'une pastèque fraîche et d'un pichet de limonade, sous le bruissement des grands pins antiques, en train de lui parler de l'autre Atara, celle qui a été assassinée le jour de ses vingt ans. Elle attend cette occasion plus que tout au monde, peut-être que cela arrivera demain, leur vie commune lui apparaît soudain comme des travaux forcés, ils creusent au fond d'une mine le plus souvent sombre et étouffante, mais, de temps en temps, découvrent quelques diamants d'une beauté inégalée.

« Tiens, oui, à propos, où est Eden ? demande-t-il. J'ai sa réponse, c'est la fois... », il laisse sa phrase en suspens, puis elle l'entend reprendre, « c'est la fois... », il s'interrompt de nouveau et elle s'étonne, « la fois où quoi ? », et il précise, « il m'a posé une question hier aux urgences », alors elle se tourne vers l'escalier et lance, « Eden, viens, descends ! », elle sait que sa voix n'atteindra pas son fils mais elle n'arrive pas à se détacher de ce panorama qui ne cesse de se métamorphoser, le littoral doré s'est évanoui, remplacé par des montagnes rouges qui dégagent une lumière mystérieuse miraculeuse mythique.

Elle pose le pied sur le canapé, « je vais aller le chercher dans une minute », croise leurs jambes, caresse le genou de son homme en silence. C'est à présent une luminosité pourpre qui a envahi les vitres et repeint tous les murs autour d'eux. Des flèches pourpres se mêlent aux cheveux d'Alex, des taches pourpres envahissent ses habits blancs, on dirait que même leur peau fleurit dans les teintes de l'adieu du soleil. Il est si tendre soudain que la nostalgie l'envahit et elle a très envie de le sentir tout près, y a-t-il une forme de contact entre eux qu'ils n'auraient pas encore expérimenté ? Parfois, elle désire ardemment trouver une autre sorte de fusion avec lui, qui s'inspirerait par exemple de la fécondation des fleurs ou des arbres. Des coccinelles et des papillons transporteraient le pollen qu'il fabriquerait vers son pistil à elle et l'espace entre eux s'emplirait de vie et d'espoir.

Il suit le mouvement de ses doigts avec un sourire de gratitude qui lui rappelle celui d'Eden bébé, quand il s'endormait sur son sein pendant la tétée. Recroquevillé entre ses bras, décontracté et repu, son fils lui adressait le plus adorable des sourires, puis s'endormait malgré ses efforts pour éviter une séparation trop pénible. Parfois, il continuait à téter en rêvant, ses lèvres remuaient sous ses yeux clos, comme Alex qui, à présent, remue aussi les lèvres tandis que ses paupières tombent, que sa poitrine se soulève et s'abaisse. Elle lui rend son sourire, « qu'est-ce que tu dis, Sander, je n'entends pas », et il répète dans un murmure, « Où est Eden ? J'ai sa réponse, c'est la fois… » À nouveau, elle se tourne vers l'escalier, « Eden, dépêche-toi ! » et comme il ne réagit pas, elle monte rapidement jusqu'à sa chambre, manque de le heurter au moment où il sort de la douche, parfumé et encore chaud, une serviette autour des hanches.

« Je suis là, pourquoi tu cries ? s'énerve-t-il, et elle se défend, « parce que je t'appelle et que tu n'entends pas ! Ton père veut que tu descendes, il dit qu'il a ta réponse », il s'étonne, « ma réponse ? À quoi ? » et elle hésite, « aucune idée… la réponse à une question que tu lui as posée aux urgences. C'est ce qu'il a dit, mot pour mot », ajoute-t-elle, « je ne lui ai posé aucune question, à part comment il se sentait », elle ironise, « ce qui n'est pas rien venant de son fils. Allez, dépêche-toi, il t'attend. » Ensemble, ils descendent les marches vers le salon qui s'est obscurci d'un coup, tout empreint à présent d'un majestueux bleu profond. « Voilà Eden ! » lance-t-elle joyeusement, mais Alex s'est rendormi, un reste de sourire aux lèvres, mâchoire décontractée et yeux mi-clos. Elle lui effleure le front, ravie de constater que la fièvre est enfin tombée, Adass avait raison, la dose pour enfants a fonctionné.

« Sander, il est là, tu voulais lui dire quelque chose, n'est-ce pas ? », elle le secoue délicatement par l'épaule, passe un doigt sur sa joue rugueuse, se tourne vers Eden qui est en train de se préparer un café dans l'obscurité de la cuisine, « ça me rappelle les matins où je n'arrivais pas à te réveiller pour le lycée, tu te souviens ?», et alors, alors seulement, elle se rendra compte. Alex a cessé de respirer.

« Mon Dieu, il ne respire pas ! » hurle-t-elle et, le cœur battant à tout rompre, elle pose la tête sur sa poitrine. « Appelle une ambulance, il ne respire plus ! » Eden la repousse aussitôt, se penche sur son père, plaque sa bouche contre la bouche sans souffle, des mains il lui masse le thorax en mouvements rythmés, elle se jette sur le téléphone, compose le 100, le numéro des premiers secours, puis le 101, celui des pompiers, puis le 102, le 103, ses doigts tremblent, son regard est si trouble qu'elle voit à peine les chiffres.

« Il ne respire plus ! crie-t-elle, la gorge serrée, ignorant à qui elle parle, Alex ne respire pas ! » Comment ses lèvres peuvent-elles prononcer ces quatre mots dont l'association est inconcevable !

Dans la lumière d'un bleu de plus en plus foncé, elle voit vaguement le corps musclé penché sur le corps inanimé, bras tendus, mains plaquées sur la poitrine, soudain la serviette glisse de ses hanches et il se retrouve aussi nu que le jour de sa naissance. Elle a l'impression d'être un voyeur qui reluque l'accouplement désespéré de deux hommes, le jeune essaie d'exciter le vieux qui ne répond pas à ses avances. Il lui enlève son tee-shirt, lui incline la tête vers l'arrière, recommence le bouche-à-bouche, continue d'appuyer sur la poitrine, sera-t-il exaucé ? Le baiser de vie sera-t-il accepté ?

Elle ne comprend plus rien à ce qui se passe dans son salon, comment ce triste couple a-t-il atterri ici ? « Papa, entend-elle soudain hurler son fils d'une voix brisée, papa, reviens ! » Elle s'écroule, à moitié évanouie, sur le tapis à leurs pieds, s'y enfonce comme le soleil dans la mer. Jamais elle ne s'était rendu compte que le sol de cette pièce était si profond, qu'il n'y avait en fait pas de sol du tout. « Ne t'inquiète pas, mon fils, bredouille-t-elle tout en tombant de plus en plus bas, papa va bientôt revenir. Papa t'aime beaucoup, même s'il ne sait pas toujours te le montrer. »

Des coups violents frappés à la porte la réveillent en sursaut, la tirent vers le haut. Qui cela peut-il bien être ? Aurait-elle oublié qu'elle avait convié des gens pour le dîner de shabbat ? Ranya et Amir peut-être ? Dire qu'elle n'a finalement pas eu le temps de préparer sa soupe ! Elle suit des yeux son fils qui, oubliant d'aller s'habiller, se précipite vers la porte. Mais qu'est-ce qui lui prend aujourd'hui, quoi, les invités aussi viendront tout nus ?

Mais en fait d'invités, ce sont de parfaits inconnus qui débarquent, et ils sont habillés de pied en cap, portent même des gilets orange malgré la chaleur, entrent munis de drôles d'appareils qu'ils branchent au corps d'Alex, lui collent des électrodes sur le torse, refont un massage cardiaque par poussées régulières, mais elle, elle reste allongée à leurs pieds sur le tapis, incapable de se relever, « sauvez-le, il vit encore, supplie-t-elle, on parlait il y a à peine quelques minutes, on regardait le coucher de soleil, il était de très bonne humeur. »

Finalement, ils reculent, non, ils l'abandonnent trop vite, ils ne savent pas à quel point Alex peut être têtu. D'une voix neutre, ils lui présentent leurs condoléances, remballent leur bazar inefficace, conduisent Eden vers la table et lui tendent des formulaires, comme s'il était un marié qui devait signer sa *ketouba*. Dans un brouillard étouffé, elle les entend poser des questions, expliquer des choses, mais ils parlent une langue étrangère, une langue qu'elle ne comprend pas, qu'elle ne veut pas comprendre. En fait, elle ne veut qu'une chose, qu'ils partent, qui sont-ils d'ailleurs, comment auraient-ils pu le sauver ? Ils ne le connaissent pas, ne l'aiment pas et c'est réciproque.

Soudain, elle comprend qu'elle est la seule capable de le sauver, car dès leur premier regard elle a senti le pouvoir qu'elle exerçait sur lui, un pouvoir immense, même si elle ne s'en est jamais servie pour la bonne cause. Eh bien, voilà, c'est sa dernière chance, elle ne se pardonnera pas de ne pas avoir essayé.

Dès qu'ils sortent, elle se relève, chancelante, « monte tout de suite dans ta chambre et ferme la porte, ordonne-t-elle à Eden comme quand il était petit, éteins la lumière du salon et laisse-moi seule avec ton père. » Quand elle le voit obéir, blême et hébété, elle se rend compte que jamais elle n'a prononcé une telle phrase, peut-être est-ce pour cela qu'Alex lui en voulait toujours un peu. Comme de nombreuses mères, elle a toujours fait passer les enfants en premier. Pourquoi a-t-elle cru que le temps avec eux était compté, alors qu'avec lui ils en avaient pour l'éternité ? L'heure est venue de rectifier son erreur, elle le réveillera de la manière dont elle seule peut le faire, il n'est pas encore totalement mort, il entame à peine le chemin, elle arrivera à le ramener ici. Jamais le corps d'Alex ne lui a fait faux bond et il en sera ainsi pour l'éternité, alors, les mains tremblantes, elle ouvre sa braguette, rien ne le rendait plus heureux que lorsqu'elle lui montrait combien elle le désirait, pourquoi ne l'a-t-elle fait qu'avec parcimonie ?

Il garde les yeux fermés, mais ne va pas tarder à les rouvrir, jamais il ne l'a repoussée, même endormi il réagissait à ses caresses. Bon, peut-être est-ce mieux qu'il ne réagisse pas tout de suite, la précipitation fait fuir le désir, elle s'assied sur lui, genoux écartés, et commence à remuer au rythme des battements de son cœur. Elle se penche en avant et lui plaque ses seins contre le torse, tout ce qui vit en elle se colle à lui, ça va venir, advenir, revenir. Bien sûr, cela peut paraître insensé, oui, pour tout le monde sauf pour lui, sauf pour elle, car dès le premier instant, il y a eu quelque chose de fou dans leur amour.

« Tu m'entends, Sander ? » Elle halète, couvre son visage de baisers, ses poils de barbe lui piquent les lèvres, « moi aussi, j'ai ta réponse, et cette fois... », murmure-t-elle dans son oreille froide qu'elle mordille comme il aimait, « cette fois, je vais tout te raconter... tu te souviens que tu m'as questionnée sur mon chef à l'armée ? Je voulais tout te raconter, mais j'avais honte, tu m'écoutes, Sander ? » Elle hausse soudain le ton, s'entend crier comme s'il était sourd, s'entend parler d'une drôle de voix, comme si elle était sourde. « Il a été très sympa avec moi quand je suis arrivée, et puis un soir il m'a convoquée dans son bureau sous prétexte de terminer quelque chose, et là, il m'attendait nu comme un ver. Il a aussitôt verrouillé la porte et m'a sauté dessus. J'ai réussi à m'enfuir par la fenêtre, mais il est allé se plaindre à ma cheffe, m'a accusée d'insubordination, elle ne m'a pas crue et m'a consignée à la base pour le shabbat. C'était le commandant et tout le monde avait peur de lui. Après ce week-end, j'y suis retournée de mon plein gré. Ça a duré six mois, jusqu'à l'arrivée d'une nouvelle recrue et, du coup, je ne l'intéressais plus. Ce n'est qu'à ce moment-là que j'ai demandé à changer de base. Et c'était mon premier homme, Sander, tu entends ? »

Elle a l'impression qu'il bouge et se redresse, essaie d'attraper ce frémissement, « voilà, je te l'ai raconté, j'ai tenu ma promesse ! Qu'est-ce que tu veux savoir d'autre ? S'il aimait mon corps ? Des bleus, tu crois que c'est un signe d'amour ? » Sa voix se brise soudain, elle se penche sur lui, sanglote, « et pourtant, j'ai été complètement détruite quand il m'a larguée. Incroyable. Je n'ai commencé à remonter la pente qu'en rencontrant Doronn. »

Elle se tend à nouveau, lui couvre le visage de ses cheveux, respire lentement et profondément, pour eux deux, « ça ne te suffit pas, Sander ? Tu veux savoir ce qu'on faisait ensemble ?

Il aimait me prendre par-derrière et me tirer les cheveux jusqu'à ce que je crie. Il aimait discuter au téléphone avec sa femme pendant que je le branlais, parfois même avec ses enfants. Allez, réveille-toi, Sander, réponds-moi ! » Elle hurle, « je t'ai tout raconté ! Qu'est-ce qu'il te faut de plus ? Ce n'est pas juste et pas normal ! »

Elle le secoue violemment par les épaules, mais il reste figé figé figé, n'a que faire de sa confession, de son désir qui s'est réveillé trop tard, elle non plus n'en a que faire mais c'est une torture, son corps se consume de rage et d'offense. « Traître ! hurle-t-elle encore. Tu m'as toujours soupçonnée, mais finalement, celui qui trompe l'autre, c'est toi, jamais je ne te le pardonnerai ! » En général, quand elle l'accusait, elle arrivait facilement à obtenir une réaction, sauf les rares fois où il restait zen, ce qui la mettait hors d'elle et, furieuse, elle continuait à l'abreuver d'accusations, exagérait dans le seul but de lui soutirer au moins un mot.

Ça y est, il répond enfin, elle a réussi, mais pourquoi l'appelle-t-il maman ? Leurs voix se ressemblent tellement. « Des gens sont arrivés, maman, et la police ne va pas tarder. » Elle lève la tête. Dans la pénombre bleue, elle distingue Ranya et Amir accompagnés d'Adass, se hâte de rabaisser sa robe sur ses cuisses et de couvrir le corps d'Alex avec le duvet. « Merci d'être venus, mais ce n'est pas le moment, bredouille-t-elle, je dois rester seule avec lui, je dois le réveiller, c'est maintenant ou jamais. »

Sa voisine s'approche, « tiens, avale, ma chérie, ça te fera du bien », dit-elle en déposant sur sa langue un cachet orange, et Atara boit, effarée, l'eau qu'il a laissée derrière lui, « tu as apporté des pilulules, Adassissi ? » sanglote-t-elle pour soudain s'étrangler de rire, « donne-lui-en encore, ça a complètement fait baisser sa température, et donne-m'en aussi. »

Elle sent les bras nus de cette magnifique femme lui entourer les épaules et l'écarter d'Alex, elle sent son nouveau parfum d'été, elle sent le tremblement de son corps, et soudain tous s'approchent d'elle et la serrent contre eux, même Amir, lui qui est toujours sur la réserve, même Eden, qui en général évite le contact physique avec elle, et bien sûr Ranya qui, bouleversée, n'arrête pas de pleurer. Les uns après les autres, ils l'étreignent comme si c'était d'elle qu'ils se séparaient, elle qui s'en allait vers un nouveau chemin.

« Mais c'est impossible, leur explique-t-elle tout en essayant de se débarrasser de leurs bras, on vient de se parler, il se sentait mieux, on ne meurt pas comme ça, sans prévenir », et soudain elle entend son fils lui dire d'une voix étranglée, « maman, les secouristes ont confirmé sa mort, on va bientôt venir le chercher », alors elle s'écrie, « hors de question, il reste avec nous à la maison, personne ne viendra nous l'enlever ! » Mais le cachet que lui a donné Adass commence apparemment à agir car elle se retrouve à assister en silence, avec une vague nausée, au chargement du corps sur une étroite civière où il est recouvert d'un drap. Elle s'effondre sur le canapé encore tout imprégné de l'odeur du vomi et de la transpiration d'Alex, « jamais je ne te le pardonnerai, marmonne-t-elle comme s'il s'agissait d'une nouvelle dispute entre eux, et cette fois, je suis sérieuse », mais, à la différence du tour prévisible que prennent leurs frictions habituelles, une certitude totalement nouvelle se diffuse dans sa conscience, Alex, je ne me le pardonnerai jamais.

CHAPITRE ONZE

Maman Rachel, ouvre-moi !

« Cette nuit, j'ai bien cru que je faisais mes adieux », raconte-t-elle à son jeune fils qui l'appelle comme d'habitude le vendredi pour lui souhaiter un bon shabbat, il répond de sa voix mélodieuse, « nombreuses sont les pensées dans le cœur de l'homme, mais c'est le dessein de l'Éternel qui l'emportera. Chaque nuit, on manque de partir, maman, le temps s'écoule, goutte après goutte, comme les battements du cœur. Et la mort se trouve entre chaque battement. Tu te souviens de l'histoire du cœur et de la source ? » Elle serre les lèvres, « à peine », elle voulait lui parler de Yaïr qui la fait tellement souffrir, pas de récits confus, mais il continue, imperturbable, « à la fin de chaque jour, la source est presque tarie parce qu'elle a terminé le temps qui lui était imparti, et alors le cœur lui fait cadeau d'un jour de plus, et ainsi la terre entière est sauvée », elle soupire, « je ne sais pas si c'est un cadeau ou une punition, je voulais vraiment m'en aller. J'ai eu une horrible conversation avec ton frère, hier. Je ne peux plus supporter sa rage, je ne comprends pas pourquoi il m'en veut autant », et son fils répond, « “quand le sage est en colère, il cesse d'être sage”. J'ai beaucoup de peine pour toi, mais plus encore pour lui. Il passe sa vie à se détourner de ses propres lumières », elle susurre, « il ne se détourne que de sa propre mère, pas vraiment une lumière», son fils proteste vivement, «pour moi, tu es la plus pure et la plus secrète des lumières, ma chère, chère maman, s'il te plaît, ne te laisse surtout pas abattre», elle soupire à nouveau, «comment ne pas me laisser abattre ? Ça me brise le cœur», et il dit, «c'est justement dans un cœur brisé qu'éclôt la joie, car la vraie joie ne rejette pas la tristesse, elle éclôt en elle et la dépasse.» Là, Rachel ne peut qu'ironiser avec une autre formule toute faite, «heureux ceux qui croient. De ma vie, je n'ai vu une telle chose se produire», mais n'obtient de lui qu'un rire indulgent, «il n'est jamais trop tard, maman, tu viens de recevoir un jour de plus en cadeau.»

Le shabbat qui approche l'oblige à abréger et il passe à sa liste de questions récurrentes, «est-ce que ton aide à domicile est venue aujourd'hui ? Est-ce qu'elle t'a préparé suffisamment à manger ? N'oublie pas de tout bien fermer pour la nuit, y compris les fenêtres. Je n'aime pas te savoir seule, surtout en ce moment où il y a beaucoup de cambriolages chez vous. Il serait grand temps que tu me laisses te trouver une dame qui habiterait avec toi.»

Ce n'est qu'une fois la conversation terminée, quand elle repose le téléphone sur le rebord de la fenêtre, qu'elle répond, «ne t'inquiète pas, Amihaï, j'aime être seule, même si j'ignore comment transformer le chagrin en joie. Je n'ai pas besoin d'une étrangère chez moi. Ce n'est pas de cela que j'ai besoin, mon fils.» Bien que leurs fréquentes conversations lui fassent chaud au cœur, elles l'attristent souvent, car elles ne sont destinées qu'à adoucir l'amère réalité, à savoir qu'elle est privée de ses petits-enfants, de la famille qu'il s'est construite. Telles avaient été, à l'époque, les recommandations des rabbins : faites preuve d'amour et de dévouement indéfectibles envers vos parents mais évitez au maximum qu'ils aient des contacts avec leurs petits-enfants, afin que ces jeunes âmes ne soient pas exposées aux tentations telles que l'ordinateur ou la télévision et ne risquent pas de profaner le shabbat. Elle avait pourtant kashérisé son intérieur et couvert la vieille télévision du salon, mais rien n'y faisait – ces grands-parents-là étaient presque des pestiférés, n'avaient droit à la visite des petits-enfants qu'une ou deux fois par an et étaient très rarement invités chez eux. Les parents de sa belle-fille n'avaient pas pu le supporter, ils avaient effectué leur retour vers la religion et avaient même déménagé tout à côté, à Beith-Shemesh. Rachel et son mari, en revanche, n'avaient jamais envisagé de renier leurs convictions comme tous les convertis de force.

Au début, ils ne s'étaient pas imaginé qu'Amihaï irait aussi loin, avaient espéré n'avoir à gérer que des fredaines de gamin qui passeraient dès qu'il aurait mûri. Il était encore si jeune, venait à peine de terminer son service militaire et avait entamé des études de littérature et de droit – son rêve à elle. Aussi, quelle n'avait pas été sa déception de constater que ces cours-là ne l'attiraient aucunement. D'ailleurs, rien ne s'était passé comme elle l'avait escompté.

Elle s'appuie sur le rebord de la fenêtre, contemple les collines qui, dans le lointain, se teintent d'un pourpre encore plus vif qu'à l'ordinaire, à la fois époustouflant et préoccupant, comme si des scrofules envahissaient la peau du désert. Ses yeux picotent, elle le revoit se hâter de rentrer de l'université pour aller errer des heures durant à travers les *wadi* qui cernaient leur implantation encore pionnière, modeste, isolée au milieu d'étendues sauvages entre Jérusalem et Jéricho. Il allait chaque fois plus loin, agité, s'écartait de leur petit préfabriqué posé sur la colline des Fondateurs, finissait par rentrer couvert de poussière, les paupières gonflées autour de ses yeux d'azur brûlants.

Parfois, en fin de journée, quand la chaleur se dissipait, il lui proposait de l'accompagner – à la différence de Yaïr, il avait toujours aimé sa présence – et lui faisait part des questions qui enflammaient son esprit. « Pourquoi suis-je venu au monde, maman ? Pourquoi suis-je ici ? Pour obtenir un diplôme ? Pour fonder une famille et avoir des enfants ? Devenir avocat et subvenir à leurs besoins ? Cela ne me suffit pas, maman, mon âme aspire à quelque chose de plus haut ! »

Parfois aussi, lorsqu'ils avaient laissé l'implantation derrière eux, il s'agenouillait et, pendant un long moment, plaquait une oreille contre son ventre, comme si là, à l'endroit même où s'était produit le miracle qui l'avait engendré, se trouvait aussi la réponse, et elle caressait ses cheveux bouclés d'une main réconfortante, loin de se douter de ce qui les attendait.

La détresse de son fils ne lui était pas étrangère, elle qui, dans sa jeunesse, avait tant eu besoin d'un but. Mais le sien était d'une telle évidence ! Chasser l'occupant britannique, libérer la patrie, fonder un État hébreu, quel qu'en soit le prix. Elle avait ensuite espéré que l'élan du mouvement colonisateur comblerait la soif d'idéal d'Amihaï, à l'instar de nombreux jeunes de son âge, mais il n'avait pas emboîté le pas de ses amis qui s'engageaient dans la même voie que leurs parents et allaient créer de nouvelles implantations en Judée-Samarie. Il avait toujours été différent, n'aimait pas les invectives, s'isolait et lisait beaucoup.

Ce fut effectivement dans les livres qu'il trouva ce qu'il cherchait, car au lieu de suivre les cours de son cursus, il passa des heures entre les rayonnages de la bibliothèque du campus qui venait d'être construit sur le mont Scopus, lut tout ce qui lui tombait sous la main jusqu'au jour où sa route croisa un petit livre à l'aspect inoffensif, un recueil d'histoires qu'un jeune rabbin de la ville de Bratslav avait racontées à ses disciples quelque deux cents ans auparavant. Elle se souvient parfaitement de cette soirée d'hiver où il était rentré tremblant de froid et d'émotion puis avait tiré de son sac le livre enveloppé, allez savoir pourquoi, de papier journal, « je l'ai trouvé par hasard sur une table de la bibliothèque, lui raconta-t-il. Il n'y avait qu'une place de libre, et c'est là qu'il m'attendait. J'ai passé la journée à le lire et j'ai senti qu'on me rendait un objet perdu. »

Installé dans leur petite cuisine qui arrivait à peine à contenir sa corpulence, vêtu d'un pull en laine qu'elle lui avait tricoté, les boucles humides et emmêlées, il commença à lui lire une histoire confuse qui parlait d'une princesse que son père avait chassée du château dans un mouvement de colère, qui s'était volatilisée et avait traversé de nombreuses épreuves, cela avait duré des années, pendant ce temps, un émissaire du roi essayait de la retrouver mais, chaque fois qu'il l'approchait, un nouvel obstacle surgissait et l'éloignait à nouveau d'elle – le genre d'histoire qui semblait ne jamais devoir se terminer. Elle était en train de préparer de la soupe de lentilles pour le dîner – faire frire de l'ail et de l'oignon avant de les mettre dans sa casserole en ébullition – si bien qu'elle eut du mal à suivre cette intrigue sans queue ni tête. Et plus encore, elle eut du mal à comprendre ce qui éveillait en lui un tel enthousiasme.

« Qu'est-ce que c'est que cet imbroglio ridicule, qui n'a aucune logique ? » l'interrompit-elle, agacée, comme s'ils discutaient littérature, ce qui leur arrivait assez souvent, car tous deux aimaient lire même si, en général, ils n'avaient ni des goûts ni des analyses similaires. « Pourquoi chercher la logique dans un récit qui contient une vérité si profonde ! Je sens qu'il parle de moi, que c'est moi qui dois retrouver la fille que ce roi a chassée ! » Un instant rassurée car elle pensa qu'il s'agissait d'une femme, elle se hâta de le réconforter, « je suis sûre que tu trouveras, Amihaï, tu es si jeune, la plupart de tes amis non plus n'ont pas encore d'amoureuse», mais son fils déclara d'une voix forte, comme s'il lui annonçait une bonne nouvelle, «je ne cherche pas d'amoureuse, maman, je cherche mon âme. C'est mon âme qui s'est perdue, qui est prisonnière de ce "pas-bon", pour reprendre le nom de l'endroit où est retenue la princesse du conte, et je dois la sauver!» Elle continua à touiller la casserole, stupéfaite, les vapeurs lui montèrent au visage et ramollirent sa voix, «d'abord, tu termines ta licence. Ton père et moi avons travaillé très dur toute notre vie pour que tu puisses aller à l'université et avoir les occasions que nous n'avons pas eues. Tu sais à quel point je voulais étudier, à quel point ton père a regretté de ne pas pouvoir me le permettre. Ça n'était pas sa faute, ils ne l'ont pas laissé progresser.»

Mais cet hiver-là ne s'était pas encore achevé qu'elle entendit, paniquée, Amihaï lui expliquer que ses jambes l'avaient conduit au quartier ultraorthodoxe de Jérusalem, «crois-moi, maman, j'ai senti qu'un Père avec un grand P me prenait par la main et me guidait. J'ai traversé des rues en fermant les yeux, sans savoir où j'allais jusqu'à ce que je me retrouve devant la porte d'un centre talmudique et, dès l'instant où j'y suis entré, j'ai été submergé par une joie et un sentiment d'appartenance que jamais je n'avais ressentis auparavant...», elle le coupa, choquée, «un sentiment d'appartenance? Comment peux-tu te sentir appartenir à ces gens-là? N'en parle surtout pas à ton père», le mit-elle aussitôt en garde. Au fil des jours cependant, il fut impossible d'épargner cette déception à son mari, lequel, comme elle le craignait, se braqua, lui qui était pourtant de nature si conciliante. Il s'enferma dans un rejet qui ne s'atténua pas avec les années, «ce n'est pas pour cela que j'ai émigré de Pologne et que je me suis battu pour avoir une patrie, se lamentait-il. Je n'ai pas lutté pour voir mes fils et mes petits-fils accoutrés comme les Juifs de la diaspora.» Il n'arriva jamais à accepter la voie prise par leur benjamin, ne cessa de s'en étonner et de déplorer ce choix. Comment savoir si là n'était pas la cause de la démence sénile qui l'avait atteint précocement, un mal qui lui avait épargné les affres de la lucidité en les remplaçant par d'autres.

Elle aussi avait suivi avec méfiance et tristesse la métamorphose de ce fils tant aimé. Si elle essaya d'abord de le détourner d'un tel chemin, elle comprit rapidement que c'était inutile et fit donc son possible pour ne pas le perdre. Elle y était parvenue car, toutes ces années, ils étaient restés très proches l'un de l'autre, bien plus qu'avec son aîné. Parfois, elle se demandait, le cœur lourd, si les histoires qu'elle leur avait racontées n'étaient pas ce qui avait poussé Amihaï vers le hassidisme de Bratslav, dont les disciples étaient appelés les hassidim « morts ». Après l'assassinat du chef adulé de leur réseau, elle et ses rares compagnons n'étaient-ils pas devenus des combattants « morts » eux aussi, isolés, pourchassés et exclus, comme l'avaient été les disciples de ce rabbi Nahman de Bratslav, décédé très jeune.

Cela l'aida sans doute à accepter cette punition-là aussi, d'autant qu'elle se rendit compte, au fil du temps, qu'Amihaï était content de sa vie et qu'il n'avait perdu ni sa curiosité, ni sa liberté de pensée. Sa femme et ses enfants, qu'elle connaissait mal à sa grande tristesse, étaient très bien élevés, des gens simples qui se contentaient de peu, chose remarquable en comparaison de tous les phénomènes méprisables qui se répandaient dans les jeunes générations : hédonisme répugnant, matérialisme et vulgarité, étroitesse d'esprit et corruption qui le disputaient à une culpabilité maladive, une déformation de la réflexion et de l'Histoire auxquelles elle se heurtait même au sein de sa propre famille.

Car, chez ses garçons, le nationalisme athée des parents avait donné naissance à deux révoltes diamétralement opposées, l'une plus douloureuse que l'autre, si bien que son second mariage était resté, lui aussi, sans véritable prolongement. Aucun de ses fils ni de ses petits-enfants ne poursuivrait son chemin et ne vivrait dans cet endroit qu'ils avaient bâti de leurs mains.

Pouvoir revenir s'installer sur cette bande de terre, dont la privation l'avait fait souffrir telle une plaie béante, avait été pour elle un véritable miracle, cependant – elle le comprend maintenant, alors qu'elle contemple la colline des Fondateurs dépenaillée –, s'ils ne s'étaient pas installés ici, ses fils ne se seraient pas laissé séduire par les extrêmes, chacun à sa façon. Mais dès le moment où, après deux décennies d'amputation, le pays de son enfance avait été reconstitué, elle n'avait pu faire autrement. Oui, c'était comme si tous ses morts se réveillaient et remontaient des tréfonds de la terre pour se mettre en marche vers l'est, vers les territoires enfin récupérés, tels des amants qui se retrouvent après un douloureux arrachement.

Elle s'était donc mise en marche avec sa famille. Après la guerre des Six Jours, elle avait été saisie d'un enthousiasme si frénétique qu'elle avait convaincu son mari d'acheter une voiture d'occasion et, dès qu'ils l'avaient pu, ils avaient pris un jour de congé. De Holon, où ils habitaient, ils étaient allés avec les garçons voir la vieille ville de Jérusalem enfin accessible, le quartier juif, le mur des Lamentations, puis s'étaient recueillis sur la tombe de sa mère, au mont des Oliviers. De là, elle les avait menés plus à l'est, dans le désert de Judée. Ils avaient gravi une colline et quand elle était arrivée au sommet, sous les rayons secs du soleil, entourée de sable rouge et d'une discrète odeur de temps anciens, elle avait su que là se trouvait sa place, entre le mont des Oliviers et le Jourdain, au pied de la Jérusalem réunifiée, face à la falaise d'où le bouc émissaire était jeté dans le vide le jour de Kippour. À partir de ce moment-là, elle fut saisie d'une grande agitation, tenaillée par le besoin de tourner le dos à l'étroite bande côtière de l'ouest, à l'urbanisation étouffante, et de venir s'implanter dans les territoires qu'elle et les siens considéraient comme libérés, là où, pensait-elle, elle se sentirait plus forte et plus en sécurité.

Mais tout cela avait été mis trop tard à exécution, peut-être pas pour eux, les parents, mais assurément pour leurs fils, car ils avaient dû attendre encore huit années avant de pouvoir prendre part à une offensive, organisée le jour de la fête de la Torah. Elle avait, avec son mari, rejoint un groupe de militants qui s'étaient retrouvés sur le mont Scopus, étaient descendus vers l'est et avaient marché jusqu'à ce que des soldats les interceptent, « que faites-vous ici ? Retournez immédiatement d'où vous venez ! » leur ordonnèrent-ils, mais aucun d'eux ne bougea et ce fut exactement à cet endroit qu'ils posèrent les bases de la colline des Fondateurs.

« Ces territoires n'ont pas été libérés mais sont occupés, et le pays n'est pas devenu plus fort mais plus malade », voilà ce que lui assène sans cesse son fils Yaïr. De nouveau, son ventre se contracte douloureusement au souvenir de leur discussion cauchemardesque de la veille. Plus les années passent, plus il lui devient hostile et moins il ne semble faire la différence entre elle et la politique, comme si elle, en personne, était ce grand Israël qu'il honnissait tant, obstacle à toute paix régionale, obstacle à tout apaisement personnel. Certes, ils avaient peut-être manqué de compréhension à son égard en s'installant durant l'hiver 1975 sur cette colline boueuse battue par les vents : il entamait son service militaire et avait besoin d'un peu de confort pour se reposer en fin de semaine, si bien qu'au lieu de rentrer à la maison il avait préféré passer ses permissions chez ses amis de Holon, s'éloignant ainsi de l'éducation qu'ils lui avaient donnée et des valeurs qu'ils avaient essayé de lui inculquer.

Alors oui, le moment avait été mal choisi pour lui, mais elle ne pouvait plus attendre, la terre brûlait sous ses pieds. Elle avait aussi espéré que, à l'instar de son jeune frère, il participerait à cette aventure avec joie. Que vaut un peu d'inconfort face à l'accomplissement d'un idéal qui te dépasse et dépasse tes petits besoins ? C'était précisément l'occasion qu'elle attendait et elle n'envisagea pas un instant de ne pas la saisir à pleines mains.

Des appartements voisins monte la musique familière qui marque le début du journal télévisé du vendredi soir et se mêle aux chants de shabbat, rituel séculier et rituel religieux fusionnent dans ce quartier mixte. Elle ne rate quasiment jamais les nouvelles, mais ce soir elle n'est pas disponible car le monde s'est rempli d'informations qui n'atteignent pas le petit écran, elle les entend résonner sous son crâne tandis qu'elle scrute l'ombre qui se propage vers l'est et dissimule la colline sous une couverture grise.

Tout à coup, elle sent des yeux plantés dans son dos et tourne la tête d'un mouvement brusque. Elle était toujours la première à remarquer qu'on les prenait en filature, la première aussi à s'échapper, elle était si rapide qu'elle pouvait disparaître dans une poubelle en moins de deux. Mais non, personne, elle est seule dans son salon inondé de lumière, heureusement qu'elle s'est souvenue de demander à son aide-ménagère de lui acheter une ampoule puissante, mais qu'est-ce que ce bruissement en provenance du balcon de la cuisine ? On dirait la chute d'un objet, elle avance rapidement en s'agrippant aux murs, verrouille la porte-fenêtre, passe de pièce en pièce et baisse les volets, ferme toutes les ouvertures. Ces derniers temps, une vague de cambriolages s'est abattue sur la ville, principalement sur les immeubles en bordure du désert. Le moindre oubli tente le diable. De plus, songe-t-elle, on ne peut pas deviner qu'il n'y a rien à voler chez moi à part mon cœur qui bat encore. Ni clés de voiture, ni bijoux, ni argent liquide, mais pourquoi n'essaieraient-ils pas, ces gamins bédouins perdus qui grandissent sous des tentes le long de la route, dans les conditions rudimentaires du désert ?

Ils ignorent aussi, car elle ne le fait plus depuis quelques années, qu'elle descendait de temps en temps jusqu'à leur campement pour apporter des vêtements, des médicaments, des couvertures et des jouets, attirée par la précarité et la pauvreté de leur mode de vie biblique, ici Abraham notre père assis devant sa tente, là Sarah et Rivka, Rachel et Lea.

À moins que ce ne soit pas un voleur mais un terroriste, qui passerait de maison en maison pour massacrer les habitants, cela est arrivé plus d'une fois dans les implantations de Cisjordanie – tuer le plus de gens possible. Cela fait des années qu'ils vivent dans la peur d'une telle attaque. C'est pour cela qu'ils ont creusé un chemin de sécurité et érigé ces horribles clôtures de barbelés. Elle saisit un couteau pointu dans le tiroir de la cuisine et se plaque contre le mur, aux aguets, car c'est maintenant, calfeutrée derrière tous ses volets baissés, qu'elle sent le danger plus prégnant. Peut-être l'intrus est-il caché dans son appartement ? Personne n'entendra ses cris, à supposer qu'elle crie, elle a appris à se battre en silence. Stop. Si, dans sa jeunesse, elle n'a jamais eu peur, aucune raison qu'elle ait peur dans sa vieillesse.

« *Min hadha ?* » graille-t-elle, et aussitôt son corps se tend avec une énergie oubliée. Elle est encore cette combattante infaillible, même si ses os sont creux, mue par une force mystérieuse, venue d'ailleurs. À l'époque aussi, elle avait vu des gars chétifs se battre comme des lions. Elle se sait capable de vaincre même un adversaire entraîné et assoiffé de vengeance, et après l'avoir terrassé elle l'attraperait par le collet et lui expliquerait deux ou trois choses. En arabe. Par exemple qu'elle gardait de son enfance le souvenir précis de ce qu'il y avait réellement à cet endroit avant même qu'il soit né, avant que ses parents et ses grands-parents soient nés. Elle lui raconterait ce qui était écrit sur les affiches qu'elle et ses compagnons collaient au péril de leur vie. Nous ne vous considérions pas comme des ennemis, nous pensions pouvoir faire front commun avec vous, nous vous avons suppliés d'éviter la guerre, nous vous avons prévenus : frères arabes, vous voulez vivre ici en paix et en harmonie – restez. Vous voulez partir heureux et sereins – partez. Mais si vous ne voulez ni l'un ni l'autre, c'est dans la peur et l'effroi que vous vous en irez.

Quelle idée insensée, tu n'as même pas réussi à convaincre ton propre fils, la chair de ta chair. Elle passe à nouveau de pièce en pièce, ouvre les armoires, vérifie sous les lits, derrière le rideau de la douche, il semble n'y avoir personne, pourtant elle reste sur le qui-vive, l'oreille à l'affût du moindre bruit car elle a toujours l'impression d'avoir des yeux plantés dans le dos, comme à l'époque. Elle retourne dans la chambre qu'ils ont toujours appelée « chambre des garçons » bien qu'aucun des deux n'y ait vraiment vécu, et verrouille la porte derrière elle.

Elle s'assied devant le vieux bureau, face au volet baissé côté désert, par où filtre encore la lueur du jour finissant. Elle y va rarement, dans cette pièce qui est devenue, au fil des années, la chambre de son mari malade et où elle sent encore le poids de sa détresse. Comment Yaïr a-t-il osé lui lancer, hier, qu'elle ne l'avait pas aimé, elle en frissonne, alors qu'il a rendu l'âme sur ce lit, dans ses bras ?

Elle pose la tête sur le bureau, assaillie par une angoisse familière et douloureuse comme si, à nouveau, elle était recherchée et se cachait, bouclée dans la pièce d'un appartement clandestin d'où on viendrait bientôt l'exfiltrer si elle n'était pas dénoncée et arrêtée avant. La perspective de la prison, insupportable, plus pénible que celle de la mort, éveillait une angoisse pire que tout ce qu'elle ressentait pendant les opérations proprement dites.

Elle regardait pendant des heures à travers les fentes du volet, s'imaginait qu'elle n'était pas enfermée là parce qu'on voulait l'arrêter, mais qu'on voulait l'arrêter pour qu'elle puisse rester là, coupée du monde, à observer en cachette la vie du dehors. Elle n'avait ni toit, ni adresse, ni nom. Ses parents ignoraient où elle se trouvait et, si on l'avait arrêtée, ils n'auraient pas su qu'il s'agissait de leur fille, tant elle avait souvent changé d'identité.

Elle respire lourdement, sent sa tête dodeliner, elle ne doit faire aucun bruit, mais elle a la gorge sèche et un gémissement lui échappe. Comment en es-tu arrivée là, frémit-elle soudain, comment as-tu pu durcir à ce point ton cœur, non seulement envers toi-même, mais envers ton père, ta mère et tes frères ? Tu n'étais pas la seule, tous tes compagnons l'ont fait, ces héros pleins de courage, qui, de leur plein gré, ont choisi l'errance et la faim, la prison, les blessures et la mort ; qui se sont donnés corps et âme, sans hésiter, pour ce pays-là, Boaz Arié Israël Ouri Elhanan Shlomo Gdalia Zvi Haïm Ouzi Yossef Dov Ariéla Dror, Amnon et Arnon, Emzya et Avraham, Shemesh Shmouel Hemda Ruth.

Comment se fait-il que vous n'ayez jamais hésité, s'entend-elle gémir. Ils défilent sous ses yeux, un à un, si différents les uns des autres et pourtant habités par la même détermination et la même bravoure, ils se sont lancés dans la lutte sans hésiter alors qu'il aurait fallu hésiter, le combat fût-il suprême, dussiez-vous refaire ce choix, car ce ne sont pas uniquement vos jeunes vies que vous avez cruellement sacrifiées, mais aussi celle de ceux que vous avez aimés et ceux-là ne s'en sont jamais remis.

Pour la première fois, elle voit ce que leur exaltation avait d'excessif, leur mépris pour la vie humaine, était-ce vraiment un diktat de la réalité ou y avait-il une part de pulsion intérieure ? Et jusqu'à quand cela avait-il été un diktat de la réalité ? Jamais elle n'avait eu le moindre doute sur la légitimité de leur combat, maintenant non plus, ce n'est pas cela qu'elle remet en cause, mais ce qui pousse un être humain à se dévouer à une idée davantage qu'à ceux qui lui sont le plus cher. Certes, il est clair que si, dans sa génération et les précédentes, ne s'étaient pas levés des individus prêts à faire passer leurs idées avant ceux qu'ils chérissaient, jamais ce peuple n'aurait récupéré son pays, et sans pays, les Juifs auraient continué à être cruellement persécutés. Cependant, force lui est de reconnaître que son exaltation – égale à celle de ses camarades de clandestinité – ne s'était pas tarie lorsqu'il fut évident que la lutte allait prendre fin, puisque, à l'hiver 1948, l'occupant britannique avait commencé à libérer des zones entières de la Palestine.

Comment ne l'avait-elle pas vu plus tôt ? Perplexe, elle tourne la tête vers le volet qu'elle découvre ouvert, ne vient-elle pas de le fermer ? Un éclat violent l'éblouit, comme si elle sortait d'un long sommeil et se retrouvait dans un monde apparemment familier mais totalement étranger, à l'instar de ce sage, Honi le traceur de cercles, dit Honi HaMeaguel, qui se réveille après avoir dormi soixante-dix ans et comprend qu'il est abandonné de tous, même de sa famille et de ses amis.

Une vive lumière inonde les caves moisies, les greniers aux toits fissurés, les cages d'escalier, les prisons et les cimetières, le visage des condamnés à la potence, celui des traîtres abattus dans les vergers, celui de l'officier britannique qui se penche sur son berceau et regarde avec émerveillement son baigneur rempli d'explosifs, « quel mignon *baby*. »

Comme c'est pénible, cette lumière ! Elle se couvre les yeux avec un bras et se relève lentement, s'accroche aux rayonnages de livres. Elle a le droit de sortir, personne ne la guette. C'est de son plein gré qu'elle s'est enfermée dans cette pièce, comme elle le faisait de temps en temps dans les années qui avaient suivi la création de l'État. Une honte violente la transperce soudain, aussi douloureuse qu'un coup de poignard dans le dos, au moment où elle se remémore les fois où, submergée de nostalgie, elle s'enfermait à double tour et s'interdisait formellement d'ouvrir à qui que ce fût. Même une voix familière pouvait être un piège, même celle de Yaïr bébé, qui martelait la porte de ses petits poings et suppliait, « maman, Rachel, maman Rachel, ouvre-moi ! »

CHAPITRE DOUZE

Tu es là, Atara ?

Qui donc appelle Alex à une heure pareille, se secoue-t-elle, énervée, tirée de sa somnolence par le téléphone qui ne cesse de vibrer à côté du lit, elle a pris par erreur celui de son mari au moment où, à moitié inconsciente, elle est montée dans la chambre, elle ne se souvient même plus quand ni avec l'aide de qui, et maintenant elle se demande quel doit être le sort d'un appareil en bon état dont le propriétaire s'est éteint.

Faut-il respecter son intimité, comme elle l'a fait de son vivant, du moins presque toujours ? Apparemment non, puisqu'elle est déjà en train de retourner le téléphone et là, elle s'étonne de découvrir le nom de sa fille sur l'écran. Qu'est-ce qu'Avigaïl peut bien vouloir à Alex ? Elle ne lui téléphone pas souvent, en l'occurrence elle a choisi le pire moment. Peut-être lui préparent-ils en secret une fête d'anniversaire pour la fin de l'été, puis qu'elle change de dizaine ? Comme c'est gentil de leur part, elle ne les en aurait jamais crus capables.

Il est deux heures du matin et elle n'a pas la force de parler, même à sa fille. Elle va lui dire qu'elle dort et ne lui révélera rien pour l'instant – les mauvaises nouvelles peuvent toujours attendre – sauf que la demoiselle est déjà au courant et qu'elle lui crie dans les oreilles, « maminelle, Eden vient de me parler !

Maminelle, oh, je suis vraiment désolée ! » et elle s'entend lui demander d'une voix étrange, « maminelle ? Pourquoi as-tu commencé à m'appeler maminelle, j'aimerais bien savoir », sa fille répond lentement, avec hésitation, « mais tu le sais ! C'est parce que tu es aussi travailleuse qu'une coccinelle », alors elle rectifie, « Gulli, c'est la fourmi qui est travailleuse, pas la coccinelle, tu t'es un peu trompée », sans arriver à dérider Avigaïl qui embraie aussitôt, « vraiment ? Les coccinelles ne sont pas travailleuses, tu es sûre ? » et elle confirme, « pas particulièrement j'imagine, la preuve, on n'a pas écrit de fables à leur sujet. Tu as déjà lu une fable avec une coccinelle ? *La Cigale et la Coccinelle*, par exemple ? » mais sa voix se brise d'un coup et elle se tait, incrédule, car derrière ces mots anodins qu'elles se répètent souvent souffle une autre réalité, celle où Alex a cessé de respirer. Elle n'est toujours pas prête à appeler ça la mort, en revanche sa fille n'a aucun problème à employer ce mot sous toutes ses formes, et elle lui pose une tonne de questions, l'oblige à donner des détails comme elles en ont l'habitude, exige le déroulement précis de ces dernières vingt-quatre heures, tout ce qui est arrivé depuis leur conversation durant son trajet de retour.

Mais qu'y a-t-il à raconter, en fait ? Elle a monté et descendu l'escalier, elle lui a donné des médicaments et lui a préparé de la limonade. Elle s'est assise à côté de lui, l'a caressé, a nettoyé son vomi. Elle lui a parlé, lui a posé toutes sortes de questions, il a même répondu à certaines. Elle est de nouveau montée puis descendue, a de nouveau réveillé Eden, a cherché un thermomètre, a apporté de l'eau à Alex, lui a proposé de manger quelque chose, tellement de gestes, d'actes divers et variés, et derrière tout cela se cachait une incurie criminelle.

Mort par négligence, voilà ce qui lui est arrivé, s'il avait pu, il l'aurait attaquée en justice ! Eh bien, vu qu'il en est empêché, c'est elle qui va personnellement s'en charger, et peu importe si sa fille ne cesse de répéter, « ce n'est certainement pas ta faute ! Comment aurais-tu pu deviner puisque les médecins eux-mêmes se sont trompés sur son état ? Tu es toujours tellement dure envers toi-même ! » mais elle sanglote, « la preuve, c'est qu'Adass, elle, m'a dit de l'emmener aux urgences », et Avigaïl insiste, « sauf qu'il a refusé et, comme Eden ne t'a pas soutenue, qu'est-ce que tu pouvais faire ? », seulement voilà, elle n'arrive plus à contenir ses larmes, « qu'est-ce que je pouvais faire ? Exactement le contraire de ce que j'ai fait ! Je n'aurais pas dû me fier à eux, je les ai toujours trop écoutés ! »

Sa fille proteste, « ce n'est pas le cas ! Tu ne savais vraiment pas ! Je te connais, quand tu es sûre d'une chose, tu ne renonces jamais ! » Là, elle acquiesce, « c'est vrai que je ne savais pas », essuie ses yeux avec le bord de la chemise de nuit qu'elle ne se souvient pas d'avoir enfilée, « les urgences l'ont renvoyé à la maison, c'est ce qui m'a induite en erreur, tu comprends ? On nous aurait pris pour des hystériques d'y retourner si vite, en plus, il ne voulait absolument pas, je te l'ai déjà dit. Il a eu très froid, là-bas. »

Avigaïl peine à contenir son rire, « oh, ça ressemble tellement à notre Sander, de préférer mourir plutôt que de s'enrhumer ! » Atara répète que c'est ce qui l'a induite en erreur, « je me suis dit que, s'il était à ce point stressé par la clim, il ne pouvait pas être si malade que ça, tu comprends ? Celui qui va mourir n'est pas censé s'inquiéter de ce genre de broutilles, je me trompe ? » Au bout du fil, la voix pleine de vie confirme, « c'est clair ! Ton raisonnement est parfaitement logique, le problème, c'est qu'on sait tous qu'Alex avait sa logique à lui. Alors de quoi est-il mort, finalement ? » Stupéfaite de la facilité avec laquelle sa fille formule le mot, elle répond, « d'un choc septique, c'est le nom de ce phénomène, quand ton système immunitaire réagit de façon désordonnée contre un microbe qui a infecté ton sang. »

Avigaïl, qui apparemment s'est mise à chercher des informations, précise, « d'après ce que je suis en train de lire, pas sûr qu'ils aient pu agir, même quelques heures plus tôt, et il y avait un risque non négligeable qu'il en ressorte handicapé. Son infirmité affective ne te suffisait pas ? Allez, arrête, maminelle, arrête de te sentir responsable des décisions de ton mari. Ce n'était pas un gosse et il était parfaitement conscient. Tu lui as proposé, il a refusé. Tu as fait de ton mieux ! »

En entendant sa fille la réconforter avec chaleur et amour, elle entend surtout l'absence de chaleur et d'amour qu'elle exprime à l'égard d'Alex, l'absence de tristesse que lui inspire le décès d'un homme auprès duquel elle a tout de même passé une grande partie de sa vie et, pour la première fois, Atara sent qu'un fossé les sépare, c'est pourquoi les paroles sensées d'Avigaïl n'arrivent ni à l'atteindre, ni à l'étreindre.

Non, la demoiselle n'a pas l'air triste et elle n'essaie pas non plus de faire comme si cet homme allait lui manquer, comme si son monde avait perdu quelque chose. On peut même identifier dans sa voix un rien de satisfaction puérile, la voilà enfin débarrassée de l'élément perturbateur qui s'est incrusté dans sa vie alors qu'elle n'avait que trois ans. Dans cette longue compétition, c'est elle, la grande gagnante. Un instant, une colère désespérée face à tant d'indifférence la submerge, une colère accessoirement aussi tournée vers Alex mais aussitôt recouverte par un sentiment d'échec glaçant, celui de la famille qu'ils ont construite, avec un fils à lui, une fille à elle et un garçon à eux deux, sentiment poussé à son paroxysme lorsque Avigaïl reprend la parole pour tâter délicatement le terrain, « tu m'en voudrais si je ne venais pas pour l'enterrement, maminelle ? Le semestre d'été commence après-demain. Tu te souviens que je me suis inscrite cette année, donc je risque de perdre ma bourse si je repousse. Pourquoi ne viendrais-tu pas, toi, ici, après la semaine de deuil ? Ça me paraît bien plus logique. »

Stupéfaite, elle laisse échapper, « je vois que tu as pensé à tout », mais sa fille se hâte de rectifier, « non, non, je veux juste en discuter avec toi. Si tu y tiens, bien sûr que je viens, je pensais simplement que tu serais désolée si je perdais ma bourse… » Elle soupire, « bien sûr que j'en serais désolée, de quoi ne serais-je pas désolée, d'ailleurs ? Tu sais ce que je regrette le plus ? De ne pas être arrivée à temps aux urgences hier ! Jamais je ne les aurais laissés le renvoyer à la maison dans cet état. Pourquoi ai-je voulu retourner si vite chez Rachel ? Elle m'a repoussée pendant six mois, j'aurais pu la faire attendre quelques jours ! Je ne veux plus aucun contact avec cette femme ! Maintenant, je ne vois en elle que l'ange de la mort ! »

Avigaïl susurre avec une impatience inhabituelle, « pourquoi t'en prendre à elle ? Ce n'est pas sa faute si Alex était une tête de mule et si même les médecins n'ont rien vu. Pourquoi crois-tu que ta présence aurait changé quelque chose ? Comment t'y serais-tu prise pour leur demander de plus amples examens si ton mari lui-même insistait pour rentrer ? Toi aussi, tu te serais laissé convaincre avec joie que vous pouviez repartir à la maison ! »

Elle s'étonne une fois de plus de ce ton agacé qui est nouveau chez sa fille, peut-être pas nouveau mais dont, pour la première fois, elle fait les frais, car Alex, lui, s'en plaignait de temps en temps, « ta gamine n'en a rien à foutre de moi. Quand il m'arrive, très rarement, de lui demander quelque chose, ça l'irrite tout de suite et elle prend un malin plaisir à m'envoyer paître », ce à quoi elle se hâtait de rétorquer, « comme si ton fils nous aidait ! D'ailleurs, quand t'a-t-il téléphoné pour la dernière fois ? » À cette pensée, elle se souvient de cet autre enfant et s'affole, « on doit l'annoncer à Yoav ! Le pauvre, ça va être terrible pour lui ! »

Sa fille lâche sèchement, « calme-toi, même si on arrive à le localiser, avec toutes les substances qu'il consomme, sûr qu'il ne pigera rien. Il est où, maintenant, en Colombie ? » Elle soupire, « moi aussi, je suis un peu dans le coaltar après les deux calmants qu'Adass m'a fait avaler. Je ne veux pas penser à après », mais Avigaïl attrape la balle au bond, « après ? Tu n'as qu'à en reprendre un, aucune raison de te priver. Ça ira, tu verras, je n'ai pas de doute là-dessus, peut-être même que tu finiras par te sentir mieux. Tu seras libre, tu auras du temps pour toi. Et qui sait si tu ne retomberas pas amoureuse ? La seule chose que je te demande, épargne-moi si possible des demi-frères, ce coup-ci. »

Ces mots prononcés depuis l'autre côté du gouffre lui révèlent avec quel talent, à sa grande stupéfaction, elle a réussi, toutes ces années et presque inconsciemment, à cacher à sa fille l'amour qu'elle portait à Alex, comme s'il s'agissait encore d'un amour interdit. Rien d'étonnant donc à ce qu'Avigaïl ne puisse pas mesurer à quel point le perdre l'anéantit. Peut-être une bonne partie du temps se l'est-elle aussi caché à elle-même, surtout devant leurs enfants respectifs, eux qui, à travers une infinité de gestes et de traits de caractère, représentaient l'autre parent. Une telle présence leur donnait, à elle et à Alex, l'impression non seulement de continuer à trahir quotidiennement leurs conjoints délaissés, mais encore de le faire au vu et au su de leur progéniture. Elle ne pouvait se relâcher que lorsqu'elle se retrouvait seule avec Alex et Eden.

Quoi qu'il en soit, elle préfère pour l'instant poursuivre la discussion avec sa fille qui n'a pas de raison d'être en deuil plutôt que d'affronter à nouveau le deuil de leur fils, qui, lui, partage sa culpabilité, sa douleur et son choc, « oh, Gulliver, quel choc », et l'autre de répondre, « septique. »

Incapable de mettre un terme à cet appel qu'elle n'a pas voulu, elle marmonne, « je suis veuve, tu comprends ça ? » et sa fille s'esclaffe, « chapeau ! On peut dire que tu as testé tous les statuts existants, célibataire, mariée, divorcée, veuve, qu'est-ce qu'il te reste ? » et elle murmure, « apparemment, plus rien », mais Avigaïl la reprend d'une voix tendre, « maminelle, voilà ce qu'il te reste », alors Atara ne lui demandera pas pourquoi elle l'appelle ainsi et n'essaiera pas de relancer la conversation, sa première conversation de veuve, en sa première nuit de veuve, avant son premier matin de veuve, à présent, tout sera une première fois.

Le cœur lourd, elle se sépare de sa fille, le calme artificiel du tranquillisant lui plaque les membres le long du corps tandis que ses pensées s'effritent, de la poussière emportée par le vent. Elle a l'impression qu'un sommeil total, éternel, va bientôt la terrasser tant elle est épuisée. A-t-il ressenti la même chose, quelques heures auparavant ? Elle doit descendre voir dans quel état se trouve Eden, mais elle ne reconnaît plus ses jambes, car ce sont des jambes de veuve et elles ne lui répondent pas, comme enduites d'une colle chaude qui durcit et envahit tout son corps, des pieds jusqu'à la tête. Est-ce le sort des veuves dans cette partie du monde ? En Inde, on les brûle, ici, elles se solidifient vivantes dans le désert du lit conjugal ? Elle trouve cela préférable, bien que personne ne lui ait demandé son avis. La possibilité de choisir lui a été retirée à l'instant où elle faisait le mauvais choix, où elle décidait de poursuivre sa route au lieu de rentrer à la maison. À partir de maintenant, elle ne pourra plus jamais rien choisir.

Malgré un engourdissement presque total, ses oreilles captent un grincement de pas dans l'escalier, cela fait longtemps qu'il lui a demandé de changer ces marches en bois bancales mais elle n'a cessé d'atermoyer. On n'a pas d'argent en ce moment, invoquait-elle, savourant le fait de tremper ses mots dans le seau empoisonné de la culpabilisation et du reproche, mais dès qu'il rentrera, elle lui promettra de s'en occuper dès le lendemain. « Tout sera réparé, Sander », bafouille-t-elle quand il pénètre dans la chambre et chuchote, « tu es réveillée, maman ? » Jusqu'à quand les confondra-t-elle ? Sans doute – elle en frissonne – jusqu'à ce qu'elle ait intériorisé le fait qu'Alex, elle ne le reverra plus.

Qui sait en combien de temps l'on intériorise ce genre de chose, un mois, un an, peut-être jamais ? Elle se rend compte qu'elle n'a aucune veuve dans son entourage, elle n'a donc personne à qui demander, de toute façon, chacun réagit différemment, et puis son deuil n'est rien face à celui de leur unique fils qui ne reverra plus jamais son père, ni le jour de ses noces, ni le jour où il deviendra lui-même père. Leur unique fils, en short et torse nu, qui s'écroule à côté d'elle sur le lit, se retrouve allongé sur le ventre, la respiration saccadée.

« Qu'est-ce qui sera réparé, maman ? De quoi tu parles ? crie-t-il dans le matelas qu'il frappe de ses poings, j'aurais dû te laisser l'emmener aux urgences ! Ils seraient peut-être arrivés à le sauver ! », aussitôt elle se redresse, s'adosse au mur et s'oblige à se réveiller bien que sa tête soit lourde, ses membres ankylosés, et que les mots qui cafouillent au fond de sa gorge sortent dans un grésillement pénible, « écoute-moi bien, Eden, il n'y a que ton père et moi qui sommes responsables de cette décision ! Ça n'a rien à voir avec toi ! Il s'est muré dans son refus et moi, je n'ai pas voulu lui forcer la main, je te le répète, ça n'a rien à voir avec toi », sa voix s'émiette mais elle continue, « tu connais ton père, tu sais à quel point il est têtu. »

Elle ne dira pas « tu connaissais », elle ne dira pas « était », le passé lui noue la gorge, était était était, crient d'une voix métallique les corbeaux sur la cime des arbres.

« Si j'avais compris, j'aurais réussi à le convaincre », gémit Eden qui enfouit le visage dans son oreiller à elle, tandis qu'elle a calé sa tête sur celui d'Alex, « je trouvais qu'il allait mieux ce matin, il me semblait surtout fatigué. J'avais l'intention de descendre plus tôt, mais j'étais crevé. Je pensais qu'il était en voie de guérison ! »

Elle pose la main sur les larges épaules secouées de tremblements, essaie de raffermir son ton, elle a toujours eu du mal à s'exprimer avec autorité devant ses enfants alors qu'avec Alex ou les entrepreneurs qu'elle dirige, cela ne lui a jamais posé aucun problème, « écoute-moi bien », répète-t-elle, imitant l'intonation péremptoire d'Adass, ne manque plus que le doigt qu'elle va lui agiter sous le nez, « je t'interdis de te culpabiliser ! Comment aurais-tu pu savoir alors que les médecins eux-mêmes se sont trompés ? Et, à supposer qu'on l'ait emmené aux urgences, qui sait s'ils auraient réussi à le sauver et dans quel état on l'aurait récupéré. Jamais ton père n'aurait supporté de se retrouver handicapé. Crois-moi, Eden, je suis certaine que c'était son choix et nous devons le respecter », le supplie-t-elle, mais il proteste, « comment peux-tu parler de choix, il ne savait pas qu'il allait mourir ! » Elle croit distinguer dans cette exclamation une once de soulagement et s'y engouffre aussitôt, « il savait qu'il voulait rester à la maison, même s'il n'a pas totalement évalué ce que ça impliquait. Jamais, dans nos choix, nous ne comprenons tout. »

Lui avouera-t-elle le choix qu'elle a fait, celui de continuer sa route alors qu'elle lui avait promis de rentrer immédiatement ? Pour l'instant, elle n'en a pas la force et craint trop sa réaction. Est-ce nécessaire d'ailleurs, et pour qui ?

« C'est dingue, il était plutôt content là-bas, avant de commencer à avoir froid, il appréciait qu'on s'occupe de lui », Eden se retourne sur le dos et se couvre le visage d'un bras, elle s'écarte un peu, embarrassée par cette proximité physique qui fut un jour si simple, si évidente, la douce odeur de pignons de sa peau mêlée à la transpiration marine et salée des hommes, « pourquoi ne lui ont-ils pas donné de couverture ? » demande-t-elle au moment où elle récupère la sienne et la pose sur ses jambes nues, « ils lui en ont donné autant qu'il voulait, mais il en avait ras le bol, il voulait rentrer, peu importe ce qu'il avait. Imagine-toi qu'il a exigé de voir le directeur, comme s'il était dans un hôtel ! »

Il a soudain un petit rire qu'il lui communique puis qui se tarit et il reprend, perplexe, « c'était tout papa, tu piges ? Il n'a cessé d'être lui-même, personne là-bas n'a pu imaginer qu'il allait mourir ! » Elle soupire, « évidemment ! C'est aussi ce qui m'a induite en erreur, mais c'est peut-être ce qu'il voulait, mourir en étant encore totalement lui-même. Ton père ne voulait pas changer, et crois bien que j'ai essayé ! »

Elle remonte la fine couverture jusque sous son menton, elle aussi a soudain froid, elle aussi est terriblement fatiguée et a du mal à remuer les lèvres. Si seulement elle pouvait continuer cette discussion en dormant, à moins qu'elle ne dorme et ne soit en train de faire un horrible cauchemar, Alex n'est plus, Eden sombre dans l'obscurité, est pris dans une nasse de pêcheurs, mais, juste à ce moment-là, il la réveille avec une question, « qu'est-ce qu'il t'a dit exactement, à la fin ? »

Sous ses paupières closes, le souvenir lui revient, « il m'a dit de très belles choses, que je m'occupais bien de lui, qu'il sentait que je l'aimais. Il avait l'air heureux, j'ai cru qu'il allait mieux », ses lèvres sèches s'étirent en un sourire idiot mais il la coupe, agacé, « non, qu'est-ce qu'il t'a dit sur moi ? » et elle doit faire un effort pour répondre, « il a dit qu'il voulait te voir, qu'il avait la réponse à la question que tu lui avais posée aux urgences. Il s'est sûrement souvenu d'un truc, parce qu'il a enchaîné en disant "c'est la fois…", mais il n'a pas continué sa phrase, comme à son habitude. »

À ces mots, Eden bondit hors du lit, « c'est la fois… quelle fois ? Qu'est-ce que ça peut bien être ? », et il se met à marcher, agité, dans la pénombre de la chambre, « je ne me souviens pas de lui avoir demandé quoi que ce soit à part comment il se sentait et s'il avait besoin de quelque chose… rien d'autre. » Elle le regarde, silhouette sombre qui, tel un lion en cage, va et vient avec, en toile de fond, un trapèze bleu foncé de ciel nocturne. Cela fait longtemps qu'ils n'ont pas eu une conversation aussi longue et aussi intime, comme s'il était redevenu l'adolescent qui lui racontait ses premières amours, lui demandait conseil pour en analyser les signes et savoir comment se comporter. Et cela fait aussi longtemps qu'elle ne l'a pas entendu s'exprimer ainsi, comme si, d'un coup, il s'était dépouillé de son élocution militaire, brève et monocorde. « Il s'est peut-être souvenu de la fois où tu as eu mal au ventre quand tu étais petit, dit-elle, ou peut-être voulait-il juste te voir. Laisse tomber, Eden, il était confus, à la fin, plus tout à fait dans la réalité. »

Son fils élève la voix, « laisser tomber ? Ce sont ses dernières paroles ! Je dois comprendre ce qu'il voulait dire ! », il se tourne vers elle, se cogne la tête contre le plafond mansardé, lâche un juron, elle se tend, « fais attention ! Ton père aussi n'arrêtait pas de se cogner. Si tu ne lui as rien demandé, c'est clair qu'il ne voulait rien te dire de précis. Il voulait te voir, te montrer qu'il pensait à toi et t'aimait. »

Eden s'assied au bord du lit, se penche en avant, enfouit son visage dans ses mains, des sanglots saccadés le secouent, se serait-il fait mal à ce point ? « Ces minutes où j'ai essayé de le réanimer, maman ? Quel cauchemar ! Il m'a donné la vie et moi, je n'ai pas réussi à le réanimer», hoquette-t-il. Elle lui caresse le dos d'une main lourde, «tu as fait ce que tu pouvais, tu en as même trop fait, tu as été un fils merveilleux. Ton père était si fier de toi. Rien qu'hier, quand je suis arrivée, il s'est répandu sur le traitement de faveur qu'il avait reçu à l'hôpital grâce à toi.»

Eden se redresse un peu, «il a exagéré, comme d'habitude, il y avait là-bas une infirmière canon et il m'a fait chier pour que j'aille lui demander son numéro de téléphone, sinon, il s'en chargerait pour moi. Il n'a aucune limite, complètement déconnecté du monde dans lequel il vit, ça ne marche plus comme ça aujourd'hui», ajoute-t-il avec une tendre indulgence. Elle continue à lui caresser le dos en silence, ne rectifiera pas, ne mettra pas ses phrases au passé, il n'avait aucune limite, complètement déconnecté du monde où il vivait, il ne vit plus, où ne vit-il plus, comment savoir, quelle limite a-t-il franchie ?

Eden semble enfin se calmer un peu, sa tension éruptive se dissipe, sa respiration s'apaise, il se recouche sur le flanc, lui tourne le dos, replie les jambes en position fœtale, elle s'écarte, va jusqu'à l'autre bout du lit, lui tourne elle aussi le dos et reste allongée, figée, les yeux grands ouverts, sans oser bouger de peur de le réveiller. Des voix feutrées résonnent au rez-de-chaussée, un téléphone sonne, quelqu'un sort ou entre, la maison a sa propre vie qui, cette nuit, ne la concerne pas parce qu'elle, elle a un fils qui vient de perdre son père et s'est enfin endormi, alors elle veillera sur son sommeil, c'est la seule et unique mission qui lui incombe pour l'instant, et cette fois elle ne fera pas preuve d'incurie.

Elle l'écoute respirer avec une satisfaction oubliée, comme s'il était encore cet écolier dont les yeux se seraient enfin fermés après une interminable attente. Enfant, il peinait à trouver le sommeil, alors elle s'allongeait à son côté, lui lisait une histoire, puis une autre, un chapitre, puis un autre, s'efforçant de le pousser dans les bras de Morphée. Elle savait qu'Alex l'attendait en bas pour dîner et qu'il allait de nouveau râler, « combien de temps ça te prend pour le coucher ? Le repas a refroidi, encore une soirée de gâchée ! », mais elle aimait ce moment d'intimité, même si cela prenait deux heures, où son fils se lovait contre elle et gazouillait de sa petite voix si mignonne. Peu lui importait que le repas ait refroidi, qu'Alex lui-même se soit refroidi puisqu'elle trouvait, dans ce rapprochement avec son enfant, une chaleur douce, constante, assurée. Était-ce pour cela qu'il avait tant de mal à s'endormir, pour satisfaire aux besoins les plus secrets de sa mère ?

Mais voilà que, allongée sur le flanc, sa tête d'une tonne posée sur l'oreiller d'Alex, elle se met à pleurer en silence car elle vient de constater qu'elle n'a pas attendu la veille pour faire le mauvais choix, qu'elle s'est trompée depuis le début, soir après soir, en privilégiant ses enfants plutôt que son mari, bêtement persuadée qu'elle aurait moins de temps avec eux qu'avec lui, qu'eux grandiraient et partiraient alors que lui serait toujours là.

Or maintenant qu'ils ont tous grandi, c'est justement lui qui est subitement parti. Peut-être en a-t-il eu assez de l'attendre ? Plus jamais elle ne le retrouvera assis à table, impatient, à l'abreuver de ses monologues exaltés qui, parfois, arrivaient encore à la distraire ; plus jamais il ne partagera des idées d'articles qu'il n'écrira pas pour la plupart ; plus jamais il ne lancera ses questions systématiquement terminées par des points d'exclamation. Plus personne ne l'attendra en bas pour dîner, qu'elle mange froid ou chaud, ou même qu'elle cesse de manger pour l'éternité, plus personne ne s'en inquiétera.

Les voit-il de là-haut, allongés aussi loin l'un de l'autre que le permet leur lit double, recroquevillés, dos à dos, tels deux fœtus ? Parce que, un instant, elle a l'impression qu'il est toujours là, tout près, qu'il marche en silence tel un chat sur les tuiles et que, si elle arrive à intégrer cette nouvelle dimension de sa présence, il restera peut-être avec elle, se fondra en elle, plus profondément que de son vivant.

Elle est sur le point de s'endormir quand un piaulement la fait soudain sursauter. Si seulement elle pouvait tous les réduire au silence, chacals chiens cigales corbeaux. Le sommeil de son fils est la seule chose qui lui importe, sa respiration est le seul son qu'elle accepte d'entendre. Quand il était petit et qu'il n'arrivait pas à s'endormir, elle lui proposait d'inspirer et d'expirer ensemble, dix fois, vingt fois, ils atteignaient parfois les deux cents respirations. Elle essaie de se caler sur lui, si elle respire à son rythme, peut-être trouvera-t-elle le sommeil, mais le simple fait d'y penser l'affole, surtout à cause du réveil. Se souviendra-t-elle ? Si elle oublie ce qui est arrivé et est obligée de tout se remémorer, eh bien, Alex mourra à nouveau, et le choc en elle sera double le lendemain, puis triple, et ainsi la catastrophe ira croissant. Si elle doit s'endormir, faites que ce soit pour toujours, idem si elle reste éveillée, elle ne peut se permettre aucune fluctuation de lucidité.

Elle se relève péniblement et se traîne jusqu'aux toilettes, plaque les fesses sur la lunette, elle a les membres aussi lourds que s'ils étaient recouverts de métal, même durant ses grossesses elle ne s'est pas sentie aussi pesante, n'est même pas certaine de pouvoir se relever, ne sait d'ailleurs pas si elle le voudra, finalement, elle est bien là, dans ce petit réduit fermé encore imprégné de leurs effluves communs, l'essence de leur intimité. Son shampoing à lui à côté du sien, sa serviette à côté de la sienne, leurs brosses à dents, oui, elle préfère rester là pour les prochains jours. Tous ceux qui voudront lui exprimer des condoléances seront invités à monter, elle recevra leurs poignées de main compatissantes assise sur la cuvette, de toute façon, dans la tradition juive, les endeuillés ne sont pas censés se lever.

Alors elle attrape la serviette d'Alex et y enfouit le visage, son odeur familière lui envahit les narines, cette pointe de transpiration acide, ça sent l'amande et le savon citronné. Comment est-ce possible ? Hier ou avant-hier encore il s'en enveloppait au sortir de la douche, les cheveux coiffés vers l'arrière, se glissait nu dans le lit, l'entourait de ses bras, et maintenant quoi, il n'existerait plus ? Tout cela se mélange et forme un amalgame terrifiant, à croire qu'au moment où il l'entourait de ses bras, où il lui murmurait à l'oreille, il était déjà mort, ou ne vivait pas davantage que lorsque, quelques heures plus tôt, folle de chagrin et de culpabilité, elle essayait désespérément de le réveiller. Elle sanglote en silence dans la serviette, jusqu'à ce que ses yeux se ferment et que sa tête tombe en avant.

C'est ainsi que son fils la trouvera au matin et aussitôt il refermera la porte, gêné. L'apparition du visage ahuri d'Eden sonnera en elle le rassemblement général, qui est peut-être la raison pour laquelle les gens font des enfants, car sinon rien ne les empêcherait de se disloquer. Elle est maminelle, comme le lui a rappelé sa fille, et maminelle doit s'occuper de son garçon, parce que hier – était-ce bien hier ? – ou aujourd'hui, ou demain, elle a vu un article inquiétant sur l'écran de son ordinateur, est-ce parce qu'elle a eu trop peur pour lui qu'elle n'a pas mesuré l'état d'Alex, s'est-elle aveuglée au point de se tromper de catastrophe, de se tromper de personne et de causer au final des dégâts irréversibles qui mettent cent fois plus en danger celui qu'elle voulait tant protéger ?

Sans compter qu'elle ne sait toujours pas si cet article a une quelconque importance, elle ignore tout de ce qu'il traverse depuis un certain temps. Elle avait l'intention de demander conseil à son commandant dès qu'Alex guérirait, mais Alex n'a pas guéri, alors maintenant elle doit se concentrer uniquement sur Eden, mobiliser ses forces pour lui. Elle s'agrippe au lavabo et se redresse péniblement. Comment a-t-elle fini par s'endormir justement là, sur la cuvette, c'est bien la première fois que cela lui arrive, elle est bonne pour un mal au dos, un torticolis et une gorge nouée par la nausée.

Elle boit de l'eau tiède au robinet, se rince le visage et se souvient, tandis qu'elle se passe les cheveux sous le jet, qu'Avigaïl ne viendra pas, non, Avigaïl ne viendra pas pour l'enterrement de son beau-père et elle ne sera pas à leurs côtés pendant la semaine de deuil. Mange maintenant ce que tu as cuisiné, ma chère maman, c'est ce que sa fille lui signifie par là, non que le plat soit particulièrement indigeste, il y en a de pires, pourtant, ce repas de deuil est le tien et non le mien, tout comme la décision a été la tienne et non la mienne. De même que tu n'as pas pensé à moi quand tu as choisi de détruire mon petit monde douillet, je me permets à présent de préserver le petit monde douillet que je me suis construit loin de toi.

Lorsqu'elle se brosse les dents puis s'attache les cheveux, le miroir lui renvoie un visage gris, renfrogné – tel est l'aspect d'une veuve. Paupières gonflées, joues creuses, lèvres abaissées, yeux rougis. Elle ressemble soudain terriblement à son père, comme si, d'un coup, elle avait accepté le surgissement de cet homme jusque-là caché en elle. À nouveau, elle revoit l'accueil bouleversé qu'il lui avait réservé lors de sa dernière visite chez lui, « c'est toi, Rachel ? Te voilà enfin ! Je t'ai attendue toute ma vie ! » Quelle douceur il y avait dans sa voix, jamais elle ne l'avait entendu s'adresser ainsi à qui que ce soit. C'est sans doute pour cette raison qu'elle s'est lancée à la recherche de la mystérieuse Rachel, ensorcelée par cette douceur qu'elle n'avait pas eu la chance de connaître, par ce père qu'elle n'avait pas eu la chance de connaître.

Elle se rince à nouveau le visage, rassemble ses forces tant bien que mal et, encore un peu courbée, va rejoindre son fils qu'elle trouve debout à la fenêtre en train de contempler son premier matin sans père. « Il est très tôt, pourquoi n'essaierais-tu pas de te rendormir ? On n'aura pas beaucoup de calme dans les prochains jours », mais il tourne vers elle un regard vif et glacial, « je ne peux pas dormir, il est où, papa ? Je veux le voir », elle s'étonne, « le voir… physiquement ? », essaie de remuer son cou raide de droite à gauche, et il répond, « évidemment. Son cadavre, il est où ? »

Elle bredouille, « je ne sais pas du tout, je ne suis pas sûre qu'on puisse aller là-bas. Pourquoi ? », il cligne des yeux comme il le faisait, gamin, quand il essayait de retenir ses larmes, « je dois voir son visage encore une fois, jamais il n'avait dégagé autant de douceur, ça m'obsède », et elle frémit, quand il était petit, il lisait parfois dans ses pensées ou simplement pensait la même chose qu'elle, en même temps. Comme il lui ressemble encore ! Comme il a dû s'éloigner pour fuir cette ressemblance !

« C'est exactement ce que je me disais », elle toise d'un regard hargneux cette matinée qui rayonne, « tu pourras le voir demain, avant l'enterrement. Avigaïl ne viendra pas, ajoute-t-elle rapidement, elle risquerait de perdre sa bourse. » Il n'en est apparemment pas perturbé outre mesure puisqu'il déclare, « en ce qui me concerne, que personne ne vienne, tu n'as qu'à écrire sur le faire-part officiel qu'on préfère éviter les visites de condoléances », et elle dit d'un ton hésitant, « je ne suis pas certaine que c'est ce que ton père aurait voulu », mais il s'entête et réplique, d'une voix un peu précipitée, « évidemment que c'est ce qu'il aurait voulu », puis se remet à faire les cent pas dans la pièce, « papa détestait qu'il y ait trop de monde à la maison, il supportait à peine que je ramène des potes, tu ne cessais de t'engueuler avec lui à cause de ça, quoi, tu as déjà oublié ? » Elle proteste, « sauf que maintenant, ce sont des gens qui vont venir en son honneur, tu ne peux pas comparer, en plus, ce n'est pas lui qui va devoir les accueillir… Oh, je n'ai pas encore prévenu Yoav ! » se souvient-elle.

« J'ai parlé avec sa mère hier soir, tard », la rassure-t-il, et elle demande, « ah oui, qu'est-ce qu'elle a dit ? », étonnée des détails pratiques qu'ils échangent en cette matinée. La veuve et l'orphelin. Comment se fait-il qu'ils ne hurlent pas, ne s'arrachent pas les cheveux, ne se jettent pas sur le sol en sanglotant ? « Qu'est-ce que tu veux qu'elle dise, elle était bouleversée. »

Un besoin urgent de voir Yoav la submerge, « tu crois qu'il y a une chance pour qu'il arrive à temps ? », elle doit partager avec ce fils-là aussi le choc et le deuil, mais il répond, « non, je ne pense pas, sa mère n'est pas sûre de réussir à le joindre, il est reparti dans la jungle. »

Une nouvelle vague de colère l'assaille, voilà comment leurs petits expatriés les punissent. Ils se vengent d'elle et du seul enfant de cette famille dont les parents n'ont pas divorcé. Eden a beau n'y être pour rien, Yoav et Avigaïl lui en veulent. Personne de sa fratrie ne sera présent, il devra seul réciter le kaddish sur la tombe de son père.

Tels des oiseaux de proie, les mots noirs du cérémonial tournoient autour d'elle, kaddish, enterrement, faire-part, *shiva*, en quoi la concernent-ils ? Ce n'est vraiment pas le moment, elle n'y est pas du tout préparée, en veut encore à Alex de ne pas l'avoir attendue pour visionner le film iranien et d'avoir une fois de plus bourré le lave-vaisselle si bien que les plats sont ressortis sales. Elle doit encore lui parler de ce qu'elle a appris concernant son propre père et de ce qu'elle a vu sur l'ordinateur de leur fils. À quoi cela rime de s'en aller ainsi, sans avertissement et sans adieu, de laisser tellement de questions en suspens, toutes plus vivantes les unes que les autres ?

Non, elle n'est absolument pas prête pour une telle situation. Elle est fatiguée, irritée et n'a pas la force d'affronter les visites. Elle veut retourner au lit et se cacher, ne répondre ni au téléphone ni à la sonnette, exactement comme ils l'avaient fait à la naissance d'Eden, rapidement agacés par le festival de félicitations autour d'eux. Mais elle découvre que, pour la mort, les gens s'entêtent plus que pour la naissance – d'autant qu'ils n'ont rien à déposer sur le seuil, aucun cadeau enveloppé dans du papier bariolé avec carte de vœux assortie, comme ils en avaient trouvé à l'époque sur leur palier –, la preuve : elle ne cesse d'entendre la sonnette ou la sonnerie de son portable resté en bas et finalement le grincement de la porte d'entrée que personne n'a verrouillée.

« Maman, je vais dans ma chambre, je n'ai envie de voir personne », et elle se hâte de lui dire, « bien sûr, mon chéri, retourne dormir, si seulement je pouvais faire pareil », mais soudain, un doux espoir la saisit, Avigaïl est arrivée ! Exactement comme cette matinée, un an plus tôt, quand sa fille s'était précipitée pour la consoler de la mort de son père, avait poussé Alex hors du lit et l'avait embrassée, alors elle tend une oreille expectative qui se rembrunit avec le crissement des pas dans l'escalier. C'est impossible, même en le voulant très fort, Avigaïl n'aurait pas pu arriver si vite, or elle ne le veut pas du tout, « tu es là, Atara ? » lui crie sa sœur.

À partir de ce moment, elle se retrouvera otage d'un groupe de plus en plus nombreux d'amis et de membres de la famille qui, à n'en pas douter, ne veulent que son bien et partagent sa douleur, c'est pourquoi ils se sont tant hâtés, mais franchement, que leur présence la dérange ! Elle a l'impression que s'ils s'en allaient, tout se réglerait, il suffirait juste qu'on la laisse tranquille un instant.

Ils se la passent de l'un à l'autre, chaque paire de mains l'envoie dans une nouvelle direction et elle est prise de vertige, c'est peut-être ce qui explique pourquoi elle a du mal à définir à qui appartiennent telle bouche et tels yeux, telle voix et telle odeur. C'est comme ce jeu qu'ils organisaient aux anniversaires, quand le roi de la fête, yeux bandés, devait reconnaître celui ou celle qui se plantait devant lui sans parler, si ce n'est qu'en l'occurrence elle ne reconnaît personne et pourtant elle n'a pas les yeux bandés, quant à eux, ils parlent, ne déguisent même pas leur voix, comment expliquer que les lèvres de sa sœur remuent sous le nez de Ranya, que le front de son beau-frère apparaisse sous les cheveux d'Amir, un pêle-mêle poisseux et déroutant d'organes et de traits humains qui reflètent, encore et encore, sa tragédie personnelle.

Les jambes tremblantes, elle se laisse enfin tomber sur le canapé dur, là où son mari a agonisé il y a moins de vingt-quatre heures. Oui, c'est le mot, il agonisait et elle ne s'en est pas aperçue, et quand il est mort elle n'y a pas cru, comme si la loi conjugale primait sur la loi de la nature. Mais elle ne pensera pas à cela, pas maintenant, elle ne pensera à rien sauf à chercher Eden de son regard humide et brouillé.

Il est là, assis à leur grande table, vêtu d'un tee-shirt noir, en compagnie d'un cousin plus âgé, il mange avec appétit une assiette du houmous que quelqu'un a apporté. La cuisine, quasiment vide la veille, s'est miraculeusement remplie d'un tas d'ingrédients, des casseroles inconnues sont posées sur le gaz, des mets arrivent jusque sous son nez, elle essaie de dissimuler sa mastication bien que tout le monde l'encourage à terminer son assiette comme si elle était une gamine qui devait encore grandir.

Mais où est passé son fils ? Elle a détourné les yeux un instant et voilà qu'il s'est évaporé. Demandera-t-elle qu'on l'appelle, lui enverra-t-elle des émissaires ? Elle doit éviter une catastrophe supplémentaire après avoir échoué à éviter celle-là. Elle doit écarter du royaume toutes les quenouilles afin que son magnifique prince ne se pique pas le doigt et que le sortilège ne se réalise pas. Leurs conjoints trompés les auraient-ils maudits ? Durant sa grossesse, elle y pensait parfois, terrorisée, seraient-ils punis ? Cependant, les voilà, leurs deux ex respectifs, prêts à aider et sans la moindre rancœur, la coupe au carré empesée de Judy encadre le visage de Doronn, lui-même troué par les yeux d'Avigaïl, et voilà qu'elle se souvient à nouveau – non, sa fille ne viendra pas.

La clim est au maximum, elle frissonne, ramasse le duvet qu'elle est allée chercher la veille pour Alex dans la chambre de Yoav. Ce matin, elle a refusé qu'ils l'allument mais, vers midi, la chaleur était devenue insupportable et de toute façon, cela ne le dérangera plus, d'autant qu'apparemment il s'inquiétait pour rien, c'est en tout cas ce que soutient son enquiquineur de beau-frère qui répète avec son manque de tact caractéristique, comme si cela avait encore quelque importance, que « l'air sortant des climatiseurs est sans danger et ne cause aucune maladie, pas même un rhume. »

Incroyable, ce qui est en train de se passer ici, elle repose son assiette vide sur la table en verre et remonte la couverture sous son menton. La voilà prisonnière de son importun de beau-frère, de son autoritaire de sœur et de tous ces invités qu'elle n'a pas conviés, sans qu'Alex soit là pour partager ce poids avec elle ou, au moins, pour se dresser entre elle et eux, poser des limites dans un style qu'il qualifiait d'authentique et elle d'agressif, or elle comprend à présent que, si elle ne développe pas une telle capacité, ces gens-là la dévoreront tout cru.

Peut-être que finalement et à sa manière il la protégeait, parfois sans qu'elle le veuille, et maintenant, il n'est plus là.

Au milieu de l'agitation qui emplit la maison, elle sent à quel point, sans lui, il n'y a que le vide autour d'elle, et maintenant, il n'est plus là.

Parce que voilà, lorsque les invités partiront enfin, elle ne pourra pas les dénigrer avec lui en débarrassant la table.

Parce que voilà, ils ne pourront pas profiter de ce moment pour se lancer quelques piques personnelles – surtout elle, pour être honnête.

Parce que voilà, il lui aurait dit, quel idiot, ton beau-frère, et elle, au lieu d'approuver, se serait hâtée de lui faire remarquer que c'était un super mari, qu'il gagnait plein d'argent et qu'en plus il se chargeait de tout à la maison. Elle n'aurait pas eu besoin d'ajouter, alors que toi, tu ne fais ni l'un ni l'autre, il aurait bien sûr tiré la tête et lâché à la première occasion, c'est dingue, tu es toujours super sympa avec nos invités et pleine d'animosité envers moi ! Toute ton agressivité, c'est moi qui me la prends en pleine figure !

Eh bien, il avait peut-être raison, car maintenant qu'il n'est pas là, ces importuns lui tapent sur le système, non seulement ils envahissent sa maison, mais en plus ils s'estiment d'une bonté exceptionnelle, tournicotent autour d'elle avec des mines bouleversées, pourtant dans leur vie à eux, rien n'a changé. Même Ranya, qui l'a incitée à continuer sa route alors qu'elle n'y songeait même pas, l'exaspère. Cela partait évidemment d'une bonne intention, mais maintenant, sa présence lui est difficilement supportable, et pourquoi reste-t-elle collée à son mari, ne le lâche-t-elle pas d'une semelle, Atara voit aussi qu'il la serre contre lui au moment où elle essuie une larme comme si c'était leur tragédie. De qui portent-ils le deuil ? De l'enfant qu'ils ont perdu à cause de leur bêtise, eux qui ont obéi aveuglément à un obscurantisme religieux d'un autre âge ? On dirait que chacun, ici, profite de l'occasion pour porter le deuil de quelque chose, pour tirer une leçon profitable du drame qui la frappe, elle – mais en ce bas monde, Alex ne manquera à personne d'autre qu'à elle et à leur fils, à Yoav aussi, bien sûr, d'ailleurs, elle se sent maintenant plus proche de la mère de ce garçon-là que de sa meilleure amie et elle se lève, embrasse l'Américaine, la remercie d'être venue.

C'est donc le moment de la réparation, plus tôt que prévu, plus tard qu'espéré, car il semble que c'est à la mort du mari infidèle que sa trahison est pardonnée, ses péchés jetés avec lui dans la tombe. Doronn s'est remarié, a fondé une nouvelle famille et a rapidement surmonté la blessure, alors que l'ex-femme d'Alex est restée seule toutes ces années, ce qui explique peut-être pourquoi l'hostilité qu'elle affichait à leur égard n'avait pas diminué au fil du temps. Mais à présent elle parle avec chaleur, sa tristesse est touchante, elles sont toutes les deux des mères ravagées dont les fils sont brusquement devenus orphelins.

Judy aurait-elle réussi à le sauver si elle avait été à sa place, se demande Atara avec inquiétude après le départ de cette femme, toujours aussi belle et soignée, toujours juchée sur ses hauts talons, comme si elle était à New York et non à Haïfa. Aurait-elle réussi, à la différence de sa rivale, à distinguer malade et bien portant, vivant et mort ? Et la question enfle, enfle, enfle, atteint des proportions monstrueuses, sa tête va éclater car elle voit nettement, sans l'ombre d'un doute, que s'il était resté avec Judy il serait vivant aujourd'hui, et pas seulement aujourd'hui, mais demain, après-demain, des jours et des jours, des années encore.

Quelle erreur il a commise, elle en a la chair de poule sous sa couverture, et pourtant, lui, au contraire de toi, n'a jamais regretté son choix… Quel idiot il était finalement, plus idiot qu'intelligent, voilà enfin la preuve ! Sa première épouse était tellement plus coulante, elle l'admirait et n'exigeait rien de lui, s'il était resté avec elle, elle l'aurait protégé, aurait veillé sur sa santé et n'aurait certainement pas pinaillé à la moindre occasion. Elle avait cette subtilité féminine que Ranya ne cesse de louer, est-ce donc par subtilité féminine que celle-ci t'a encouragée à poursuivre ta route jusque chez Rachel ? À abandonner ton mari ?

Mais pourquoi n'as-tu eu de cesse que de lui chercher noise ? Tu aurais pu te moquer de ton beau-frère sans lui envoyer de piques, lui concéder que ta sœur était devenue si matérialiste que c'en était écœurant, que leur fils était prétentieux, en troisième année de médecine et déjà la grosse tête. Qui voudrait tomber entre les mains d'un tel médecin, Atara ? Comment se fait-il qu'on ne vérifie pas la capacité d'empathie aussi ? Une fois de plus, elle est submergée de colère contre les urgentistes qui ont renvoyé Alex à la maison dans un tel état, sans procéder à de plus amples investigations. Est-ce cela qui leur a manqué pour poser le bon diagnostic, la capacité d'empathie ? Et à toi, que t'a-t-il manqué ?

Elle les attaquerait en justice pour négligence si elle en avait la force, tout le monde l'engage à le faire, mais pour l'instant c'est elle-même qu'elle attaque, oui, elle ne cesse de s'accuser, d'accuser Ranya qui enfouit son visage entre les bras d'Amir. Il lui arrive même parfois d'accuser Eden qui ne lui a pas facilité les choses, Alex qui l'a induite en erreur, et Avigaïl qui ne viendra pas. Il n'y a qu'Adass qui trouve grâce à ses yeux, c'est la seule qui lui a donné un bon conseil et lui donne maintenant ces pilules si agréables, « je peux en avoir encore une, Adass ? » lui demande-t-elle en agitant la main.

Sa voisine sort rapidement de la cuisine et s'approche, « tu exagères, ma chérie, tu en as pris une il y a trois heures, non ? », mais elle insiste, tend une main creusée de mendiante, « je suis veuve, j'ai le droit d'exagérer ! D'ailleurs, comment se fait-il que tu sois si bien approvisionnée ? » et l'autre plaisante, « j'aime avoir un peu de tout à la maison, et puis, tu oublies que j'ai un beau-frère psychiatre ? »

Atara lance un regard hostile vers son propre beau-frère, il est assis sur le canapé en face d'elle, collé à sa sœur dont il tient la main charnue et ornée de bagues, quoi, la veuve, c'est Ofra ? Pourquoi a-t-elle vanté les mérites de cet imbécile aux oreilles d'Alex ? Elle savait que cela le blesserait, tel était d'ailleurs le but, maintenant impossible de réparer, alors quand Adass lui apporte de l'eau fraîche dans le verre de bière qu'il utilisait, les larmes lui montent aux yeux. Quoi, plus jamais elle ne le verrait verser le liquide ambré avec un maximum de précautions puis lever sa chope vers elle avec son sourire taquin ? Elle a très envie de faire de même devant tous les invités, de lever cette chope dans un geste plein d'emphase puis de la fracasser sur le sol, de toutes ses forces, que plein d'éclats de verre s'éparpillent entre leurs pieds. Peut-être que, s'ils ressentaient dans leur chair blessée la douleur de son cœur en charpie, ils la comprendraient, pourraient l'aider. Que la tradition juive est bête ! Pourquoi ne casser un verre qu'au cours des mariages et pas des enterrements ?

Quoique… à leur mariage, aucun verre n'avait été cassé à la mémoire du Temple détruit, se souvient-elle tandis qu'elle boit en silence puis se recroqueville au bout du canapé et ferme les yeux pour que personne ne l'approche. Ils s'étaient contentés de deux familles détruites et n'avaient pas voulu ajouter d'autres débris, ni aucun événement pesant, c'est pourquoi ils étaient partis se marier à Chypre dès la fin des procédures de divorce, lesquelles avaient abouti assez rapidement, tous deux ayant renoncé, sans lutte, à leur part des biens communs.

En fait, tout ce qui ombragerait plus tard leur couple pointait déjà à ce moment-là et avait même fait le voyage jusqu'à la petite ville portuaire dont elle a oublié le nom. Étaient-ils trop fragiles ? Leur amour était-il trop fragile ? Commençaient-ils déjà à en payer le prix ? Car l'un comme l'autre avaient payé un prix plus important que prévu, avaient concédé bien plus que prévu. Et pourtant, malgré cela ou à cause de cela, ils n'avaient jamais réussi à se faire mutuellement la moindre concession.

Honteuse, elle se remémore leur premier différend, survenu dès la fin de la courte cérémonie insignifiante : elle avait faim mais lui voulait d'abord aller au musée pour arriver avant la fermeture, chose qu'elle trouvait totalement insensée – visiter un musée le ventre vide ? Et quand il avait fini par céder et qu'ils s'étaient mis en quête d'un restaurant dans un centre-ville plus grand que ce qu'elle s'était imaginé, elle avait dû se traîner épuisée derrière lui, parce que monsieur tenait à trouver l'endroit idéal, quelque chose d'authentique. Plein d'énergie, monsieur ne mangeait pas n'importe où, monsieur n'avait pas besoin de recommandations, monsieur aimait découvrir les choses par lui-même. Après avoir rejeté plusieurs endroits qu'elle proposait mais qu'il trouvait sans la moindre originalité, il avait finalement jeté son dévolu sur un boui-boui étouffant et minable où on leur avait servi des sandwichs avec du pain à moitié décongelé. Et là, bien sûr, toute en subtilité féminine, elle ne lui avait pas épargné son mécontentement, « c'est pour ce trou-là que tu m'as trimballée pendant une heure dehors, par cette chaleur ? N'importe lequel des endroits qu'on a vus plus tôt aurait été préférable, et de loin ! » Il avait serré les mâchoires, une pâleur offensée qu'elle ne connaissait pas encore avait soudain envahi son visage, et il avait susurré qu'il aurait pu continuer à chercher et ne s'était arrêté là que par égard pour elle, « c'est ça que tu appelles des égards ? Rejeter tous les restaurants qui me plaisent ? Alors c'est quoi, chez toi, le manque d'égards ? » l'avait-elle raillé avec amertume.

Ainsi, le jour de leur mariage, ils avaient pu constater qu'une petite flamme facilement étouffée devenait aussitôt chez eux un feu indomptable, car il avait aussitôt répliqué que, depuis quelque temps, elle ne cessait de lui faire des reproches, « d'ailleurs, je me demande pourquoi tu m'as épousé », avait-il lancé avant de sortir du restaurant furieux, la laissant seule devant son assiette, à ruminer sans avaler, à avaler sans digérer. Et soudain Atara s'était terriblement languie de sa fille, encore toute petite. Oui, elle voulait rentrer à la maison, sauf que cette maison-là n'existait plus.

À la place, dans l'appartement qu'ils avaient loué ensemble, elle ne cessait de se heurter à un Yoav hostile qui s'entêtait à repousser toutes ses tentatives de rapprochement, et à une Avigaïl tellement mal à l'aise entre ces deux inconnus qu'elle restait pendue aux basques de sa mère et ne la laissait avoir aucune intimité avec Alex. Si elle ne se glissait pas dans leur lit la nuit, elle sanglotait derrière la porte fermée de leur chambre à coucher jusqu'à ce qu'Atara se relève et se serre avec elle dans son petit lit d'enfant, incapable de fermer l'œil.

Et maintenant, Avigaïl ne viendra pas.

Bien sûr, il était rapidement revenu la chercher, ils avaient fait la paix, étaient tombés d'accord pour assimiler le jour des noces à un anniversaire et… avait-on déjà vu un gamin ne pas perdre les pédales le jour de son anniversaire ? Le soir, ils avaient dîné dans une magnifique taverne, sous un toit de vigne, n'avaient cessé de parler, de rire et de s'embrasser, le vin semblait couler dans leurs verres directement des grappes de raisin violet foncé suspendues au-dessus de leurs têtes. Comme elle était heureuse, incapable de détourner le regard de cet homme si charismatique, aux cheveux clairs tombant sur un visage hâlé, aux yeux couleur de la mer qui s'y reflétait, bouleversée à la pensée qu'il était à elle, elle à lui, et surtout qu'ils n'auraient plus à se languir l'un de l'autre pendant les week-ends, se retrouver en secret pour des rendez-vous volés ni s'efforcer de donner péniblement le change à une autre vie.

Mais rapidement elle avait vu se creuser, impitoyable, le gouffre entre l'homme dont elle était tombée amoureuse, avec lequel elle avait vécu une merveilleuse passion, et celui auprès duquel elle vivait, consciente qu'inversement il ressentait sans doute la même chose. De plus en plus tendue et irritable, elle surveillait le moindre geste d'Alex envers Avigaïl. Elle avait exagéré, l'avait harcelé sans répit, car jamais elle n'abandonnerait sa fille comme sa mère l'avait, elle, abandonnée, et il avait beau protester, « qu'est-ce que tu me veux, je ne suis pas ton père ! De quoi as-tu peur ? On peut s'énerver de temps en temps contre un gosse, ce n'est pas la fin des haricots ! », elle n'avait jamais relâché la pression, avait monté une garde obsessionnelle – que personne ne fasse de mal à sa fille dont les difficultés d'adaptation résonnaient si puissamment en elle que sa seule préoccupation avait été de protéger cette écorchée vive. Atara avait si peur que la petite ne se sente pas en sécurité chez elle qu'elle avait tout fait pour se dresser en rempart et lui épargner la rancœur de Yoav autant que la rudesse d'Alex.

Et maintenant, Avigaïl ne viendra pas.

« Ton Américaine arrive quand ? » demande sa sœur en s'asseyant à côté d'elle, et Atara se ressaisit, tourne la tête vers elle et répète, étonnée, les mots qui battent entre ses tempes, « elle ne viendra pas », Ofra s'étonne, « comment ça ? Elle ne sera pas à tes côtés en un tel moment ? Vous êtes si proches ! »

Atara répond avec agressivité, « si elle vient, elle perd sa bourse, je lui ai dit que c'était exclu », et l'autre de secouer la tête de désapprobation, à en faire trembloter la pointe de son menton. Incroyable comme elle ressemble de plus en plus à leur mère, le même visage de poupée pâlotte qui s'est trop arrondi, la même mâchoire un peu molle, un large cou grassouillet, à cette différence que leur mère avait toujours été amère et effrayée, alors que sa jeune sœur est pleine de morgue et d'assurance, satisfaite d'elle-même et de sa vie. À peine deux ans les séparent, et pourtant elles ont eu une enfance aussi diamétralement opposée que l'est leur physionomie.

Elle se tâte pour s'assurer qu'un double menton flasque n'a pas poussé chez elle en une nuit, parfait, le contour de son visage est toujours anguleux, peut-être trop. Qu'est-ce que ça change ? Jusqu'à hier, elle tenait beaucoup à son apparence, mais cela lui semble tellement insignifiant aujourd'hui ! Elle veut paraître telle qu'elle ressent les choses, telle qu'elle est vraiment, ou plutôt, elle ne veut pas paraître du tout, ne pas voir, ne pas raconter et ne pas entendre, ne pas sortir de la maison, ne pas bouger, même passer d'une pièce à l'autre lui semble, à cet instant, intolérable.

Elle ne sera obligée de sortir que pour l'enterrement, malgré son total épuisement. Apparemment, Adass lui a donné par erreur un somnifère au lieu d'un calmant, parce qu'elle manque de s'endormir sur le chemin du cimetière, en cette matinée moite et brûlante de début de semaine, après une longue nuit de torture qu'elle a passée à se réveiller en sursaut d'un sommeil troublé, secouée par sa tragédie qui explosait sur son corps en vagues redoutables, elle, accusée terrorisée abandonnée dans sa chambre sous les combles, comme Anne Shirley, l'orpheline des romans qu'elle aimait lire dans son enfance. Sa sœur et son beau-frère se sont installés dans la chambre d'Avigaïl, leur fils dans celle de Yoav, mais leur présence ne l'a en rien apaisée. Étrangère dans sa propre maison, isolée dans son propre lit,

Avigaïl s'est-elle ainsi sentie, les premières années ? Et pourquoi ce drame te renvoie-t-il encore et encore à l'enfance de ta fille, au choc du démantèlement de sa famille ? S'en prendre à Alex rend-il ton veuvage plus supportable ? À moins que, à l'instar de tous tes visiteurs, tu ne portes en réalité le deuil de quelque chose d'autre, quelque chose de plus ancien et de plus profond encore ?

Mais lorsqu'elle se retrouve face au cadavre enveloppé de son linceul blanc, interdit au toucher telle une sculpture dans un musée, elle suffoque sur des jambes en coton et secoue la tête, ne cesse de secouer la tête. C'est impossible, tout ce à quoi elle assiste ici et maintenant reste incompréhensible. Est-elle la seule à s'en rendre compte ? Rien de ce qui arrive n'est vrai, voudrait-elle chuchoter à Eden, debout à côté d'elle. Dès l'instant où ils ont mis un pied hors de la maison, les choses sont devenues irréelles. Il doit bien y avoir un autre champ de possibles, moins radical. Entre l'espoir et l'horreur se présente presque toujours une option, mais là, elle est trop fatiguée pour la débusquer. Elle veut rentrer chez elle, dormir, ses yeux se ferment derrière ses lunettes de soleil et sa tête vacille sur l'épaule de son fils.

Pas le choix, elle va, jusqu'à nouvel ordre, garder ses doutes pour elle, faire semblant de croire que tout cela est vrai, elle manque d'air, trop de gens se pressent autour d'elle dans cette lourde chaleur, de leur peau s'élèvent les vapeurs d'une transpiration bouillante, ils la fixent comme si elle était une mariée le jour de ses noces. D'ailleurs, certains d'entre eux auraient été conviés à leur mariage s'ils l'avaient célébré normalement en Israël, mais un enterrement n'est pas un mariage, il n'y a pas d'invités à un enterrement, tout le monde a le droit de venir et nul n'a besoin d'apporter de cadeau. Le regard brouillé, elle contemple le flot des silhouettes qui se fraient un chemin jusqu'à elle, on dirait que tous ceux qui les ont un jour croisés, elle ou Alex, ont jugé bon de venir, des gens aux funérailles desquels ni lui ni elle n'auraient songé à assister. Ils s'approchent, déterminés et bouleversés, des bras se tendent, prêts pour une étreinte émue, jamais autant de monde ne l'a touchée en un laps de temps si court, mais elle reste de marbre, lèvres serrées, comme si elle s'était transformée en plante ou en cyprès harcelé par la poussière et le soleil, semblable à ceux qui entourent le cimetière. Elle n'a rien à dire et rien à entendre, juste attendre que cet événement qui n'a ni sens ni justification se termine pour pouvoir enfin retourner au lit.

En revanche, son fils, debout à côté d'elle, répond chaleureusement aux amis qui lui tombent dans les bras, lui tapent sur l'épaule pour le réconforter. Nombreux sont ceux qui ont passé chez eux des nuits et des jours entiers, au grand dam d'Alex qui ne dissimulait pas sa contrariété, aucun ne lui en tient rigueur puisque les voilà rassemblés en son honneur, et elle aussi est prête à ne tenir rigueur à personne, promis juré, ni à Ranya, ni à Eden, ni aux médecins, ni même à son mari, à la seule condition qu'il se relève immédiatement et en finisse avec cette mascarade.

Une faim redoutable l'assaille soudain. Très embarrassée, elle a l'impression qu'elle va tomber d'inanition, à propos, pourquoi, dans les enterrements, n'organise-t-on pas un léger cocktail avant le début de la cérémonie, comme dans les mariages ? Pourquoi ne verrait-on pas de gentils serveurs se déplacer avec des plateaux parmi la foule et encourager tout ce petit monde à manger et à boire. Même un morceau de pain à moitié décongelé, elle serait ravie de se le mettre à présent sous la dent, d'autant que c'est l'aliment qui conviendrait le mieux par cette chaleur, pourquoi s'est-elle tant énervée, à l'époque ?

Elle est prête à s'asseoir avec lui tous les jours dans des bouis-bouis étouffants et à mastiquer de la mie congelée, à la seule condition qu'il donne un bon coup de pied dans son linceul et saute de la petite estrade sur laquelle est posée la civière, oui, qu'il saute avec autant de souplesse que lors de leur première rencontre, quand il avait bondi sur ses pieds du rebord de la fenêtre, qu'il lui tende la main et lui propose de tout recommencer, alors ici, dans ce cimetière, sous ce ciel, avec le concours des employés des pompes funèbres qui ont déjà commencé à prier, ils dresseraient le dais nuptial d'un mariage juif. Les invités sont déjà tous là, à part Avigaïl et Yoav bien sûr, mais eux ne sont pas indispensables en l'occurrence, les enfants expatriés n'ont qu'à rester expatriés puisqu'ils n'ont pas jugé bon de faire le déplacement.

Tous danseraient et chanteraient des chants de mariage joyeux, *siman tov vé mazal tov*, cette profusion de bénédictions influerait sur le reste de leur vie conjugale et ils pourraient continuer heureux ensemble encore vingt ans minimum, dans l'amour et l'harmonie. Elle apprendrait à moins le juger et à davantage le soutenir, comme elle le faisait avec ses enfants, à ne plus se laisser aller à des colères inutiles et à apprécier chaque instant passé avec lui. C'est si simple, franchement, incroyable qu'ils n'y soient pas arrivés jusqu'à présent. Parfois, un grand choc est nécessaire pour intérioriser l'évidence, alors voilà, elle a enfin compris, il suffit qu'il la rejoigne et ils viendront ensemble à résipiscence.

Seulement lui, comme d'habitude, est trop paresseux et ne lève ni le petit doigt ni rien d'autre. Comment pourrait-elle ne pas lui en vouloir ? Il a toujours été d'une telle indulgence envers lui-même, accusait la terre entière et n'assumait aucune responsabilité. Elle sait que de telles pensées sont ridicules et absurdes, mais ce qui se passe ici et maintenant ne l'est pas moins, avec ce corps-là sous ce linceul-là, ce magnifique corps qu'elle aime tant, qu'elle connaît mieux que son propre corps. Et si ce n'était pas lui ? Alex est beaucoup plus grand, quoi, le corps rétrécirait-il lorsque l'âme le quitte, à l'instar d'un pantalon lavé à trop haute température ? Le duvet ! se souvient-elle soudain, leur grand duvet d'hiver qu'elle a mis à laver en faisant fi des indications du fabricant, ce duvet est encore dans la machine !

Si seulement, à cette minute, elle pouvait l'étendre sur lui. Quelle humiliation d'être ainsi exhibé dans une vulnérabilité totale, le linceul colle à sa peau tel un vêtement trop moulant, on peut voir le renflement inerte de son sexe, elle ferme à nouveau les yeux car elle n'a pas le droit de le regarder, voudrait intimer à tout le monde l'ordre de fermer les yeux, on ne surprend pas un homme dans son affliction. Comment pourrait-elle le défendre contre leurs regards ? Et si elle le recouvrait de son propre corps ? Sauf qu'elle non plus n'a jamais été aussi fragile, avec cette foule immense qui la scrute comme si elle tenait le rôle principal d'un spectacle, « surtout que l'actrice m'a fait penser à vous, lui avait-il dit. C'est quoi, ton truc Atara ? D'où sors-tu ? »

Elle croit voir ses jambes serrées bouger soudain légèrement, son cœur s'accélère, mais non, ce n'est que ce maladroit d'Amnon Leshnick qui vient de heurter la civière en s'approchant, triste et la tête basse. Leshnik, le meilleur ami d'Alex, le plus ancien, ils se sont fâchés l'année précédente et ne se sont pas reparlé depuis, mais le voilà qui trouve que c'est l'occasion rêvée pour renouer le dialogue, est-il comme elle, à refuser de croire qu'il n'y a plus à qui parler ? Le micro serré entre les mains, il s'adresse à Alex, se met à décrire avec chaleur quel merveilleux ami il était, que cela a commencé au cours préparatoire et duré quasiment jusqu'à ce jour, un ami qui a toujours eu le courage de dire la vérité, a toujours su éclairer la réalité sous un angle original, s'est toujours révolté contre l'injustice ; qui, dès la petite enfance, s'était montré exceptionnel, « il a ensuite tenu la dragée haute aux profs, et puis, bien sûr, être adolescent à ses côtés a été un vrai cauchemar parce que toutes les filles craquaient pour lui, alors que moi, j'étais transparent. »

Elle entend des sanglots étouffés dans son dos, ils montent et descendent telles les lamentations des chacals dans le *wadi*, tourne la tête et voit du coin de l'œil Judy en larmes, le visage enfoui dans ses petites mains. L'attendait-elle encore ? Leshnick aussi se met à pleurer comme un gosse de cours préparatoire en racontant la dispute qui a causé leur douloureuse rupture un an plus tôt. Elle connaît l'histoire, avait à l'époque donné raison à Amnon, trouvé qu'Alex avait dépassé les bornes et que ce n'était pas la première fois, elle avait d'ailleurs essayé – en vain – de le pousser à s'excuser. Parfois, quand elle voulait lui démontrer à quel point il était devenu insupportable, elle lui disait, « je ne suis pas la seule ! Même ton meilleur ami a été blessé par ton agressivité. Ça va de mal en pis chez toi ! », mais il s'énervait, « ce plouc a été blessé ? C'est moi qui suis blessé ! Tu verras qu'il reviendra à quatre pattes me demander pardon ! » Eh bien, elle a beau être étonnée, force lui est de constater qu'une fois de plus il avait raison, car à cet instant, Leshnik demande d'une voix forte pardon à son ami tant aimé. Se mettra-t-il à quatre pattes à côté du cadavre immobile ?

Son discours terminé, il s'approche d'elle et lui tend une main moite qu'elle frôle, on dirait qu'il espère sa bénédiction, mais elle n'a rien à lui offrir que des doigts mous qu'elle retire aussitôt, un homme plus jeune prend alors la parole, se présente comme un ancien doctorant d'Alex, parle de ce professeur charismatique qui lui a appris à aller à contre-courant, l'a soutenu et s'est battu pour qu'il obtienne de l'avancement, comme il regrette de ne pas être resté suffisamment en contact avec lui ces dernières années. Éclatera-t-il lui aussi en sanglots ? Serait-elle donc la seule, étrangement, à garder les yeux secs, le micro atterrit déjà dans la main d'une collègue de Tel-Aviv dont le nom échappe à Atara, une femme qui, à la différence de son mari, a acquis une renommée internationale et qui, à présent, raconte d'une voix glacée tout ce que ce grand professeur lui a enseigné à ses débuts, quelle pensée originale il avait, quelle hauteur de vue, et quel dommage qu'il n'ait pas obtenu une reconnaissance pourtant méritée.

Elle se souvient qu'Alex avait maintes fois accusé cette consœur-là de lui piquer des idées, mais comme d'habitude elle ne l'avait pas vraiment cru et lui avait reproché une fâcheuse tendance à médire de son entourage. « Regarde comme tu as du mal à supporter qu'une femme te dépasse ! » le titillait-elle, sauf que maintenant elle se demande si sur ce point aussi il n'avait pas raison, cette chercheuse reconnue fera-t-elle amende honorable ? Enterrera-t-elle les idées volées à côté du cadavre ? Non, elle se contentera apparemment d'exprimer remerciements et reconnaissance, car la voilà qui s'approche, lui enserre la main des siennes et en profite, étrangement, pour reluquer à l'intérieur du décolleté déchiré de sa robe.

« Y a-t-il encore quelqu'un qui désire faire un discours pour honorer le défunt ? » demande le rabbin en la regardant, elle secoue la tête, hors de question qu'elle partage l'enchevêtrement chaotique de ses pensées avec cette large foule, alors quel n'est pas son étonnement de voir Eden, qui jusque-là se tenait à sa droite au garde-à-vous comme pour une revue militaire, lâcher son épaule et tendre la main vers le micro. Malgré son épuisement, tout en elle se raidit et elle prend appui sur sa sœur debout à sa gauche.

« Papa », il se racle la gorge, un instant on dirait qu'il commence à peine à muer. Serait-ce son discours de bar-mitzva prononcé avec des années de retard, lui qui, à l'époque, avait préféré un stage de plongée sous-marine à cette fête religieuse – choix qui avait comblé Alex ? « Savoir que je ne te verrai plus jamais m'anéantit. Perdre mon père vient beaucoup trop tôt pour moi. J'étais persuadé que tu m'accompagnerais pendant des années encore », il enchaîne des phrases courtes, chargées de sens. À la différence de ceux qui l'ont précédé, il ne lit pas un texte écrit à l'avance, « papa, je ne pensais pas que la soirée passée avec toi aux urgences serait notre dernière soirée ensemble. La vie va de l'avant et ce n'est qu'a posteriori qu'on arrive à la comprendre. C'est tellement désespérant que je ne sais pas comment on peut accepter ça. Tu étais un père merveilleux et imprévisible, aux multiples facettes, je sens que je ne t'ai pas assez bien connu. Peut-être que toi non plus, tu ne m'as pas assez bien connu. Quand j'étais petit, j'aimais que tu me prennes sur tes épaules en promenade, plus grand, j'aimais qu'on aille ensemble à la plage Shaketh où on nageait jusqu'au radeau, là, on se reposait et tu évoquais parfois ton enfance, passée non loin de là, dans les tristes immeubles des survivants de la Shoah, d'où, la nuit, montaient des cris qui se mêlaient au ressac. J'aimais t'écouter parler de ce qui t'intéressait, même si je ne comprenais pas toujours tout, j'escomptais que maintenant, alors que j'entame ma vie d'adulte, je parviendrais à mieux te cerner, mais voilà que ça devra se faire sans toi. En tes derniers instants, tu as demandé à me voir. Tu as dit à maman que tu avais la réponse à une question que je t'avais posée aux urgences. C'est étrange, parce que, à l'hôpital, je ne t'ai rien demandé de particulier, mais peut-être avais-tu deviné que je gardais des tas de questions à l'intérieur… toute une liste à laquelle, maintenant, une immense perplexité vient s'ajouter :

comment vivre sans toi ? Comment vivre sans père ? Est-ce ce que tu voulais me révéler ? Quand je suis venu entendre ta réponse à la question que je n'avais pas posée, tu n'étais déjà plus avec nous. Me voilà maintenant obligé de la trouver tout seul, cette réponse. »

CHAPITRE TREIZE

Qui as-tu perdu, Rachel ?

C'est peut-être la dernière fois, songe-t-elle sans joie ni regrets lorsqu'ils quittent l'implantation et commencent à rouler vers le nord. Elle a perdu l'habitude de s'éloigner autant de chez elle, de sortir de sa routine, si bien qu'à nouveau elle se sent comme Honi le traceur de cercles, désemparée devant l'extrême changement du paysage dont elle ne reconnaît plus rien. Israël est devenu un endroit surpeuplé, gris, barricadé, qui se cache derrière des murs et des barbelés – signe qu'il n'a plus foi en sa légitimité.

Nous avons bien changé, toi et moi, songe-t-elle en regardant son visage fané dans le rétroviseur extérieur. Tout comme on ne peut plus reconnaître en toi le pays que tu étais, on ne peut plus reconnaître en moi l'adolescente que j'étais. Et moi non plus, je n'ai peut-être plus foi en ma légitimité car je me sens à présent si vulnérable que même le regard bienveillant de mon fils me brûle la peau.

Lui a subi un changement qui dépasse l'entendement, mais la plupart du temps, elle arrive encore à discerner l'enfant qu'il était, l'homme qu'il aurait pu être s'il n'avait pas adopté cette apparence uniformisée – lourds vêtements noirs et masque formé par la barbe et les papillotes – qui lui sera toujours étrangère. Heureusement, il reste très proche d'elle, n'a pas perdu ses yeux brillants sous ses épais sourcils et c'est leur éclat qu'elle voit lorsqu'il se tourne vers elle, « quelle route tu préfères, maman, la nouvelle ou l'ancienne ? » Il roule très vite, elle répond, « l'ancienne » et, sans se départir d'une angoisse qui sourd, cherche ses lunettes de soleil dans son sac. Elle lui a demandé de l'emmener faire une visite de condoléances, mais à présent elle redoute le moment où elle sera obligée de lui expliquer où ils vont et quels sont ses liens avec l'invitée indésirable qu'il a croisée chez elle. Elle a aussi peur de la réaction d'Atara, se souvient des paroles lancées dans un reproche, « mon mari va être hospitalisé, je n'aurais pas dû venir aujourd'hui, c'était une erreur », comme si leur dernière entrevue lui avait été imposée. Sera-t-elle la bienvenue à Haïfa avec ses mots de consolation ?

C'est à une inconnue que tu rends visite, car tu ne sais rien d'elle à part qu'elle est la fille de Mano, qu'elle porte son nom de famille, celui qui a aussi été le tien pendant un an, cela explique sans doute que, parmi tous les autres, très grands et plus facilement lisibles, c'est ce modeste avis de décès qui a attiré ton attention : nous exprimons nos plus sincères condoléances à Atara Rubin-Sadane pour la mort de son mari. « Ça vient d'où, Rubin ? » lui avais-tu demandé, émue, une fois installée face à lui dans les lourds fauteuils du café City, sous les pâles ampoules électriques. Il t'avait caressé les cheveux et expliqué, « disons que c'est presque comme "rubis", cette pierre précieuse aussi rouge que tes lèvres, une pierre précieuse pour couronner ta tête. »

Elle entend son fils demander, « à qui est-ce qu'on va rendre cette visite, maman ? » Par chance, il n'attend pas sa réponse pour enchaîner, « je t'ai déjà raconté l'histoire du mort qui est sorti de sa tombe ? » Incroyable qu'il soit toujours aussi enthousiaste, exactement comme à l'époque, le jour où il était rentré à la maison avec le fameux livre glissé dans son cartable, et elle, exactement comme à l'époque, écoute sans arriver à être convaincue.

« Rabbi Nahman raconte l'histoire d'un rabbin qui mourut, fut enterré alors qu'il se sentait encore vivant, en pleine forme et ne comprenait pas comment une méprise aussi terrible avait pu se produire. Une fois que tout le monde est parti, il réussit à sortir de sa tombe, mais, préférant ne pas apparaître en ville vêtu d'un linceul, il décida d'attendre la nuit. Entre-temps passa un marchand de vêtements ambulant. Le rabbi troqua son linceul tout neuf contre un costume de rabbin, entra ainsi vêtu dans la ville mais découvrit que ce n'était pas sa ville. »

Elle met une main en visière pour se protéger les yeux, sent qu'elle doit l'interrompre immédiatement, « Amihaï, je ne veux pas en entendre davantage, je suis sûre qu'il va lui arriver de telles horreurs qu'il va finir par demander à retourner dans sa tombe mais n'y arrivera pas », et son fils rit comme s'il s'agissait d'une bonne blague, « tu as raison, maman, il a été accusé d'usurpation, dépouillé de ses vêtements, chassé tout nu hors de la ville et n'aspirait plus qu'à une chose, rendre l'âme, mais comment réintégrer sa tombe sans linceul ? » et elle maugrée, « je n'arriverai jamais à comprendre ce que vous trouvez dans ce genre d'histoires, il s'y passe toujours des catastrophes, il s'agit toujours d'une erreur fatale qu'on aurait pu ne pas commettre et ainsi éviter toute cette souffrance », apparemment il prend plaisir à son scepticisme car il rit de plus belle, « tu t'arrêtes toujours à ce qui arrive aux protagonistes, or, le plus important, c'est ce qui arrive à celui qui écoute et à celui qui raconte. Ces histoires sont là pour nous réveiller, nous inciter à chercher comment réparer le récit de nos propres vies. Le salut vient du fait que l'histoire existe ! » mais elle rétorque, entêtée

« comment ? Quel salut attend ton mort qui ne peut même pas retourner dans sa tombe ? »

Ils s'engagent sur la descente du Kastel, cette colline a totalement changé, la route s'est élargie et ses versants se sont ratatinés, recouverts de ponts et de tunnels. On peut à peine reconnaître l'endroit où a été assassinée la jeune fille en robe de laine bleue qui venait de fêter ses vingt ans.

« Il y a des vérités cachées dans ces histoires, répond-il, elles ne sont pas à prendre au premier degré. C'est volontairement que notre rabbi les a laissées aussi énigmatiques. » Elle resserre les doigts autour de l'accoudoir de la portière, « ralentis un peu, j'ai la tête qui tourne. À mon avis, il est simplement devenu fou de tristesse et de culpabilité après la mort de son bébé. Elle est là, la vérité cachée », ajoute-t-elle à voix basse, pendant qu'il répond à l'appel téléphonique d'un de ses élèves. C'est que, durant toute l'année où elle tentait encore de lutter pour récupérer l'âme de son fils, elle avait beaucoup lu sur ce jeune rabbin au cœur brisé, qui s'était mis à raconter des histoires farfelues à ses disciples après avoir perdu un bébé d'à peine un an, celui de ses enfants qu'il chérissait le plus.

Après le travail, elle se rendait à la bibliothèque de l'université et observait avec désolation les étudiants concentrés sur leurs livres. Depuis qu'Amihaï ne comptait plus parmi eux, c'était là qu'elle venait s'informer sur celui qui lui avait ravi son garçon, bien décidée à le combattre et à changer cette triste réalité. Comme lorsqu'elle préparait ses missions clandestines, elle avait rassemblé des informations et trouvé des points faibles… en vain.

Elle s'en veut d'avoir oublié ses lunettes de soleil, ses yeux picotent tant la luminosité est violente, d'ailleurs, elle a envie de rebrousser chemin, de retourner dans son appartement ombragé par les volets qu'elle a baissés. Agacée, elle regarde tous les visages passer derrière leurs vitres fermées, un défilé de portraits exposés sous cadres de verre. Cette génération ne ressemble décidément pas à la sienne. Le sérieux et la ferveur qui marquaient leurs traits ont été remplacés par une expression molle, capricieuse.

« Tu sais sans doute comment on appelait cet endroit ? » ne peut-elle s'empêcher de lui rappeler au moment où ils dépassent Shaar Haggaï, la porte de la Vallée, mais que les accompagnateurs des convois reliant Tel-Aviv à Jérusalem avaient rebaptisée la porte de l'Enfer. « C'était un piège topographique mortel, dire qu'aujourd'hui ce ne sont que des ignorants incultes qui empruntent ce passage ! Il serait temps de placer les statues de tous les morts d'Israël là où ils ont été tués. Cela donnerait corps et visage au souvenir. C'est le seul moyen de faire comprendre aux gens d'ici à quel point notre pays est précieux. Peut-être qu'enfin ils le respecteront. »

Au moment où la route les déverse dans la vallée d'Ayalon, cette terre plate de champs de maïs jaunes figés dans l'air stagnant, Amihaï proteste, « surtout pas ! Il ne resterait plus de place pour les vivants si tu convoquais tous les morts pour la patrie. Tu t'énerves chaque fois qu'on passe par ici. C'est mauvais pour ta santé, maman, ça ratatine le cœur, de s'énerver », elle soupire, « comment ne pas s'énerver ? Plus personne ne se souvient qu'il a fallu attendre la fuite des Arabes pour circuler ici en sécurité. Et eux, personne ne leur aurait fait de mal s'ils ne nous avaient pas attaqués ! Ils se sont eux-mêmes mis dans cette situation, je ne comprends pas pourquoi le monde entier nous accuse, nous », mais il réplique, « dans l'histoire des peuples aussi, il y a des vérités cachées qu'on ne peut prendre au premier degré. » Elle secoue la tête, mécontente, « pourquoi chercher des vérités cachées dans ce qui est su et connu ? Pour battre notre coulpe et avouer des fautes que nous n'avons pas commises ? » À ce moment-là, son fils accélère, double un autobus d'une longueur terrifiante, décidément, cette planète est devenue un endroit frénétique, trop de choses s'agitent devant ses yeux de plus en plus abîmés, elle se hâte de les couvrir d'une main. Comment a-t-elle pu oublier ses lunettes de soleil ? Le médecin lui a interdit de sortir sans. À son grand embarras, elle entend son fils lui redemander, « alors, à qui rendons-nous cette visite de condoléances à Haïfa ? Tu sais que c'est une double bonne action, à la fois à l'égard du mort et à l'égard des vivants ? »

Oui, ça, elle le sait, pourtant, son malaise et sa tension vont croissant, elle ignore encore quoi répondre à cette question, à supposer qu'elle y réponde, « j'ai du mal, encore aujourd'hui, à voir Haïfa, ça me renvoie immédiatement à l'attaque ratée des ateliers ferroviaires. Là aussi, une erreur fatale a été commise. Le taxi qui devait rouler devant notre camion et nous avertir des barrages nous a fait faux bond, pourtant nos chefs n'ont pas annulé l'opération. Comment ont-ils osé, alors qu'on savait que les Britanniques étaient sur le pied de guerre à cause des activités de la Hagana ! » s'indigne-t-elle. « Bois maman, calme-toi, lui enjoint Amihaï. Il y a des bouteilles à l'arrière et même un casse-croûte pour le trajet. Tu sais, chez nous, on croit qu'elle est nécessaire, l'erreur fatale. Sans elle, on ne progresse pas. Bousculer l'ordre participe de l'ordre universel. »

Elle ne l'écoute plus. Tout cela, elle l'a bien sûr déjà entendu, sous une forme ou sous une autre. Il préfère toujours ce genre de propos à un bavardage ordinaire, elle s'y est habituée depuis longtemps, mais à présent, elle a besoin de silence. Que lui racontera-t-elle ?

Elle manque d'air, baisse un peu la vitre sur tous ces centres commerciaux monstrueux qui ont germé le long de la route. Comme elle est moche, cette portion-là du trajet, vide, matérialiste, blessante. Tout ce qu'elle déteste dans le pays tel qu'il est sorti de terre se dresse bruyamment vers les cieux, par chance, la circulation est fluide et les paysages changent avant de laisser leur empreinte. Par-delà le sifflement métallique du vent, elle entend la voix de son fils, « il est peut-être temps d'oublier, notre rabbi voyait dans l'oubli une qualité, pas un défaut. Celui qui se souvient trop est déstabilisé et n'est plus disponible pour le travail sacré. »

Elle remonte la vitre, « pour moi, se souvenir est un travail sacré », lance-t-elle avec trop de force dans le silence qui s'est instauré. Elle est soudain gênée par la présence d'Amihaï, comme s'il avait de nouveau débarqué chez elle à l'improviste, heureusement, sa belle-fille appelle, les deux femmes échangent cordialement quelques mots, puis elle laisse parler son fils et écoute avec plaisir leur conversation tout en buvant de l'eau fraîche. L'épouse qu'il s'est choisie est tellement différente d'elle ! Rieuse, sympathique et apaisée. Et certainement dotée d'une bonne propension à l'oubli, entre autres qualités, mais Rachel, elle, ne peut oublier la promesse faite à son mari le jour de leur mariage : personne, jamais, ne devra savoir.

« Alors, tu as perdu qui, maman, l'un des vôtres ? » demande-t-il après avoir raccroché. Avec ses dents, il enlève le bouchon d'une bouteille et prend de grandes gorgées d'eau tandis qu'elle remue d'embarras sur son siège, « en fait, non, je ne connais pas le défunt et pas non plus sa fille, je veux dire sa veuve », rectifie-t-elle avant de couvrir le tremblement de ses lèvres d'une main qui s'est mise à trembler pareillement, « j'ai du mal à en parler. Dans mon histoire aussi, il y a des vérités cachées. C'est bien sûr ridicule maintenant que vous êtes déjà presque vieux, mais je continue à vous protéger, toi, Yaïr et votre père, parce que je lui ai promis de ne jamais révéler ce secret à personne. »

Elle peine à respirer, manque d'air, sait qu'il n'insistera pas mais sent clairement que les mots veulent être prononcés, malgré sa bouche sèche et sa langue collée au palais. Elle reprend une gorgée d'eau, s'humidifie les lèvres, sa tête est si lourde qu'elle doit la soutenir d'une main, ses yeux picotent toujours, elle les ferme, « c'est une histoire que l'on peut narrer ainsi : il était une fois un jeune homme et une jeune femme dont les âmes, au matin de leur vie, se trouvèrent. Malgré la guerre qui faisait rage et les combats auxquels tous deux participaient, ils décidèrent de s'unir par les liens du mariage. Ils voulaient donner un sens à leur amour, et la seule manière de lui conférer une existence était le mariage, aucune autre expression ne pouvait se concevoir à l'époque. Mais le destin en décida autrement et leur union fut défaite à peine un an après avoir été scellée. Chacun partit de son côté, se remaria, fonda une famille, eut des enfants, et aujourd'hui, c'est à la fille de cet homme-là que nous allons rendre visite, car elle vient de perdre son mari. » Voilà, elle a dit les choses du début à la fin, sans omission et à point nommé, comme si les mots étaient écrits dans la paume de la main qu'elle a posée sur ses genoux. Finalement, c'est très facile de ne pas tenir une promesse, s'étonne-t-elle, la respiration de plus en plus calme. Quoique, la tenir non plus ne lui avait pas demandé d'efforts puisque Mano était la seule personne avec laquelle elle aurait voulu évoquer ce qu'ils avaient perdu. Qui, à part lui, aurait pu la comprendre ?

Elle relève la tête, ils progressent vers le nord, la lumière qui s'adoucit lentement soulage ses yeux, elle n'a plus besoin de plisser les paupières, tout comme les nuages qui apparaissent à l'ouest, si rares dans l'été de son désert. Là, ils s'éparpillent avec générosité et agissent sur sa rétine telles de fraîches compresses. Elle voit son fils qui, de profil, hoche la tête en silence comme s'il apprenait par cœur ce qu'elle venait de lui révéler.

« Où est l'erreur fatale ? » finit-il par demander, et elle soupire, « je ne sais pas, cela n'a plus aucune importance, et à l'époque je n'y ai pas réfléchi. J'avais des choses beaucoup plus urgentes à régler après la guerre », il lui pose une main chaude sur le bras, « ce n'est pas bien, à mon avis, que tu aies été obligée de cacher cette histoire, papa n'aurait jamais dû l'exiger de toi », elle lui effleure les doigts, « on peut le comprendre. Le divorce était alors très rare. Il voulait préserver mon honneur et peut-être aussi le sien. De toute façon, je n'éprouvais pas le besoin de ressasser ça. »

Il se balance d'avant en arrière comme s'il priait et déclare lentement, « je suis content que tu m'en aies parlé, maman. Notre rabbi dit que le fait de raconter est en soi une grande chose, en particulier lorsqu'il s'agit d'un secret qui, pendant des années, a été enfoui, verrouillé à double tour, et que l'on ramène en ce bas monde par la parole. » Émue, elle contemple le ruban de mer qui se révèle d'un coup, emplit son regard d'un bleu profond et calme, de la couleur des yeux qu'il tourne vers elle, « aucune rencontre n'est fortuite », dit-il, l'ombre du sourire permanent qu'il affiche donne à ses paroles un air d'annonce réjouissante, « même dans une union qui n'a pas marché, il y a un but caché. C'est la femme que j'ai croisée chez toi la semaine dernière, n'est-ce pas ? »

Elle se surprend à se crisper une nouvelle fois, « comment le sais-tu ? Elle t'a dit quelque chose ? » Il secoue la tête, « rien du tout, elle a simplement posé des questions, mais j'ai senti qu'elle avait quelque chose en commun avec toi, qu'elle n'était pas une totale étrangère. C'est pour ça que je suis resté, pour essayer de comprendre ce qu'elle cherchait. J'ai de la peine pour elle, soupire-t-il, la vie aussi nous réserve de terribles vérités cachées. »

Honteuse, elle se revoit, allongée sur son lit, à faire semblant de dormir, attendant que cette entêtée déguerpisse, l'oreille tendue pour essayer de capter leur conversation. Une semaine s'est écoulée depuis, pourtant, que cette journée-là lui semble lointaine ! Dire que, si elle avait repoussé leur rencontre pendant si longtemps, c'était par crainte de la catastrophe qui suivrait la révélation de son secret, or, pendant ce temps, une réelle catastrophe guettait Atara !

Bon… mais force lui est d'admettre qu'elle reste encore un peu inquiète, surtout en pensant à la réaction de son fils aîné si jamais il apprenait cette histoire. Car il s'en servirait assurément pour l'attaquer et ajouter de l'eau au moulin de ses reproches. Tu ne nous as jamais aimés, ni nous, ni papa, il est temps que tu le reconnaisses. Doit-elle lui révéler ce qu'elle vient de révéler à son frère ? Ces derniers temps, elle s'est surprise à rester des heures penchée sur ses vieux albums de photos, stupéfaite de découvrir qu'elle ne reconnaissait que peu de choses, ne se souvenait presque pas des premières années de Yaïr, comme si elle n'avait pas vraiment été là.

« Tu as l'air épuisée, maman, c'est dur pour toi, un tel voyage, mais on arrive bientôt », elle s'étonne, « bientôt ? On n'est même pas entrés dans la ville ! » Il lui sourit tout en braquant le volant, « je croyais que tu ne voulais pas voir Haïfa. » Effectivement, c'est un soulagement de suivre cette route périphérique tortueuse et superbe, à flanc de coteau, qui domine un magnifique *wadi* dont elle ne se souvient que vaguement. Ses yeux, habitués aux couleurs du désert, se repaissent du vert des feuillages touffus, du bleu miraculeux de la mer de plus en plus visible. Mais au fur et à mesure qu'ils gravissent le Carmel, le doute la rattrape. Est-ce correct de surgir ainsi en plein deuil, chez une femme qu'elle ne connaît pas du tout, dont elle ne sait rien à part qu'elle est la fille de Mano Rubin et a perdu son mari quelques jours auparavant ?

D'une main tremblante, elle sort de son sac l'avis de décès qu'elle a découpé, plié et fourré dans son portefeuille, puis répète l'adresse bien que ce ne soit pas nécessaire, lui explique Amihaï, il l'a notée avant de partir. Et cette visite de condoléances, est-elle nécessaire ? Cela a beau être une double bonne action, une telle initiative pourrait causer des dégâts. La voilà de nouveau stressée, comme avant la venue de son invitée. Y aurait-il d'autres secrets à préserver ?

Ils roulent dans une zone qu'elle n'a jamais vue, qui lui rappelle certains beaux quartiers des implantations de Judée-Samarie, de grandes demeures entourées de jardins au cœur d'un paysage à couper le souffle – voilà d'ailleurs qui la dépasse, pourquoi des gens aux proportions normales ont-ils besoin de vivre dans d'immenses maisons ? – mais ici, tout paraît encore plus riche, plus froid, les rues pentues sont pleines de voitures et vides de gens. Tout comme cette rue-là, aussi à pic qu'un toboggan, dans laquelle, suivant les indications de son téléphone, il finit par stopper et se garer avant de lui demander, « tu veux que j'entre avec toi ou juste que je t'accompagne à la porte ? »

Elle se secoue, « on est arrivés ? Tu es sûr que c'est là ? », contemple le portail gris d'où descendent des marches vers une bâtisse masquée à la vue, et d'où sortent un homme et une femme rondouillards qui se tiennent par le bras, vêtus de shorts et de légers tee-shirts. Un court instant, elle voit Amihaï à travers leurs yeux, une créature venue d'un autre monde avec son cafetan noir. Peut-être vaudrait-il mieux qu'il l'attende dehors, de toute façon, elle ne restera que quelques minutes, serrera la main des endeuillés et ressortira, mais aussitôt elle change d'avis, avec ou sans lui, elle sera embarrassée. N'est-elle pas, elle aussi, une créature venue d'un autre monde, avec sa robe usée, celle qu'elle portait à l'enterrement de son mari quinze ans auparavant, sa coiffure vieillotte, un dinosaure dont les congénères se sont tous éteints, qui a du mal à descendre les marches mais se tient encore droite. Des gens bien plus jeunes qu'elle sont conduits au cimetière, par exemple ce professeur Alexander Sadane, paix à son âme, dont le nom s'affiche sur le faire-part de décès qui barre la porte à moitié ouverte.

N'est-ce pas pure arrogance que de s'offrir des visites de condoléances à son âge ? Si seulement elle pouvait faire don des années qui lui restent comme on le fait avec les organes, elle aurait donné sans hésiter sa longévité à ce défunt qu'elle ne connaît pas, ne serait-ce que pour effacer le choc qui se peint sur le visage de la femme qu'il a laissée derrière lui, car à cet instant, Rachel voit Atara traverser l'immense salon d'un pas rapide, agiter vers elle ses bras nus, son visage anguleux est blême, ses cheveux en bataille. Va-t-elle la rejeter, comme il l'a fait, lui, soixante-dix ans plus tôt ? Eh bien, quelle n'est pas sa surprise de la voir lui tomber dans les bras et sangloter comme si sa venue était particulièrement attendue.

« Je suis désolée », s'entend-elle murmurer dans l'abondante chevelure emmêlée, elle vacille un peu, « que le Tout-Présent vous console au milieu des affligés de Sion et de Jérusalem. » Elle a tellement mal au cœur pour cette femme si délicate, au visage brisé, que ses bras se referment presque tout seuls autour de ce dos squelettique et frémissant. Car ce n'est pas une étrangère, c'est la fille de son Jephté à elle, leurs vies se sont liées bien avant qu'elle ne soit venue au monde. Et Rachel qui a toujours détesté les effusions interminables des jeunes générations se laisse aller au contact qui la nimbe d'une plénitude soudaine, hors du temps et de l'espace, comme si, enfin, elle se rattachait à une partie d'elle-même dont le manque avait toujours été une obscure douleur.

Perturbée par tant de couleurs et de voix tout autour, elle est conduite jusqu'au spacieux coin salon où un fauteuil se libère aussitôt pour elle, jaune tel un champ de maïs. La fille de Mano s'assied sur l'accoudoir du canapé en face d'elle, lui prend la main, elle voit ses lèvres remuer avec précipitation, mais son ouïe défaillante l'est encore plus au milieu du vacarme ambiant, et elle a du mal à saisir ses paroles. A-t-elle mentionné le jardin d'Éden ? À moins qu'il ne s'agisse de quelqu'un prénommé Eden ? Alors elle est obligée de l'interrompre et demande d'une voix apparemment trop forte, « Eden, c'est votre fils ? »

Un beau jeune homme élancé la fait sursauter, « Eden, c'est l'orphelin, enchanté de faire votre connaissance », il se penche vers elle, lui tend un verre d'eau avec un bref sourire qui la bouleverse et elle se hâte de dire, « toutes mes condoléances, je m'appelle Rachel et j'ai bien connu ton grand-père », mais il s'est déjà détourné, peut-être ne l'a-t-il pas entendue. À cet instant, elle voit son Amihaï s'approcher, elle n'avait même pas remarqué qu'il s'était assis juste là sur une chaise en plastique, il se lève de toute sa hauteur, serre la main du garçon, lui adresse un regard bienveillant et d'une grande sincérité, « je compatis à ta douleur, Eden, dit-il de sa voix douce, je sais à quel point la période que tu traverses est difficile, mais s'il te plaît, tu ne dois pas oublier que tu n'es pas orphelin et que tu ne le seras jamais, parce que notre Père qui siège là-haut est avec toi. »

CHAPITRE QUATORZE

Quelle drôle de veuve tu fais, Atara

C'est que non seulement son Alex lui a été soudain enlevé, mais on lui a aussi confisqué sa maison, envahie par trop de monde. La plupart du temps, Eden reste cloîtré dans sa chambre et elle aurait bien envie de s'y enfermer avec lui pour le protéger, ou d'aller se réfugier dans la sienne, sous les combles, pour se protéger de lui tant, parfois, elle ne sait plus du tout où elle a été catapultée.

C'est que toutes ces pièces familières lui sont pourtant étrangères, leur odeur a changé, la nourriture qu'on y sert est différente, les voix qu'on y entend, le défilé incessant des visiteurs. Les fesses se relaient sur les canapés, les chaises en plastique venues des jardins des voisins cachent le mobilier qu'elle connaît.

C'est qu'on se croirait à une fête d'anniversaire dans un local associatif, avec ces boissons sans alcool et ces grignotages apéritif basiques dans des assiettes en carton posées sur la grande table, bientôt commencerait l'animation pour les enfants, clown ou magicien ? Jamais Alex n'aurait supporté une telle agitation, jamais il n'aurait laissé faire.

C'est que, étrangement, tandis qu'elle échange des paroles stériles avec ceux qui sont venus la réconforter, ou se tourne et se retourne sur sa couche, la nuit, dans son grand lit vide, elle ne cesse d'examiner l'alternative : que ce soit elle qui ait soudain arrêté de respirer et Alex le veuf éploré. Comment se serait-il comporté, comment la famille tout autour se serait-elle comportée ? Dans un tel cas, pour absurde que ce soit, Avigaïl aurait sauté dans le premier avion en dépit du risque de perdre sa bourse, problème qui aurait été aisément résolu, elle aurait prononcé sur sa tombe un magnifique discours plein de mots d'amour pour exprimer son indéfectible attachement filial, aurait respecté la semaine de deuil avec dévouement aux côtés d'Alex et d'Eden, et peut-être que Yoav aussi se serait débrouillé pour venir soutenir son père, oui, il semblerait que justement, par sa mort à elle, leur famille décomposée aurait enfin été intégralement ressoudée.

C'est que, parfois, elle se surprend même à envier la manière dont ils l'auraient pleurée. Sûr que cela aurait été fait avec beaucoup plus d'élégance que ce qui est en train de se passer ici, car Alex n'aurait pas hésité à refuser les visites de condoléances et n'aurait laissé que les vrais proches entrer chez eux, leurs enfants aussi auraient renoncé avec joie à toute cette foule tapageuse pour n'inviter que leurs meilleurs amis. Au lieu de bouteilles en plastique, de gaufrettes et de bagels industriels, ils auraient disposé des bouteilles de vin, de la bière et des pains spéciaux, des fromages et autres douceurs triées sur le volet, seraient restés des heures assis autour de la table, à rire et à pleurer, à manger, à boire et à évoquer des souvenirs, à feuilleter leurs vieux albums de photos, peut-être même auraient-ils regardé des films ou écouté de la musique ensemble, comme ils le faisaient au cours de leurs longs voyages, quand Yoav, Avigaïl et Eden étaient petits et qu'ils choisissaient une chanson à tour de rôle, sans compter que l'orphelin aurait trouvé du réconfort auprès de sa sœur et de son frère et se serait senti moins seul dans son deuil.

Voilà, durant cette longue semaine qu'elle passe à ressasser les événements, elle se rend compte que, des deux options, c'est bien évidemment la pire qui a été choisie, surtout pour son fils. Elle ne pense qu'à lui en ce moment, ne se préoccupe que de lui, car à l'évidence, au stade de la vie où il se trouve, mieux aurait valu qu'il perde sa mère et non son père. Les apports de la maternité, elle les a tous épuisés et cette fonction n'a quasiment plus d'utilité, alors que la paternité d'Alex est restée évasive, très loin d'avoir livré toutes ses ressources, plus ça va, plus le désespoir qui la terrasse atteint des proportions démentielles, il résonne en elle tel un marteau sur une enclume creuse.

La journée vient de commencer, mais elle s'allonge, sans forces, sur le canapé, ne déplore pas seulement le fait qu'Alex aurait pu arriver à temps aux urgences et être sauvé, mais aussi la possibilité théorique d'être morte à sa place, même si jamais on ne lui a fait une telle proposition, à moins qu'elle l'ait ratée, qui sait, par négligence ou aveuglement elle sera peut-être passée à côté, comme elle est passée à côté de l'agonie de son mari. Elle est capable du pire, à présent elle le sait.

C'est pourquoi elle est étrangère en sa propre maison où des dizaines de personnes se meuvent, entrent et sortent, font comme chez elles, laissent des traces de rouge à lèvres sur ses joues, des odeurs de transpiration et de parfum sur sa peau. Alex serait devenu fou devant un tel bazar, il aurait chassé tout ce monde ou serait lui-même sorti. Encore une fois, tu as réussi à te défiler ! proteste-t-elle. N'a-t-elle pas cessé de lui reprocher sa propension à éviter tout ce qu'il trouvait pénible, tout ce qui exigeait de lui davantage d'effort que de plaisir ? Voilà qu'une mort aussi brutale et incongrue lui paraît, à elle, bien plus facile que la vie qui l'attend. Car qu'a-t-il loupé, au fond ? Uniquement le déclin le long de cette pente glissante qui mène à la vieillesse, peut-être un ou deux petits-fils qui de toute façon ne l'auraient pas particulièrement intéressé, en revanche il lui laisse, à elle, petite coccinelle, le souci de leur enfant commun et les épreuves de la vie qui continue après lui. Avec une étonnante agilité, voyant la fenêtre de tir exceptionnelle que lui offrait son infection intestinale, une occasion des plus rares, il s'y est précipité sans le moindre égard pour sa femme et son fils. C'est exactement ce qu'il avait fait lorsque, comme hypnotisé en la voyant, il avait sauté du rebord d'une autre fenêtre, celle arquée de la villa classée, et avait laissé derrière lui son autre femme et son autre enfant.

« Ça suffit, Atara, qu'est-ce que tu lui veux ? Maintenant qu'il est mort, arrête au moins de lui en vouloir », lui a dit Ranya la veille, serrée contre elle dans un petit coin d'ombre, sur le banc du jardin, premier moment d'intimité avec son amie depuis le drame. « Il n'est pas le seul à qui j'en veux, je t'en veux à toi aussi, s'est-elle entendue geindre, incapable de retenir ses larmes en ébullition, comment as-tu pu me donner un si mauvais conseil ? Si j'avais directement fait demi-tour comme j'en avais l'intention, peut-être que rien de cela ne serait arrivé ! » et Ranya a froncé les sourcils, stupéfaite, à croire qu'elle venait d'entendre la chose la plus stupide qui soit, « oh, ma chérie, je n'arrive pas à croire que c'est ce qui te préoccupe », s'est-elle exclamée, pour aussitôt l'attirer à elle et l'étreindre de toutes ses forces, lui dissimulant ainsi son visage, « je suis vraiment désolée ! Je t'ai dit ce que je pensais et c'est sans doute ce que tu voulais entendre, sinon, tu ne m'aurais pas écoutée. Mais ne commence pas, Atara, ne réfléchis pas à tout ce qui aurait pu se passer autrement. » C'était presque une supplique, Ranya semblait elle aussi prête à éclater en sanglots, « ce genre de pensées ne peuvent mener qu'à la catastrophe et, en la matière, tu es servie, inutile d'en rajouter ! »

Pour la première fois de sa vie, Atara a éprouvé de la répulsion à son contact et, comme le banc a soudain été inondé de soleil et qu'elle a senti sa peau picoter, elle lui a proposé de regagner le salon.

Elle doit admettre que le problème se situe quelque part en elle. Nul doute là-dessus. Le deuil la rend amère et mesquine, jalouse et agressive, ne tire d'elle ni la noblesse ni la grandeur d'âme qu'on aurait pu attendre. Tous ceux qui entrent n'éveillent que sa déception et sa rage, lui rappellent le vide d'un monde d'où Alex, profitant d'un instant de distraction, s'est éclipsé en douce, exactement comme il le faisait parfois, quand il montait dans leur chambre avant la fin d'un repas de famille. Chaque personne qui arrive lui renvoie leur perpétuel sujet de conflit et lui prouve à quel point toutes les choses vexantes qu'il lui a dites, souvent en réponse aux remarques qu'elle lui assénait, étaient justes, « tu te prends pour qui, à me faire la morale ? Tu n'es pas aussi délicate que tu le penses, en tout cas, pas avec moi ! Toi et ta fausse empathie ! Tout ce que tu cherches, c'est à prouver que tu as plus de principes que moi ! »

Mais même s'il aimait l'incriminer, il aurait été offusqué d'entendre les pensées qui s'entrechoquent sous son crâne. Elle aurait des principes ? Elle serait empathique ? Elle est cruelle et rancunière, bornée et insensible. Elle ne se reconnaît pas et Alex non plus ne l'aurait pas reconnue. Est-ce le jeu de rôles conjugal qui dicte l'identité sur presque tous les tableaux, se demande-t-elle parfois, si bien que quand l'un des conjoints sort du cadre, l'autre révèle une personnalité totalement différente et, dans son cas, totalement malsaine ?

C'est que, tandis qu'elle raconte et reraconte aux visiteurs les dernières heures de son mari, elle imagine leurs dernières heures à eux, elle voit un vomi immonde jaillir de leurs bouches stupéfaites, leurs corps se figer presque au milieu d'une phrase.

Savoir que dans une heure ils sortiront de chez elle et reprendront une vie normale lui est insupportable. Elle n'est prête à pardonner qu'aux jeunes et, bien sûr, aux parents d'enfants en bas âge, mais jamais elle ne tolérerait que la majorité des gens de leur âge, les couples d'amis et de proches, continuent comme si de rien n'était. Elle accepterait, au maximum, de laisser vivre un représentant par ménage, et se montrerait plus généreuse que le destin ne l'a été avec elle car elle leur laisserait le droit de choisir lequel des deux mourrait. Elle pourrait aussi les conseiller, analyser avec bienveillance les tenants et les aboutissants, partager sa propre expérience, mais les gracier serait exclu. Pas un couple ne sortirait entier de chez elle après son déluge personnel, fussent-ils persuadés que cette averse était localisée et ne les concernait pas. Désolée, on n'est pas dans l'arche de Noé ici, leur annoncerait-elle officiellement, pour être précis, on est dans son exact contraire.

Où donc était cette rage folle jusqu'à présent ? s'étonne-t-elle. L'avait-elle gardée enfouie en elle et réservée uniquement à Alex, comme il l'a si souvent affirmé, et ce ne serait qu'à cause de sa mort que ce poison se propagerait à des cercles plus larges ? Si ce n'est que, dans la plupart des cas, sa colère contre lui était justifiée, alors que ses visiteurs ne lui ont rien fait de mal. Doit-on perdre son conjoint pour commencer à se connaître soi-même ? Quel dommage qu'elle ne puisse pas partager de telles découvertes avec lui, tu entends, si j'étais morte avant toi, je n'aurais jamais su qui j'étais réellement. Et je me demande ce que toi, tu aurais appris sur toi-même si tu m'avais survécu. Peut-être serais-tu devenu gentil, conciliant… ce que moi, pas de chance, j'aurais loupé.

Tous ces gens présents la détournent de ces questions urgentes. À croire qu'ils sont là dans ce seul but, qu'ils ont accouru en masse des quatre coins du pays pour faire barrage à ses pensées, elle les examine en plissant les yeux, incroyable qu'elle ait pu remplir sa vie de tant d'individus inutiles, comme des objets entassés chez une personne atteinte de syllogomanie, et maintenant ils l'assiègent, leurs lèvres remuent sans cesse, on dirait des tenailles qui s'ouvrent et se ferment, elle a tellement de mal à saisir ce qu'ils disent qu'elle a l'impression d'être enfermée, seule, dans un aquarium aux parois de verre invisibles, rempli à ras bord d'une eau invisible, posé au milieu de cette foule qui se presse pour suivre avec intérêt les mouvements et les expressions de l'animal marin particulièrement intéressant qu'elle est devenue, une sorte d'holothurie ou de chimériforme très rare.

Même quand ils lui relatent des anecdotes sur Alex qui, en temps normal, l'auraient beaucoup intéressée, elle peine à les écouter et peine à faire semblant. Oui, voilà, elle est authentique, comme lui, alors rapidement ils se détournent et discutent entre eux. Des retrouvailles émues s'organisent derrière son dos mais se figent sous son regard, pour ne lui offrir, à elle, que des visages un peu contrariés. Quelle drôle de veuve tu fais, Atara ! Pas avenante pour un sou, pas de celles qui encouragent la conversation ou remercient leurs hôtes. C'est qu'elle ne tire aucun réconfort de leur présence, et être au centre de leur attention ne la soulage en rien. Alex aurait été surpris de sa réaction, tout comme quelques-unes de ses amies qui ont suivi à diverses périodes les hauts et les bas de sa relation conjugale et s'étonnent certainement de la voir ainsi terrassée, persuadée que son monde s'est écroulé. Par exemple Taly Barnea qui vient justement de s'asseoir en face d'elle, un peu embarrassée, enveloppée d'une forte odeur de parfum dont Atara se souvient très bien.

Elles ont passé des heures ensemble sur la plage avec leurs enfants, qui, petits, étaient de grands amis, à se plaindre des déceptions répétées que leur infligeaient leurs conjoints respectifs. Chez Taly, cela s'était soldé par un divorce, alors que chez elle, le couple avait tenu jusqu'à ce jour, ou plus exactement jusqu'à cinq jours auparavant, c'est peut-être ce qui explique pourquoi leur amitié s'était effilochée, Taly lui reprochant de ne pas avoir fait le même choix. Mais chez eux, une séparation n'était pas de l'ordre du possible, pour le meilleur ou pour le pire, ce que cette femme – et peut-être elle non plus d'ailleurs – n'avait pas compris. Car malgré les récriminations qu'elle exprimait ouvertement, jamais elle n'avait envisagé de quitter Alex, non seulement parce qu'elle aurait été incapable de détruire à nouveau une famille et d'imposer à Eden le mal qu'elle avait imposé à Avigaïl, mais surtout parce que, jusqu'à l'ultime instant, littéralement, elle n'avait cessé d'attendre ces moments précieux où elle se sentait rassurée aimée comprise, aux côtés de cet homme-là justement, sachant qu'il éprouvait la même chose, à ses côtés à elle justement.

Énervée, elle écoute Taly l'abreuver de mots de consolation agaçants, répond à sa question, « oui, il est allé aux urgences pendant la nuit, ils lui ont donné des antibiotiques et l'ont renvoyé à la maison. Oui, c'est un terrible choc de le perdre de cette manière, je ne saisis pas encore ce qui nous arrive, et chez toi, comment ça va ? » se hâte-t-elle de demander, s'intéressant avec une grandeur d'âme factice à la vie de son interlocutrice malgré sa tragédie. Eh bien, voilà, finalement, je te rejoins, maintenant moi aussi je suis seule, voudrait-elle dire à Taly qui sourit avec retenue, essaie de masquer sa satisfaction, « tout va bien, touchons du bois », tapote sur la table en verre de ses ongles longs, « on a emménagé ensemble il y a quelques mois, maintenant que tous les enfants ont quitté la maison. »

Atara marmonne, « c'est super, à la bonne heure, je ne savais pas que tu avais quelqu'un », et l'autre s'étonne, « comment ça, tu ne savais pas ? Ça fait presque quatre ans ! C'est facile de compter, je l'ai rencontré le jour de l'incorporation de nos garçons », et elle continue en même temps que s'élargit son sourire, « il était là-bas avec son fils, et depuis, on est ensemble. Quoi, est-ce possible qu'on ne se soit pas revues depuis ? Je me souviens bien de vous là-bas, toi et Alex, super stressés. »

Malgré elle, Atara se remémore cette matinée-là, « évidemment », susurre-t-elle. Ils s'étaient retrouvés sous un chapiteau dressé spécialement dans la cour du musée de la Marine, au milieu de centaines d'autres familles, rien que des petits cercles émus et inquiets regroupés autour d'un adolescent. Elle avait reconnu un nombre incalculable de visages, des parents qu'elle avait croisés au fil de toutes ces années de scolarité lors des différentes activités, chez les scouts ou à l'école, elle avait même sympathisé avec certains, mais ce matin-là, ils lui avaient tous paru différents, comme si chacun évaluait, un bref instant, le visage qu'aurait l'autre après la catastrophe. Des mères essayaient de cacher leurs larmes, s'échangeaient des regards empathiques zébrés d'éclairs cruels, si l'un d'eux doit être tué au combat, faites que ce soit ton fils et non le mien.

Ce matin-là, dans leur cercle restreint, Alex s'était montré particulièrement froid. Jusqu'au dernier moment, il avait essayé de dissuader Eden de s'enrôler dans une unité combattante, et même durant ce dernier trajet, il avait continué, insistant, lui avait assuré que ce n'était pas trop tard pour changer d'avis, pour comprendre que cela ne lui convenait pas. « Ce pays essaie de te reprogrammer, tu ne piges donc pas ? Il veut t'implanter l'instinct de tueur, changer ta personnalité. Comment peux-tu accepter une telle manipulation ? »

Mais Eden n'avait pas pigé. Pas renoncé non plus, malgré la débauche d'arguments sophistiqués qu'il avait été obligé d'écouter pendant presque deux ans, et finalement, comme d'habitude, la responsable, ç'avait été elle, « tout ça, c'est à cause de l'éducation banale que tu lui as donnée, maugréait Alex, un mélange déprimant de conventionnalisme et de perfectionnisme. Tu n'as aucune pensée critique ! À part quand il s'agit de moi. » Il l'imitait, rageur, « il faut s'investir dans les études ! Être délégué de classe ! Devenir moniteur chez les éclaireurs ! Donner à la patrie ! Quel lavage de cerveau primaire, rien que des superstitions modernes ! C'est comme ça qu'on fabrique de la chair à canon dans ce pays, qu'on sacrifie notre bien le plus précieux ! C'est ce que tu veux ? » la fustigeait-il de temps en temps et, avec sa satanée tendance à inverser les rôles, il affirmait que la position qu'elle représentait était – à ses dires – stupide et débile, alors que ses positions extrémistes et antisystème étaient, elles, la voix de la raison.

C'est donc épuisés qu'ils étaient arrivés à ce jour fatidique où Eden s'enrôlait, trio dont, dans le passé, elle avait tiré tant de joie et de réconfort, mais qui, ce matin-là, avançait bancal et désaccordé. Sans Avigaïl, qui avait préféré dire au revoir à son frère à la maison pour cause de contrôle au lycée, sans Yoav, qui, à la grande fierté de son père, s'était fait exempter et qui, par principe, avait refusé de venir, et sans la petite amie d'Eden, évincée, à leur grande tristesse, quelques semaines auparavant pour parfaire le processus de militarisation que leur fils s'était imposé. Rien que leur trio, celui qui, des années plus tôt, s'était promené dans le jardin botanique au début des grandes vacances, avait suivi, heureux, le parcours qui le menait d'un continent à l'autre et d'un climat à l'autre, une mère un père un enfant, rien de plus simple.

Non, elle ne se souvient pas d'avoir remarqué Taly Barnea ce jour-là, mais son ancienne amie, elle, ne les avait pas loupés, eux, et surtout n'avait pas loupé le père venu tout seul accompagner son fils. Depuis, ils étaient ensemble. Bon, on peut apparemment tomber amoureux partout, songe Atara, de même qu'on peut se disputer partout, et la voilà obligée d'écouter cette success-story sans qu'aucun détail ne lui soit épargné – cette femme a toujours eu tendance à s'étaler – si bien qu'elle est un peu soulagée lorsque Doronn s'approche. « Tu connais le père d'Avigaïl, n'est-ce pas ? » se hâte-t-elle d'interrompre le flot énervant de paroles, « bien sûr, on s'est croisés chez vous à un anniversaire », répond Taly en le détaillant sans masquer une légère admiration, les années ont été clémentes avec lui, il est beau et sympathique, visage large, calme et aussi triste qu'à l'époque, quand elle lui avait annoncé qu'elle voulait le quitter car elle était tombée amoureuse d'un autre homme. Triste, mais ni fâché ni même étonné, il n'avait presque pas essayé de la retenir, encore moins de lutter pour la garder, comme si, intérieurement, il pensait ne pas les mériter, elle et son amour. Parfois, elle craint qu'Avigaïl n'ait hérité de ce syndrome, ce qui expliquerait le néant de sa vie sentimentale, quoi qu'il en soit, elle est ravie de le voir, sa présence apporte avec elle un peu de leur fille. Car c'est lui qui était là, lui qui a vu la tête de leur bébé apparaître entre ses cuisses, couvert de son sang, tel un fruit mûr et sucré.

« Comment va Avigaïl ? demande-t-elle, je n'ai pas eu le temps de lui parler », et il répond, « génial, elle est sur un petit nuage ! Ça a vraiment l'air prometteur », elle s'étonne, « qu'est-ce qui est prometteur ? Son semestre d'été ? » Il se couvre la bouche de la main, « oups, je croyais que tu étais au courant. Je pensais que tu étais toujours la première informée ! » Atara se hâte de rectifier, « bien sûr que je suis au courant ! C'est juste que ça m'est sorti de la tête avec toute cette agitation. Rappelle-moi, c'est qui ? » Lui, évidemment, la croit – Doronn naïf et si naturel, tellement différent d'Alex, méfiant et si compliqué – et enchaîne avec enthousiasme, « son copain, le Canadien, celui qui a révisé les examens avec elle, tu te souviens ? Jamais je ne l'ai vue comme ça, totalement amoureuse mais totalement sereine. »

Taly lâche un petit rire, « en voilà une qui a la tête sur les épaules ! D'abord on fait connaissance, ensuite on tombe amoureux, c'est tellement plus logique... », mais Atara la coupe, « depuis quand, en fait ? Il n'avait pas une petite copine ? » Doronn lui adresse un pâle sourire, « apparemment, plus. Ce sont des choses fluctuantes, c'est moi qui dois te le dire ? »

Elle lui rend son sourire, « eh bien, pourvu que ça tienne ! » et soudain elle sent qu'elle ne peut plus supporter ni la présence de son ex-mari, ni celle de son ex-amie, encore moins l'absence de sa fille, alors elle lâche une excuse précipitée et fonce se réfugier dans les toilettes des invités, près de l'entrée. Sans remonter sa robe ni baisser sa culotte, elle s'écroule sur la cuvette, dos penché, tête entre les genoux, le sang afflue à son cerveau en même temps que la vexation et la honte engendrée par cette vexation.

Elle est contente pour sa fille, évidemment qu'elle l'est, elle attend cela depuis des années, mais pourquoi ne lui en a-t-elle rien dit ? Avigaïl partageait tout avec elle, trop, au point que parfois une telle profusion d'informations devenait pesante. Leur relation fusionnelle était-elle aussi un leurre ? Son bien le plus précieux, le lien le plus étroit et le plus réconfortant qu'elle ait jamais eu. Cet amoureux explique-t-il son absence ? Dans ce cas, pourquoi le lui avoir caché ?

L'odeur prégnante de son en-dedans monte dans ses narines et elle relève la tête, secoue ses cheveux qui ont effleuré le sol. Elle a toujours été écœurée par ses odeurs internes, comme si celles-ci révélaient quelque désagréable vérité la concernant, et maintenant qu'Alex – lui qui aimait son corps sans restriction – est mort tandis qu'elle et sa répugnance sont restées en vie, c'est pire. Elle se souvient de la dernière nuit qu'il a passée, en fait l'avant-dernière nuit, elle avait rejeté l'appel d'Avigaïl pour s'unir à lui, mais l'avait finalement lui aussi rejeté. Ça y est, maintenant elle comprend, c'est certainement cette nuit-là que sa fille avait l'intention de la mettre au courant… peut-être, ou peut-être pas, puisqu'elles s'étaient aussi parlé le lendemain et que le sujet n'avait pas été évoqué.

Il faut absolument qu'elle reconstitue leur discussion dans la voiture, quand elle est sortie de chez Rachel. Mais à ce moment-là, l'état d'Alex était déjà préoccupant, d'où sans doute cette omission, elle soupire de soulagement comme si c'était là le plus grand de ses problèmes, entend des pas rapides qui s'approchent de la porte et aboutissent à un bref tapotement impatient. Elle regrette de ne pas être montée aux toilettes de l'étage, la voilà qui prive ses invités d'un droit fondamental, mais maintenant qu'elle y est, elle n'a pas l'intention d'en sortir si vite que ça. Ils n'ont qu'à rentrer chez eux et se vider là-bas. Pourquoi le faire justement chez elle ?

Elle resterait assise là jusqu'à ce qu'ils se résignent et s'en aillent les uns après les autres, la vessie pressante ou pire encore – du moins pour ceux qui ne seraient pas assez malins ou culottés pour monter à l'étage. Belle manière de faire le tri : les bien élevés s'en iraient, resteraient les plus grossiers, et eux, elle aurait moins de mal à les chasser, vu qu'elle est devenue aussi grossière qu'eux.

Non sans un plaisir déplacé, elle écoute les voix derrière la porte, il y a quelqu'un ? Tout va bien, là-dedans ? Bon, je dois y aller, je cours, je suis en retard au boulot, pour les enfants, à ma séance de Pilates. Vous transmettrez à Atara, elle est montée se reposer ? La pauvre, la semaine de deuil se termine quand ? Comment ont-ils pu le laisser partir des urgences ? C'est vraiment de la négligence médicale mais d'un autre côté, mourir d'un coup, pourvu que ça m'arrive à moi aussi. Étrange que personne ne s'imagine qu'elle est à l'intérieur, comme si les veuves éplorées n'avaient pas de besoins. Elle a très envie d'en parler avec Avigaïl, elles ont toujours aimé se raconter des anecdotes amusantes, mais ce n'est pas le moment, non seulement parce que, à Berkeley, le soleil n'est pas encore levé, mais parce que sa fille a besoin de s'éloigner et qu'elle n'a pas le droit de l'en empêcher, ni avec ses plaisanteries infantiles, ni avec sa colère démente qui, soudain, la prend comme cible, Gulli, tu n'as donc rien trouvé de mieux que de te dégoter un partenaire au moment où moi, je perds le mien ? Pendant toutes ces années, tu as toujours été ma priorité, ma fidélité, j'ai été ta mère davantage que sa femme, j'ai répondu au moindre de tes besoins, même au détriment de mon couple… et après tout ce que j'ai fait pour toi, tu ne viens pas parce que ça ne t'arrange pas, parce que tu es tombée amoureuse ? Tu n'aurais rien perdu en venant, et si oui, eh bien, ça n'aurait pas été une grande perte. Bien sûr, je me réjouis pour toi et te souhaite que cette relation dure, pourtant ton absence me choque terriblement, ma fille chérie, presque autant que l'absence d'Alex à son propre deuil.

Un nouveau tapotement contre la porte, cette fois, la poignée s'abaisse aussi, « tout va bien, là-dedans ? » demande une voix masculine qu'elle ne reconnaît pas. Elle se lève en soupirant et tire la chasse dans une cuvette propre, ce qui donne un faux espoir à ceux qui attendent dehors car elle retombe aussitôt sur la lunette, saisie d'une nausée au moment où ses intestins se tordent, et elle a à peine le temps de soulever sa robe et de baisser sa culotte.

« Alex », gémit-elle, tant elle est habituée à l'appeler dès qu'elle se sent mal. Il se précipitait toujours à sa rescousse, même quand, un instant plus tôt, elle lui avait sévèrement reproché son narcissisme pathologique. Quand elle vomissait, il lui tenait le front et les cheveux au-dessus de la cuvette avec un savoir-faire qui la surprenait chaque fois, rien de ce que dégageait son corps ne le dégoûtait, maintenant elle n'a personne à appeler bien que la maison soit pleine de monde, d'ailleurs elle entend de plus en plus de nouveaux venus, pour un qui part, il y en a trois qui arrivent, ses intestins se contractent, ses entrailles se tordent comme une serpillière et un liquide immonde dégouline hors d'elle. Était-il dans le même état, la nuit où il a passé son temps aux toilettes ? Pourquoi ne lui a-t-il pas dit à quel point il était patraque ? À moins qu'en réalité il le lui ait dit et qu'elle n'ait pas compris ? Même durant les derniers jours d'Alex, ils avaient poursuivi leur dialogue de sourds, lui qui a passé sa vie à dire une chose et son contraire.

Mais n'était-il pas l'incarnation des contraires ? Son aspect contredisait ses paroles, ses paroles contredisaient son aspect et ses actes ont contredit les deux. N'a-t-il pas essayé de lui faire l'amour ? N'a-t-il pas affirmé qu'il sentait une amélioration ? Oui, mais il a aussi lancé que sa fin était proche, peut-être une question de jours. Oui, mais il a refusé de retourner aux urgences à cause de la clim ! Quelqu'un sentant sa fin proche refuserait-il de se faire soigner à cause de l'air conditionné ?

Elle a cru qu'il exagérait, comme d'habitude, qu'il se prenait trop au sérieux, « heureusement que tu n'as pas dit que c'était une question d'heures, espèce de chochotte », elle lui a ébouriffé les cheveux avec un sourire indulgent, mais toute chochotte qu'il était, il n'exagérait pas cette fois, au contraire. Comment aurait-elle pu deviner ? Un homme qui va mourir n'a pas cet air-là, mais à vrai dire elle n'a aucune idée de l'air qu'a un homme qui va mourir, elle n'a pas accompagné ses parents jusqu'au bout avec le dévouement filial requis, a laissé sa sœur seule à leurs dernières heures. Ofra ne se serait pas trompée, elle aurait certainement identifié les signes et eu le temps de sauver son mari, fût-ce malgré lui. À nouveau, un doute l'assaille et elle se demande si Alex ne l'a pas induite volontairement en erreur pour préserver sa liberté et son droit à gérer ce processus-là comme il l'entendait, à son rythme. Oui, pour le coup, il peut se vanter de l'avoir surprise. Pendant des années tu lui as reproché sa lenteur et son inefficacité, eh bien, justement dans sa mort, il s'est révélé rapide et extraordinairement efficace, comme s'il avait choisi de conserver son peu d'agilité et de sens pratique pour ce moment-là, de ne pas les gâcher au cours de sa vie. Qui sait, peut-être même a-t-il eu le temps de te transmettre son infection microbienne et, dans vingt-quatre heures, tu quitteras toi aussi le monde, partageant avec lui cette mort rapide que tout le monde semble envier.

Certes, tu es plus jeune que lui, mais ainsi, tu y gagneras davantage. Tu vas t'éviter non seulement la ménopause mais aussi la préménopause ! Elle contrôle son front de la main, il surchauffe, la fièvre monte, à moins que, envers et contre tout, la préménopause ne vienne de commencer, à cet instant précis ? Car rien ne lui sera épargné, à elle, elle n'a droit ni aux privilèges, ni aux raccourcis. Elle est une coccinelle travailleuse et elle n'a pas d'autre choix que de rester ici pour ses enfants. Pour sa fille qui n'est pas venue, pour son fils orphelin de père à qui elle n'a pas encore osé raconter le rôle fatidique qu'elle a joué dans leur catastrophe.

Que devient-il ? L'inquiétude l'assaille à nouveau, elle ne l'a pas vu aujourd'hui, et hier il n'est quasiment pas sorti de sa chambre. Depuis l'enterrement, elle a réussi à n'échanger avec lui que quelques mots. Sous prétexte de fuir le carnaval ambiant, il la fuit, elle aussi. Elle doit absolument sortir des toilettes et monter le retrouver, mais elle est prise de vertige au moment où elle se redresse, s'agrippe au petit lavabo, se rince le visage et boit de l'eau au robinet. Elle ne s'est pas sentie aussi mal depuis très longtemps, un virus de vingt-quatre heures traînerait donc effectivement dans les parages ?

Elle tire à nouveau la chasse, vaporise dans les toilettes une odeur d'orchidée, ouvre la porte les yeux baissés et les cheveux sur le visage. Elle se sait observée de toutes parts tandis que, de ses dernières forces, elle retourne s'asseoir, par chance personne ne remarque son état, et c'est tant mieux, par chance, Taly se lève pour partir, emportant avec elle sa belle histoire telle une gamine son ballon, Doronn aussi vient lui dire au revoir, lui donne une drôle de tape sur l'épaule et gagne la sortie, elle le suit du regard, s'allonge sur le canapé, à présent vide, tout en fixant la porte d'entrée dans l'expectative, si seulement Avigaïl apparaissait, belle et élancée, ses magnifiques yeux bruns débordants de tendresse ! C'est la seule personne qu'elle veut à ses côtés, avec Eden, pourquoi en son malheur ne se trouve-t-elle entourée que des membres de la famille qu'elle ne supporte pas, comme son beau-frère et son neveu, on se croirait à un repas de seder qui s'éterniserait sur toute une semaine.

Elle remonte la couverture sous son menton et ferme les yeux, sent la fièvre grimper rapidement. De temps en temps, des pas prudents s'approchent, des chuchotements où son prénom revient à maintes reprises, dire que personne ne soupçonne pourquoi on l'a appelée ainsi, même Alex n'a pas eu le temps de l'apprendre.

Transmettez nos condoléances à Atara, dites-lui qu'on est venus, qu'on est désolés, qu'on est repartis, qu'on a repris nos vies. Qu'on est sidérés, qui aurait cru, il avait l'air en forme, on l'a croisé il y a à peine deux semaines, ça fait un an que je ne l'ai pas vu et je le regrette tellement, j'aimais discuter avec lui, il disait toujours ce qu'il pensait, ne se gênait pas, Atara s'est endormie, la pauvre, on essaiera de repasser demain, une mort aussi fulgurante à son âge, lui qui se portait comme un charme ! Elle ne sait pas si les mots sortent de la gorge de ses visiteurs ou si ce sont les murs qui recrachent tout ce qu'ils ont absorbé au cours de ces derniers jours parce qu'ils débordent et ne peuvent plus rien retenir.

S'est-elle endormie, la pauvre Atara, fait-elle semblant, ou peut-être agonise-t-elle ? Peu lui importe, car sous ses paupières brûlantes les images qui défilent sont plus belles les unes que les autres. Par exemple, elle se voit soudain assise autour de la table ronde pour célébrer la Pâque, lors du seder qui fut le plus heureux de sa vie, peu de temps après la naissance d'Eden. Ce n'est sans doute pas un hasard si cette soirée-là lui revient, pas un hasard si elle en savoure à présent la miraculeuse douceur, car peut-être est-ce son devoir et le devoir de tous les endeuillés de son peuple de se souvenir, au cours de la semaine qui suit un décès, de leur journée la plus heureuse, de même qu'ils ont le devoir de se souvenir de la destruction du Temple en brisant un verre durant la célébration de leur mariage.

Ils avaient été invités chez les parents d'Alex qui, en l'honneur du nouveau petit-fils des deux familles, avaient aussi invité ses parents à elle, sa sœur et son beau-frère. Son père s'était montré sous son meilleur jour et n'avait pas cessé de s'extasier sur ce bébé à la beauté séraphique. Elle se souvient qu'il avait fait les cent pas du salon à la terrasse surplombant la baie avec le tout petit Eden dans les bras, il y avait aussi Alex et Yoav qui s'appuyaient à la rambarde, tous portaient des chemises blanches, avec la mer qui s'obscurcissait en arrière-plan, on aurait dit des voiliers. Une atmosphère féerique régnait ce soir-là, comme s'ils se livraient à quelque baptême antique pour célébrer une nouvelle famille.

Assis autour de la table du salon, face aux lumières de la baie, ils avaient lu la *Haggada*, « voilà que moi, je vous envoie Élie, le prophète / Lui ramènera le cœur des pères à leurs fils, et le cœur des fils à leurs pères », elle avait alors pris la main d'Avigaïl, ensemble elles étaient allées ouvrir la porte selon le rituel et elle avait presque cru, comme sa fille de cinq ans à l'époque, que dans un instant se produirait le miracle attendu depuis des générations et que le prophète Élie apparaîtrait soudain, chez eux. Maintenant aussi, elle doit rêver, à moins que la fièvre ne lui donne des hallucinations, car au moment où elle rouvre les yeux, elle le voit entrer, sa stature emplit le cadre de la porte, sa barbe est grise et embroussaillée, ses yeux scintillent telles les lumières qui trouaient la nuit, en ce fameux soir de seder. Une autre silhouette avance lentement à sa droite, plus anachronique encore, on la dirait remontée des temps bibliques, elle est pourtant solide sur ses jambes, telle une statue ou un monument qui se serait soudain mis en mouvement.

Les yeux écarquillés, elle suit cette silhouette squelettique et digne, dont la tête est couronnée d'argent par une tresse grise, la voit s'approcher à pas mesurés, elle a le visage plus doux que dans son souvenir, le regard débordant de compassion.

Atara donne un coup de pied dans la couverture et se précipite vers la nouvelle venue. Elle a soudain l'impression que ce corps desséché dégage une incroyable puissance, comme s'il revenait du royaume des morts pour lui apporter le réconfort, il faut absolument qu'elle s'y agrippe, y frotte sa joue en feu. Son contact est aussi familier que celui de son arbre, un olivier, dans l'ombre duquel elle aimait tant s'asseoir les jours de canicule, à Jérusalem, dans le parc de la vallée de la Croix. Même à la nuit tombée, elle s'y sentait plus en sécurité qu'à la maison.

Elle est prise d'une furieuse envie de lui parler de son père, de ce soir de seder si heureux, car, oui, elle a aussi connu des moments heureux, mais avant cela, elle doit lui dire qu'elle n'a pas fait demi-tour comme elle s'y était engagée, qu'elle a continué sa route jusqu'à Maale Edoumim, jusque chez vous, Rachel. Elle ne veut l'avouer qu'à cette femme, la seule capable de statuer sur son sort selon les lois du judaïsme, lapidation combustion décapitation strangulation, puisqu'elle fait partie des vieux de la tribu et a autorité pour juger.

Le bras par lequel elle la guide, lentement et prudemment, vers le coin salon est frais. Le fils, géant vêtu de noir, les suit. Lorsqu'il se penche vers elle pour exprimer de rapides condoléances, l'histoire qu'il lui a racontée à peine quelques jours plus tôt sur le cœur et la source lui revient vaguement à l'esprit, des années-lumière se sont écoulées depuis, ne devrait-elle pas lui demander quel sera le sort du cœur si la source se tarit, quel sera le sort de la source si le cœur cesse de battre ? Sauf qu'elle ne se sent pas bien et qu'elle a des questions plus urgentes à régler avec sa mère assise face à elle, par exemple lui expliquer qu'elle n'a pas rebroussé chemin bien qu'elle ait su qu'Alex était en route pour les urgences. Qu'elle a menti.

L'entend-elle ? Peu importe. Ces paroles doivent être prononcées, quelle qu'en soit la manière, à voix haute ou en chuchotant, avec tristesse et perplexité, car derrière cette erreur se cache une autre erreur, et encore une autre, elle lui tient la main et parle, captivée par ce visage tout proche d'elle, robuste et creusé de rides, on le dirait sculpté dans du bois.

Du coin de l'œil, elle capte Eden, debout à côté d'elle, un grand verre d'eau à la main, vêtu du débardeur bleu qu'elle a un jour acheté à Alex. Il est enfin sorti de sa chambre – mais pourquoi maintenant ? A-t-il entendu ce qu'elle a dit ? Il échange quelques mots avec Rachel, une nuance angélique teinte son expression et rappelle le visage du bébé qu'il a été, soudain il indique la mer ou le *wadi*, que montre-t-il donc au fils de la vieille dame ?

Il faut absolument qu'elle découvre s'il a entendu ou non ses aveux, qu'elle lui explique qu'elle ne pouvait pas deviner et surtout qu'elle ne se le pardonne pas, mais elle est trop fatiguée, elle ferme les yeux, juste une seconde, et les voit tous les deux qui avancent déjà dans le jardin, se seraient-ils envolés ensemble ?

Ses paupières sont lourdes, son corps frissonne sous la couverture d'hiver qu'on a posée sur elle. Quelle chaleur, ou plutôt quel froid, est-ce que, chez elle aussi, certains organes sont en train de se fermer ? À l'instar d'Alex, elle n'a qu'une seule envie, dormir, mais ne peut pas se le permettre car dans un instant son père va venir la réconforter. Pourquoi pas, il s'appelle Menahem, ce qui veut dire « consolateur » en hébreu, et elle est sa fille, elle est la veuve, bien sûr qu'il viendra la consoler ! Peut-être est-il déjà là, peut-être l'a-t-il déjà portée vers un lieu plus paisible, car elle a l'impression d'être allongée, malade, dans son lit à Jérusalem, il s'assied à côté d'elle, lui prend la main et, en un instant, elle est gagnée par une merveilleuse sérénité.

Son père ne s'est jamais inquiété de ses petites maladies, mais parfois, chez elle, certaines se compliquaient, une grippe avait dégénéré en pneumonie, une migraine s'était révélée être une méningite, chaque fois, il s'était libéré de ses occupations habituelles, voire plus, car on aurait dit qu'il avait aussi réussi à se libérer, pour un court laps de temps, de ce terrible barrage qu'il dressait entre eux deux et qui l'avait empêché de lui donner autre chose que la vie.

Il rentrait tôt à la maison et restait assis des heures à son chevet, lui sifflotait de magnifiques mélodies de musique classique tristes à pleurer, lui parlait des œuvres et de leurs compositeurs, ou bien de l'orchestre sophistiqué que l'on avait dans le cerveau et de ce qui se passait dans cette matière grise quand on croisait un ours dans la forêt, ou un loup. Même dans ces moments-là, elle avait du mal à l'écouter, sans doute avait-elle les neurones trop stressés, mais elle aimait se laisser bercer par sa voix et le regarder sous ses paupières baissées. Parfois, quand il ôtait ses lunettes, son visage nu lui paraissait délicat et touchant, il lui offrait un merveilleux sourire, lui promettait que bientôt elle irait mieux, et elle serrait sa main très fort en priant pour ne jamais guérir tant elle se sentait en sécurité sous le dais protecteur qu'il déployait alors au-dessus de son lit.

Oui, en de rares occasions, elle avait eu la chance d'entrevoir ce qu'aurait pu être son père si cette route-là ne lui avait pas été barrée, et la douceur de ces moments lui donnait la chair de poule. Cela dit, pour elle, avoir conscience que cela existât en lui était insupportable. Parce que, s'il était capable d'un tel amour, pourquoi l'en privait-il la plupart du temps, tel un médecin qui cacherait à son malade un remède en sa possession, pour ne le lui administrer qu'avec parcimonie et par là augmenter sa souffrance ?

Était-ce un syndrome identique qu'elle avait identifié chez Alex ? Avait-elle été attirée par la capacité qu'il avait à ne lui procurer qu'avec parcimonie de merveilleux instants de bonheur et de paix – rares, donc terriblement précieux ? N'est-ce pas ridicule de chercher toute ta vie ce qui est précisément le plus difficile à obtenir, précisément chez la personne qui a le plus de mal à te le donner ? Plus tard, elle avait trouvé ce même bonheur apaisant auprès d'Eden bébé, quand il s'endormait, s'abandonnant tout chaud entre ses bras, ou quand il babillait si joliment, ses menottes tendues vers elle, mais cela aussi, au final, n'avait été qu'un leurre éphémère, pernicieux. Qui cherche la protection auprès d'un nouveau-né ?

Où est-il maintenant, où sont-ils tous ? Le silence est soudain si épais autour d'elle qu'elle se demande s'ils se sont éclipsés discrètement ou ont été emportés par une mort fulgurante et générale, elle rouvre les yeux, voit le rideau qui se ferme lentement sur toute sa largeur à cause du soleil, entend la clim qui fonctionne très fort et couvre les autres bruits. Étrange à quel point Alex avait peur de l'air conditionné, alors qu'elle apprécie ce flot de fraîcheur qui aspire sa fièvre, semble-t-il, refroidit sa culpabilité incandescente, à moins que ce ne soit l'effet de cette présence inattendue à son chevet. Elle remarque soudain que la grande main masculine de Rachel est toujours posée sur la sienne, alors elle se met à la détailler, fascinée, comme si une antique carte au trésor y était dessinée. Sans dire un mot, elle se focalise dessus, cherche la cachette entre les îles brunies par le temps, les déserts de soleil et les méandres veineux des ruisseaux.

C'est comme s'il n'y avait plus besoin de mots, car elle sent que Rachel sait, qu'elle la connaît. Aurait-elle, depuis des années, lancé ses racines sur un mystérieux chemin semé d'embûches pour arriver jusqu'à cette vieille dame, tel un arbre poussé sur un sol trop pauvre et qui doit aller puiser son eau et sa nourriture au loin. Oui, peut-être est-ce là la signification du soulagement qu'elle ressent en observant cette main ridée posée sur son bras.

« Maman, il se fait tard, il est temps de reprendre la route », elle entend la voix énergique d'Eden, se redresse aussitôt et demande, « pour aller où ? », mais non, c'est le fils de Rachel. Étrange que cet homme, si grand et déjà d'âge mûr, ait encore à la fois sa mère et une voix si jeune, « attendez, ne partez pas, implore-t-elle, vous venez à peine d'arriver, n'est-ce pas ? »

Rachel lui sourit mais récupère lentement sa main, « nous nous reverrons. Venez chez moi après la semaine de deuil, je vous attends », mais Atara, qui refuse de la lâcher, se lève et marche lentement à côté d'elle, « Avigaïl aussi m'a invitée chez elle après la semaine de deuil » et, tout en les reconduisant jusqu'à la porte, sa robe humide de transpiration plaquée au corps, elle se lance dans une sorte de papotage anodin, « c'est qu'elle ne peut pas venir maintenant à cause de son semestre d'été, des cours en anglais et, je ne sais pas si vous le savez, mais Alex n'est pas son père, d'ailleurs, il ne s'est jamais montré très paternel envers elle, ce qui n'est pas grave parce qu'elle a un père, mais elle en a apparemment été blessée, sinon, elle serait venue, c'est vrai qu'il n'a pas fait assez d'efforts pour elle, en revanche, moi, si », ajoute-t-elle avec précipitation, sans se soucier des regards curieux qui accompagnent leur étrange trio, incapable de laisser ces deux-là partir. Elle pourrait monter avec eux les marches jusqu'à la rue, entrer dans leur voiture, s'asseoir sur la banquette arrière, ajuster la ceinture de sécurité, claquer la portière, car où tu iras j'irai, où tu demeureras je demeurerai[1], ses visiteurs n'auront qu'à attendre en vain son retour.

Mais sur le seuil, la voilà piégée par des bras consolateurs qui viennent d'arriver frais et dispos, un choc frais et dispos incrusté sur le visage, et elle est entraînée par eux à l'intérieur de la maison endeuillée, alors elle accélère le pas et les dépasse grossièrement, comme si elle se hâtait de venir se présenter ses propres condoléances. Saisie par une faim incontrôlable, elle s'approche de la table, emplit un bol en plastique de gaufrettes à la vanille, attrape une bouteille de thé glacé et file dans le jardin avant qu'on l'assaille de questions. Qu'on la laisse seule, qu'elle puisse sentir les petits gâteaux fondre lentement dans sa bouche avant de les avaler, elle est comme une gamine qui se serait enfuie de sa fête d'anniversaire.

1. Ruth, I, 16.

Elle traîne une chaise jusqu'à l'ombre exiguë de midi, boit goulûment le thé glacé. Cette visite inattendue a quelque peu dissipé sa solitude et lui a redonné des forces, à moins que ce soit le sommeil qui l'ait guérie. Une à une, elle fait fondre les gaufrettes, savoure leur acidité sucrée autant que la floraison sauvage du bougainvillier. Quand s'est-elle pour la dernière fois assise seule dans le jardin au milieu de la journée, sans rien faire qui plus est, sans penser à rien, sans rien qui la presse ? Seraient-ce ses grandes vacances personnelles qui viennent de débuter ?

L'agitation de la maison lui arrive feutrée, des rires de temps en temps, des bribes de conversations, des sonneries de téléphone. Les gens la laisseront-ils rentrer ou ignoreront-ils ses coups frappés à la porte, aussi sourds que ses parents quand elle était gamine ? Assis à table en train de manger, la regarderont-ils à la dérobée, ravalant leur sourire triomphant, savourant leur victoire prévisible ? Peu lui importe, car des yeux, elle est en train de suivre deux nuages étincelants qui avancent l'un vers l'autre lèvres tendues, jamais elle n'a vu les nuages s'embrasser. Un court instant, ils s'unissent puis chacun repart dans sa direction et projette son ombre sur les toits du quartier. Comme elle est noire, l'ombre d'un nuage blanc, s'étonne-t-elle, et comme il est vif, le bleu de la mer qui apparaît tout à coup entre les branches de l'acacia, à moins que ce ne soit le débardeur qu'elle a, un jour, acheté à Alex ?

Eden a-t-il entendu ses aveux ? Affolée, elle bondit sur ses pieds, elle ne se doutait pas du tout qu'il s'était aventuré si bas. Elle déraillait, à moitié endormie, à moitié malade, un virus de vingt-quatre minutes apparemment, peut-être un peu plus, « Eden, c'est toi, là-bas, dans le *wadi* ? », elle traverse le jardin pour le rejoindre, passe devant le figuier stérile frappé de soleil qui dégage une appétissante odeur de confiture mijotant sur le feu et la rangée de cyprès tordus – on dirait des soldats mal fagotés alignés pour la revue – qui séparent leur parcelle de celle d'Adass. Ces arbres se ressemblaient tous quand ils ont été plantés, dix cyprès nains, mais au fil des ans, chacun a poussé différemment, une partie d'ailleurs n'a pas poussé du tout et a jauni sur pied.

« Eden, ne vous éloignez pas ! » criait-elle. Elle se postait exactement là, au bout du jardin, au bord du *wadi*, et surveillait leurs enfants respectifs qui jouaient dans l'épaisseur des broussailles. Ils se cachaient dans les buissons, grognaient comme des sangliers pour s'effrayer mutuellement, sautillaient d'un rocher à l'autre, quel plaisir elle éprouvait à suivre la pétulance de son fils. Il a toujours été mature, intelligent, responsable, de ceux qui essaient de satisfaire tout le monde, réconcilient et apaisent. Rien de cela ne vient de l'éducation qu'elle lui a donnée, affirmait Alex, c'est sa propre personnalité, à moins que ce ne soit le rôle qu'ils lui ont inconsciemment imposé ?

Elle se tourne dans toutes les directions, pas le moindre centimètre de mer à l'horizon, pas davantage d'Eden, il n'y a que sa maison derrière elle, construite à flanc de coteau, suspendue entre ciel et terre, chaque fois qu'elle la regarde sous cet angle, elle craint de la voir soudain se décrocher et dégringoler tel un immense rocher, bon, mais où est passé son fils, où est passée la mer qui parfois apparaît si nettement et parfois disparaît totalement. Encore une chose qui l'étonne, comment une présence aussi immense, évidente et incontestable peut-elle échapper totalement à la vue ?

Eden est sans doute retourné dans sa chambre, elle va devoir retraverser le salon bondé et monter à l'étage pour clarifier ce qu'il a entendu, à supposer qu'il ait entendu quoi que ce soit. Il ne peut pas être descendu jusqu'au fond du ravin, la luxuriante floraison printanière qu'ils ont tant appréciée et immortalisée sur des photos est devenue un enchevêtrement de ronces à hauteur d'homme, des squelettes jaunes et hostiles entravant la marche. Adolescent, son fils s'imposait des épreuves d'endurance, patrouillait la nuit sur ces pentes abruptes, une fois, il a même réussi à atteindre la mer. Que n'avait-elle pas fait pour essayer de l'en empêcher, ne t'en demande pas trop, mon enfant, tu n'as rien à prouver à personne.

Un frémissement se fait entendre dans les broussailles et elle sursaute, les sangliers ont proliféré cette année et sont plus agressifs que par le passé, rien que la semaine dernière, Alex s'est retrouvé nez à nez avec une femelle qui avait mis bas et l'a accueilli par des grognements, dire que la bête est sûrement toujours vivante alors que lui non, va-t-elle me grogner dessus ? Elle se penche pour ramasser un caillou, recule d'un pas, mais c'est là qu'elle le distingue, c'est bien son fils debout quelques mètres plus bas, de dos, presque caché derrière les branches d'un pistachier lentisque. Elle marche entre les ronces pour le rejoindre, ses pieds en tongs, bien vite griffés, picotent, elle s'écrie, « Eden, je te cherche ! »

Il se tourne enfin vers elle, le tissu bleu met en valeur ses yeux qui étincellent d'un éclat très vif. Elle croit le voir sourire et soupire de soulagement, il n'a apparemment pas entendu ses aveux. Que va-t-elle lui dire en fait, pourquoi le cherche-t-elle ? Et si elle lui proposait d'aller sauter sur les rochers avec elle comme avant, ou d'organiser une partie de cache-cache avec leurs visiteurs ? Le jardin se remplirait de cris de joie, de craquements de ronces et de roulements de cailloux, mais eux, personne ne les trouverait. Jamais.

« Que se passe-t-il ? lui demande-t-elle, essoufflée. Qu'est-ce que tu fais là ? » Plus elle s'approche, plus le sourire qu'il affichait s'évanouit, peut-être d'ailleurs a-t-elle été trompée par la luminosité, et il répond lentement, « ce que je fais ? Je réfléchis. »

Inquiète, elle lui demande, « à quoi ? », s'agrippe à un jeune tronc de pin et essaie de calmer sa respiration. Donc, il l'a entendue, sait qu'elle a abandonné son père et ne le lui pardonnera pas… mais non, et quelle n'est pas sa surprise de l'entendre articuler, lentement, péniblement, comme si chaque mot lui coûtait, « je pense à papa, à ce qu'il voulait me dire. »

Elle se sent mieux, lâche aussitôt, « oh, mon chéri, on en a déjà parlé. Il était confus, il voulait simplement te voir ! » mais il n'en démord pas, « c'est très important pour moi, maman, essaie de te rappeler exactement ce qu'il t'a dit. »

Elle n'a pas besoin de faire un effort, elle s'en souvient très bien. Des mots doux et caressants comme des baisers, c'est ce qui est sorti de la bouche d'Alex avant qu'il ne lâche son dernier souffle, « je t'ai déjà tout répété, il a dit que je m'occupais bien de lui et que je l'aimais vraiment… » Eden l'interrompt, impatient, « sur moi ! Qu'est-ce qu'il t'a dit sur moi ? Pourquoi il m'a appelé ? »

Elle soupire, « je ne me souviens de rien de plus ! Il m'a simplement demandé deux fois où tu étais, et après il voulait que tu descendes pour te donner la réponse à une question que tu lui avais posée aux urgences », il approche d'elle un visage brillant de sueur, ses yeux se durcissent, « tu as une idée de ce qu'il voulait dire ? C'est venu dans quel contexte, de quoi parliez-vous ? », et elle répond, « on ne parlait pas vraiment, et il s'en est souvenu tout à coup. Il divaguait à cause de l'infection et de la fièvre. Moi aussi, tout à l'heure, je me suis sentie très mal et j'ai tenu des propos incohérents. »

Il susurre, « ça ne veut pas dire qu'ils n'avaient pas de sens. Écoute-moi bien, maman, je dois comprendre ce que papa a essayé de me transmettre ! C'est la dernière chose qu'il m'a dite et tu es le seul témoin », répète-t-il d'un ton menaçant, comme s'il était convaincu qu'elle lui cachait une information cruciale.

Est-ce ainsi qu'il mène les interrogatoires dans son unité ? Il serre les lèvres, la fixe d'un regard inquisiteur, elle ne le reconnaît presque pas. Est-ce cela qu'on appelle l'instinct de tueur ? Eh bien, il en est doté ! Pourquoi Alex pensait-il le contraire et pourquoi est-ce elle qui en fait les frais ?

Ils sont seuls tous les deux dans cette savane sauvage et isolée. La lionne et son petit déjà grand se flairent à nouveau, la mort du lion a rebattu les cartes, et elle sent qu'elle doit se ressaisir, rugir, montrer au lionceau adulte qu'elle a encore du pouvoir.

« Ça suffit, je t'ai dit tout ce dont je me souviens », déclare-t-elle d'un ton tranchant. Après des années de silence, le voilà maintenant qui guette, avide, le moindre de ses mots alors que, précisément, elle n'a rien à lui offrir, qu'elle est assoiffée à cause de cette chaleur, qu'elle respire lourdement, dans une seconde son haleine brûlante va mettre le feu à toute la végétation.

« Je comprends ta recherche de sens, ajoute-t-elle quand même en essayant de décoller de son bras une goutte de résine, mais crois-moi, ça ne sert à rien de ressasser. Il voulait simplement te voir. Viens, rentrons à la maison, j'ai besoin de boire », mais il geint, « à la maison ? Ce n'est pas la maison avec tous ces gens qui la squattent ! »

Elle grogne, la gorge sèche, « ça va bientôt se terminer, ne nous restent que deux jours », et les voilà en train de remonter la pente raide et glissante. Lourds de chagrin, ils mettent leurs pas dans ceux de leur défunt, lui qui ne les appellera plus du jardin, assis à l'ombre du pin avec un livre ou son ordinateur, lui qui ne les retardera plus en leur détaillant la conversation téléphonique qu'il vient de clore ou l'article qu'il vient de lire. Il ne les attendra plus à la maison, occupé à concocter un repas avec les restes et à dire, fier de sa recette, jamais vous ne mangerez un tel délice dans un restaurant, ou bien énervé devant l'évier débordant de vaisselle sale qu'il se chargera d'empiler sur le plan de travail, oui, même de ça ils vont se languir. Il ne passera plus dans le salon parmi les invités pour leur proposer encore un verre, ne se perdra plus dans les récits de son enfance qu'elle connaît par cœur mais aime tant écouter et réécouter, il ne sera plus là, il ne sera plus jamais là, même si son âme s'est incrustée dans la maison et l'a transformée en carrière à ciel ouvert, sèche et profonde, dans laquelle ils avancent, la veuve et l'orphelin, les statuts sociaux les plus méprisés des temps anciens.

CHAPITRE QUINZE

La prière de Rachel

Elle se réveille en pleine nuit, « pourquoi tu es assis par terre à pleurer ? Pourquoi tu te couvres la tête de cendres ? » demande-t-elle à son père qu'elle a de nouveau trouvé en train de prier avec ferveur. Il la regarde de ses yeux las, « viens, ma fille chérie, viens et récite avec moi le *tikkoun hatsot*[1]. »

Elle se recroqueville contre son torse bienveillant et l'entend se lamenter : « Souviens-toi, ô Éternel, de ce qui nous est advenu ; regarde et vois notre opprobre. Notre héritage est passé à des étrangers, nos maisons à des métèques. Nous sommes devenus des orphelins, sans père ; nos mères sont pareilles à des veuves. Toute joie a déserté nos cœurs ; nos danses sont changées en deuil. Elle est tombée, la couronne de notre tête ; malheur à nous, car nous avons péché[2] ! »

Elle lui demande tout bas, ne veut surtout pas le déranger, « qu'est-ce qu'on a fait de mal, papa ? », et il lui explique

1. Pratique très répandue chez les kabbalistes, il s'agit d'une cérémonie qui se déroule à minuit, au cours de laquelle des prières et des lamentations sont récitées afin de marquer l'exil du peuple juif et de la présence divine. Elle est constituée de deux parties : le *tikkoun* Rachel (la prière de Rachel) durant lequel certains rites de deuil sont pratiqués ainsi que la récitation de certains psaumes, et le *tikkoun* Léa (la prière de Léa), plus joyeux.

2. Les Lamentations, V, 1, 2, 3, 15, 16.

patiemment qu'à cause des péchés du peuple d'Israël le Temple a été détruit il y a plus de deux mille ans, le pays aussi, ses habitants ont été chassés, et aujourd'hui encore nous devons, chaque nuit, pleurer cette catastrophe, supplier pour le salut du pays et du peuple grâce à une prière particulière, dont la première partie s'appelle le *tikkoun* Rachel, et la seconde, le *tikkoun* Léa. Le mieux est de la réciter à minuit, car c'est l'heure du remplacement des équipes célestes, si bien qu'elle résonne plus fort et a plus de chance d'être acceptée.

Elle l'écoute, émerveillée, toujours lovée contre lui, non sans, de temps en temps, tourner la tête vers l'arrière de peur que sa mère ne les entende et que, contrariée, elle ne vienne reprocher à son père de ne pas l'avoir ramenée immédiatement au lit, de lui bourrer le crâne avec ses histoires de Kabbale, au milieu de la nuit de surcroît ! D'ailleurs, lui aussi devrait aller se coucher car il ne lui restait que quelques heures de sommeil avant de monter dans le premier bus pour aller travailler.

Une fois de plus, il lui parle du plus grand des kabbalistes, le saint rabbi Isaac Louria, qui avait composé la version de cette prière cinq cents ans plus tôt, dans la lointaine ville de Safed, et des dix émanations divines, les *sefirot*, reliées les unes aux autres dans la chaîne des causes et des effets, il les énumère pour elle et, à chaque nom, indique une partie de son petit corps. Le bras droit est la Charité, le bras gauche l'Héroïsme, le torse est la Splendeur, et les cuisses la Gloire et l'Éternité, la bouche est le Royaume, les organes de reproduction le Fondement, l'Intelligence est le cerveau, la Sagesse le cœur, et au-dessus de tout, il y a la Couronne – il lui dessine un cercle au-dessus de la tête – qui ne fait pas partie du corps mais est posée dessus afin de relier les mondes supérieurs à ceux du dessous.

Dans le brouillard de son rêve, elle l'entend lui répéter, « prie avec moi, telle Rachel notre mère qui pleure sur ses fils exilés et prie pour leur retour », et elle s'étonne, « quoi, ils sont toujours en exil, papa, après tellement d'années ? », il répond, « oui, ils ont été dispersés aux quatre coins du monde et peut-être que ce sera justement ta prière, ma petite Rachel, qui les ramènera », alors elle répète après lui les mots sacrés qu'il traduit pour elle de l'araméen, ils ont un goût puissant et rafraîchissant, comme celui de la menthe qui pousse dans leur jardin de Nahlaoth, à Jérusalem, « Toi, maître de l'univers, Tu as fait émaner dix mesures que l'on nomme les dix *sefirot*, afin de diriger par elles des mondes occultes qui ne se manifestent pas et des mondes qui se manifestent. Et par elles Tu Te dérobes au regard des humains. Toutes ces *sefirot*, chacune porte un nom connu mais Toi, Tu n'as guère de nom connu car Tu emplis tous les noms et si Tu les quittes, leurs noms restent comme des corps sans âme[1]. »

Mais que lui arrive-t-il soudain pour qu'il la repousse, bondisse sur ses pieds nus et hurle ? Jamais elle ne l'a vu dans cet état, « nous avons péché, ma fille, nous avons péché, on n'a pas le droit de réciter la prière de Rachel dans une maison en deuil ! » Elle proteste, effrayée, « papa, on est chez nous, pas chez des endeuillés », mais il s'entête, « non, tu es allée voir une famille en deuil, son deuil est le tien et la Présence divine est en deuil avec toi. Entends-la se lamenter : Voilà pourquoi je pleure ; mes yeux, mes yeux ruissellent de larmes ; car il est loin de moi le consolateur qui me rendrait la vie[2]. »

Elle se révolte, « cela fait soixante-dix ans que Menahem s'est éloigné de moi, j'ai été jeune et je suis devenue vieille[3], je ne l'ai pas revu depuis et je n'ai pas regardé en arrière », il

1. Tikkounè Zohar, Patah Eliyahou (supplique adressée au prophète Élie).
2. Les Lamentations, I, 16.
3. « J'ai été jeune et je suis devenu vieux », Psaumes, XXXVII, 25.

soupire, il est si jeune, pas encore quarante ans, alors qu'elle a maintenant le double de son âge, voire plus, « il n'y a ni depuis, ni avant, ni trop tôt, ni trop tard dans nos prières, ma fille, puisque nous venons de pleurer la destruction de Temple il y a deux mille ans », et elle réplique, tranchante, « c'est exactement cette raison qui, très jeune, m'a détournée de votre religion pleurnicheuse et m'a fait choisir l'action. » Il lui caresse la tête de ses mains gercées par un travail pénible dans les carrières de pierre, ses doigts dessinent à nouveau le rond de la couronne, lui a-t-il vraiment pardonné ? Et elle, lui a-t-elle pardonné, à lui ? « Une action aussi peut être une supplique ou une prière, il suffit que tu y mettes tout ton cœur », dit-il, et elle pose la main sur son cœur, ses mots se mêlent à ceux de son père, « ainsi parle l'Éternel : Une voix retentit dans Ramah, un gémissement, d'amers sanglots. C'est Rachel qui pleure ses enfants, qui ne veut pas se laisser consoler ! Ainsi dit l'Éternel : que ta voix cesse de gémir et tes yeux de pleurer, car il y aura une compensation à tes actes et il y a de l'espoir pour ton avenir[1]. »

Lorsque sa propre voix la réveille, c'est précisément les pleurs de son fils Yaïr petit qu'elle se remémore. Elle est désorientée, en sueur, pourtant elle refuse le moindre regret. Il frappait contre la porte de ses poings serrés, la suppliait d'ouvrir, mais elle devait se montrer dure, ne pouvait pas flancher, car même derrière les pleurs d'un bébé pouvait se cacher un policier britannique ivre de vengeance, à l'instar de celui qui avait assassiné leur chef. Après l'avoir capturé dans un de leurs appartements clandestins, il l'avait poussé vers la fenêtre, les mains liées, et lui avait tiré une balle dans le dos.

« Maman Rachel à moi ! Maman Rachel à moi ! » couinait-il sans relâche, encore et encore, jusqu'à ce que ses appels se

1. Jérémie, XXXI, 14, 15, 16.

vident de sens. Depuis qu'il avait reconnu le prénom de sa mère au milieu de ceux des quatre icônes bibliques, il avait commencé à l'appeler ainsi, ce qu'elle détestait. De plus en plus jaloux, il semblait terrorisé à l'idée de devoir partager sa jeune mère inexpérimentée avec tout un peuple.

Or, effectivement, telle la Rachel biblique, elle avait souffert pour le mettre au monde, trois jours et trois nuits d'horribles contractions, persuadée qu'elle aussi mourrait en couches et serait enterrée, même si ce n'était pas sur le chemin d'Efrata. Après être sortie sans mal de missions particulièrement téméraires, après avoir miraculeusement survécu aux filatures et aux embuscades, aux interrogatoires et aux emprisonnements, ce qui l'achèverait, ce serait cette bombe qu'elle avait dans le ventre, ce baigneur en plastique rempli d'explosifs – c'est ainsi qu'elle imaginait son bébé. Mais lorsque, finalement, on lui présenta son fils, il ne ressemblait pas du tout à une jolie poupée pâlotte. Il était bleu de colère et ses yeux, qui s'étaient immédiatement ouverts, la fixaient d'un regard accusateur, comme si, dans son ventre, il avait avalé toute l'humiliation et l'amertume dont elle se nourrissait, comme si elle avait commis, par le seul fait de l'avoir mis au monde, une grave faute envers lui.

Allongée dans son lit par cette nuit brûlante, elle marmonne dans son demi-sommeil, « malheur à nous, car nous avons péché ! Nous n'avons pas menti qu'à nos parents mais à nos enfants aussi, nous avons fait preuve de cruauté envers eux aussi, nous qui n'avons ni pardonné, ni oublié, ni douté. Nous qui aspirions à de grandes choses et avons échoué sur l'essentiel, nous à qui la clandestinité seyait au-delà de ce que nous imaginions, qui avons pris nos espoirs pour des réalités et n'avons pas su identifier l'ennemi alors qu'il se trouvait aussi en chacun de nous. »

Elle revoit à présent la fille de Mano, allongée sur le canapé dans cette maison en deuil, sous une couverture d'hiver, les cheveux défaits et les yeux incandescents du feu noir de la culpabilité, sacrifiée sur l'autel d'une exégèse sans concession et plus insupportable que la mort, plus cruelle que le destin. Ce visage anguleux et mystérieux qu'elle connaît depuis si longtemps et ces longs doigts serrés autour de sa main lui ont raconté une histoire qu'elle a déjà entendue, une histoire de catastrophe qui aurait pu être évitée, d'objet perdu qui devait être rendu et a de nouveau mené à une perte, une histoire de gamine orpheline d'un père pourtant vivant.

Elle sent encore la pression sur sa main, signe aussi primaire que les contractions d'accouchement. Comme elle lui fait de la peine, la fille de son Jephté, aussi délicate et fragile qu'une adolescente, sacrifiée par son père ! Qui te tient à présent la main, petite ? soupire-t-elle, qui pleure avec toi ta jeunesse disparue, la promesse tenue et celle trahie, tout ce qui a été jeté du haut du précipice ?

Si seulement elle pouvait être à ses côtés, Atara paraissait si seule bien qu'entourée d'amis, si perdue, comme capturée à l'instar de la princesse du conte, et, malgré elle, cette histoire qui a eu tellement d'effet sur la vie d'Amihaï lui revient à l'esprit, c'est celle qu'elle déteste le plus et dont elle se souvient le mieux pour l'avoir lue et relue tout au long de cette fameuse année, alors qu'elle oscillait entre colère et frustration, essayait en vain de décrypter le sortilège qui la privait de son jeune fils, de son fruit chéri.

Le début, elle le connaît presque par cœur et sent ses lèvres remuer avec les mots qui lui reviennent : il était une fois un roi qui avait six fils et une fille, et celle-ci lui était plus chère que tout. Un jour qu'ils discutaient ensemble, il se mit en colère contre elle et une malédiction lui échappa : « que le pas-bon t'emporte ! » Effectivement, cette nuit-là, elle se retira dans sa chambre et, au matin, elle avait disparu.

Depuis, l'émissaire du roi parti à sa recherche traversait des forêts, des champs, des déserts, cela prenait des années, car chaque fois qu'il arrivait à retrouver sa trace, quelque chose l'obligeait à reculer. Il se heurtait à une infinité d'obstacles, se trompait, la ratait, échouait un nombre incalculable de fois, jusqu'à ce que finalement il arrive à la libérer de la forteresse où elle était recluse. Mais de cela, leur rabbi n'avait rien dit, car, comme le répète son naïf de fils, « la fin dépend de nous. »

Pour l'instant cependant, ce qui l'intéresse, ce n'est pas la fin mais le début. Elle s'assied sur son lit et allume sa lampe de chevet. Elle n'arrivera pas à se rendormir à cause de la sieste inhabituelle qu'elle a faite sur le trajet de retour. De plus, dans la chambre, l'air stagne comme les pales du ventilateur qui viennent de s'arrêter en un léger grincement.

Elle boit l'eau qui a tiédi dans le verre posé sur sa table de nuit, pour quelle raison le roi était-il furieux au point, songe-t-elle, de maudire sa fille chérie ? Il a dû amèrement regretter d'avoir laissé échapper une telle ânerie. Tout comme Jephté de Galaad, qui avait parlé sans réfléchir. Le roi trouvait-il sa fille trop proche de lui ? Ou au contraire aurait-elle émis le vœu de s'éloigner, ce qui l'aurait rendu furieux ? À moins que, inconsciemment, il n'ait essayé de la protéger de quelque chose de pire, voilà ce qu'elle se demande tout à coup.

Le mélange entre deuil et culpabilité est diabolique, elle sent ses yeux picoter dans le noir, si ce n'est que le roi n'a pas perdu espoir, même si l'attente d'une résolution lui a paru éternelle. En revanche, le jeune rabbin qui a étonné ses disciples en leur racontant cette histoire était, lui, déjà plongé dans un deuil total puisqu'il venait de perdre son bébé, le fils qui lui était le plus précieux et le plus cher parmi tous ses enfants.

« Tu penses aussi brillamment que nos meilleurs talmudistes, mon agnostique de mère chérie », lui fait remarquer de temps en temps son benjamin, ravi. D'ailleurs, au moment où ils reprenaient la route en fin d'après-midi, il le lui a répété parce qu'elle avait relevé un point précis, mais elle était tellement épuisée par la visite qu'elle s'était endormie – résultat, il est minuit et elle est totalement éveillée. Il se trompe, Amihaï, à vrai dire, je ne m'intéresse pas aux héros de ses histoires mais au récitant, mon vieil ennemi, fou de culpabilité et de chagrin, qui, après la mort du fils tant aimé, essaie d'attirer nos fils dans son giron.

L'atmosphère est étouffante dans cette chambre à coucher, malgré la fenêtre ouverte. Le ventilateur vient de rendre l'âme et l'air est si rare qu'elle a du mal à respirer, comme au sommet d'une haute montagne. Elle se lève prudemment de son lit et va ouvrir le volet sur la nuit caniculaire. Cette vague de chaleur est particulièrement longue, on dirait que le soleil continue à brûler dans le ventre de la terre, sous la fine couche de pierre calcaire.

Stupéfaite, elle remarque soudain un œil énorme qui la fixe du haut de la tour de garde abandonnée sur la colline des Fondateurs. Elle est tellement déconcertée qu'elle cligne des paupières et tourne la tête, en quête de l'autre œil. Jamais elle n'a ainsi vu l'étroit quartier de lune, il est entouré d'une auréole bleutée fluorescente au milieu de laquelle la face cachée brille telle une pupille. Fascinée, elle contemple cette merveilleuse couronne créée par des rayons qui se brisent en cristaux glacés. Un miracle, cette lumière qui revient vers nous en mille éclats, est-ce la lumière de la miséricorde ?

Car en cet instant, elle la sent qui se propage dans tout son corps, la miséricorde, puis gagne le corps du monde entier, à moins que ce ne soit le contraire, car il y en a pour le courageux rabbi qui voulait chasser la culpabilité des cœurs, pour tous ceux qui ont besoin de lui, pour tous les pères et toutes les mères, les croyants et les incroyants, ceux qui dorment de chaque côté du mur de séparation, tous les jeunes obligés de protéger leur sommeil avec une arme chargée. Non, ce n'est pas ainsi qu'elle s'était représenté la vie en ce lieu après tant d'années.

Des pleurs insistants de bébé montent soudain des collines obscures. Qu'est-ce qui lui prend, ces derniers temps, de divaguer ainsi, à moins qu'un vrai bébé ne soit arrivé dans l'immeuble, peu importe, en fait. Elle sent ses seins se gonfler de lait, son cœur de pitié et de nostalgie pour son petit Yaïr qui vient de naître, pour ce bébé bleui et affolé aux yeux grands ouverts, et c'est vers lui que, par la fenêtre, elle tend les bras, car il n'y a peut-être, effectivement, ni de trop tôt ni de trop tard, alors elle continue à les tendre vers le gamin dont le visage est cramoisi de vexation, puis vers l'adolescent qu'elle n'a pas su canaliser tant il lui ressemblait, puis vers l'homme solitaire et amer qu'il est devenu, celui qui tourne vers elle les flèches d'une révolte qu'elle lui a elle-même transmise, tout comme un cœur froid frigide fanatique. Il faut qu'elle le voie au plus vite, qu'elle lui dise que sa porte lui est grande ouverte, même s'il n'a plus besoin d'entrer.

Et si elle se rendait chez lui dans les prochains jours ? Elle est allée jusqu'à Haïfa, elle peut bien aller jusqu'à Jaffa, jusqu'à ce petit appartement mal entretenu qu'elle n'a pas visité depuis des années. Le problème, c'est que leurs discussions dérapent rapidement, surtout en tête à tête. Mieux vaut qu'elle lui écrive une lettre, comme c'était l'usage dans sa génération. Elle lui demandera pardon pour des choses qu'elle vient seulement de comprendre, détaillera avec précision tout ce qu'elle regrette et combien elle le regrette, ne lui cachera rien. Elle lui parlera aussi, comme à Amihaï, de son premier mariage, il en fera ce qu'il voudra. Oui, elle va lui écrire une lettre, avec crainte et espoir elle formera chaque caractère de ses doigts enflés : debout derrière la porte close, je me suis tenue, immobile. À quoi bon appuyer sur la sonnette ou frapper.

CHAPITRE SEIZE

Ta vie, biche piégée

Tous les matins, elle se réveille avec un goût de cendre entre les dents et une terrible sensation de faim qui se mue en pesante satiété, laquelle se mue en nausée. Le moindre paysage lui donne envie de vomir car Alex n'en fait pas partie, ne peut pas le voir, le joyeux feuillage des pins par leur fenêtre trapèze, la mer et son turquoise arrogant qui se balance entre les branches, le troupeau de nuages étincelants qui glissent vers l'orient et jettent des taches d'ombre sur le *wadi*, les voitures miniatures qui passent sur la route côtière, le train qui apparaît dans le fond. Sa propre silhouette renvoyée soudain par le miroir accroché au mur provoque en elle un haut-le-cœur parce qu'il ne la verra jamais plus, maigre et voûtée, échevelée telle une sorcière, le choc gravé sur son visage.

Alors elle tâtonne à travers la maison en aveugle, s'agrippe aux murs les paupières baissées. Interdiction d'avoir un contact visuel avec les sandales d'Alex toujours posées près de la porte comme pour prouver qu'il allait bientôt rentrer, ni avec les photos de famille éparpillées sur les rayonnages de la bibliothèque, ni avec la chemise en jean qui attend sur le portemanteau à l'entrée, comme s'il allait l'enfiler ce soir sur son tee-shirt pour sortir dans le jardin, ni avec le livre resté ouvert sur la table de chevet, la brosse à dents desséchée, le moindre détail, le moindre objet la catapultent en arrière avec toute la puissance de son chagrin, comme si elle avait sauté sur une mine.

Les ténèbres couvrent la face de l'abîme, les ténèbres couvrent la face de l'abîme, s'entend-elle marmonner, tel était le monde avant que Dieu dise : Que la lumière soit. Tel sera dorénavant son monde et, étonnamment, cela lui est si familier qu'elle se demande si elle n'aurait pas vécu avant la Création, ne serait pas issue de ce chaos. Un chagrin hors du temps bat en son cœur éploré, un chagrin qu'elle connaît sans savoir d'où il lui revient. Cela ne change rien, au fond, car les jours passent, elle-même passe, oui, voilà ce qui lui reste à faire, passer d'un jour à l'autre, d'une nuit à l'autre jusqu'à effacement total.

De toute façon, la frontière entre la vie et la mort est de plus en plus ténue depuis qu'Alex l'a franchie avec tant de facilité, une vie peut ressembler incroyablement à la mort, et c'est le cas de la sienne. Sans s'en rendre compte, elle a déménagé dans une existence d'un genre autre, elle obéit à des lois de la nature dont elle n'avait pas conscience, comme les vagues de la mer obéissent à l'attraction lunaire.

Avec l'absence de son mari qui devient un fait accompli – oui, ce n'est plus une possibilité parmi tant d'autres, ce qu'elle croyait en son for intérieur au cours des premières semaines – elle se sent rapetisser peu à peu. Elle a l'impression d'avoir perdu des centimètres, de vivre l'évolution à rebours, son dos est moins droit qu'il ne l'était, elle va bientôt se mettre à marcher à quatre pattes ou à ramper. Le poids qui écrase ses membres augmente à un point tel que la station debout lui est de moins en moins aisée. Ses paupières sont baissées, ses bras et ses jambes lourds, son ventre pendouille bien qu'elle ait quasiment cessé de s'alimenter, ses muscles fondent. Peu importe, elle n'en a pas vraiment besoin puisque la majeure partie de la journée elle reste allongée dans son lit sous les combles à fixer le vide, à observer le squelette de sa vie qui se dénude lentement.

Ta vie, biche piégée, les fauves l'ont dépecée et les vautours ont fondu sur le cadavre. Les résidus ont été brûlés par le feu, le vent a éparpillé les cendres, des cendres noires dans lesquelles ne reste qu'à tâtonner, peut-être étaient-elles toujours présentes mais seule la catastrophe a révélé la vérité, car il est inconcevable qu'Alex soit celui qui ait entretenu en elle l'étincelle de vie, oui, cela est totalement inconcevable, et pourtant la lumière s'est éteinte.

Si seulement la possibilité lui avait été donnée d'une vraie cérémonie d'adieux, pendant un jour ou rien qu'une heure, avec la conscience qu'il allait bientôt mourir ! Elle envie tous ceux qui ont eu la chance de savoir, qui ont pu se séparer pour l'éternité. Elle est certaine que cela l'aurait un peu soulagée, alors qu'en l'occurrence elle ne cesse de frémir en pensant à leur brusque arrachement, hier encore il était là, hier encore nous discutions. Elle reconstitue en boucle le fil tragique des événements, minute par minute, Alex qui est sorti de sa vie avec la même impétuosité qu'il y était un beau jour entré, quelque vingt-cinq ans auparavant. En même temps, elle a l'impression que si, dans un certain sens, il est parti, dans un autre sens il a au contraire raffermi son emprise sur elle et qu'il ne renoncera pas facilement au statut de supplicié que lui a conféré la mort.

Car, qu'elle le veuille ou non, la voix de son mari l'accompagne tout au long de la journée, tout au long de cette vie qu'elle passe à fluctuer, ballottée par les flots telle une canette vide. Que t'arrive-t-il, Atara, l'entend-elle s'étonner, quand reprendras-tu le travail ? Quand Eden retournera-t-il à l'armée ? Je ne peux pas croire que vous ne vous en sortiez pas sans moi, et si j'ai affirmé le contraire, c'était surtout pour te provoquer, mais en vrai, je ne le pensais pas, d'autant que toi aussi, tu étais persuadée que vous n'aviez plus besoin de moi, que je n'étais qu'un poids pour vous.

Pourquoi ne prends-tu pas soin de toi ? lui reproche-t-il souvent. Pourquoi ne retournes-tu pas au yoga ? Pourquoi les rideaux sont-ils fermés ? Il n'y a pas d'air ici ! Et cet évier, regarde comme il est dégoûtant, quoi, je suis le seul à m'inquiéter de l'état de cette maison ? Tu as de nouveau fait trop de courses que tu finiras par jeter à la poubelle. Tu n'as pas vu qu'on avait des tonnes de riz ? Effectivement, le riz qu'il a acheté lui survit, les cornichons qu'il a préparés quelques jours avant sa mort sont encore bons à manger – si elle était capable de manger –, pourtant, elle remplit la réserve comme si elle se préparait à un siège, s'assied devant l'ordinateur et commande de la nourriture, c'est bien pratique de ne pas avoir à sortir de la maison. Depuis qu'ils se sont recueillis sur la tombe à la fin de la semaine de deuil, elle n'a pas mis le nez dehors et n'arrive pas à se motiver pour le faire. Elle a facilement renoncé à la cérémonie des trente jours, de toute façon la pierre tombale en basalte gris qu'elle a commandée pour lui n'est pas encore prête. Sa peau est devenue trop sensible, réagit au moindre contact, l'étiquette d'un chemisier sur sa nuque, l'eau froide sur son visage, la gifle des rayons de soleil. Une piqûre de moustique atteint des proportions terrifiantes, si bien qu'elle ne peut même plus descendre dans le jardin.

Alors elle reste allongée pendant des heures dans leur lit sous les combles avec les affaires d'Alex qui la cernent, lui donnent la chair de poule et l'emplissent de nostalgie, elle le revoit, comme souvent après une dispute, claquer la porte et la laisser en plan, furieuse et vexée. À l'époque, elle crevait d'envie de se défouler sur les objets qui lui appartenaient, exploser son ordinateur et jeter ses vêtements à la poubelle, alors que maintenant ce sont ces objets-là qui l'humilient par leur seule existence.

Oui, tous ces objets-là paraissent être restés bien plus proches de lui qu'elle ne l'est, elle les entend le féliciter, lui dire qu'il avait raison sur toute la ligne quand il ne cessait de répéter à sa femme, tu le regretteras, tu finiras par m'estimer et par te languir de mes reproches.

Souvent aussi elle tend vers lui ses bras vides, croit le sentir bouger sur le matelas. Aurait-elle intériorisé ses mouvements pendant des années pour à présent les percevoir tels ceux d'un fœtus dans une grossesse éternelle ? Elle sent sa présence, surtout pendant la nuit, lorsque les heures s'étirent effroyablement, que le temps s'arrête, que l'air stagne et que le sommeil lui fait faux bond ; elle reste persuadée que c'est la lumière de la lampe de chevet d'Alex qui l'empêche de dormir, allez, éteins, bougonne-t-elle, et elle l'entend murmurer, laisse-moi encore quelques minutes, c'est incroyable ce qui se passe dans ce bouquin, le type est parti pour deux jours et est revenu au bout de deux ans.

Et toi, c'est aussi incroyable ce qui t'est arrivé, sanglote-t-elle, tu ne reviendras plus, je ne te reverrai plus et tu ne me reverras plus. Je vieillirai sans toi, je tomberai malade et je mourrai sans toi, Eden se mariera sans toi et deviendra père sans toi, père orphelin. Elle se relève et tâtonne jusqu'aux toilettes, les gouttes d'urine lui brûlent l'entrejambe. À la lumière de la pleine lune qui passe à travers le Velux, elle remarque un premier poil blanc sur son pubis. Alex ne verra pas les poils de son pubis blanchir.

Tu exagères avec les cachets, ça devient une addiction, entend-elle Alex la sermonner, elle prend son oreiller dans les bras, si léger cet oreiller. Que son corps se faisait lourd après l'amour ! se souvient-elle. Il la serrait contre lui, s'endormait d'un coup tandis qu'émanait de sa peau une chaleur ardente, apaisante. Reste avec moi, ma chérie, chuchotait-il, ne t'éloigne pas, sauf qu'en général elle n'arrivait pas à s'endormir dans cette position et essayait de se dégager, de se débarrasser de ce bras qui pesait comme un bras mort. Je reste avec toi, lui répondait-elle tout bas en réintégrant sa moitié de lit. C'est de là qu'ensuite elle lui envoyait ses instructions, tourne-toi sur le côté, ferme la bouche, arrête de ronfler, et il râlait dans son sommeil, qu'est-ce que tu me veux, tu finiras par te languir de mes ronflements.

Elle se tourne et se retourne sur sa couche. Personne ne ronfle à côté d'elle, c'est à présent sa propre respiration qui l'empêche de dormir. Son cœur bat si fort contre le matelas que les ressorts frémissent, le sol de la pièce tremble. Elle rallume et avale la seconde moitié du somnifère, entend la voix de son mari monter avec les lamentos des chacals, les aboiements des chiens, tu exagères avec les cachets, ça devient une addiction.

Qui est-ce que ça dérange, au fond ? Elle peut faire tout ce qui lui passe par la tête. Acheter une robe hors de prix sans couper aussitôt l'étiquette, ou ces fameuses boucles d'oreilles serties de rubis. Elle peut recommencer à fumer, salir l'évier de taches de café et d'épluchures, ne plus faire l'amour jusqu'à la fin de sa vie ou, au contraire, coucher avec tous les inconnus qu'elle croisera. Ça dérange quelqu'un ? lance-t-elle à haute voix. Quelqu'un le remarquera ? Si ce n'est qu'elle n'a plus aucune volonté, plus aucun désir, même l'envie de voir sa fille débarquer s'évanouit petit à petit. La seule chose qui lui reste, c'est un prénom, donné dans la douleur et la culpabilité. Et quand parfois elle se souvient qu'elle n'a pas eu le temps de lui en parler, son chagrin ne fait que croître. Si j'avais renoncé à mon rendez-vous avec Rachel, si j'avais aussitôt fait demi-tour ou si je n'étais pas du tout partie, peut-être qu'il serait encore là.

Et pourtant, il lui arrive aussi de se languir de la vieille dame, de la précieuse sérénité que lui a procurée sa présence, quelque chose venu d'un autre monde. La reverra-t-elle ? Elle a été invitée et pourrait y aller puisque la semaine de deuil est terminée mais, pour l'instant, elle n'en a pas fini avec son deuil, il ne fait que commencer, et c'est un deuil sans condoléances. Voilà des semaines qu'elle refuse opiniâtrement de voir des gens, Eden reçoit de temps en temps quelques copains alors qu'elle continue à repousser toute attention par de brefs textos mensongers, elle va à peu près bien, merci, ça prend du temps. Non, elle ne peut pas venir dîner vendredi soir, ils sont invités ailleurs. On fixera une date, oui, ce sera pour une autre fois. Elle partageait si facilement ses problèmes de couple avec ses amies, mais ce deuil-là n'est qu'à elle, de toute façon personne ne comprendrait.

À Ranya aussi, elle répond laconiquement, se concentre surtout sur les affaires du cabinet. Elle la remercie de suivre aussi ses projets, de s'inquiéter pour elle, elle apprécie son dévouement mais est encore incapable d'entendre sa voix, celle qui l'a incitée à ne pas faire demi-tour : « Ne renonce pas puisque tu y es presque, qu'est-ce qui peut arriver, au pire ? », car non seulement elle souffre d'hypersensibilité cutanée, mais aussi d'hyperacousie, le moindre son lui blesse les tympans.

« Tu parles sur un ton si triste, maminelle », constate Avigaïl, incapable de dissimuler sa contrariété, ce qu'Atara admet sèchement, « oui, Gulli, je suis triste », elle qui aimait tant leurs discussions trouve que c'est trop d'efforts à présent, à quoi bon essayer de dialoguer, de toute façon, elle n'y arrive pas. Elle évite leurs appels vidéo afin de ne pas être vue, préfère les appels audio qu'elle s'arrange pour écourter, ce qui convient aussi à sa fille. Depuis que la demoiselle est avec Samuel, elle a moins de temps libre et ne réitère son invitation que du bout des lèvres, « je t'attends ici, maminelle, ça te fera du bien. » Atara répète, « pas maintenant, je ne peux pas laisser Eden tout seul. »

Non sans ravaler un léger soulagement, Avigaïl l'exhorte à se prendre en main, « tu dois d'abord penser à toi ! Tu ne l'aides pas si tu t'effondres comme ça ! À propos, il a une bien meilleure voix que toi. » Depuis quelque temps, une légère critique teinte ses propos, comme s'il y avait quelque chose de défectueux dans la profondeur du chagrin de sa mère, du moins sur un plan genré – son domaine de recherche : une femme indépendante n'est pas censée se disloquer ainsi à la mort de son mari. Égale à elle-même, Avigaïl tient à analyser le sujet en élargissant la focale, et elle lui envoie par mail des tas d'articles érudits sur les différentes étapes du deuil.

Parfois, cependant, Atara s'interroge, et si c'était totalement autre chose ? Et s'il ne s'agissait pas uniquement de la mort d'Alex mais d'un deuil bien plus ancien, ou d'une béance en elle qui était là depuis toujours et vient de se révéler, car rien de ce qui lui arrive ne lui est étranger, elle a déjà vécu cela avant son veuvage. Est-ce que tous les endeuillés partagent ce ressenti-là ? Est-ce que tous les êtres humains partagent ce ressenti-là, ne serait-ce que de temps en temps ? Le chagrin de la séparation nous assaille peut-être dès que nous sortons du ventre de notre mère, la vie n'étant, en fait, qu'une longue tentative de surmonter ce deuil, pas à pas. Du déni à la colère, de la culpabilité à la dépression, jusqu'à l'acceptation, exactement comme le décrivent les articles qu'elle parcourt distraitement.

Dommage qu'Alex ne soit pas là pour qu'elle puisse partager ses considérations avec lui, songe-t-elle par instants, sauf que c'est justement le cœur du problème, il n'est plus là, c'est bien ce qui a tout déclenché, la cause de sa sous-existence. S'il avait été là, elle aurait eu des préoccupations totalement différentes, dictées par des clients jamais contents ou la vulgarité des entrepreneurs en bâtiment, préoccupations qui, lui, ne l'intéressaient pas particulièrement, mais maintenant elle peut facilement s'imaginer assise le soir dans le jardin, à en discuter fébrilement avec lui. Il aimait les idées sombres et subversives, les quelques notes qu'elle a trouvées dans son ordinateur vont toutes dans ce sens, elle n'a pour l'instant pas osé continuer à les lire, sans doute n'a-t-elle pas encore atteint ce stade-là du processus de deuil.

À moins que sa crainte ne vienne de ce que les écrits d'Alex pourraient alimenter le feu de sa culpabilité, à supposer qu'on puisse encore l'alimenter car il a déjà envahi tout l'espace de la maison, du jardin et du *wadi*, a atteint la mer et s'étend au-delà de l'horizon sans que personne ne s'en soit aperçu. Personne, à part elle, ne remarque que le Carmel est de nouveau la proie des flammes, personne, à part elle, ne sait que l'incendiaire, c'est elle. Voilà pourquoi il n'y a que son horizon qui brûle nuit après nuit et qu'au matin elle se réveille la bouche desséchée par un goût de cendre.

Voilà pourquoi, la gorge nouée, elle baisse les volets et ferme les rideaux, n'ouvre les battants de sa fenêtre trapèze que le soir venu, ne s'offre au vent salé qu'après le coucher du soleil, voit parfois Eden revenir essoufflé d'un jogging ou debout au milieu de la pente escarpée du jardin, oscillant tel un cyprès dans la brise.

Elle le suit derrière la fente de ses paupières. De loin, il ressemble tellement à Alex qu'elle a du mal à ne pas baisser les yeux, de près aussi, d'ailleurs. Parfois même, elle se demande s'il n'est pas un objet que son mari lui aurait laissé, encore une image douloureuse qui la fait frémir car il n'est plus là pour la regarder avec elle.

Après la semaine de deuil, lorsqu'ils se sont retrouvés seuls tous les deux dans cette immense maison qui aurait dû accueillir une grande famille pleine de vie et non une veuve et un orphelin, elle a essayé de rassembler ce qui lui restait de force. Pour son fils. Pour lui, elle s'est coiffée et habillée, a commandé de la nourriture et cuisiné, a proposé de visionner telle série ou tel film, a tenté d'engager une vraie conversation, mais, presque toujours, il l'a poliment repoussée. Aurait-il autant de mal à la regarder qu'elle en a à le regarder ?

En même temps, il s'applique à être gentil avec elle afin de ne pas accroître sa douleur, et tant d'efforts la touchent, la renvoient à l'enfant attentionné qu'il était, au petit garçon sensible qui voulait toujours faire plaisir, détestait les conflits et essayait de ramener la paix entre ses parents son frère sa sœur ses amis, comme si cela relevait de sa responsabilité. Se sent-il encore, ne serait-ce que dans une moindre mesure, responsable de leur catastrophe ? Chaque jour, elle décide de lui en parler, de lui expliquer à quel point c'est elle qui est responsable puisqu'elle a continué sa route au lieu de faire demi-tour. Plus il lui en voudrait, moins il culpabiliserait. À moins qu'il ne le sache déjà, car peut-être a-t-il entendu ses aveux ce jour-là, ce qui expliquerait pourquoi il l'évite, alors qu'au début de la semaine de deuil ils avaient été plus proches que jamais. Parfois, elle trouve qu'ils se comportent comme des complices fuyant la vision du crime qu'ils ont perpétré ensemble et qui s'est gravée sur leur rétine – ici, sur ce canapé gris, Alex agonisait et ils ne s'en sont pas rendu compte, cela ne leur a même pas effleuré l'esprit.

C'est pourquoi elle doit refaire avec lui cette route noire et menaçante jusqu'à l'endroit où son appel téléphonique l'a rattrapée, jusqu'à l'endroit où elle a suivi le conseil de Ranya, jusqu'à l'échangeur où elle n'a pas fait demi-tour. Elle doit parcourir ce chemin avec lui, kilomètre par kilomètre, et le laver de toute responsabilité. Peut-être d'ailleurs que cela ne suffira pas. Elle aimerait trouver une manière encore plus généreuse de retracer ces trois jours où leur destin a basculé, mais elle n'y arrive pas. Elle a l'impression que des zones entières de sa conscience lui sont barrées, des pensées et des sensations auxquelles elle n'a plus accès, Alex parlait-il de cela quand il lui a dit qu'il sentait chez lui des parties qui se fermaient et d'autres qui s'ouvraient ?

Dans le calme qui a envahi la maison, elle entend son fils se réveiller, se doucher, monter, descendre. Elle lui envoie des messages, le guette dans la cuisine, ils parlent de la pierre tombale qui a du retard et des choses qu'il faut faire. Il se charge de la majeure partie des démarches, bien plus efficace que ne l'ont jamais été ses parents. Il va jeter la poubelle à la place d'Alex, il range à la perfection la vaisselle dans la machine, on dirait qu'il va bien. Vraiment ? Fait-il semblant pour elle, comme elle fait semblant pour lui ? Voilà des années qu'elle ne le décrypte plus. Elle le voit sérieux, songeur, beaucoup plus dynamique que durant la période précédant la catastrophe, comme si son père lui avait donné toute la force vitale qui restait encore en lui et dont il n'aurait plus besoin.

Contrairement à elle, il sort de la maison de temps en temps, la veille, elle a été étonnée de trouver son uniforme dans le bac à linge. Là aussi, Alex avait raison quand il assurait que ça s'arrangerait, qu'il n'y avait pas de quoi s'inquiéter, c'est elle qui s'est focalisée sur la mauvaise personne. Comme d'habitude, elle a privilégié ses enfants au détriment de son mari. En mourant, il a donné au reproche permanent qu'il lui adressait une validité insoutenable. Ses trois derniers jours témoigneraient-ils de ce qu'a été toute leur vie commune ? Un enchaînement embarrassant et révoltant d'aberrations et de déconvenues, de commentaires et de jugements erronés, incompétence incompréhension incompatibilité ? Est-il possible que, durant ces années passées ensemble, elle ne l'ait jamais réellement vu ?

Pourtant, elle ne sent pas qu'il l'accuse de sa mort, ce qui, en soi, est étonnant, car il ne se gênait pas pour se plaindre et lui reprocher des négligences beaucoup moins graves – d'avoir oublié d'éteindre les phares de la voiture et mis la batterie à plat, d'avoir laissé la clim allumée ou jeté de la nourriture à la poubelle. Elle se disait souvent qu'il avait surtout besoin d'elle pour lui faire porter le chapeau, tu as dit qu'il ferait moins chaud aujourd'hui, la tançait-il, comme si le climat dépendait d'elle. Or, justement avec sa mort, elle redécouvre le côté noble et généreux d'Alex, ce qui l'avait tant émerveillée au début. Oui, justement avec sa mort, elle mesure l'ampleur du gâchis et de sa propre contribution à ce gâchis. À force d'avoir eu toujours raison, elle se retrouve à avoir éternellement tort.

Mais comment en sommes-nous arrivés là, ressasse-t-elle, pourquoi avons-nous tant cherché qui avait raison et qui avait tort, époux ennemis éternels, un camp contre l'autre ? Qu'est devenu cet amour intense et incandescent dont la flamme a réussi à détruire deux familles ?

Car entre eux, ce n'était pas l'usure normale de la vie de couple, leur passion n'était pas retombée, elle avait changé de direction et les avait poussés à mettre face à face leurs pôles d'aimant antagonistes. Ou alors, elle se disait qu'on les avait soudés dos à dos, condamnés à ne jamais appréhender la même parcelle de réalité en même temps, elle voyait l'est et lui l'ouest, elle le nord et lui le sud, pire encore, ils ne se voyaient l'un l'autre que très rarement.

À quoi ont-ils gâché leur amour ? Le matin, lorsqu'elle descend se préparer un café, lui revient en mémoire leur dispute la plus ridicule, de celles qui vous pourrissent bêtement la vie. Alex avait la phobre des éviers bouchés, il enlevait donc systématiquement la vaisselle sale qui s'y accumulait pour l'empiler sur le plan de travail, et elle, de temps en temps, s'énervait et la remettait dedans, « pourquoi, à ton avis, a-t-on inventé les éviers, si ce n'est pour qu'on y mette la vaisselle sale ? »

pestait-elle. Un jour qu'elle était allée chercher Eden, petit, chez un copain, elle avait intercepté une dispute semblable en tous points, sauf qu'en l'occurrence c'était la mère qui parlait comme Alex et le père comme elle. Cela l'avait un peu troublée, et surtout, être ainsi confrontée à sa propre image l'avait totalement dépitée. Comment deux adultes, déjà parents, qui vivaient sous le même toit depuis plus de dix ans, n'avaient pas encore réussi à régler un problème aussi dérisoire et n'avaient pas honte d'y mettre une telle charge émotionnelle, devant les enfants et leurs invités de surcroît ? Dérogeant à ses habitudes, elle ne s'était pas interposée pour calmer le jeu ou arbitrer, elle s'était contentée de houspiller son fils afin qu'il ramasse vite ses affaires et s'était éclipsée, penaude.

Le matin, l'odeur du café lui donne une étrange nausée qui lui rappelle ses matinées de début de grossesse, ç'avait toujours été le premier signe, et elle vide toute la cafetière à piston dans l'évier, suit les traces de marc qui se répandent au fond comme si elle y lisait son avenir, Alex ne verra pas cette boue, il n'en saura rien, de toute façon, maintenant il s'en fiche, pourtant, elle se hâte de tout chasser avec un puissant jet d'eau et se prépare un thé à la menthe qu'elle aura autant de mal à avaler, remonte dans sa chambre avec la tasse brûlante, s'écroule sur son lit, chaque gorgée lui brûle un estomac comme tapissé d'ulcères, elle pose une main dessus bien qu'elle sache que ces ulcères ne se trouvent pas là mais dans son âme. Elle les connaît depuis l'enfance, ils l'accompagnent avec des intensités variables, se réveillaient souvent après une dispute avec Alex pour disparaître quand ils faisaient la paix. Comment pourraient-ils disparaître, puisque leur vie de couple, qu'elle se raconte encore et encore, qu'elle déroule depuis la seconde où elle l'a vu assis sur le rebord de la fenêtre, fier et las, dans la villa classée, finit toujours par retomber sur les trois jours horribles qui repeignent toutes leurs années communes aux couleurs du feu et de la fumée.

Car c'est justement durant ces trois derniers jours qu'elle s'est révélée dans toute son indignité. Elle est celle qui a failli, déçu, omis. Elle est celle qui n'a pas su aimer, qui n'a pas su être une bonne épouse. Seule la mort a réussi à régler une fois pour toutes la querelle permanente qu'ils ont alimentée pendant près d'un quart de siècle, et le sol se dérobe sous ses pieds avec une telle violence que soudain un soupçon vient la tarauder, et si elle avait désiré qu'il meure ? Ses dents se mettent à claquer d'horreur. Serait-elle dotée du fameux instinct de tueur dont parlait Alex ? Elle l'aurait donc transmis à Eden ? Bien sûr, puisqu'elle est la fille d'un terroriste.

Étrange que cet instinct-là, ou peut-être un autre, ait manqué à Alex, qu'un homme aussi combatif que lui se soit si facilement incliné devant la mort. Avait-il à ce point peur de vieillir, son beau Narcisse ? C'était de temps en temps l'impression qu'il lui donnait mais, chaque fois qu'elle abordait le sujet, il niait et, comme d'habitude, balayait ses spéculations d'un revers de main.

Ou alors, peut-être que, réellement, la vie n'intéressait plus Alex – une possibilité qu'elle avait envisagée à une époque, non sans crainte –, car depuis qu'il avait cessé d'enseigner, il se tenait à l'écart de la société des êtres humains, prenait peu d'initiatives et repoussait la plupart des invitations, même celles pour des congrès à l'étranger, alors qu'avant il les acceptait avec enthousiasme. Il en avait assez des autres, affirmait-il, il était bien avec lui-même, restait seul à la maison une grande partie de la journée, elle rentrait tard et ne le trouvait effectivement pas en manque de compagnie, sauf s'il avait en ligne de mire quelque perspective érotique, ou s'il avait besoin de partager avec elle une opinion tranchée sur tel ou tel événement.

Cela dit, il ne paraissait ni déprimé ni soucieux, bien qu'il n'eût pas assez avancé dans ses travaux d'écriture. Il était juste un peu plus lent, focalisé sur son monde, et appréciait apparemment le silence de la maison, du *wadi*. Et puis, loin de se lasser d'elle, il avait continué à lui chercher noise tout comme il continuait à s'énerver à la moindre occasion sur des articles de journaux, le film iranien avait éveillé sa curiosité tout comme l'avait agacé la bêtise des critiques de cinéma et d'ailleurs, son aventure avec le commandant de sa base militaire, c'était quoi exactement ?

Comment cela a-t-il pu arriver à Alex, comment n'a-t-il pas senti que son corps se disloquait, elle n'en revient toujours pas, quoi, il était comme elle, concentré sur le superflu et non sur l'essentiel ? Comment se fait-il qu'il ait pu être à ce point déconnecté de lui-même ? Lui qui se targuait d'être authentique, qui s'écoutait beaucoup, le genre paniqué qui faisait un plat du moindre rhume, comment a-t-il pu être dans un tel déni quant à la gravité de son état ? Et pas seulement dans le déni de sa maladie, comprend-elle soudain, mais aussi de sa peur et de sa dépendance. Au lieu de demander à sa femme de rester auprès de lui, il lui avait reproché son manque de dignité, affirmant que retourner voir Rachel était inutile et humiliant ; à l'hôpital, il avait râlé contre tout le monde, s'était plaint du froid mais pas de ce qui se passait dans son propre corps.

Mon chéri, comme tu as eu froid. Elle frissonne et a de nouveau les dents qui claquent. C'est ton froid que tu as introduit dans nos vies, celui du petit appartement de tes parents, dans le quartier de Bat Galim, quand tes rares nuits heureuses étaient celles où le ressac arrivait à couvrir les hurlements nocturnes de ta mère. C'est là aussi que tu as appris à te méfier de tous, à te retrancher dans ton monde, à dissimuler la douleur et la peur, la dépendance et la faiblesse. Elle qui aimait tant l'écouter évoquer ses tristes souvenirs d'enfance avait sans doute eu du mal à accepter l'empreinte qu'ils avaient laissée sur lui.

Par la fenêtre, elle entend un couple de corbeaux se disputer avec exaltation, exactement comme eux, chacun persuadé d'avoir raison. Les corbeaux se comprennent-ils mieux que les êtres humains ? Savent-ils reconnaître l'amour et la dépendance mutuelle sous leurs croassements furieux ? Car elle voit clairement le peu d'efforts qu'elle a fait pour essayer de saisir ce qu'il y avait au-delà des mots, elle s'est fermée à son mari, claquemurée au fil des ans, les ulcères la rongent, elle étouffe et presse ses mains l'une contre l'autre pour les empêcher de s'en prendre à ses cheveux. Si elle recommence, jamais elle ne pourra arrêter, elle se souvient trop bien à quel point la douleur du cuir chevelu arrive à apaiser la douleur de l'âme.

Seraient-ils en train de lui parler, ces corbeaux ? Elle a l'impression qu'ils l'appellent par son nom, « Atara, Atara », et qu'ils graillent de leur voix rauque, « ah-t'as-raté Atara ah-t'as-raté », elle plaque une oreille contre le matelas, se couvre l'autre du coussin, comme elle le faisait quand les ronflements d'Alex la dérangeaient. Son portable est posé sur sa table de nuit, éteint la plupart du temps, comme s'il n'avait pas encore été inventé. Tout ce qu'il contient lui fait mal, les photos, les messages et les témoignages d'une existence qui n'est plus. D'ailleurs, en ce qui la concerne, l'ordinateur et la télévision n'ont pas davantage été inventés. Elle vit dans une autre époque, plus lente, plus limitée, elle a remonté le temps.

Elle rallume tout de même son téléphone, peut-être lui changera-t-il les idées, et s'étonne de constater que les nouvelles qui l'énervaient dans le passé ne suscitent plus que son indifférence, voire son humilité. Qui est-elle pour juger ce gouvernement corrompu et menteur ? Elle aussi a menti, elle aussi a méprisé la vie d'un homme. Même la lutte contre la pollution pétrochimique de la baie de Haïfa, à laquelle elle a activement participé, lui paraît vaine. Comment prétendre régler les grands problèmes du monde si l'on n'a pas encore résolu celui de la vaisselle dans l'évier ?

C'est qu'elle a soudain l'impression que la fin de sa famille annonce la fin du monde, tout va s'effondrer, la ville, le pays, la terre entière, et personne n'aura le temps de dire adieu à son prochain. En une nuit, une catastrophe soudaine va anéantir l'espèce humaine qui ne sait pas aimer. Vous avez réussi à aller dans l'espace, à construire des tours qui atteignent les cieux, à faire des découvertes époustouflantes, mais vous n'avez pas appris à aimer.

Elle passe en revue distraitement ses messages. Il y en a de moins en moins. Seule Ranya lui écrit tous les jours, et Avigaïl veille à lui donner des nouvelles, à lui envoyer des photos et des petits cœurs, elle a brillamment terminé le semestre d'été et part en vacances dans la famille de Samuel à Toronto. Et si tu venais à l'automne, maminelle ? Ce sont les seules photos qu'elle s'autorise à regarder car elles ne sont pas liées à Alex, mais à sa vie d'avant Alex. Contempler, le cœur battant, sa fille radieuse à côté de ce garçon qui d'ailleurs lui ressemble un peu, oui, il ressemble au fils qu'elle et Doronn auraient pu avoir si elle n'avait pas divorcé.

Voilà, tu as trouvé le frère qui te manquait, chuchote-t-elle au sourire étincelant d'Avigaïl dont elle embrasse les boucles sur l'écran, si seulement tu pouvais donner une suite, avec lui, à la famille qui a été brisée et dont tu n'as pas eu le temps de te languir. Si seulement tu pouvais réussir mieux que moi, ma chérie, et si je peux y mettre du mien, j'en serais fière. « La vie va de l'avant et ce n'est qu'a posteriori qu'on peut la comprendre », étrangement lui reviennent les mots prononcés par Eden au-dessus du corps de son père.

Que ses pensées sont ralenties ! L'après-midi est déjà bien entamé, elle ouvre le battant de la fenêtre, l'air est si dense qu'on dirait que le vent continue de répandre les cendres d'Alex au-dessus de ce *wadi* qu'il aimait tant, leur goût envahit sa bouche. C'est peut-être pour cela qu'elle n'a rien changé dans son alimentation depuis le deuil, œufs durs et biscottes, un yaourt de temps en temps. En revanche, Eden a besoin de se nourrir, elle enfile une robe d'intérieur noire, rehausse sa queue-de-cheval par un élastique supplémentaire et se traîne jusqu'à la cuisine. Elle pourrait lui préparer des spaghettis bolognaise aujourd'hui, voilà longtemps qu'elle ne lui en a pas cuisiné et c'est un plat qu'il aime et qui le fait sourire jusqu'à creuser sa fossette. Quand l'a-t-elle vu sourire pour la dernière fois ?

Dès que les pâtes sont prêtes, elle s'allonge, épuisée, sur le canapé, peut-être que ce soir, ce sera l'occasion ? Elle ne l'a pas encore croisé de la journée mais va rester là, à le guetter. Ne pas le laisser se défiler. Elle veut qu'il lui dise où il en est, et, pour sa part, elle doit lui raconter qu'elle n'a pas fait demi-tour. Elle pose la tête sur l'accoudoir, lance un regard vers la fenêtre. C'est exactement la même lumière que ce terrible soir, mais pas la même heure, il est plus tôt, le soleil s'est rapproché du sud depuis la mort d'Alex, il ne va pas tarder à se cacher derrière les immeubles du quartier voisin, comme si se coucher, pour un tel astre, était indécent.

Alors elle se relève et va vite fermer les rideaux, elle ne veut pas voir le ciel rougir de honte. Elle ne veut rien voir, ne peut pas supporter d'être dans le salon à ce moment de la journée et sous cette lumière qui jaunit, elle va retourner au lit et redescendra plus tard, mais soudain la porte du jardin s'ouvre et Eden entre, essoufflé, vêtu d'un tee-shirt et d'un short blancs. Comme cette couleur lui va bien, on dirait son père.

« Bonjour, mon chéri, lance-t-elle d'une voix qu'elle essaie de rendre légère, j'ai préparé des spaghettis bolognaise, tu as faim ? Et si on mangeait ensemble ? » Elle attend sa réponse, craint qu'il refuse, craint qu'il accepte. Il esquive son regard, se tourne vers le rideau qui papillote en un camaïeu orange. « Pourquoi tu as tout fermé ? C'est déprimant, papa aimait qu'on laisse ouvert », lui fait-il remarquer avec la même voix qu'Alex, elle se justifie, « la lumière me heurte les yeux, ouvre, si ça te dérange », mais il n'a pas attendu, s'est assis à table, essuie la sueur de son visage avec un torchon de cuisine, « pourquoi êtes-vous restés ensemble alors que tout vous opposait, que vous n'étiez d'accord sur rien ? » lâche-t-il sur un ton lugubre, à moins que ce ne soit sa barbe de deuil qui le vieillisse et accuse la sévérité de ses traits, « on n'était pas comme ça au début », invoque-t-elle non sans un petit rire gêné, « c'est venu avec le temps. Certains couples s'ajustent de cette manière pour marquer leur individualité. Mais en profondeur, on est restés très proches », poursuit-elle avec force conviction avant de se mettre à dresser la table, trois assiettes, trois verres, trois cuillères et de l'autre côté, trois fourchettes.

« On attend quelqu'un ? », il parle toujours avec autant de tristesse, ses grands yeux étonnés sont si clairs qu'on en voit le fond, elle bafouille, « oh, qu'est-ce que je suis distraite... », mais elle n'enlève pas le couvert de trop. Elle pose entre eux la casserole bouillante, le plat de salade, la cruche d'eau et s'assied en face de lui, à côté de l'assiette d'Alex dans laquelle il ne mangera pas, à côté du verre qui restera vide. Plus jamais ils ne s'assiéront autour de cette table, une mère un père et leur unique enfant commun, trio édénique à jamais perdu.

Elle est de nouveau saisie par l'envie de fuir dans sa chambre, de sauter sur ses pieds comme si elle venait de se rappeler quelque chose d'urgent et d'aller s'écrouler sur le lit, d'enfouir la tête dans l'oreiller d'Alex. Mais elle est maminelle, c'est la seule chose à laquelle elle n'a pas encore renoncé, elle restera donc à table et fera ce qu'elle a à faire, trop longtemps elle a repoussé cette conversation. L'accusera-t-il comme elle s'accuse elle-même ? Pourra-t-il lui pardonner ?

« Eden, écoute », elle lève les yeux vers lui bien que cela soit pénible, « je veux que tu saches que j'ai pris plusieurs mauvaises décisions dans les jours qui ont précédé la mort de ton père. J'aurais pu arriver à temps aux urgences mais je n'ai pas mesuré la gravité de son état, jusqu'au bout, je ne l'ai pas mesurée. Je dois en assumer l'entière responsabilité. C'est important que tu le saches. Tu n'es ni responsable, ni coupable. »

Il réplique aussitôt d'une voix ferme, « chercher des responsables ou des coupables ne m'intéresse pas, maman », puis il remplit son assiette et commence à manger les pâtes rougies qui dégagent la même odeur d'ail et de romarin que ses doigts à elle. Il a des gestes si harmonieux qu'on pourrait croire qu'il a été élevé dans un palais, alors qu'elle, à son habitude, s'est déjà salie et vient de faire tomber la cuillère de la salade en voulant se servir. Elle examine le visage de son fils qui, baigné dans le chatoiement filtré par les rideaux, paraît plaqué or. Il ne les accuse ni l'un ni l'autre, voilà qui doit être de bon augure, songe-t-elle avec soulagement, y aurait-il donc encore de la place pour les bons augures dans sa vie ?

« Je suis contente de te l'entendre dire, lui sourit-elle tout en versant de l'eau dans leurs verres. Eh bien, qu'est-ce qui t'intéresse alors ? » Elle fixe la sauce rouge qui scintille sur ses lèvres, il mâche la bouche fermée depuis toujours et depuis toujours elle aime le regarder manger, et aujourd'hui, voir qu'il a de l'appétit la rassure doublement, elle se sert des pâtes, mais à peine a-t-elle le temps de sentir la vivifiante saveur de la viande que le goût familier de la cendre reprend le dessus.

« Le testament de papa », dit-il avant de la dévisager de son regard presque transparent, et elle déglutit, « quel testament ? Il n'a laissé aucun testament », mais il répond tout en continuant à mâcher, « les paroles qu'il t'a demandé de me transmettre juste avant de mourir, c'est quasiment un testament. Je dois comprendre ce qu'il voulait dire, ce qu'il a pensé que je voulais savoir. » Elle s'écrie, « je ne peux pas croire que tu es resté focalisé là-dessus ! » La bolognaise, chaude et épicée, enflamme soudain son corps, son visage se couvre de sueur, cette fois, c'est peut-être vraiment sa première bouffée de chaleur, bienvenue en préménopause ! Énervée, elle attrape le torchon qu'il a posé sur le dossier de la chaise vide à côté d'elle et s'essuie, mêlant leurs transpirations.

« On en a déjà parlé et on n'est arrivés à rien, tranche-t-elle. Je t'ai dit qu'il avait les idées confuses. Il voulait simplement te voir », son fils secoue la tête, elle serre les doigts autour de sa cuillère et de sa fourchette dressées de part et d'autre de son assiette, « si ce n'était que ça, il t'aurait seulement demandé de m'appeler, d'où lui est venu le truc de vouloir me donner une réponse à une question que je n'avais pas posée, à penser à la fois… quelle fois ? » Elle s'adoucit aussitôt, « tu lui as peut-être tout de même demandé quelque chose que tu as oublié, quelque chose qui n'était pas important à tes yeux ? » et elle ajoute, incapable de ne pas essayer de l'aider, « as-tu réussi à reconstituer tout ce qui s'est passé là-bas ? », il lui renvoie un grincement moqueur, « évidemment, tu crois que j'ai mieux à faire ? Je me suis passé et repassé chaque seconde », et le voilà parti dans la description douloureusement détaillée du déroulement de cette soirée fatidique, la soirée où elle a choisi de se rendre chez Rachel tout en sachant qu'Alex ne se sentait pas bien, la soirée où, même après avoir appris qu'ils se rendaient aux urgences, elle n'a pas fait demi-tour. Durant toutes ces heures, père et fils n'ont échangé que quelques mots basiques, des questions simples, comment te sens-tu, où as-tu mal, veux-tu qu'on fasse venir un médecin à la maison, va-t-on aux urgences ou attend-on demain matin, veux-tu qu'on abaisse le dossier du fauteuil pour que tu puisses t'allonger, as-tu besoin d'une couverture supplémentaire ? Au cours de cette longue soirée, vu qu'il n'a posé à son père aucune question fondamentale, rien qui n'ait pas reçu de réponse, il a décidé de chercher dans d'autres directions.

« Quelles autres directions ? demande-t-elle pour aussitôt enchaîner d'une voix autoritaire tout en remplissant son verre d'eau. Il n'y a pas d'autres directions ! Laisse tomber, Eden, il n'avait pas les idées claires, il délirait. Crois-moi, j'étais là, il n'avait aucune intention particulière », mais son fils s'entête, « même sans qu'il l'ait vraiment voulu, il se peut qu'il ait mis une intention derrière ses dernières paroles », son visage rayonne de la lueur à présent rougeoyante qui traverse le rideau, on dirait que sa barbe de deuil s'enflamme. Elle s'efforce de modérer sa contrariété, « il voulait te voir, mon chéri, c'était son unique intention. Il était persuadé qu'il avait encore des choses à te donner. Et des souvenirs lui sont remontés. Il voyait bien que tu étais un peu perdu ces derniers temps et voulait sans doute te parler d'une fois où lui aussi s'était senti perdu, où il s'est posé des questions et peut-être aussi essayer par là de te donner des réponses. »

Son fils s'exclame d'une voix émue, « mais c'est exactement ce que j'attendais ! » Il plisse les yeux comme il le faisait dans son enfance pour empêcher les larmes de couler, « je voulais un père qui me donne des réponses. Il nous a abreuvés de ses doutes, de ses reproches, de ses critiques, mais nous a donné très peu de réponses. Alors peut-être qu'à la dernière minute, il a enfin trouvé comment répondre à mon attente, même s'il ne savait plus ce qu'il disait, tu comprends ? »

Elle susurre, sur le ton le plus neutre possible, « non, je ne comprends pas. Qu'aurait-il pu trouver ? » Elle essaie de continuer à mâcher mais ses lèvres sont aussi anesthésiées qu'après une dévitalisation chez le dentiste. Et soudain, elle entend son fils dire lentement, prudemment, presque étonné lui-même, « il t'a dit qu'il avait trouvé ma réponse et il a continué en disant, c'est la fois, n'est-ce pas ? Il n'a pas dit, c'est la fois où, il a juste dit, c'est la fois… Alors il n'y a aucune autre explication. Il parlait de la foi, maman, il voulait que je trouve la foi, que j'accomplisse un retour à la religion, il t'a dit, texto : j'ai sa réponse, c'est la foi. Voilà son testament. »

Elle laisse échapper un rire ou un cri malgré ses lèvres engourdies, « tu te moques de moi, n'est-ce pas ? D'où as-tu tiré cette idée absurde ? Ton père aurait voulu que tu fasses un retour à la religion ? Mais enfin, il n'y avait pas plus anticlérical que lui, jamais il n'est entré dans une synagogue, jamais il n'a parlé de foi ! Tu le sais bien ! Au lieu de t'organiser une bar-mitzva, on t'a envoyé en stage de plongée à Eilat, tu as oublié ? Tu n'as pas le droit de lui attribuer un message en totale contradiction avec ce qu'il croyait ! » Elle se lève d'un bond et lui agite sous le nez sa fourchette qu'elle serre toujours dans son poing. « C'est trahir le souvenir du défunt, qu'est-ce qui t'arrive ? S'il avait voulu parler de religion, il aurait parlé de religion, sur ce genre de sujet, même à moitié inconscient, il se serait exprimé sans ambiguïté, crois-moi ! » Elle hurle cet argument, décisif à ses yeux. Quel dommage qu'Alex ne soit pas là maintenant, il aurait été étonné – pour ne pas dire gratifié – de l'entendre, elle, les défendre ainsi, lui et ses idées. Oui, comment aurait-il réagi devant l'enthousiasme qu'elle y met, alors qu'en général elle se rangeait plutôt du côté de ses détracteurs ?

« Calme-toi, qu'est-ce qui te prend ? » grogne son fils les mâchoires serrées. Il recule sa chaise et surveille avec inquiétude les gestes qu'elle fait, il n'a pas l'habitude de la voir ainsi hors d'elle, en général, c'était son père le nerveux et l'irascible tandis que sa mère était la délicate et la patiente, ne comprend-il donc pas qu'elle est devenue la mère et le père ? Que ses toutes nouvelles hormones mâles se déchaînent déjà dans son cerveau ?

Avec une satisfaction primaire, elle sent qu'elle a réussi à l'étonner, même si la surprise qu'il lui a concoctée est plus grande encore. Il la connaît bien mal s'il croit qu'elle acceptera, qu'elle abondera dans le sens de ces déductions absurdes. Et il connaît bien mal son père si une telle explication lui semble logique. Elle ne laissera pas cela advenir, cette fois, elle stoppera à temps la tragédie annoncée, dût-on lui passer sur le corps.

« Je ne me calmerai jamais ! » crie-t-elle à nouveau. La transpiration dégouline de son visage, les larmes de ses yeux, et elle s'agrippe à sa chaise. « Je ne te laisserai pas attribuer à ton père des intentions totalement opposées à sa vision du monde ! Crois bien que s'il pouvait t'entendre, il sortirait de sa tombe pour t'ôter ces inepties de la tête ! »

Eden baisse les yeux, pose le menton sur sa main et réplique d'un ton très posé, « justement cette nuit j'ai lu une histoire sur un mort qui sortait de sa tombe. » Un court instant, elle se rassure, s'il lit, c'est de bon augure, avant l'armée, il aimait lire, voilà qu'il se ressaisit. Y aurait-il donc encore de la place pour les bons augures dans sa vie ?

« De quel auteur ? » demande-t-elle avant de se rasseoir en face de lui, elle a la gorge sèche et se jette sur son verre d'eau, il repousse ses cheveux vers l'arrière du même geste princier qu'Alex, « tu ne connais pas. »

Des flèches pourpres se plantent dans le front lisse et brillant d'Eden, dans son tee-shirt blanc, les murs se couvrent de taches lie-de-vin, c'est la même heure, elle le contemple, stupéfaite, et se met à trembler de tout son corps. « Tu dois oublier ces élucubrations, tu ne peux pas me faire ça à moi, tu ne peux pas te faire ça à toi. Tu viens de subir un terrible choc, tu n'es pas en état de prendre des décisions. Il faut te laisser du temps. Tu vas bientôt terminer ton service militaire, commence à organiser un voyage, oublie ses dernières paroles. Crois-moi, il déraillait. »

Il ne se laisse pas démonter et dit sans le moindre énervement, « tu ne m'écoutes pas. Même si ce n'était pas son intention, moi, j'y sens une intention. Papa ne savait peut-être pas ce qu'il disait, mais Dieu, si. » Elle bondit à nouveau sur ses pieds, se dresse face à lui, voilà qui lui rappelle ses pires disputes avec Alex. « Dieu ? » Elle éructe le mot comme s'il l'avait injuriée, « depuis quand Dieu fait-il partie de notre vie ? De notre famille ? »

Une rage folle la fait bouillir et elle continue à crier, n'essaie plus de l'épargner, elle s'y est trop efforcée ces derniers temps, s'évertuant à marcher sur la pointe des pieds tant elle était inquiète. « Fais ce que tu veux, tu es grand ! lui lance-t-elle. Mais n'y mêle pas ton père, tu m'entends ? N'utilise pas les mots de ton père pour justifier cette lubie ! Je connaissais Alex bien mieux que toi et je sais que c'est la dernière chose qu'il aurait souhaité ! »

Il la fixe avec des yeux de plus en plus sombres, leur bleu vire presque au noir, « la dernière ? Tu es sûre ? », elle frissonne, « peut-être pas la dernière, mais l'avant-dernière, concède-t-elle d'une voix qui se délite d'un coup. Eden, crois bien que je parle en nos deux noms. Sur ce point-là, nous n'étions pas opposés, ton père était même, comme d'habitude, encore plus radical que moi. Il voulait que tu fasses des études, que tu t'épanouisses, pas que tu reviennes en arrière, vers un monde obscur et primitif. Que cherches-tu ? Avec tes capacités, tu seras accepté partout, tu réussiras tout ce que tu entreprendras. Ton père était si fier de toi ! » Elle le supplie, se laisse à nouveau tomber sur sa chaise en face de lui, se couvre le visage avec le torchon, les pâtes bolognaise pèsent soudain très lourd sur son estomac et elle craint de tout régurgiter en un jet qui atterrira directement dans la casserole.

« C'est ça le problème, votre fierté ? » raille-t-il sur un ton si maîtrisé qu'elle ne peut qu'avoir honte de ses cris. « C'est ça qui te fout les boules ? De ne plus pouvoir te vanter de moi ? Tu as du mal à admettre que je ne suis pas le brillant rejeton que tu imaginais ? Je te comprends, tu sais. Moi aussi, j'ai eu du mal à accepter de ne pas être le combattant téméraire que j'imaginais… et ne me pose aucune question. »

Dans un silence incrédule, elle s'imprègne de ses paroles en même temps que les rideaux s'imprègnent de l'obscurité qui descend. Comme ce soir-là, la pièce se drape d'un bleu royal, comme ce soir-là, ils n'allument pas la lumière, tout est semblable à ce soir-là. Agonisera-t-il lui aussi dans un instant, à l'instar de son père, tout de blanc vêtu ? Elle gémit, « tu ne fais que commencer ta vie », tend les mains vers celles de son fils qu'elle serre dans une supplique, « tu vas encore découvrir tellement de choses sur toi-même ! Tu as enduré le service militaire le plus exigeant qui soit, et maintenant la mort de ton père, c'est trop. Tu ne peux pas prendre de décisions en ce moment, mon chéri, le temps est venu de te reposer et de t'occuper de toi. Et si tu allais parler avec le psychologue de ton unité ? »

Mais il tient bon, « erreur, le temps est venu d'écouter ce que j'ai à dire ! », il semble s'être parfaitement préparé à cette discussion, prend Atara totalement au dépourvu, elle qui pensait faire amende honorable.

« Regarde-moi ! Je ne suis plus ton petit garçon. J'ai vécu des choses, j'ai fait des choses. Je les ai faites comme un automate, sans comprendre et sans demander d'explications, jusqu'à ce que ça déborde, que je n'en puisse plus et que je sois obligé d'arrêter. Soudain, j'ai été assailli par une foule de questions mais je n'ai pas reçu la moindre réponse, ni du psychologue, ni de mes supérieurs, de personne. »

Elle ne lui lâche pas les mains et enchaîne immédiatement, « si tu savais comme je te comprends ! Parfois, il faut s'arrêter et laisser les réponses venir au fil du temps », mais il l'interrompt, « laisse-moi parler ! Papa avait peut-être raison en me faisant la morale sur mon choix avant que je m'enrôle. Peut-être que je n'avais pas les épaules pour ça. Je sais que je ne l'ai pas assez connu, mais j'ai découvert que lui me connaissait mieux que ce que je croyais. À la dernière minute, il m'a donné ce dont j'ai besoin, parce que voilà, ça confère un sens à tout ce qui arrive, et ça rend papa encore très présent dans ma vie, tu comprends ? »

Épuisée, elle lâche, « bien sûr ! C'est normal que tu cherches un sens et que tu sois attiré par un cadre strict et bien défini pour remplacer celui d'où tu sors, mais crois-moi, c'est un leurre, réparer une erreur par une autre, c'est encore pire. » Elle l'implore presque, sa bouche est toujours aussi sèche bien qu'elle boive et reboive de l'eau au goût de cendre. « Si tu crois qu'on peut faire pire, tu dois croire qu'on peut faire mieux », déclare-t-il en récupérant ses mains pour s'essuyer la bouche dans sa serviette en papier.

Il se lève, elle le suit du regard. Quelle prestance, quel charme et quelle profondeur ! Il a reçu le meilleur d'elle et d'Alex. Donc, comme il est dit, rien ne se perd. Mais rien ne lui appartient plus, à elle.

D'un geste viril et doux à la fois, il se penche, lui passe les bras autour des épaules, se frotte le menton contre ses cheveux. Quel merveilleux père il fera, elle s'en rend soudain compte, justement lui, leur fils. « Je veux essayer d'aller dans cette direction, maman, c'est ce qui m'aide le plus en ce moment. Mais pas sans ton accord. Est-ce que tu me donneras ta bénédiction pour ce voyage-là ? »

CHAPITRE DIX-SEPT

Tout ce qui est mien est tien, Rachel

Elle a l'impression que les choses sont rentrées dans l'ordre en ce monde, ne serait-ce que pour un court laps de temps, car c'est la première fois que le calendrier hébraïque s'harmonise avec le cerveau défaillant de sa voisine, si bien que, lorsqu'elle se réveille au petit matin en l'entendant fredonner de sa voix naïve et enthousiaste de gamine un chant en l'honneur de la fête qui approche, un étrange espoir l'envahit et elle répète les paroles tout bas, « à la nouvelle année / à la nouvelle année / Notre cœur d'une prière ancestrale se remplit / Puisse l'année qui commence aujourd'hui / être belle, à nulle autre pareille. » Cette fête est depuis toujours sa préférée, et aujourd'hui, pour la première fois depuis des lustres, la famille se réunira au complet chez Amihaï à Beith-Shemesh. Yaïr s'est proposé de lui-même pour venir la chercher en fin de journée et la ramener après le dîner. Depuis qu'il a lu sa lettre – à plusieurs reprises à ses dires –, il se sent plus en paix avec elle et avec son frère. Elle en éprouve une immense gratitude, sans savoir à qui elle la doit.

Après Rosh-haShana viendra Kippour, le jour où le grand prêtre a reçu l'ordre de prendre deux boucs parfaitement semblables et de tirer au sort : celui désigné en propitiation pour

Dieu sera immolé avec la pompe requise sur l'autel du Temple, tandis que celui désigné pour Azazel se verra chargé de toutes les iniquités du peuple d'Israël, on entourera ses cornes d'un ruban de satin rouge et il sera envoyé vers une terre « aride et tranchante » dans le désert. Et comme la foule – trop pressée de se débarrasser de ses péchés dans ce lointain exil – risquerait, sur son passage, de lui arracher les poils pour le faire avancer plus vite, lui et son guide emprunteront une sorte de passerelle construite spécialement à leur usage.

Dix cabanes jalonnent leur long parcours, du point le plus sacré au point le plus vil, situé hors de tout lieu habité, là où il n'y a pas de vie, là où le bouc expiatoire sera poussé dans le vide du haut du mont et ainsi rachètera les péchés du peuple. Rien ne restera de lui, aucune trace, pas même le petit tas de cendres qu'aura laissé son jumeau.

Or, c'est vers ce jumeau qu'errent ses pensées alors que le matin point à l'horizon, que le soleil n'est pas encore levé. Elle pense au bouc expiatoire qui n'a pas moins souffert que l'autre, bien qu'il n'ait été ni chassé, ni jeté du haut de la montagne et ne se soit pas écrasé vivant au fond du précipice. Ils étaient deux, deux boucs totalement identiques par la taille, la couleur et le prix, l'un n'a aucune signification sans l'autre. Deux indissociables, qui ne forment qu'une seule pensée, une seule idée. L'élu comme le rejeté sont tous les deux nécessaires afin que la rédemption soit totale.

Pourquoi devaient-ils être si semblables, au point que l'œil humain ne puisse pas les distinguer, si ce n'est pour insister sur le côté arbitraire du choix ? songe-t-elle, allongée sur le dos dans la fraîcheur de sa chambre à coucher encore plongée dans la pénombre. Car ce n'est qu'un tirage au sort qui a déterminé lequel des deux sera chassé, et cet instant aura suffi à les dissocier, à en faire une chose et son contraire, à conférer au hasard une importance telle que sans lui, sans cet arbitraire-là, toutes les prières du jour de Kippour seraient vaines et irrecevables.

Il n'y a qu'avec une seule personne qu'elle pouvait partager de telles pensées, se dit-elle encore, et elle ferme les yeux, se revoit avec lui quitter le café City sous les regards lubriques des jeunes Arabes et les rires libidineux des soldats britanniques, puis émerger dans la rue. « Je commence à comprendre les problèmes d'Abraham notre père, ce n'est pas évident d'affronter le monde en compagnie d'une très belle femme », lui chuchote un Mano transporté d'amour, elle s'appuie sur lui, heureuse, « eh bien, tu n'as qu'à l'imiter et me faire passer pour ta sœur », du doigt elle désigne leurs deux silhouettes qui se reflètent dans la vitrine du chapelier… et ce fut la première fois qu'il lui passa un bras autour de la taille. Ils marchèrent ainsi, serrés l'un contre l'autre, le long de la rue King George puis jusque chez elle.

Qui croirait que c'est sur les dispositions des grands prêtres du Temple que discuteraient un jeune homme et une jeune femme lors de leur première sortie en amoureux, et qu'ils en discuteraient avec une telle flamme ? sourit-elle soudain, parce que lui, qui soutenait la vision de leur chef, prônait la reconstruction d'un troisième Temple qui serait le symbole de la rédemption totale, alors qu'elle n'était pas du tout d'accord. Elle l'entend encore essayer de la convaincre, comme si la réalisation de cette vision ne dépendait que d'elle et de son aval, affirmer passionnément que, même s'ils n'étaient pas pratiquants, ils n'avaient pas le droit d'ignorer les prières récitées par leurs ancêtres en diaspora pendant des générations, qu'il ne s'agissait pas d'un engagement religieux mais moral et historique. Arrivé devant chez elle, il lui décrivit avec la même passion, comme si la frontière entre le politique et l'intime était très floue, la manière dont s'étaient révélés à lui les sentiments qu'il éprouvait pour elle. Le jour où elle était tombée et qu'il courait chercher de l'aide pour la sauver, il avait fait un serment : si Rachel survit, elle sera ma femme et je n'en aurai jamais aucune autre.

Alors elle se met à les suivre, à l'instar de son père à l'époque et, comme lui, elle aimerait les prévenir, empêcher la catastrophe. Elle les voit avec netteté, ils se faufilent par les ruelles dans un présent éternel, deux adolescents minces et élancés, extraordinairement semblables, qui avancent serrés l'un contre l'autre, déterminés, vers des années de terreur à l'ombre de la mort. Tels les deux boucs propitiatoires, ils ne comprennent rien et lorsque, en une seconde, le sort les séparera, ils ne comprendront pas davantage.

Jusqu'à cette seconde, ils n'avaient vécu qu'un destin totalement partagé, malgré des rencontres de plus en plus rares et furtives. Elle était à Tel-Aviv, il était à Haïfa, elle se cachait, il était arrêté, il s'échappait, elle était arrêtée et emprisonnée à Bethlehem. Quand il avait été capturé et emprisonné à Jérusalem, un ferronnier arabe qui venait de temps en temps réparer les barreaux de sa cellule lui faisait passer les lettres qu'il lui écrivait sur du papier toilette.

Tous les deux étaient dévoués corps et âme à la cause, prêts à répondre à tout appel, quelle que soit l'heure du jour ou de la nuit. Dans le pays, les couples de leur âge pouvaient vivre leur amour – eux se contentaient de rêver et de se languir l'un de l'autre. Pendant toutes ces années, ils n'avaient pas de toit. C'est ce qui les avait poussés à s'unir par les liens du mariage alors que la lutte faisait rage. Ils voulaient tout de même bâtir un foyer en Israël, ne serait-ce, pour l'instant, que de manière symbolique. Les combattants pour la liberté d'Israël savaient qu'ils ne pourraient pas fonder de famille tant que durerait le combat et que les Anglais ne seraient pas chassés de ce pays.

Même le jour de leur mariage, ils avaient été obligés de se séparer dès la fin de la modeste cérémonie à la rabbanout. « Le temps n'est pas encore venu pour nous de pouvoir accomplir l'antique injonction biblique », lui avait-il déclaré, debout sous le dais nuptial, en la regardant avec des yeux mouillés, « même si, comme il est dit, "quand un homme a pris nouvellement femme, il sera dispensé de partir à l'armée, et on ne lui imposera aucune corvée, il pourra rester librement chez lui pendant un an, et rendre heureuse la femme qu'il a épousée[1]". Mais ce temps-là viendra, je t'en fais la promesse, à toi, mon épousée. »

En attendant, elle avait élu domicile dans leur amour, qu'elle dormît dans des cages d'escalier par de froides nuits d'hiver ou sur le sol puant d'un cachot, qu'elle se déplaçât, déguisée en Arabe, d'un appartement clandestin à un autre ou qu'elle s'occupât de recrutement et d'instruction. Même aux heures les plus sombres, elle tirait un regain de vitalité dans l'espoir d'une prochaine rencontre et les rêves d'un avenir meilleur. La plupart du temps, elle ne savait pas où il se trouvait tant le cloisonnement était strict, mais peu lui importait car elle le sentait en permanence à ses côtés, il faisait partie d'elle, ils n'étaient qu'un seul et même corps, qu'une seule et même pensée.

Est-ce la raison pour laquelle il l'avait soudain haïe autant qu'il se haïssait lui-même ? L'avait-il répudiée pour cela ? À moins que ce ne fût, au contraire, la seule manière qu'il avait trouvée, dans son désespoir, de continuer à l'aimer, de la protéger du danger qu'il représentait, qu'il portait en lui ? « Méfie-toi de moi, Rachel, je suis un assassin ! avait-il crié. Quitte-moi si tu veux vivre ! » Et il ne lui avait pas laissé le choix, pas non plus la possibilité de l'aider ni de comprendre. Les choses étaient restées inexpliquées illogiques irréversibles.

1. Deutéronome, XXIV, 5.

Elle n'a jamais été de ceux qui s'interrogent sur ce qui dépasse leur entendement, mais là, en voyant la nuit se dissiper, elle ne peut s'empêcher de se demander quel démon avait bien pu le saisir, à l'époque, pour qu'il endosse une telle responsabilité, se punisse aussi cruellement d'un acte qu'il avait accompli en toute innocence, avec l'intention la plus pure, lui qui, malgré son jeune âge, était un combattant aguerri, lui qui avait vaillamment surmonté des situations bien pires.

Jamais il ne lui avait montré le moindre signe de faiblesse ni d'hésitation, n'exprimant qu'une volonté féroce et une abnégation totale. Ils étaient tous ainsi : des soldats hébreux, dont l'âme de fer et non de cire jamais ne fondrait sous le feu. Lorsque leurs compagnons étaient tués, il leur fallait continuer, ne pas s'attarder à pleurer sur leur sort. Il est mort ? Il est mort. Demain ce sera à ton tour ou au mien. Alors comment le décès d'une jeune fille inconnue avait-il pu le briser net et le pousser à renoncer à tout ce qui lui était cher, au réseau pour lequel il avait sacrifié sa vie, à elle, sa femme, qu'il avait sanctifiée, et aussi à sa propre vie – si elle prêtait foi aux rumeurs colportées : on racontait que la mère de Mano était rentrée dans sa chambre, l'avait trouvé oscillant au bout d'une corde, tels les condamnés à mort sur ordre des Britanniques, et avait réussi à le sauver à la dernière minute.

Elle n'avait pas écouté ces racontars, n'y croyait pas, n'avait pas voulu en savoir plus, ni là-dessus, ni sur les électrochocs qu'avait subis ce cerveau si affûté après avoir été interné de force. Elle vivait déjà avec Yigal, son mari si dévoué, et mettait toute son énergie à s'en sortir financièrement. Cependant, la nuit, parfois, elle voyait dans ses cauchemars le corps d'adolescent tout maigre de son grand amour secoué de spasmes sous les électrochocs qu'on pratiquait ces années-là sans anesthésie, et elle hurlait comme si c'était son corps qui les subissait.

La rumeur la plus terrible de toutes, elle l'entendit alors qu'elle entamait sa première grossesse et se trouvait dans la salle d'attente de la gynécologue. On disait qu'après avoir guéri, il avait choisi d'aller étudier en Angleterre. Comment pouvait-il, entre tous les pays du monde, avoir jeté son dévolu sur ce royaume assassin, sur des ennemis aussi cruels, eux qui avaient torturé et pendu leurs camarades, qui n'avaient pas laissé accoster les bateaux où s'entassaient les survivants de la Shoah ? Lui qui les haïssait avec une telle rage, qui n'avait jamais eu ni doute ni pitié, qui n'avait pas hésité à abattre des traîtres ! Comment avait-il pu ainsi se renier, laisser derrière lui une terre dévastée, un tas de cendres ?

Était-ce à cause de la mort de cette jeune fille ou à cause de la mort d'un avenir auquel il avait cru ? À moins que cette faille n'ait fait partie de lui depuis toujours ? Derrière son absolue détermination, comment l'imaginer vulnérable à ce point ? S'en était-il d'ailleurs remis ? À bien y réfléchir, elle l'avait peu connu, malgré les quatre années d'amour qu'ils avaient partagées, malgré les heures passées à se languir l'un de l'autre. Ils se connaissaient tous très mal, d'ailleurs ils se connaissaient aussi très mal eux-mêmes. Que savaient-ils de leurs réelles aptitudes, de leurs motivations les plus profondes ? Galvanisés par un sentiment de grandeur et de sublimation, ivres de certitudes, persuadés qu'ils sauraient diriger la roue de l'Histoire, totalement aveugles à leur propre aveuglement. Mano s'est autant mystifié lui-même qu'il a été victime d'une réalité mystificatrice. Quand tu te lances dans la bataille, tu ne sais pas de combien de force et de résistance tu disposes, pas non plus quel sera le prix que tu auras à payer.

Elle se surprend à pleurer sur lui de ses yeux secs tandis que se mettent à tinter les clochettes des chèvres, elle pourrait se croire revenue aux temps anciens, avec son Jephté à elle qui se serait parjuré, jeune homme brillant, à l'âme riche et impétueuse, dont le charme l'avait subjuguée, qui avait déployé devant elle un horizon merveilleux, qui lui avait promis, dès ce fameux soir, devant chez elle, qu'elle serait son unique aimée pour l'éternité, tout ce qui est mien est tien, disait-il.

Avait-elle, de son côté, renoncé trop vite, elle qui pourtant avait la réputation d'être une des combattantes les plus farouches ? Car elle avait capitulé sans livrer bataille, avait accepté l'anathème et poursuivi sa route sans se retourner. Leur guerre n'était pas terminée. Ni contre les Britanniques – qui tinrent jusqu'à la dernière minute –, ni contre les bandes armées arabes. Elle avait même participé à la triste bataille pour Jérusalem. À vingt ans, elle s'y connaissait bien mieux en affaires militaires qu'en affaires de cœur, et évidemment ne comprenait rien aux mystères de l'âme.

Parlera-t-elle de cela avec la fille de Mano, le jour où elle l'accueillera ici à nouveau ? Atara la questionnera-t-elle là-dessus ? Elle entend une porte claquer, un bruit de pieds fatigués qui se traînent dans l'escalier. Les voisins de l'étage du dessus se lèvent tôt pour les *Selihots*[1] et, dans un instant, cette supplique montera de la synagogue située au bout de la rue : « Exauce-nous, notre Père, Maître du pardon, épargne Ton peuple, prends pitié de Tes ouailles, nous avons frappé à Ta porte, ne nous laisse pas revenir les mains vides devant Toi, nous avons commis des fautes et des crimes, nous et nos pères et les nôtres. »

Tous les matins, elle pense encore à la fille de Mano qu'elle attend fidèlement, comme elle attendait son père à l'époque,

1. Prières récitées la nuit avant l'office du matin, pendant tout le mois d'Eloul pour les Sépharades et à partir du dimanche qui précède Rosh-haShana (environ huit jours avant la fête) pour les Ashkénazes, jusqu'à Kippour.

incapable d'imaginer que jamais leur union ne porterait de fruits. Plus la fin de l'année approche, plus elle a peur qu'il soit arrivé quelque chose à Atara, elle était persuadée de recevoir rapidement sa visite, ou au moins un appel téléphonique, n'était-ce pas ce dont elles étaient convenues au moment où elles se séparaient devant la porte de la maison de Haïfa, deux mois auparavant ? La pauvre femme paraissait si seule ce jour-là, et si affligée, pourquoi ne vient-elle pas ? Bat-elle encore sa coulpe, comme si la vie et la mort étaient entre ses mains ?

Rachel connaît très bien cet orgueil qui rend si malheureux. Elle a vécu dans sa chair le ressentiment dirigé contre soi-même, le regard qui s'altère, elle pourrait lui apporter de l'aide. Elle l'attend le matin et le soir, sait ce qu'elle lui dira quand elle sera là.

Que ta voix cesse de gémir et tes yeux de pleurer[1], ma fille, la conjurera-t-elle en la serrant contre son cœur. Celui qui tue par erreur a aussi le droit de trouver un refuge, seule l'acceptation t'apportera le réconfort, en revanche la culpabilité te détournera du droit chemin. Crois-moi, ma fille, moi qui ai été jeune et suis devenue vieille, qui ai été jetée du haut du rocher et ai survécu. Oui, c'est moi qui ai racheté tous tes péchés, moi qui ai passé ma longue vie dans un pays de désolation, moi dont il ne restait presque aucune trace avant ta venue soudaine, oui, tu m'as touchée au plus profond de moi-même.

Que ta voix cesse de gémir et tes yeux de pleurer, ma fille, répète-t-elle ce matin aussi, comme tous les matins depuis un certain temps, tandis qu'elle refait sa fine tresse et la fixe autour de sa tête avec des épingles, ne laisse pas le hasard se transformer en destin, ma fille, tout ordre sera systématiquement

1. Jérémie, XXXI, 16.

bouleversé, tout sens tourné en dérision. Et c'est parce qu'elles sont laissées à l'abandon et livrées au hasard que nos vies supplanteront toujours la mort.

Malgré cela, elle n'ose pas lui téléphoner, a peur de s'imposer, de lui rappeler des choses immémorées. Peut-être Atara la relie-t-elle encore à sa tragédie, à ce qu'elle croit ne pas avoir su éviter, ce qui expliquerait pourquoi elle n'a pas repris contact. Ces fausses corrélations sont si tenaces, elle le sait, Rachel, le comprend même mieux que quiconque !

Elle l'appellera la semaine prochaine, sans faute, décide-t-elle au moment d'entamer sa routine quotidienne, douche froide et exercices de gymnastique. Elle lui dira, comme la tradition le veut, je vous souhaite que cette année et ses tourments prennent bientôt fin, puis réitérera son invitation. La pureté du désert soulage les âmes fatiguées, ajoutera-t-elle, peut-être ne se repose-t-on vraiment que dans un pays de désolation.

Si seulement Atara était venue pour quelques jours, elles auraient pu, ensemble, côte à côte, ici et maintenant, voir les rayons rouges, doigts blessés du soleil, monter au-dessus du mont Moab, voir se révéler d'un coup l'immensité qui semble renaître chaque nuit. Si seulement Atara était venue, elles auraient bu ensemble dans la cuisine ce café noir et amer, auraient, face à face, pris le petit déjeuner. Quelque chose de fort s'était tissé entre elles et depuis ce souvenir vibre en Rachel, porteur d'espoir et de nostalgie. Elle s'était sentie si entière, consolée et consolatrice, au moment où la fille de Mano lui tenait la main, car si Atara avait aussi été sa fille à elle, elle aurait eu exactement ce geste-là.

Le téléphone sonne. Ravie, elle entend son jeune fils qui, comme tous les matins en se rendant à l'école talmudique, s'enquiert de sa santé. Mais cette fois, elle sent une tension chez lui et il abrège l'échange habituel pour lui dire, « j'ai invité quelqu'un de plus pour fêter la nouvelle année, maman, j'espère que tu n'auras rien contre. » Elle s'étonne, « pourquoi aurais-je quelque chose contre ? Tu es chez toi et tous tes invités sont les bienvenus à mes yeux. » Le silence qui s'ensuit lui déchire les oreilles dans un vacarme d'éboulis, elle se couvre la bouche d'une main pour retenir le cri qui lui échappe. « Il m'a trouvé sur son chemin au moment où il était dans un extrême désarroi, maman, lâche son fils dans un soupir. Depuis, je parle avec lui presque tous les jours. Comment refuser une âme qui cherche à se réparer ? » Elle susurre d'une voix tranchante qui lui écorche la gorge, « si l'heure est venue pour lui de se réparer, qu'il le fasse d'une autre manière. Ne porte pas la main sur le garçon ! cite-t-elle avant d'ajouter, je te prie de ne pas t'en approcher », mais il proteste, « tu ne peux pas me demander une chose pareille », elle l'interrompt, « bien sûr que si ! Je suis même obligée de le faire, mon fils, dit-elle les lèvres serrées. Il ne faut pas que ce soit toi qui le pousses vers la religion ! » et elle cogne sa tasse de café contre la table.

« Je te promets d'y réfléchir, maman, convient-il finalement, mais je ne te promets pas d'obéir. Retrouver la foi, ce n'est pas expier des actes passés et emprunter une nouvelle voie, c'est laisser l'âme revenir là où elle a été arrachée. C'est comme rendre un objet perdu, qui est le plus ancien des commandements positifs, c'est aussi important que de sauver une vie. Tu te souviens du conte de la princesse perdue ? »

Non. Elle ne se souvient de rien. Ni de ce qu'elle lui a répondu – à supposer qu'elle lui ait répondu –, ni de la manière dont la conversation s'est terminée, peut-être est-il encore en train de lui parler, de lui promettre de veiller sur le fils d'Atara comme si c'était son propre fils. Elle laisse le téléphone sur la table tigrée par les larmes du café qui a giclé et sali sa robe et son bras, puis se traîne lentement jusqu'au fauteuil face à la fenêtre. Il n'y a plus la moindre trace des couleurs de l'aube à part une étrange tache pourpre sur le versant du mont Azazel. On pourrait presque imaginer qu'une source de vin jaillit là, une source qui serait comme celle à laquelle l'émissaire du roi n'a pas résisté malgré les mises en garde. Il a dormi soixante-dix ans et n'a cessé de rater toutes les occasions de libérer la princesse. Sait-elle, Atara, que leurs deux vies se recroisent à travers cet ancien récit ? Le cœur serré, elle pense à cette mère qui va être abandonnée par son fils alors qu'elle pleure son mari. Est-ce pour cela qu'elle n'a pas eu de ses nouvelles ? L'aurait-elle perdue à jamais ?

Or elle a tant de choses à lui donner, et il reste si peu de temps. Elle saura la consoler parce qu'elles partagent un destin identique, parce qu'elle-même est passée par des épreuves identiques. Rien de ce qu'elle a vécu ne sera vain si elle peut lui transmettre son expérience. Laissez-le aller, laissez votre fils aller, Atara, dit-elle à voix haute comme si celle-ci se trouvait devant elle, non seulement parce que vous n'avez pas le choix mais parce que qui sait si cela ne le sauvera pas du pire ? Il a peut-être besoin de s'éloigner de votre douleur, et il vous reviendra, j'en suis sûre, d'une manière ou d'une autre. Soyez clémente envers vous-même, ma fille, abandonnez les questions stériles et les réponses douloureuses, abandonnez la colère. La consolation, si elle vient, vous ne la trouverez pas dans la douleur provoquée par la question mais dans la douleur d'y renoncer.

CHAPITRE DIX-HUIT

Ainsi avons-nous été

Les rideaux s'assombrissent à vue d'œil, d'immenses pans de velours sombre, comme au théâtre. Vont-ils s'ouvrir pour offrir quelque spectacle mystérieux ? Elle se ressaisit dans le noir afin de ne rien louper. Elle aussi espère que cette longue nuit qui se profile lui apportera une réponse. Elle aussi a besoin d'une bénédiction. Mais le temps semble s'être figé, comme si l'intrigue s'était arrêtée au milieu et n'attendait qu'elle. Cette fois, elle n'a pas droit à l'erreur. Même les chacals se taisent soudain, un silence effrayant s'abat sur le *wadi*, à croire que toute la faune a été exterminée, corbeaux sangliers chouettes serpents mangoustes. Elle n'entend que le bruit des pas du destin qui surgit de la mer, enjambe la vallée, il va bientôt se dresser devant elle, lui exhiber son sexe sous le nez et elle laissera échapper un cri.

À l'époque non plus, Alex n'était pas à ses côtés, pourquoi le serait-il à présent ? Comment se comporterait-il en l'occurrence, que dirait-il à Eden ? Un vent âcre passe par la baie vitrée, elle frissonne sur le canapé dur, à l'endroit même où il s'est tant hâté de mourir, comme s'il avait un rendez-vous urgent, comme s'il ne pouvait attendre que son fils sorte de la douche. À cinq minutes près, tout cela aurait pu être évité. Quel manque de responsabilité, de tirer ainsi sa révérence, de laisser derrière toi des mots sibyllins, une bombe à retardement, tu t'es de nouveau débrouillé pour nous compliquer la vie.

Exactement le même comportement qu'à l'époque où il emmenait encore Eden à l'école en voiture, parfois, si le garçon n'était pas prêt à temps, il perdait patience d'un coup et s'en allait tout seul, histoire de lui donner une bonne leçon. Qu'a-t-il, en l'occurrence, voulu lui donner comme leçon, lui laisser en héritage, juste avant de partir avec une telle précipitation ? Évidemment, pour une fois, il n'est pas vraiment coupable, mais cela lui ressemble tellement, et elle repense à ces années-là, elle arrivait en retard au travail puisque, quand il les plantait, c'était sur elle que retombait l'obligation de traverser toute la ville pour déposer un enfant honteux – mais qui avait appris la leçon. De nouveau, c'est elle qui subit les conséquences de sa défection inattendue.

Non, elle ne peut pas lui en vouloir. Bien sûr qu'elle est en colère, mais cela ne sert plus à rien. Cela n'a jamais servi à rien, d'ailleurs. Toutes ses tentatives pour lui apprendre à se comporter selon ses codes à elle n'ont jamais abouti, pas davantage d'ailleurs que toutes ses tentatives pour moins lui en vouloir. Elle est donc aussi seule face à Alex mort qu'elle l'était face à Alex vivant, et la discussion qu'elle a avec lui maintenant ressemble effroyablement à celles qu'elle avait avec lui avant son décès, quand il pouvait encore répondre.

La différence, c'est que tant qu'il était là, elle n'avait pas perdu espoir, même si c'était absurde. Elle pouvait, de plein droit, être déçue et furieuse, se plaindre et accuser. De cela, elle est maintenant privée pour l'éternité. Tout lui retombe dessus, car les veuves ne peuvent s'en prendre qu'à elles-mêmes, n'exiger que d'elles-mêmes. Certes, elles sont autorisées à demander poliment de l'aide à des amis ou de la famille, mais elles n'ont plus personne au monde à qui pouvoir, légitimement, demander des comptes. La planète a beau être surpeuplée, il n'y a pas un seul être avec lequel elles peuvent partager le poids de l'existence.

Comment aurait-il réagi face à une telle situation ? Souvent, lorsqu'ils devaient prendre une décision rapide, il hésitait, évitait d'exprimer une opinion claire ou changeait d'avis toutes les cinq minutes pour pouvoir ensuite lui lancer, « tu vois, je te l'avais bien dit, à l'avenir, j'espère que tu m'écouteras. » Une seule fois, il avait su exactement ce qu'ils devaient faire, au début, quand il était très amoureux : démanteler aussi vite que possible deux petites familles pour qu'ils puissent s'unir, eux. Comme s'il n'y avait rien de plus facile. Au fil des ans, il s'était systématiquement mis à exprimer des opinions opposées aux siennes, d'ailleurs voilà qu'elle entend sa voix résonner dans la pénombre du salon, je ne te comprends pas, Atara, tu trouves logique de préserver des bâtiments mais pas les traditions ?

Quel rapport ? Cela n'a rien à voir, se serait-elle assurément écriée, hors d'elle. Pour ta gouverne, nous rénovons les bâtiments en les insérant dans l'époque et le lieu actuels, avec des matériaux contemporains et une technologie qui a évolué. Le retour à la religion, c'est justement le contraire, regarde comment ils s'habillent ! Ils vivent encore au dix-huitième siècle dans leur village polonais ! Et de nouveau elle entend, en elle, la voix d'Alex qui la défie, tu aimais le voir avec son bel uniforme blanc des commandos d'élite, non ? Eh bien, c'est peut-être cet uniforme blanc qui l'a poussé à l'uniforme noir des ultraorthodoxes ! Elle soupire, le cœur lourd, elle n'a vraiment pas besoin, cette nuit, d'un dialogue aussi mesquin, aussi accusateur. Se disputer avec Alex en son for intérieur ne servira à rien, même si la voix de son mari est devenue une des siennes.

Or ce n'est pas parce qu'il s'est tu qu'elle le sent moins présent tout autour. Le canapé exhale son odeur qui lui monte au nez, c'est une odeur trompeuse de sueur et de savon, de bière et de feuilles de sauge, l'odeur de la maison… qui disparaîtra, elle aussi, dans quelques mois, ne resteront que les mots. Où est Eden ? Je dois lui dire quelque chose. Où est Eden ? J'ai sa réponse, c'est la fois… Jamais elle ne saura ce qu'il avait voulu lui dire, mais s'il y a une chose qu'elle sait, c'est ce qu'il n'avait absolument pas voulu lui dire.

Elle lutte contre l'envie de monter en courant jusqu'à la chambre de son fils, de le secouer violemment, d'obtenir de lui qu'il jure de ne pas lui imposer ça, de ne pas s'imposer ça… Il doit attendre, il est jeune, désorienté, il vient de perdre son père. Elle doit le raisonner avant qu'il ne se laisse emporter vers un monde étrange et étranger, sur l'autre versant des montagnes obscures. Elle doit demander à Avigaïl de lui parler, il a de l'estime pour ce qu'elle pense. Elle doit téléphoner au psychologue de son unité et à tous ses supérieurs, jusqu'au commandant en chef de la marine s'il le faut. Elle s'allongera en travers de sa porte et il devra lui passer sur le corps pour sortir, à moins qu'elle ne se glisse simplement à ses côtés dans le lit, comme quand il était le mignon petit garçon de sa maman, pour lui lire une longue histoire, un chapitre et encore un chapitre, jusqu'à ce qu'il s'endorme apaisé, un sourire aux anges sur les lèvres. Tout, pourvu qu'il reste avec elle.

Mais, comme dans la vision cauchemardesque qu'elle avait eue à sa naissance, elle comprend soudain que c'est déjà trop tard, qu'Eden n'est dans sa chambre qu'en apparence, un étage au-dessus d'elle, et ne lui a demandé sa permission que pour la forme, car en vrai, il s'est déjà engagé dans cette voie, il court déjà après les vagues. La destination changera peut-être, mais rien ne dépend plus d'elle, n'a peut-être jamais dépendu d'elle.

Il n'a pas besoin de la vérité de sa mère, de même qu'Alex n'en a pas eu besoin, là réside sans doute la supercherie la plus commune de la vie familiale. Lorsque le rideau s'ouvrira, chacun verra un spectacle différent, ils auront beau être assis, serrés les uns contre les autres, voire enlacés, leur influence les uns sur les autres sera aussi ténue que leur influence sur l'action scénique.

Tant d'années elle s'est crue responsable de la santé et du bien-être de ses enfants, a essayé de contrôler et de protéger, de planifier et de diriger, de régler et d'aider, un rôle qu'elle assumait avec une énergie démultipliée depuis qu'elle avait détruit avec désinvolture sa première petite famille, s'y dévouant corps et âme. Par moments, elle se sentait presque invincible car elle disposait de la force inépuisable de la maternité, un pouvoir sans limites qu'elle partageait avec toutes les laies du *wadi*, toutes les lionnes d'Afrique, toutes les femmes qui, un jour, avaient élevé des enfants. Persuadée de pouvoir les protéger contre tous les dangers ; de réussir, à la seule condition d'y mettre toutes ses ressources, sans relâche.

Qui donc lui avait fait cette fausse promesse ? s'affole-t-elle soudain. Et elle, quelle fausse promesse a-t-elle faite à son enfant-paradis, lui qui a toujours trop exigé de lui-même, qui a tant repoussé ses limites que plus rien ne lui résistait ? De quoi avait-il tellement peur et de quoi a-t-il peur maintenant ? Doit-il prendre ses jambes à son cou pour ne pas se noyer totalement dans le chagrin de sa mère, ne pas redevenir cet enfant qui la consolera de tout ?

« Quand je serai grand, tu ne devras plus avoir peur de personne », elle se souvient de ce qu'il lui avait promis au moment où elle courait dans la rue en poussant son petit vélo pour échapper à l'exhibitionniste qui leur avait barré la route. Avec tendresse, gentillesse, son fils et sa fille l'avaient étreinte et elle leur avait répondu par un dévouement sans limites. Elle avait toujours été heureuse de les satisfaire, de donner la priorité à leurs besoins. Ils constituaient un trio parallèle, créé au sein de leur famille, Alex en avait si souvent été jaloux. Lui aussi la voulait douce et bienveillante, débordante d'amour et de générosité. Il enviait les liens intimes qu'elle avait réussi à tisser avec ses deux enfants, mais à présent elle a l'impression que le contrecoup de sa mort a propulsé Eden et Avigaïl au loin. Comment est-il possible qu'avec sa disparition il ait emporté ce trio dont il ne faisait pas partie ?

Bien sûr, au fil des ans, elle avait ressenti plus d'une fois les petites morsures causées par leur éloignement progressif, mais à présent, face aux rideaux noirs de la nuit, c'est tout son corps, de la pointe des pieds au sommet de son crâne, qui est envahi par la douleur de l'arrachement, la douleur de la séparation. Peut-être d'ailleurs qu'il ne s'agit pas uniquement, cette nuit, de se séparer de ses enfants et de son mari, mais aussi de l'illusion qu'ils étaient arrimés les uns aux autres, qu'elle n'était pas seule.

Parce qu'elle a beau essayer de se tendre le plus possible, d'étirer ses membres au point de bientôt se déchirer en mille morceaux, elle ne peut pas les atteindre, comme s'ils se tenaient sur le sommet de montagnes élevées, chacun à un autre point du globe. Elle, ses enfants et même Alex mort se saluent tristement de la main mais ne peuvent se rejoindre. En réalité, était-ce ainsi depuis toujours ? Cette union originelle dont elle se languit tant a-t-elle seulement existé ?

Son cœur voudrait sortir de sa poitrine pour les rejoindre, il frappe de ses petits poings contre ses côtes serrées, tel un bébé abandonné. Si seulement elle pouvait le tirer de là, le prendre dans ses bras et le consoler, mais avec quoi ? Elle pose une main entre ses seins, inspire et expire péniblement comme si elle était encore en train de courir dans la rue en poussant son fils affolé sur le petit vélo, fuyant son destin.

Qu'est-ce qui empêche le cœur de rejoindre la source ? La question lui revient, elle se remémore le conte qu'elle a entendu quelques semaines plus tôt – des années-lumière lui semblent s'être écoulées depuis – dans lequel le cœur désirait ardemment atteindre la source au sommet de la montagne, mais mourrait s'il s'en approchait. Elle n'a qu'un vague souvenir de cette histoire hermétique et sans issue, se revoit, elle, tout aussi vaguement, assise au bord du fauteuil en face du fils de Rachel, venue chercher des réponses à des questions qu'elle ne pouvait pas poser… et ce sera à ce moment-là que l'évidence s'approchera en rampant, finira par la rattraper et qu'elle sera frappée de stupeur.

Est-ce ainsi que le venin du serpent se répand dans l'organisme et paralyse chaque membre l'un après l'autre ? Immobile, la bouche grande ouverte et la peau moite, froide, elle gît sur le canapé où il a agonisé et où il est mort. Si elle était un chacal, sûr qu'elle serait en train de piauler et, si elle était une laie, elle grognerait de rage, mais là, elle crie « Alex ! », comme toujours quand elle se sent mal, puis elle crie, « Rachel ! » Que m'avez-vous fait, Rachel, que me suis-je fait à moi-même, comment assumer à présent cet avatar incompréhensible et insupportable que j'ai moi-même engendré, forgé de mes propres mains, par ma seule volonté, une volonté aveugle et dangereuse qui m'a menée jusqu'à vous, qui vous a menée jusqu'à moi, qui a mené votre fils jusqu'à mon fils.

Elle sent des picotements au bout des doigts, ses mains, engourdies et bouffies, semblent ne plus lui appartenir, elle essaie de les bouger, les rapproche et les éloigne. De près, elles sont plates, larges et aussi menaçantes que celles de son père, à moins que ce ne soient celles du destin ? « Puisses-tu me pardonner, Rachel, moi qui, de mes propres mains, ai creusé notre tombe », elle se rappelle les paroles qu'il lui a dites, la voix qui s'est brisée, le visage qui s'est déformé de chagrin, « approche-toi, n'aie pas peur, il n'y a plus de raison d'avoir peur », et elle essaie de tendre les bras vers lui dans l'épaisse pénombre. « Il n'y a plus de raison d'avoir peur, papa, répète-t-elle d'une voix qui se brise à son tour, pourquoi avoir eu si peur d'aimer à nouveau ? Tu étais à ce point fragile, pour être autant effrayé par une si petite enfant ? Tu étais à ce point aveugle, pour avoir reporté sur elle la colère malsaine qui te rongeait ? »

Jamais il n'a fait aussi noir ici, serait-elle, elle aussi, devenue aveugle, ou l'aurait-on jetée dans des abysses que la lumière du soleil n'aurait jamais atteints, elle plisse les yeux, essaie de s'habituer. Elle a soudain l'impression de voir Eden plonger en haute mer, un halo blanc, lunaire, émane de son corps et elle s'affole, il n'a pas le droit de propager ainsi une telle lumière, il n'a pas le droit de plonger seul, c'est dangereux. À moins qu'il ne soit pas seul ? On dirait que des filaments à peine visibles le relient à ses ancêtres, aux mères bibliques dont les visages restent fermés. Tout cela s'est-il déclenché pour le sauver ?

Apparemment, c'est elle qui l'a incité à entreprendre ce périple, elle qui l'a poussé dans cette nasse, mais cet enchaînement de circonstances n'éveille plus ni sa colère ni sa culpabilité, rien qu'une profonde stupeur, comme si elle avait jeté un bref coup d'œil dans les coulisses du monde, avait aperçu ce qui jamais n'aurait dû être vu et se trouvait à présent obligée d'en oublier les détails. Seule resterait la stupeur.

Oublier les détails, elle qui, depuis toujours, leur accorde, ainsi qu'aux mots, trop de pouvoir, comme si l'on pouvait se contenter de ce qui est révélé par les sens la pratique la logique, expérimenter examiner extrapoler, comme si l'histoire en train de s'écrire était une et unique, or, dans ses tréfonds, elle renferme une autre histoire, tel le jaune d'œuf dans le blanc, tel le fœtus dans la mère.

D'ailleurs, elle n'est pas la seule personne à avoir enclenché la chose, elle n'est pas la seule force à la mener à son terme, le processus se poursuivra sans elle, sibyllin et dénué de sens, à moins que quelqu'un y trouve une signification le jour venu, quand elle ne sera plus.

Abasourdie, elle se relève dans la pénombre, avance sur des jambes qu'elle ne sent pas jusqu'à la porte du jardin qui s'ouvre sur une touffeur stagnante, immobile comme la cime des pins. Le cœur battant, elle se retrouve face à la pente abrupte, obscure, qui se jette dans le *wadi*, un *wadi* qui dégringole, obscur, dans une mer invisible. Que la bande de terre qui sépare sa maison du littoral est étroite, aussi fine et cassante qu'une coquille d'œuf ! Lentement, elle redresse le dos et lève les mains en signe de capitulation, même si elle ne sait absolument pas devant qui elle rend les armes ni à quels biens elle renonce, car elle comprend à cet instant qu'elle n'a jamais rien possédé.

Pas la moindre étoile dans le ciel, pas de lune non plus, comme si tous les astres étaient tombés dans les fonds marins. La nuit est de plus en plus sombre avant la montée de l'aube. Cela va bientôt advenir, bientôt hier se changera en demain. Au bout de cette nuit, certains ne verront pas le jour nouveau, comme Alex par exemple, d'autres ne sauront pas quoi en faire, mais elle, elle l'attend avec une curiosité qui commence à poindre en elle et elle décide de le prendre à bras-le-corps, ce jour nouveau. Pour ses enfants qui ont besoin d'une mère – à distance mais solide –, et aussi pour la fillette affolée qui se cache en elle, celle qui priait chaque nuit en espérant que son père meure, qui se terrait chaque nuit sous une couverture de culpabilité originelle, qui toute sa vie a eu peur du châtiment, eh bien, maintenant, un terrible soulagement la bouleverse car elle a l'impression que l'heure du châtiment est enfin venue.

C'est pourquoi elle doit écarter ses bras endormis jusqu'à ce qu'ils se réveillent, s'élever au-delà des erreurs et des ratages, de la responsabilité et de la douleur, au-delà des pinailleries vengeresses qu'elle a entretenues toutes ces années contre Alex et contre elle-même. Ils méritaient un autre dialogue, elle mérite un autre dialogue. Leur unique fils commun, fruit de leur grand amour mesquin, a, lui aussi, besoin de mots plus modestes et plus généreux. Avant de sortir, elle lui laissera un message sur la table de la cuisine, comme elle avait l'habitude de le faire. Que ton chemin te soit salutaire, mon chéri, puisses-tu arriver sain et sauf à la destination de ton choix, voilà ce qu'elle lui écrira.

Car du point de vue de Sirius, ou même de la Lune, cela ne fera aucune différence, elle le sait, que son fils chéri et bourré de talent, cet enfant-paradis-perdu, danse et chante dans les rues avec les fidèles de Bratslav, une kippa blanche posée sur ses cheveux de miel, les papillotes au vent, ou qu'il aille étudier la médecine et l'informatique, la seule chose qu'elle demande, c'est qu'il vive et qu'il soit en accord avec lui-même ; que jamais il n'ouvre volontairement la porte entre le pays des vivants et celui des morts.

Elle retourne à l'intérieur, retrouve la maison noyée dans la pénombre, se prépare un café, plonge un œuf dans une casserole d'eau. Depuis un certain temps, elle apprécie ce jaune entouré de blanc, c'est rond et lisse comme le cycle de la vie. Avec impatience, elle allume toutes les lumières et ouvre les rideaux sur le mur obstrué par la nuit qui ne s'est pas encore dissipée. Demain est en retard, le monde a du mal à se réveiller, tout comme ses membres, mais elle ne va pas l'attendre, elle a déjà trop attendu.

Elle passe de nouveau devant la chambre vide de Yoav, la chambre vide d'Avigaïl, la porte fermée d'Eden qui sans doute dort encore, grimpe l'escalier qui grince jusqu'à sa chambre sous les combles. Il y fait sombre, son lit l'attend, défait comme d'habitude, bras ouverts et tyranniques, mais elle en arrache les draps avant de se laisser gagner par la tentation, les jette dans le bac à linge, en met des propres, par-dessus elle ajuste le couvre-lit dont ils ne se servaient que rarement, la voilà qui agit en invitée désireuse de laisser, à son départ, une bonne impression.

Bien qu'elle n'ait pas fermé l'œil de la nuit, elle n'est pas fatiguée, elle envoie aussi ses vêtements au linge sale, se douche longuement, se lave et démêle ses cheveux, se coupe les ongles des pieds et des mains sous le jet brûlant. Ce n'est que protégée par la vapeur qu'elle ose baisser les yeux sur son corps, il a tellement changé ces derniers temps que, sans sa cicatrice au genou, elle ne l'aurait pas reconnu. Sa peau est pâle et ses cuisses flasques, son ventre est mou et ses seins ratatinés. Quelqu'un aimera-t-il encore cette silhouette de veuve ? Arriveras-tu, toi, à l'aimer ? Car, semble-t-il, il est temps.

Il est temps, lui avait dit Doronn le jour où elle fêtait ses vingt ans, quand elle l'avait remercié de l'avoir défendue face à son père. Bientôt, elle aura cinquante ans. Le temps ne l'attend pas. Elle qui s'en est tant voulu d'avoir quitté son premier mari et détruit leur famille voit clairement à présent que c'était pour elle le seul chemin possible. Il y avait trop de colère en elle, trop de haine. Est-ce cela qu'elle avait identifié chez Alex dès le premier instant ? Qu'il arriverait, tout en l'aimant comme un fou jusqu'à son dernier jour, à alimenter en permanence sa colère originelle, ses vœux de gamine les plus secrets ?

Car c'est à cet endroit-là précisément qu'elle a toujours cherché l'amour, depuis sa plus tendre enfance, au fond d'un cœur intranquille et barricadé, là où elle creusait à mains nues dans des couches rugueuses, et ce n'est que cette quête-là qui répondait à des aspirations affectives dont elle n'avait pas conscience. Elle avait eu besoin de toutes les facettes d'Alex, y compris celles qui lui faisaient mal et la frustraient, de même qu'il avait eu besoin de toutes ses facettes à elle.

Qu'avait-il capté, lorsqu'il avait sauté du rebord de la fenêtre, comme s'il répondait à quelque signe mystérieux, comme s'il identifiait le mélange précis de plaisir et de souffrance à venir, une incandescence vitale enfouie en elle ? Effectivement, nous avons vécu toute la puissance du sentiment, avec ses vertigineux hauts et bas, ravivant et pansant tour à tour nos blessures d'enfance sans jamais pouvoir nous sevrer, peut-être pressentions-nous qu'une tentative de réparation n'était possible qu'en revenant au point de dysfonctionnement.

Pardon, mon chéri, lui dit-elle, comme s'il était là, debout à côté d'elle sous le jet de la douche, en train de savonner méticuleusement son corps mort, nous n'avons ni l'un ni l'autre su aimer et n'avons pas réussi à apprendre ensemble, d'ailleurs peut-être que, dès le début, tel n'était pas le but. Mais nous avons essayé, de toutes nos forces, agrippés l'un à l'autre sans renoncer, dussions-nous reproduire sans cesse les mêmes erreurs. Est-ce la lutte qui a donné un sens à tout cela parce que le conflit était familier, synonyme de foyer ? Ainsi avons-nous été. Ainsi avons-nous été ce que nous avons été, ainsi serai-je ce que je serai. Toujours tu seras avec moi, toujours tu me manqueras, et peut-être ce manque est-il l'unique pilier sur lequel se construit le monde.

Les vapeurs la suivent lorsqu'elle sort, drapée dans une serviette, puis s'approche de la fenêtre et coiffe lentement sa chevelure, défait nœud après nœud. La plaine infinie qui s'étendait à l'horizon se scinde sous ses yeux, le ciel d'un côté, l'eau de l'autre, et le matin scintille en nuances laiteuses. L'espace d'un court instant, imprévisible, la nuit s'est muée en jour et l'été en automne, sa saison préférée. Des brouillards gris-rose recouvrent la mer, puis tourbillonnent au-dessus du vert poudreux du *wadi* et semblent effleurer les aiguilles des pins face à elle. L'été qui est venu précocement repart précocement, une nouvelle année commence, s'ouvre un chapitre totalement neuf de sa vie, avec Alex sous la terre et elle au-dessus, avec sa fille qui se construit dans un pays lointain, avec son fils qui s'éloigne vers un univers dont elle n'a jamais fait partie et jamais ne fera partie.

Les choses ont donc été décidées ainsi, ce chapitre est clos, ils n'ont pas besoin d'elle, et peut-être qu'elle non plus n'a pas besoin d'eux, même si elle croyait le contraire. Car la voilà en train de brosser sa chevelure humide face à la mer la terre le ciel, face au visible et à l'invisible, son corps communie avec lui-même et avec le monde qui se réveille. La serviette glisse à ses pieds, elle ne la ramasse pas. C'est agréable d'être ainsi nue à la fenêtre, le vent caresse sa peau et ne lui demande rien, les cimes se balancent doucement de droite à gauche, chargées d'oiseaux et de pommes de pin, on dirait des mères qui essaient de bercer leurs bébés affolés.

Elle aussi prend plaisir à dévoiler son intimité aux corbeaux, comme cet exhibitionniste, un instant elle en a presque pitié, il voulait simplement que tu le regardes, que tu reconnaisses son existence, et toi, que veux-tu ? Enfin, elle sent sa propre volonté pointer tout au fond de son cœur brisé, aussi claire que la faim ou la soif. Il est temps et le temps n'attend pas.

Par habitude, elle sort de l'armoire une de ses longues robes noires, mais la remet aussitôt à sa place, enfile un chemisier blanc et cherche le jean blanc qu'elle n'a pas porté depuis longtemps. Cette couleur lui convient mieux aujourd'hui, ses deux hommes lui ont dit adieu ainsi vêtus, à son tour maintenant de leur dire adieu.

Elle sort aussi de l'armoire le sac de voyage tigré et s'étonne de trouver à l'intérieur les vêtements qu'elle a rassemblés avec précipitation pour Alex deux mois auparavant, un tee-shirt, un slip, un pantalon et un épais pull en laine. Comme s'ils partaient en vacances à deux, elle y ajoute une robe, un châle et une chemise de nuit, sa brosse à dents, sa crème hydratante. Il va bientôt y avoir une chambre vide de plus dans cette maison.

Elle voit le trafic sur la route côtière s'intensifier peu à peu, une longue, longue file de petites fourmis travailleuses. Un court instant, celles-ci semblent avoir ouvert des ailes et voler au-dessus de l'épais nuage qui masque soudain le bitume. Elle va bientôt s'en aller, elle aussi, laisser la mer derrière elle et rouler vers le désert. L'aridité lui convient à présent davantage que ce paysage multicolore. Devra-t-elle aussi dire adieu à sa maison ? Les frais d'entretien sont lourds et n'ont plus vraiment de raison d'être. Une telle bâtisse est faite pour accueillir une grande famille heureuse, si tant est que cela existe, pas pour rassembler des familles en lambeaux, pas non plus pour abriter une veuve et un orphelin.

Qui sait, peut-être se réinstallera-t-elle à Jérusalem dans quelques années, c'est la première fois qu'elle l'envisage, elle pourrait retaper l'appartement familial, jusque-là négligé, que sa sœur a mis pour l'instant en location. Jamais auparavant elle n'avait pensé à ce lieu sans répugnance, mais au moment où elle s'arrête dans la cuisine pour laisser un message à Eden et boire encore une tasse de café, elle prend un autre bout de papier et se surprend à esquisser ce qui pourrait être un plan après travaux. Elle ouvrirait l'espace au maximum, casserait les murs et modifierait la répartition des pièces, ne conserverait rien de ce qui a été. Et bien sûr, elle agrandirait la fenêtre de la façade ouest, comme l'ont fait leurs voisins, seul son père refusait tout changement.

Peut-être même que, sous un certain angle, on pourrait voir la vallée de la Croix, songe-t-elle tout en buvant le café corsé qu'elle s'est préparé, ce serait là qu'elle placerait son bureau, car elle a soudain l'impression que sa ville natale s'ouvre en grand devant elle, que le danger est passé. L'ancien régime a été balayé, les exilés sont invités à rentrer dans leur cité, à la redécouvrir et à traverser ses métamorphoses successives, car oui, il semblerait parfois que ses murs fassent mentir le fameux adage : on ne vit qu'une fois.

Étrange qu'à Jérusalem, ce qui l'intéresse le plus, ce soit la construction en hauteur, songe-t-elle tout en versant le reste de café dans l'évier plein à ras bord. Elle cherche une bouteille d'eau mais c'est le thermomètre qu'elle trouve, « ça ne te plairait pas de construire quelque chose de moderne, qui répondrait aux besoins actuels, au lieu de créer toujours à partir d'un truc existant ? » lui avait demandé Alex à plusieurs reprises au cours de ces dernières années, « n'aie pas peur, je sais que tu en es capable, ajoutait-il, tu construiras même quelque chose que les autres voudront préserver ! » Elle, bien sûr, rejetait ses paroles avec un rire ironique, malgré le plaisir qu'elles lui inspiraient. Il n'y avait pas plus généreux que son mari dans les bons moments, et ces moments-là, elle va les prendre avec elle.

Dans un instant, elle montera dans sa voiture et se mêlera au flux de la vie, rejoindra l'autoroute qui coupe le pays en deux dans le sens de la longueur et ne rebroussera pas chemin, même si le trajet lui assène son plus amer souvenir. Elle passera devant les dunes poudreuses, les champs brûlés, verra-t-elle pointer les premières jacinthes au milieu des cendres ?

Elle sait que plus elle approchera des collines, plus l'air se purifiera, les coups de marteau entre ses tempes s'assourdiront, et quand elle arrivera au niveau de Shaar Haggaï, elle appellera sa chère Ranya, elle ne l'a que trop ignorée. Je viens de comprendre à quel point tu as eu raison, lui dira-t-elle, non pas en me donnant un mauvais conseil à cet endroit précis, mais en choisissant de ne pas faire d'enfants à qui tu aurais imposé un conflit aussi ancien que profond. Pardon de t'avoir regardée de haut, ma chère, si chère amie, pardon de ne pas avoir su respecter ton choix, lui dira-t-elle encore au moment de dépasser l'échangeur où elle aurait dû faire demi-tour, puis elle poursuivra sa route, mue par la force de sa volonté toute nouvelle. Elle n'en a plus peur. Il est temps et le temps n'attend pas, elle a une dette à payer, une promesse à tenir.

Elle veut revoir Rachel, trouver à nouveau refuge à l'ombre de cette filiation première, la dernière qui lui reste, s'imprégner lentement du rayonnement puissant de ce corps sec. Elle veut la connaître et connaître sa vie, partager avec elle la stupeur émue de leur destin semblable.

Elle a très envie de passer auprès de la vieille femme cette journée qu'elle vient de recevoir en cadeau, de lui apporter cette bienveillance tardive qu'elle n'a pu offrir ni à ses parents dans leur vieillesse, ni à son mari dans sa mort. S'asseoir en face d'elle dans son salon spartiate orienté vers l'est, tenir sa grande main veinée et lui répéter les paroles de son père, « puisses-tu me pardonner, Rachel, tout ce qui est mien est tien. Tout ce qui n'est pas mien est tien aussi. »

REMERCIEMENTS

Merci à Shira Hadad, Anna Brickenauer-Molad, Nilli Cohen, Roni Modan, Rebecca Fendrich et toute l'équipe des éditions Keter Modan.

Merci à Debora Katz, Edna Mazya, Boaz Bin-Noon, Ruthy Liberty-Shalev, Amir Toubi, Meirah Kovalsky, Tzvi Efrat, Walid Karkavy, Aryeh Eldad, Amnon Abramovitz, Saraï Aharoni, Orit Kimel, Yigal Schwartz, Rivka Yahav, Meni Daube, Deborah Harris, Elon Eisenberg, Amit Itzhaki, Gershon Molad, Shlomi Manor, Yoram Gover et Eda Zoritte-Megged, merci à Eyal, Marva, Yaar et Yarden.

De même, les livres suivants ont éclairé mes recherches :

A Time For Conservation, d'Amnon Bar Or (Babel, 2013) ; *Bearing Witness to the Witness: A Psychoanalytic Perspective on Four Modes of Traumatic Testimony*, Dana Amir (Magnes, 2018) ; « Life of Yearning: New Interpretation to the Tales of Reb Nachman of Breslov », Roee Horen (*Yediot Haharonot*, 2010) ; *LEHI*, Yossef Heller (Zalman Shazar center for jewish history, Keter, 1989) ; *Histoire d'une combattante*, Gueoulah Cohen (Karni, 1962) ; *Unknown Soldiers*, Yaacov Banaï (Houg Yedidim, 1958) ; *No One Wrote About Them*, Léa Guiladi (Yaïr, 1997)

Composition : Soft Office
Achevé d'imprimer
par CPI Firmin-Didot
à Mesnil-sur-l'Estrée, en juin 2023
Dépôt légal : juin 2023
Numéro d'imprimeur : 175395

ISBN : 978-2-07-276572-8/Imprimé en France

327874